吾乃食色 2

寒食色，女，標準猥瑣女，

生平無大志，惟渴求性慾自由旺盛地像不死鳥一輝的小宇宙那樣燃燒！

撒空空—著

好讀出版

輯五　莫名招惹上黑道

輯六 桃花突然朵朵開

輯七 牛皮糖般的愛情

輯八 我愛妳很久了！

莫名招惹上黑道

食色，求求妳，讓我記得妳身體每一個毛孔散發的香氣，讓我記得妳身體每一寸肌膚的紋路，讓我記得妳在我懷中迷亂的樣子……

70 大卸八塊

我心中頓時一窒，忙衝過去，急問道：「怎麼回事？是被誰打的？那人是嫌自己命太長還是雞雞太長，我兩樣都幫他一起滅了！」

童遙猛地抬頭，那雙因失血過多而略顯迷離的眼睛，在看見我的一刻忽然爆發出一道精光，緊接著彷彿瞬間釋放完力量似的，散淡了，安寧了，放心了。

我趕緊把耳釘弟弟擠到一旁，仔細查看起童遙的傷勢。傷口在髮際線處，挺深的一道口子，血汩汩地直往外冒。由於工作的關係，平時見慣了各種血肉模糊的傷口，即使再猙獰再恐怖，也習以為常，但是當傷口出現在自己在意的人身上時，我的眼睛還是有微微的刺痛。我皺眉，「怎麼不去醫院？難不成要眼睜睜看他把血流光嗎？」柴柴語氣中帶著氣惱的無奈：「拉不走他！他一定要看著妳平安出來才肯走。」「我好得很，走，快去醫院！」我忙和柴柴一起把童遙扶上耳釘弟弟的車。耳釘弟弟也夠義氣的，一路上心急火燎地連闖了三個紅燈，五分鐘內就將童遙送到醫院。止血，縫針，打破傷風針，又去照X光，弄到半夜，終於確定童遙沒什麼大礙。但因為失血過多，童遙躺在病床上睡熟了。

我揪著耳釘弟弟的耳朵，拉著他來到病房外，斂眸逼問道：「說，究竟是怎麼回事？是誰打了童遙？」耳釘弟弟痛得嘴都歪了，忙求饒：「姐姐，妳輕些，我耳朵都快要被揪下來了。」反正威懾的作用已經達到，我便放開了手。耳釘弟弟揉揉紅腫的耳朵，慢悠悠地說道：「事情是這樣的，那酒吧我只占百分之五十的股分，另外百分之五十的股分則屬於西區大哥雲哥。今天酒吧第一天開張，他自然也帶了手下來捧場。誰知，那東區大哥大刀和雲哥一向有閒隙，今晚故意來挑釁尋事。姐姐妳一定覺得很奇怪，他們的關係爲什麼會這麼僵？這說來話可就長了……啊，痛！」我氣得差點把他的耳朵給擰下來：「痛就挑重點說，你故意要我是吧？」黃金棍下出好人，耳釘弟弟這次徹底學乖了，他委屈地垂垂頭，道：「姐姐，不是我不願意告訴妳，是童哥囑咐我不能告訴妳。」我寬慰道：「放心，我一定會裝作不知道。」

耳釘弟弟無可奈何，只得將事情的經過一五一十說了出來：「在我通知你們離開後沒多久，東區大刀就帶著人來到了酒吧，不僅亂砸東西，還動手打人，我忙派人通知雲哥出來收拾他們。就在這時，我看見童哥急匆匆地走下樓，說妳去上洗手間，卻一直沒回去，問我有沒有看見妳出來。我想，姐姐妳肯定是迷路了，便把這個猜測告訴童哥。童哥一聽，馬上轉身，說是要回去找妳。但那時，東區的人已經去了樓上，雙方開始在火拚了，再上樓去，簡直就是送死啊。我死拉活扯地想拽住童哥，但根本就拉不住，他一把將我推開，三步併兩步就上去了。結果，他在找姐姐妳的途中，和那些人混戰，就受傷了。」我一邊聽，一邊捂著自己的胸口，眼含熱淚，感動得一塌糊塗。童遙啊童遙，你果然是個帶把的，夠義氣！

今晚注定是個不眠夜。

我這邊剛瞭解完情況，柴柴便拿著手機走過來，道：「林封要我們去派出所錄口供。」聞言，我的腳趾頭一緊，猛地想起自己在那包廂中敲暈了四個人。完蛋了，該不會一時下手過重，出人命了吧？心驚膽顫地來到派出所，才發現自己多慮了。原來喬幫主要找的，是柴柴，眼前那五個挨著派出所牆邊蹲的小混混，頭上的傷口正是拜柴柴所賜。看見柴柴，那五個小混混憤懣得一塌糊塗，其中一個甚至委屈地指著柴柴哭了起來：「就是這個女人，我們本來自己打架打得好好的，但她一上來，二話不說，直接拿酒瓶朝我們的腦袋瓜子拍下來，我們……我們根本就沒有惹她！」

喬幫主一邊做筆錄一邊抬起眼皮，看了眼柴柴，這次雖然沒露出那經典的白森森牙齒，但嘴角的笑也和此刻我頭頂的日光燈一樣，瓦亮瓦亮的。柴柴對他的笑很不以爲然，閒閒解釋道：「當時我喝多了點，再加上他們長得不太像好人，所以就下手了。」喬幫主還是一句話也不說，嘴角的笑容繼續瓦亮中。柴柴橫下了心，「隨便你們，大不了關我個十天半個月。」小陳趕緊出來打圓場：「不會、不會，我們怎麼會關柴小姐呢？他們是蓄意鬧事，柴小姐妳是路見不平拔刀相助。」蹲在牆角的五個混混憤恨不已：「你們怎麼可以徇私枉法？」小陳眉毛一豎，「不服氣？不服氣自己去變個美女先。」五個混混無語凝咽。

這時，另一個警察叔叔走來，向喬幫主報告：「老大，李大志，王明，任程到醫院去了。」喬幫主問：「是被誰打的？嚴重嗎？」小陳攥緊拳頭，身上小宇宙爆發，「對，是誰傷了他們？西區的還是東區的？」「不是人傷的，好像是吸進毒氣了。」警察叔叔說得一臉不可思議：「聽說，他們才剛推開某間包廂門，一股濁濁臭氣就撲面而來，他們仨一時沒防備，吸了一大口之後就暈倒了……對了，聽說西區大哥雲易風就是在那包廂中找到的，身上沒什麼傷口，想必也是被那氣體薰暈的。」小陳摸著下巴沉思，「看來，現在道上打架開始使用新式武器了。嗯，今後執行任務時，得申請防毒面具才行。」我抬頭，望天花板，望日光燈，望警察叔叔的翹屁股。沒聽見，我什麼也沒聽見。

「既然問完了，又不抓我，那我就走了。」柴柴說完，拉著我便往外走。經過喬幫主身邊時，我聽見喬幫主輕聲說道：「妳多留意點那個大學老師。」柴柴低頭，對著他粲然一笑，「我最該留意的人是你。」聞言，喬幫主抬頭，這次不錯，咧開了嘴，白牙齒又露了出來，閃啊閃的：「沒錯，妳這輩子最應該留意的人就是我……畢竟，我們也是同床共眠過的。」可憐的柴柴，言語上又被占便宜了。

柴柴斂眸，眼神如漆黑的夜。喬幫主微笑，眼裡夾著碎碎的星。派出所又安靜下來了。我慢慢踱到桌邊，將太空杯，電話，筆筒等所有類似磚頭的硬物悄悄轉移給小陳，小陳悄悄接過，又轉移給小鄭，小鄭接過，再轉移給小嚴。開玩笑，一個敢單挑五個混混的女人，你以爲她不敢砸警察？但，柴柴是不屑砸。只見她微微揚起脖子，露出優美的頸脖線條，還有那精緻的下巴，然後，她抬腳離開。我和其他人大大鬆了口氣；我的娘親噢，這兩個人再這麼鬥下去，我們這些做觀眾的不知要白白損失多少細胞。

客套幾句後，我也跟著跑出派出所，追上柴柴。我好奇：「欸，喬幫主要妳留意那個大學老師，是什麼意思？」柴柴打個哈欠，「誰知道？」我問：「算起來，妳和那個老師也交往了快半年，到底感覺怎麼樣啊？」柴柴扳著手指算了一下，「也沒有半年，其間他去了外地研習，我們真正見面的日子也只有兩個月吧。」我問：「那妳覺得他這個人，合適嗎？」柴柴垂眸，思索許久，最終道：「他對我很體貼，但是……我總覺得哪裡怪怪的，我也說不出來。」我寬慰：「會不會是妳多疑了？妳想，以前妳遇到的都是些不正常的，現在好不容易遇到個正常的，所以就不習慣了。」柴柴揉揉額角，突然冒出一句：「想必是這樣吧。那個林封真煩人。」我本來想告訴柴柴，喬幫主對她其實是很有意思的，但想想還是算了。畢竟，最近的日子挺無聊，看他們兩個鬥來鬥去，挺好玩的；我承認，我心黑。

童遙不想把這件事鬧大，於是便瞞著家人，所以照顧他的工作便由我和柴柴承擔，但由於柴柴的工作時間問題，到最後成了由我來照顧童遙。童遙同學是因我而受傷，想到這點，我就感動不已，照顧起他來也是盡心盡力，除了偶爾嘲笑一下他海綿體骨折的過往，基本上不惹他。忙著童遙這邊，我就忘記了許多事情，比如說，小乞丐在打架鬧事那天晚上的異樣；比如說，我在包廂裡砸了四個人的腦袋；比如說，我在西區老大雲易風的臉上放了個屁。

但是沒關係，老天會讓我記得的。

事情發生後第三天，我提著裝了雞湯的保溫罐到醫院為童遙送飯。搭上電梯，正要關門，擠進來兩個人。我眼尾一掃，腳趾頓時縮緊。那個頭上包著紗布、手臂紋著一條龍的人，不就是那晚在包廂洗手間裡，被我和倒楣服務生打倒的那個紋身混混？意識到這，我恨不得將頭別在腳踝處，忙側過身子，縮在角落中。幸好，那紋身混混沒有注意到我，一直專心地和同伴說話：「我記得很清楚，一定是那個女人打了雲哥。」同伴疑惑：「媽的，一個女的怎麼可能把你和雲哥打倒呢？老子實在想不通。」為了維護自己的形象，紋身混混趕緊辯解：「老子是被偷襲的，那女的非常奸詐，雲哥不也是被她偷襲的？」同伴道：「反正啊，雲哥醒來以後臉色鐵青，我跟他跟了這麼久，還是第一次看他這麼生氣。雲哥下令，要不惜一切代價把那女的給挖出來，所以今天才會把你找來，想要你畫出那女人的樣子來。」紋身混混拍胸口保證，「放心，老子唸小學的時候，畫畫還得過學校的特優獎，絕對能畫得比照片還像。」話說到這，電梯到了，兩人一同走了出去。

我站在電梯裡，呆若木雞。那個雲易風也住到這間醫院來了？聽剛才那兩個混混的意思，雲易風似乎灰常灰常灰常灰常的生氣，居然要挖地三尺把我揪出來，鐵定是要把我剁成八大塊。然後，不久的將來，我的屍塊將會出現在這座城市的每一個大型垃圾堆裡，嚇壞撿廢棄物的老婆婆……想到這，我臉白了，手涼了，腳抖了，連髮絲都豎起了。不過，好在雲易風當時沒看見我的模樣，還有時間把童遙轉移出去。下一秒，我趕緊衝到童遙的病房，鎮定地把雞湯端給他，接著再鎮定地出了病房，然後用堪比牙買加飛人閃電波特的速度，衝到主治醫生辦公室，要求為童遙辦理出院手續。可是，醫生居然不在，想必是去巡房了。

我心急火燎，一刻也等不得，正準備去找醫生，但是在門口卻發現那個紋身混混正朝辦公室走來。我頓時手足無措，只得退回辦公室，在房間裡四處轉動，甚至還趴在窗邊，尋思著是不是該跳下去。

71 你……你不要亂來啊！

但樓層實在太高了，這麼一跳，我的腦漿想必要像散落的番茄醬一樣了。情急之下，我看見桌上放著一副眼鏡，還有衣架上隨意掛著的白袍……於是，一個念頭形成了。當他進來時，我已經戴著眼鏡，穿著白袍，坐在辦公座位上裝模作樣地寫著病歷。

紋身混混站在門口吼道：「醫生，我們大哥的頭有點暈，妳趕緊去看看。」我沒有抬頭，也不敢抬頭，只壓低了聲音道：「你們大哥的主治醫生在查房，你們去找他吧。」紋身混混不樂意，道：「這麼說，豈不是要讓我們雲哥等很久！那怎麼行？妳不就是醫生嗎？別囉嗦，快點跟我走。」「我不是主治醫生，對你們大哥的病情不熟悉，你們另外找別人吧。」我的手心裡，背脊上，胳肢窩下，腳底板，連喉嚨中也全是汗，簡直快脫水了。紋身混混火了，惡狠狠地威脅道：「喂，妳是不是看不起我們大哥！妳這個醫生，膽子不小嘛，信不信我們把妳這醫院給拆了？快跟我走！」我屈辱地、被逼地、無奈地站起身，低垂著頭，一步一挪地走向雲易風的病房。但還沒走近，我的心就涼成冰了——病房門口居然站著一整排穿黑衣的小弟，個個臉上都是殺氣騰騰。我扳著手指頭數了數，發現如果我在裡面被碎屍，他們一人拿一個屍塊離開，根本就是神不知鬼不覺。「妳這個醫生是怎麼回事？走得這麼慢，簡直沒有醫德，不拿病人當一回事！」紋身混混在我背後發洩著自己的不滿。我委屈啊，大哥，不是我不想走快，我的腿都被你們給嚇軟了，我怎麼走得快啊？紋身混混繼續在我背後嘀咕著：「外人都說我們是黑社會，依我看，醫院才是最大的黑社會。我們收保護費是明碼實價，但這醫院簡直就是吃人不吐骨頭，吃葡萄不吐葡萄皮，一個小小的感冒都要花幾百塊，簡直是土匪，強盜！」

在這樣的控訴聲中，我推開了病房的門。一眼就看見那個雲易風正在床上躺著，手中拿著一張紙，眉宇微皺。那天晚上與他的兩次見面，都是在黝黯之中，瞧不清晰，而現在，我總算徹底看清了他的模樣。蜜色的肌膚，散發著屬於男人的濃濃氣息；一雙鷹眸漆黑，深沉，如黑洞般有著噬人的黑暗和深邃；他的鼻梁異常高挺，為整張臉勾勒出剛毅、偉岸的線條。他的全身上下都凝聚著一股凜然的王者氣息，讓人不由自主地被他震懾想要臣服。

此刻，他看著那張紙，問道：「你確定那女人就是長這樣？」聲音低沉，威嚴。我身邊的紋身混混忙道：「雲哥，千真萬確，那個女人化成灰我都認識！」我低低地嚎了一聲，骨頭又開始軟了。雲易風不做聲，繼續看著那張紙，眼神中有股低調的銳利。紋身混混諂媚地說道：「大哥，您剛才不是說頭有點暈嗎？我把醫生找來了……喂，妳站在這裡幹嘛，難不成還要我們大哥來請妳？快過去啊！」我就這麼被紋身混混一掌推到雲易風的病床前。給我一百個膽子，我寒食色也不敢抬頭啊。於是，我壓低聲音隨便問了幾個問題，接著下了斷言：「沒什麼大礙，閉眼養一下神就好了。」沒錯，快閉眼吧，大哥！

說完之後，我繼續保持著頭低到腳踝的姿勢，想要轉身，不動聲色地離開。但就在我的腳剛邁出一步的時候，一隻大而有力的手挾帶著驚雷之勢，如鷹般抓住了我的下巴。那動作穩，準，狠，就跟我們老院長抓錢以及我搶菜時一樣。我估計被他這麼一抓，我的下巴能瞬間美容成最近流行的錐子下巴，而且不出血，不開刀，效果自然，無副作用；這雲易風可惜了，要是去當整形專家，絕對能掙得個缽滿盆滿的。在我正感歎著的同時，雲易風擒著我的下巴，逼迫著我把臉抬起來。他看著我的眼睛裡有探究，有深邃，有灼灼；我看著他的眼睛裡有恐懼，有強自鎮定，還有……一顆不大不小不軟不硬的黃燦燦眼屎。我在心中安慰著自己：「別怕、別怕，我穿著白袍，戴著黑框眼鏡，等於套著馬甲，他認不出我的。」但才剛這麼想，雲易風的另一隻手就如閃電般伸過來，「刷」的一下把我的眼鏡取了下來。頓時，我透心涼，晶晶亮。這時，雲易風的眼睛慢慢地半闔了起來……

「妳，」他的聲音低沉，危險：「我好像在哪裡見過妳？」我表面鎮定，但其實此刻已瀕臨尿崩邊緣，「我是大眾臉。」雲易風慢慢地將眼睛移到他手中那幅畫像上。我承認，在此刻，我已經尿崩了；我閉上眼，等待著他摔杯爲號，大吼一聲：「把這女的給我剁碎了，只留胸前的兩個饅頭就行！」時間一分一秒過去，我額上的冷汗匯聚成河，一行行地往下淌。我的心臟平均每秒鐘要噗通跳十下。我的皮膚開始收縮、收縮，不斷地收縮。不知過了多久，雲易風放開了我，接著淡淡道：「看來，是我認錯了。」我猛地張開眼，有點懷疑他是故意的，畫像都拿在手上了，怎麼可能弄錯呢？但是，當我看見那張畫像時，我立即就信了雲易風的話——因爲，那上面的人，我也不認識。一大一小的綠豆眼，一張大餅臉，成龍式的鼻子，占據了半張臉的厚厚香腸嘴，還有滿臉的爛瘡。我要很自豪地說一句，和這幅畫比起來，我簡直就是李嘉欣那種等級的美女。雲易風低下頭，不再看我，「麻煩妳了，醫生。妳可以出去了。」我長吁一口氣，忙腳底抹油，趕緊溜走。但在離開時，我聽見他問了一句：「二少找到了嗎？」他身邊的手下恭敬地回道：「雲哥，那晚我們追著二少去到霞飛路，在巷子口他便不見了。我想，他應該就在那附近，已經加派人手去查了。」接下來，病房門關上，我也就沒聽見下面的話。但我很確定，他們口中的二少，就是小乞丐。這不難猜，因爲我家就在霞飛路附近，加上出事那天，雲易風確實是在追小乞丐。

我討厭複雜的事情，所以，死裡逃生出來後，我飛速爲童遙辦了出院手續，帶著他去到另一間醫院。將他安頓好之後，我立刻跑回家去找小乞丐算帳。算算時間，小乞丐現在應該在喬幫主家中。因爲喬幫主有時會值班，無法回家，怕發生什麼瓦斯忘記關、水龍頭忘記關之類的事情，就配了把屋子鑰匙給我。自從有了鑰匙之後，我就常趁喬幫主不在來到他家，偷翻他冰箱裡的東西吃。我輕車熟路地打開喬幫主家的門，卻沒看見小乞丐。奇了怪了，難不成落跑了？正當我發散思維展開無數設想之時，卻聽見浴室中傳來了「嘩嘩」水聲。

我承認，我寒食色是不純潔的——給我顆葡萄，我可以聯想到它在兩張嘴之間徘徊的情景；給我根香蕉，我可以聯想到男性身體上與它形似的東西。而浴室中的水聲，則瞬間讓我腦海浮現起許多旖旎的畫面。是的，裡面是小乞丐；是的，小乞丐在裡面光著屁股洗澡。我扳著手指頭計算了許久，最後確定，這半年多來我在小乞丐身上確實花了不少銀子，足夠去牛郎店親親帥哥的小嘴，摟摟帥哥的小蠻腰，摸摸帥哥的翹屁股。這麼一想，我就心安理得了。是摘果子的時候了！於是乎，我悄悄推開了浴室門，在一片霧氣濛濛中，我看見了自己想要看的——小乞丐光著身子，站在水柱下。那晶瑩的水珠像水晶簾子般在他光滑的皮膚上流淌，此刻他正仰著頭，水落在他的臉上，濺起顆顆透明的璀璨。黑色的髮絲被水浸濕，緊緊貼在他的頸脖上，勾勒出靡麗的圖騰。小乞丐像穿上了一件透明的水做的紗衣，嫩白的胸膛，纖細的四肢，年輕有彈性的屁股，還有那……粉紅色的小弟弟，眞是看得我熱血上揚，鼻血狂飆啊！

正當我看得入神，小乞丐聽見了動靜。睜開眼看見我，他眉眼一挑，整個人「刷」的一下變得紅通通，耳朵，臉蛋，胸膛，甚至連小弟弟也象徵性地紅了紅，像隻煮熟的蝦子；不過，是隻嫩得讓人流口水的蝦子。小乞丐忙背轉過身，慌亂地想找東西遮住自己的身子。但是忙中出錯，旁邊掛著的浴巾被他顫抖的手弄到地上去了，於是乎，他只能俯下身子去撿。這麼一蹲，那屁股就這麼直愣愣地對準了我。我將雙指放在嘴中，吹了聲口哨，調戲道：「小乞丐，菊花露出來了！」我承認，我寒食色非常流氓。小乞丐手忙腳亂地以浴巾圍住自己的下半身，接著才想到要追究我這個女色魔的行爲。怒火，將他原本就如星子的眼點綴得更加璀璨，將他柔嫩的臉蛋薰染得更加緋紅，將他嬌嫩的唇烘托得更加水潤，簡直是融化人心。

耍流氓的最高境界是什麼？那就是耍了，吃了甜頭，卻不承認。於是，我這個女流氓擺出一副把小乞丐的裸體當大蘿蔔的神態，道：「小乞丐，洗完了就出來，姐姐問你幾句話。」這樣一來，小乞丐就算心中有氣，也不知道該怎麼發了。想必是被我整得暈頭暈腦的，他裹著條浴巾就出來了。在這樣的光線底下，我看得更加清楚了——小乞丐全身上下包裹著著一種接近聖潔的乾淨，有著男孩的純淨，也有著男人的力量。我忽然起了想繼續調戲他的念頭；開玩笑，只是看那麼一看，怎能滿足我寒食色無邊無際的獸慾呢？於是乎，我揮揮手將他喚到床邊坐下。他不疑有他，眞的就過來了。小白兔上鉤，母狼當然不會客氣。我嚴肅地看著他，道：「小乞丐，你老實告訴我，那天晚上究竟怎麼回事？」說話的同時，我的爪子就這麼搭在他光溜溜的肩膀上，那肉質怎一個鮮美了得？聞言，小乞丐的臉僵硬了一下，但是他沒有做聲。我的手慢慢滑落到他的胸口，揚揚眉毛，「那麼，雲易風是你的什麼人？」聞言，小乞丐的身體更僵硬了。

我覷準時機，將他往床上一推，猛地壓上去，按住他的雙手，咧嘴，淫光在牙齒上一閃而過。其實，我並不是眞的想要吃小乞丐，不過是想調戲他，想看他驚慌失措的模樣，想看他花容失色地喊道：「妳……妳不要亂來啊！」於是，我壓在他身上，「嘿嘿嘿嘿嘿……嘿嘿嘿嘿嘿……嘿嘿嘿嘿嘿……」地笑著。可是漸漸地，我笑不出來了。因爲小乞丐的臉上，並沒有出現我渴望看見的驚惶，反而生出了一股鎮靜，有種豁出去的神色。正當我思考著下一步該怎麼辦時，他一個翻身，我們的姿勢調換了——他壓著我，我被他壓著。然後，小乞丐很認眞地看著我，臉頰依舊紅紅的，憋了半天，終於憋出了一句話：「我……我喜歡妳。」

我的心，猛地停拍了。三秒鐘後，我哭喪著臉道：「小乞丐，你……你不要亂來啊！」

72 吃還是不吃，這是個問題

小乞丐依舊壓在我身上，他的耳朵彷若火鍋上漂浮的小辣椒，紅得豔了人的眼；他的眼睛亮閃閃的，像灑上了無數的碎鑽，如星河璀璨。

小乞丐重複道：「我喜歡妳。」我的指尖開始痙攣地抽筋。眞是久走夜路必遇鬼，我寒食色居然被一個小鬼壓在床上，而且還是驚慌失措地壓在床上。最近，我寒食色一直處於自卑狀態，因爲胸前的兩個饅頭縮水了。奶都沒了，拿什麼給人家啃？所以，我不認爲小乞丐會無緣無故喜歡上我，那麼唯一的可能就是——這是他以進爲退的計謀。也不是不可能！這孩子一直在我們面前裝得乖乖的，任勞任怨，任打任罵，任摸屁屁任揪咪咪，乍看確實是個好孩子。但誰知他居然和黑道有關係。由此可以得出結論，小乞丐的腦袋不簡單；也就是說，現在，我是被他整了。

一想到自己剛才被嚇得大喊：「你……你不要亂來啊！」的那個憋屈樣，我就憤懣。小乞丐，要玩？姐姐我陪你！於是乎，我瞇起眼睛，雙手來到他那纖腰處輕揉緩摸，極盡誘惑：「你說你喜歡我，那麼，你現在想對我做什麼呢？」小乞丐低著頭，頭髮上的水珠緩緩滴落在我臉上，每一下，都引起我肌膚的一陣顫慄。我看著他，他的皮膚帶著透明的質感，沒有一絲瑕疵，透著粉嫩的緋紅；他的嘴唇水潤小巧，帶著嬌嫩；他的眸子更加漆黑了，是一種清澈的漆黑，像是下定了某種決心。接著，他猛地俯下身子吻住了我，我們的唇瓣毫無預警地碰撞在一起；在一陣麻木之後，我感覺到了他的唇，柔滑，像果凍一般。他的吻是青澀的、不熟練的，與其說那是吻，不如說是啃咬。他的舌帶著一種顫抖，蠻橫地撬開我的牙齒，強行進入，進入之後便不再作爲，而是乖乖吮吸著我的唇瓣。那是個略帶清純的吻。我完全沒料到他會有這招，只是木愣愣地驚愕著。心中油然升起一股敬佩之情——小乞丐，你果然有種，爲了整我一次，居然出賣自己的色相。但緊接著，我發覺有些不對勁——小乞丐的色相也出賣得太過了。他開始不僅僅滿足於吻我，他的雙手開始在我身上到處摩挲，動作帶著青澀的粗暴，像是急於找到發洩的通道。他那滑膩的肌膚開始升溫，開始變得滾燙，像是身體中有股難耐的情緒即將爆發。此刻，我又很憋屈地慌亂了，因爲即使這只是個遊戲，我也玩不起。

我大叫道：「小乞丐，你別想嫩草吃老牛，快起來……別摸了，讓我起來，姐姐替你蒸一大籠包子，讓你摸個夠！」但小乞丐似乎聽不見我的阻止，他的神色染著迷亂，一種旖旎的、充滿慾望的迷亂。他在喘息著，偶爾還從喉間傳來略爲低沉的、索求的呻吟。他的氣息噴在我的臉頰上，乾淨，清新，綺靡；他的眸子，那雙燦若星辰的眸子，氤氳了情慾的迷離；睫毛微微低垂，濃而捲翹，上面沾染著水滴，晶瑩誘人；他的臉龐帶著纖弱，嬌嫩；他的唇下是躁動的血液，紅豔欲滴，像一顆淺青中泛紅的果子，引誘著人去摘取。我承認，我寒食色的腎上腺素又開始激增了，我的面前是個水嫩的尤物，安能不動心？小乞丐就像一塊深夜放在桌上的巧克力蛋糕，饑腸轆轆的我正猶豫著——一個聲音道：「吃吧、吃吧，吃了妳的胃就不會像貓在抓了。」另一個聲音道：「別吃、別吃，吃了妳起碼要肥十斤，裙子再也穿不下了。」吃還是不吃，這是個問題。

在這決定小乞丐一生的轉折時刻，我忽然想到，國家領導人時時刻刻告訴我們，孩子是祖國的花朵，是旭日初升的太陽。頓時，我的靈臺一片清明。是的，我不能學採花大盜將這嬌嫩的花朵生生折下，不能學后羿將這新鮮的太陽射下。想到這，我的態度開始變得強硬，忙伸手努力推開小乞丐，「我是認真的，再這麼玩下去，我眞的要生氣了！」小乞丐沒有理會，他的唇來到我的頸脖處，他的手甚至開始解我牛仔褲的拉鏈。他的身子有著屬於男孩特有的纖細與白皙，但他的力氣卻大得驚人，讓我感覺惶恐。在推拉之間，小乞丐的浴巾就這麼掉落了；最後一層束縛脫落，小乞丐瞬間失去了理智，他用自己的身體壓著我。所有的慾望都聚集在他的灼熱處，而那灼熱也像一頭幼獸在我雙腿間摩挲，尋找著宣洩的源頭。終於，他似乎忍耐不住，手倏地將我的褲子往下拉。眼瞅著我那不值錢的貞潔即將被奪，我甚驚惶，但驚惶過度後，我反而鎮靜下來，平靜地喚了聲：「小乞丐。」小乞丐費了很大力氣才從激情中抬起頭來。我從他那雙讓慾望氤氳的眼中，看見了自己臉上粲然的笑容以及……手中的電話。「咚」的一聲，我拿起喬幫主床頭櫃上那和磚頭形狀非常相似的電話，狠狠地往小乞丐腦袋瓜子一砸；這一砸，用盡了我平生最大功力，很是不凡。小乞丐哪裡抵抗得住，吃痛，滾下了床。我抓起褲邊，站在床上，蹦跳了三下，將牛仔褲提上，接著，跨過小乞丐，向門外衝去。

一路衝回了自己家裡，快速將門上了三道鎖，然後背靠著門，像一灘摔在門上的番茄醬，慢悠悠地往地上滑去。我的指尖在微微發抖。差點被小乞丐給強了，而不是自己強小乞丐，說出去都丟人。待靈臺清明些許，我開始回味，不，是回想剛才的事情。小乞丐接連兩次說喜歡我，一開始，我懷疑那是計謀，但現在看來，極有可能，他說的是實話。我跑到自己的腦海中，翻箱倒櫃尋找和小乞丐相處的記憶，卻發現我每天對他非打即罵，甚至有時還會因他家務沒做好而不准他吃飯，除此之外，還常拿擦過腳趾的手去掐他的屁股；說實話，連菲律賓童工的日子都過得比他舒坦。可是就在這樣的虐待中，小乞丐居然說自己喜歡上我了，唯一的可能便是這孩子有SM的傾向；其實還有一個可能，就是這孩子從小缺乏母愛，畢竟他可是一邊叫我老女人，一邊愛上了我。但雙手摸了摸自己縮水的奶，便立即打消了這個想法。先把小乞丐愛上我的原因放一旁，我開始思考這件事的解決辦法——是找時間私下跟他開誠布公談一次，說：「孩子，千萬別吃老牛，老牛的肉咬著不舒坦，矼牙！而且，我雖然外表看起來還好，但該下垂的也在下垂了，實在比不上那些十六七歲的小妹妹鮮嫩。奉勸你一句，苦海無涯回頭是岸。」要不然，就擺出一副凜然不可侵犯的樣子直接把他趕走？

這件事，我越想越憋屈。倒不是覺得小乞丐對我不尊重而生氣，主要是，誰是被強的那個，誰是被吃的那個，是很重要的一件事。在地上蹲了半天，坐得我屁股涼冰冰的。一股怒火慢慢沿著我的脊椎往上移動，這……傳到江湖上，我的臉要往哪裡擱啊？於是乎，我倏地站起身，來到廚房，取下那只專門用來敲小乞丐後腦勺的平底鍋，又衝到喬幫主家，把門一踹，飛奔進去，準備劈頭蓋臉對小乞丐來頓慘無人道的擊打。可惜的是，屋裡沒人。小乞丐，還有他那把非常寶貴的小提琴，都消失了。小乞丐，離家了。我站在空蕩蕩的屋子裡，好半天才回過神來。於是乎，又一股佩服之情油然而生——做流氓第二高的境界，就是吃了趕緊落跑；小乞丐，你果然不愧在道上混過，有前途。

原以為小乞丐跑了幾天，會自動回來，但我設想錯誤，那天之後小乞丐再也沒有露面。我也曾和喬幫主四下尋找，但每次都無功而返。在最後一次的尋找中，喬幫主用那種看犯人的目光看著我，頗有深意地說道：「那

「有些事情，想想就行了，真的做了，可是犯法的。」我問：「什麼意思？」喬幫主慢悠悠地說道：「那天我天我回家時，發現浴室中有水，洗浴物品也動過了，再加上床上一片凌亂……所以，妳對他做過什麼，應該不用我明說了吧。」我憋屈啊，敢情喬幫主認為是我趁著他不在，獸性大發，衝進他的屋子把正在洗澡的小乞丐強了，之後小乞丐想不通，憤而出走，也是可能的。不過，事情一開始確實是這樣，但到了後來發生轉折，差點被強的是我，但想必，喬幫主死也不相信我這個曾扒下他褲子、看著他半裸屁股流口水的女人，會反被吃。所以說，平時的形象還是很重要的。

「我查過戶籍資料，雖然確實有叫易歌雲的人，但都不是他。」喬幫主分析著：「想必用的是假名。」這孩子，白吃了我的豆腐之後不僅馬上落跑，而且還留下個假名字。我真是造孽噢。我眼角灑下了幾滴熱淚，才剛想撕張電線杆上的紙來擦擦眼淚，卻發現那是張黑道通緝令——一大一小的綠豆眼，一張大餅臉，成龍式的鼻子，占據了半張臉的厚厚香腸嘴，還有滿臉的爛瘡……這不就是紋身混混畫筆下的我嗎？上面寫著：「抓住此女，必有重謝。」最最下面還有個附註：「此女擅放毒氣，抓捕時，千萬閉氣。」我望望蔚藍的天空，望望電線杆上站著打瞌睡的小鳥，望望喬幫主的翹屁股。沒看見，我什麼都沒看見。

雖然小乞丐和我非親非故，再怎麼說，大家也相處了半年多，他這麼突然地一走，我的心裡很不是滋味。於是乎，上班時，我鬱鬱；吃飯時，我鬱鬱；看望童遙同學時，我鬱鬱。

此刻，童遙同學躺在病床上，端著我熬的雞湯，慢慢地喝著。一邊喝，一邊從碗上抬眼，不著痕跡地打量我。良久，他終於問道：「妳怎麼了？」我用手托著腮幫子，看他。童遙同學被我茫然的眼神看得發毛，於是繼續低頭喝他的雞湯。我歎口氣，忽然道：「原來，一個男人暗戀一個女人很久，都可以不說的。」「咳咳咳！」童遙同學似乎喝得太急，嗆著了。我沉浸在自己的世界中，繼續問道：「原來，一個男人暗戀一個女人時，真的可以完全不讓人看出來。」想必是碗太滑，童遙同學手一歪，雞湯灑了兩滴在被單上。

「小心點！」我趕緊拿紙將雞湯吸去。

73 千方百計偷窺小童遙

但是，慢著！爲什麼剛才童遙的神情有些不對勁，難道……

我忽地抬起頭，眼睛霍霍發亮地看著他，質問道：「童遙，你是不是有什麼事情瞞著我？」此刻，我們靠得很近，鼻尖對著鼻尖。難道，童遙早就知道小乞丐瞎了眼喜歡我的事情？童遙同學看著我，那雙漆黑的眼中彷若有淡淡浮雲慢慢舒卷。此刻，我們的鼻子相互接觸，從鼻端傳來一陣微微的癢意——床頭櫃上放著他朋友派人送來的百合，淡雅清麗的香氣彷彿蘊在每一寸肌膚之上。「果然，還是被妳猜到了。」良久，童遙的右嘴角再度上揚，瀲灩出笑意，「剛才，我朋友送來一盒慕斯蛋糕……就放在那邊。」「我去幫你切！」他話音剛落，我就迫不及待地衝去將那精緻的蛋糕分屍，然後捧著盤子，坐在一旁慢慢享受美味。實在是太愛童遙同學的狐朋狗友了；這麼一吃，就把剛才還在進行的話題給遺忘了。

童遙懶洋洋地問道：「這叫做幫我切嗎？」我用叉子挑了一小塊，遞到他嘴邊，「你不是不愛吃甜食嗎？喏，嘗一嘗就行了。」童遙同學一愣，眼中隨即有某種情緒如雲舒雲卷，接著微微側過頭。居然被嫌棄了，我心戚戚。我用頗受傷的語氣道：「你怕我的口水？算了，幫你切塊新的吧。」「不用了。」童遙的話音中有樣東西明滅幾番，他喃喃道：「還不到時間。」我好奇：「什麼時間？」他眼睛痞兮兮地吊了吊，接著道：「吃飯的時間。」我揶揄：「實在想不到，我們家童遙同學居然是如此有原則的一個人。可是，你找女朋友時，好像是來者不拒。」童遙嘴角的笑意深刻了些，「妳會留意？我以爲妳通常都把我和她們當灰塵。」我拍拍他的肩膀，道：「你說這話就顯得咱們生疏了嘛，我和柴柴整天都在擔心你哪天會得愛滋呢。放心，如果眞的有那天，我和柴柴鐵定不會嫌棄你。不過，如果你眞的因病不幸嗝屁了，記住把你辦公室的那張沙發留給我們。」童遙同學皮笑肉不笑，肉笑皮不笑，「眞是謝謝妳們的關心了！」我再度拍拍他的肩膀，「好說，大家都多少年朋友了。」童遙同學懶洋洋地吊起眼睛，問道：「擦乾淨了嗎？」「乾淨了。」我訕訕地笑笑。剛才吃蛋糕時不小心將奶油黏在手上，因此藉著拍肩膀的機會想在童遙同學身上擦拭一下，沒想到，被發現了。

我看著童遙額頭上包裹的紗布，伸手輕碰了一下，道：「還好是傷在髮際線的地方，不然如果毀容就糟了。」「妳就這麼可惜我的臉？」童遙微微側頭，嘴角微勾，壞壞的痞中帶著優雅的氣質，兩種矛盾混合在一起，撞擊之後融合成特殊的韻味。但即使額頭上包裹著紗布，也遮不住他的秀眉朗目，我長歎口氣，雙手揪住他的臉頰，一邊往兩旁扯，一邊道：「那是當然，你也只有長得好看這個優點了。」童遙同學說著便掀開被子，要起身，「不跟妳胡扯了，我要去噓噓。」我連忙按住他，嚴肅地說道：「不行，醫生說你有點輕微腦震盪，不能下床，所以……就用尿壺吧。」童遙同學揚揚眉毛，「醫生說我有輕微腦震盪？我怎麼不知道？」我撒起謊來，都不結巴的：「我們已經告訴過你了，但因爲你腦震盪，就把這件事給忘了。」接著，我從病床下拿出尿壺，道：「來，掏出你的小鳥，盡情地撒吧。」童遙同學眉目分明的臉上，寫滿了了然，「我看，是妳想趁機偷看我的小弟弟吧。」我皺眉，「怎麼可能？你爲什麼要把我想得這麼壞呢？爲什麼呢？爲什麼呢？爲什麼呢？」童遙同學烏濃的笑眼中，泛著淡淡的、瀲灧的波光，「因爲，妳眼冒綠光，口水滴答，臉部還痙攣地抽搐……寒食色，妳只有想使壞心眼時，才會做出這種表情。」又失策了。這童遙同學確實厲害，我屁股一翹，他就知道我要拉屎還是撒尿。但，能親眼看小童遙一眼，可是我畢生的夢想啊。

多少次，我故意在童遙上洗手間時，裝作不經意的樣子衝進去，想要來個驚鴻一瞥。多少次，我故意在早上六點跑到童遙家，掀開他的被子，想一睹小童遙的眞身。多少次，我在聚會時故意灌他酒，想等他倒下後痛痛快快地看一次。可恨的是，童遙就像保護核子武器般保護著他的小童遙，令我一次也沒能得逞。我勸道：

「別小氣，看一眼又不會死。」童遙道：「那妳把自己的胸部露給我看先。」又是這句話。我恨得牙癢癢，卻對他的強硬態度無可奈何，只能道：「這樣吧，我給你看乳溝，你呢，也不用把你家小童遙全掏出來，掏二分之一就夠了。」童遙笑得全然無害，整張臉在一旁百合花的映照下，染上了剎那芳華。他伸出手，摸了摸我的頭髮，接著道：「孩子，洗洗睡吧。」接著，童遙同學不再理我，下床，穿上鞋，往洗手間走去。

新仇舊恨一時湧上我的心頭，我開始耍賴了，一把攔住他，道：「今天不給看，就別想去上廁所。」我承認，我寒食色無恥。誰知，童遙同學連眼皮都沒抬一下，倏地彎下了腰。還沒來得及反應發生了什麼，他便將我打橫抱起，放在床上，接著再悠閒地、優雅地踱進洗手間，關上門，最後「哢嗒」一聲鎖上門。我衝過去，將洗手間門敲得震天價響，大聲道：「童遙，你的手不方便，讓我幫你扶小雞雞吧，別灑在褲子上了！」裡面傳來「咚」的一聲，也不知是什麼東西倒地了。這次行動又告失敗。我的血管成了高速公路，恨意像駕駛著藍寶堅尼在裡面飛飆。我對天花板「嗷」了一聲，接著惡狠狠地發下重誓：「我寒食色，這輩子，一定要看一眼你的小弟弟！」良久，童遙的聲音慢悠悠地從裡面傳來：「放心，在那之前，我一定會先看見妳的小妹妹。」

於是，藍寶堅尼繼續飛飆。

……

雖然上次成功地從雲易風手中逃脫，但我的一顆黑焦焦小心肝卻依舊在半空玩著彈跳——忽上忽下，忽下忽上。晚上睡覺時，一旦外面有什麼風吹草動，我便往窗戶衝，就擔心道上混的衝進我家，把我給磕擦了。這麼擔驚受怕了好幾天，也不見有人找上來，我漸漸放下了心。誰知，就在我最不設防的時刻，雲易風找上門來了；更確切地說，是雲易風派人找到我了；說得再具體點，就是那個紋身混混來了。當時，我正坐在診間裡，低頭著看雜誌，他直接衝進來，拽兮兮地問道：「誰是寒食色？」我下意識應了聲，一邊應，還一邊抬起頭來，結果發現來人居然是紋身混混。我連忙低頭，但已經來不及了。紋身混混眼睛一瞇，走到我面前，詫異道：「咦，妳不是那天那個在東山醫院爲我們老大檢查的醫生嗎？怎麼又出現在這裡了？」我吞了口唾沫，道：「那裡是兼職，這裡是正職。」紋身混混摸摸自己纏著紗布的腦袋，湊近，仔細地看著我，疑惑道：「奇怪，今天看妳，怎麼覺得這麼眼熟？」我外表鎮定，內心焦灼，「因爲我們上次在那家醫院才見過。」紋身混混的眉毛都要皺成地質斷層了，「好像是。可是除了那次，我似乎還在哪裡見過妳。」我趕緊岔開話題，打斷他的思路：「你找我有什麼事？」紋身混混說明來意：「我們老大要妳去一趟。」「我……我……我和他又不熟，幹嘛要去？」聞言，我的心像在打鼓似的，震得我眼皮都開始跳了。糟糕，絕對沒好事。紋身混混不耐煩了，催促道：「老大叫妳去就去，這麼多話幹嘛？快走！」我無可奈何，只能跟著他離開。

臨出門之際，我學習小李飛刀，暗暗在懷中藏了五把鋥亮鋥亮的手術刀。大不了，咱們來個魚死網破，臨死前，我也要抓幾根命根子下地獄！

74 重口味的兄弟情

懷著這種心情，我跟隨紋身混混坐車來到了錦湖山莊。這裡是市內首席富人區，是歐式風格的別墅群，裡面的住戶非富即貴，全都大有來頭。想到自己臨被磕擦前還能一飽眼福，我心甚慰。

這錦湖山莊果眞不凡，連守門的保全哥哥都長得特別帥，像棵小白楊似的，挺胸收腹翹屁屁。那眉目才叫一個英挺，那臉蛋才叫一個俊秀，那雙腿才叫一個修長……如果我是富婆，絕對會包養他，天天放床上跟我○○與××。進入山莊裡，我很不爭氣地驚歎了。地面纖塵不染，空氣清新可喜，即使是冬日，四處也布滿了融融綠意，那些精緻古樸的設計有著濃厚的莊園氣息。實在沒想到，在這個喧囂的城市中還有這樣一處世外桃源；不過，桃源是要很多很多錢堆積出來的，比如說，黑錢。那雲易風掙的，不就是黑錢嗎？一邊感歎著，車子在一幢別墅前停下。

我仔細打量了起來，別墅前的草坪長得特別旺盛，那綠意濃到了骨子裡。我絕對有理由相信，草坪底下不知埋藏了多少具屍體，否則爲什麼冬天不好好在泥土中縮著，還不要命似地長這麼旺？說不定，我今晚就會在這泥土中待著。想到這，我的腳趾緊縮，手指顫抖，髮尖彎曲。在紋身混混的催促下，我臉色灰敗地走進了別墅。進入屋子後，一陣涼意直撲而來。實際上，裡面開著暖氣，溫度適宜，可是卻依舊讓人覺得冷。屋裡的家具，裝飾，全是灰色系；桌椅，地板，全都光滑如鏡，流溢著冰冷的線條。這是一個只有男人居住的地方，不是家，只是一個地方。環顧一圈之後，我看見了在沙發上坐著的雲易風，他依舊是一身黑色西裝。我非常不明白，爲什麼他們整天總是穿黑色，難道就因爲大家稱呼他們爲黑道？那警察叔叔們還是白道呢，也沒見他們白衣勝雪啊。我暗暗腹誹：「裝逼遭雷劈！」後來，我眞的問了雲易風這個問題；在我的設想中，他一定會用世間最滄桑的語氣以及亙古荒漠的眼神，道：「因爲如果我受傷了，那些血染在黑色衣服上，外人若看見，也不過認爲那只是水跡罷了。」但實際上，他卻用最自然的語氣說道：「因爲大家都穿黑色，你一個人穿其他顏色就太顯眼，容易被子彈追。」這確實不像黑道大哥說的話，不過算了，也沒人規定道上大哥必須像不怕死的傢伙跑第一去堵槍眼。

雲易風只是安靜地坐在那裡，即使什麼也不做，什麼也不說，卻有股很強的存在感。他渾身線條剛毅，散發出內斂的、凜然的氣息，整個人看上去卓爾不群。他的眉目黑且銳利，一種清冽的銳利；鼻梁高挺，筆直，透著嚴峻；蜜色的、充滿男人氣息的肌膚，包裹住他健壯得恰到好處的肌肉；還有那結實有力的雙臂，修長勻稱的雙腿，柔韌無贅肉的腰肢，而雖然屁股被擋住，不過想必也是有彈性的肌肉……我看得入了神，想必我的眼睛又冒綠光，口水又開始滴答，臉部又痙攣地抽搐了。所以，雲易風看著我的眸子，半闔著：「妳是寒食色？」他話音落了許久，我才回過神來，恍惚地應了聲：「是的。」聞言，雲易風的鷹眸半斂，一道寒光在裡面流溢而過，「妳是不是曾經收留了一個少年。」少年？鐵定就是小乞丐。我就知道，這孩子絕對和黑道有關係。面對他逼視的目光，我只能點頭，道：「是的。」雲易風雙目炯如寒星，「妳爲什麼要收留他？」「因爲當時他在外面乞討，有次發了高燒，病中一直住在我家，病好了之後，也就糊裡糊塗地住下了。」我說的是大實話。「那麼，妳現在是把他當什麼人呢？」雲易風就這麼盯著我，那眼光像重石般壓在我身上。我現在把小乞丐當什麼人？這肯定取決於大哥你把小乞丐當什麼人了。

事情發展到這，我的腦子開始飛速旋轉起來。雖然我知道小乞丐和雲易風有某種關係，但是並不確定他們究竟有什麼關係。如果是朋友還好說，如果是敵人呢？我幫助了他雲易風的敵人，雲易風豈能輕饒過我？於是乎，我甚猶豫。正在這猶豫的當下，那個紋身混混不耐煩兼狗腿地催促道：「我們大哥問妳話，發什麼愣？」

看著雲易風那雙瞧不出神情的眸光，我只能硬著頭皮道：「我把他當……當孩子。」小乞丐確實是個未成年的孩子；我這麼說，沒透露出喜惡，甚穩妥。接下來我豎起耳朵，仔細聆聽雲易風話語中的風向。如果雲易風說小乞丐是他的朋友，那我肯定要大大宣揚自己對小乞丐的好；說我一看就知道那孩子氣度不凡，整天是如何如何地把小乞丐當神仙般供著，讓他衣來伸手飯來張口，除了上廁所，什麼事情都幫他做。但如果雲易風說小乞丐是他的敵人，那我肯定要大大宣揚自己是怎樣往死裡虐待小乞丐；說我一看就發現那孩子獐眉鼠目，賊頭賊腦，一臉賤相，所以整天對他非打即罵，命令他服侍我，讓我衣來伸手飯來張口，除了上廁所，什麼事情都幫我做。

可是，雲易風接下來卻問道：「妳對他，有意思嗎？」我眉毛顫抖了一下，小心翼翼地反問：「您剛才問的有意思中的『意思』，是什麼意思？」雲易風緩緩回答：「我剛才問的有意思中的『意思』，意思就是妳對那少年，有沒有男女意思？」旁邊，雲易風的手下腦袋開始發暈，一個個眼睛裡開始有圈圈在旋轉，想必腦神經也開始打結了；而我的眉毛也呈現波浪狀，一波一波地浮動著。男女意思……男女意思！我總算明白雲易風和小乞丐之間的關係了——原來是情侶。白皙柔弱的小受承受不住霸道強壯的小攻日日求歡，終於鼓足勇氣，逃了出來；結果半年之後，兩人在酒吧的洗手間相遇。於是，小攻將小受抵在鏡子上，邪肆地說道：「這輩子，你休想再逃出我的手掌心。」可是小受趁他不備，還是逃了出去，像隻小兔子般消失在溶溶月色裡。幾天後，小攻終於查到小受在消失的這段時間，和一個女人住在一起。因遭到背叛而湧起的憤怒，強大的醋意，像卡翠娜颶風般橫掃眾生；小攻一生氣，女配角的後果就很嚴重。要知道，耽美小說中的女配角，那才叫死得一個慘不忍睹啊。我就納悶，爲什麼小乞丐會喜歡我，現在總算弄明白了——「壓我，總比被雲易風那副身板壓要輕鬆吧。」這要是讓雲易風知道，小乞丐和我在床上打了一次架，他絕對會直接把我扔進機器裡壓個粉碎，做成三大袋肥料，供這別墅前的草坪吸收養分。等到把小乞丐找回來之後，他會抱著他，用最陰森的笑容指著草坪，道：「看，那女人就睡在草裡，每一根草都是她的眼睛。」想到這，我牙關開始打顫，頭皮也開始緊縮。

爲了保命，我恨不得拿上好的冷泉水洗淨我和小乞丐的關係。於是，我忙道：「不、不、不，怎麼可能，我一直把他當弟弟，不，是當妹妹看待。而且、而且，他告訴我說自己喜歡一個男人，說那男人有著寬厚的肩膀，強壯的胸肌，蜜色的肌膚，深邃的眸子……對了，我還聽見他在睡夢中喊著什麼『風，抱緊我。抱緊我，風』，想必那男人的名字裡有個風吧。」一口氣把這番話說完，我大大鬆了口氣。這番話不僅成功撇清我和小乞丐的關係，而且還突顯出小乞丐對他的深情。說不定雲易風一個高興之下，不但會放我回去，還會爲我在這附近買幢別墅，方便我和小乞丐兩個姐妹情深呢。但是話音剛落，整間屋子的氣氛變得十分沉悶。漸漸地，旁邊有了竊竊私語——「原來二少喜歡的是男人。」「寬厚的肩膀，強壯的胸肌，蜜色的肌膚，深邃的眸子，名字裡有個風字……不就是雲哥嗎？」「這麼說……二少愛的是雲哥？」很好、很好，大家都聽懂了我話裡的意思，我心甚慰。可是接下來的一些話，卻驚得我頭髮根根豎起——「可是……雲哥是二少的親哥哥啊！」「現在不是流行什麼耽美嗎？只能說二少有點重口味。」「那二少說『抱我』，想必是已經被雲哥抱過了？」這些話雖然說得很小聲，卻像無數根冰做的釘子般，一下下釘入了我的骨髓深處。

原來雲易風和小乞丐是……親兄弟，那麼我剛才的那番話完全是……找死；而且這次還會死得……硬邦邦的。此刻，雲易風的臉色不是一般的難看，他看著我的眼神銳利如刀片，「刷刷刷」地射過來，將我的五花肉一片片刮下來。我屏氣斂息，腦子亂成了一鍋煮沸的粥，正「呼嚕呼嚕」地翻滾著。天下死法千千萬，就是不知雲易風要賜予我哪一種。腦子裡正翻來覆去地呈現著自己的死狀，雲易風開口了：「易歌就在樓上，妳去看看他吧。」我一時沒反應過來：「易歌是誰？」雲易風道：「就是妳一直照顧著的那個少年。」聲音靜靜的，頗爲冷酷。我「噢」了一聲，接著省悟過來，小乞丐說自己叫易歌雲，倒過來就是雲易歌；居然跟我們玩這一手，小乞丐，看我怎麼扒了你的皮！雲易風吩咐：「龍三，你帶她上去吧。」旁邊那個紋身混混忙應了一聲，接著便催促我往樓上走。紋身混混原來叫龍三，難道就因爲他手臂上紋了一條龍？可是說實話，他的紋身師傅手藝太差，晃眼看去還以爲是條蟲呢，還不如叫蟲三。

一邊這麼腹誹著，我一邊踏上了樓梯。剛踏上三階，背後傳來了雲易風的問話：「寒小姐，我總覺得我們似乎見過。」紋身混混幫忙解釋道：「大哥，她上次在東山醫院替你檢查過一次，那是她的兼職，正職是封士男性專科醫院的醫生。」我趕緊點頭如搗蒜。但我忘記了，雲易風不是龍三，沒這麼好矇騙過去。只見他那雙鷹眸閃過一道綿長的幽芒，「我總覺得，我們不只見過那麼一次。」聞言，我的背脊像有隻大蜘蛛在爬似的，令人毛骨悚然……涼意一陣陣從腳趾傳遞到四肢百骸。雪上加霜的是，我身子一抖，隨著「哐噹哐噹」一陣金屬敲擊聲，那五把藏在我內衣裡用來防身的小李飛刀，稀里嘩啦全數落在地上。房間裡的氣氛又重新沉寂了下來……

所有人的目光，都落在那幾把鋥亮鋥亮兼做暗器的手術刀上。

75 嫩桃花

「這是什麼？」龍三皺眉。

我稍稍愣了片刻，隨即若無其事且雲淡風輕，或說是故作若無其事且雲淡風輕地說道：「噢，這個啊，是我吃飯的傢伙。醫生嘛，都要用的，所以要隨身攜帶，便於練習。各位大哥別看這個東西小，切起皮肉來可一點也不含糊呢。記得有次我切一個患者屁股上的小瘡，刀才剛挨到那瘡的表面，皮就破了，接著裡面那些白色的膿液像岩漿似的噴了出來，濺得滿天花板都是，滴滴答答滴滴答答直往下掉……」聞言，那些小弟全都臉色慘白，喉結上下翻滾，像是作嘔的前兆。龍三忙拖著我上樓來到一個房間前，恭敬地敲了三下門，接著一把將我推進去，然後快速將門關上。他那厭惡的神情，像在對待一條鼻涕蟲，傷人自尊啊。

安撫了一下自己受傷的黑焦焦小心肝，我這才開始觀察起自己所在的房間。和樓下的裝潢是同樣風格，所有東西都像鏡子般光滑，乾淨，可是卻沒有一絲家的感覺。這時，我看見床上的棉被，拱起成一團，像是有人睡在裡面；不用說，肯定就是小乞丐。我躡手躡腳地走過去，輕輕掀開了被子，果然，裡頭是沉睡中的小乞丐。他的睡容非常寧靜，臉頰還是一如既往的水嫩，像新生的柳枝輕飄飄地撫在人心上，癢癢的。他的嘴唇，水潤中泛著柔和的光，吻上去一定有種清新的薄荷氣息。他的頭髮漆黑柔軟，細緻光滑，散落在臉頰邊，讓人伸出想撫摸的遐思。我真的伸出手撫摸著他的頭髮，一下一下，接著……再拿起旁邊的一本精裝書，狠狠朝小乞丐的後腦勺砸下去。隨著一聲悶哼，我成功敲醒了小乞丐。眼前的人憤怒睜眼，看見是我，小乞丐愣住了，像看見從天而降的仙女姐姐。好，我承認誇張了一點，其實，他吃驚的樣子，更像是看見了一個拿著掃把、長著個大大鷹鉤鼻、門牙缺了一顆、滿臉皺紋的巫婆。小乞丐是愣住了，像中了定身咒般坐在床上。但我可沒被定住，所以繼續拿書猛砸他的腦袋瓜子，一邊砸還一邊罵道：「你個死小孩，一聲不響就跑出去，你知不知道我們很擔心？我和喬幫主找了你一個星期，到處跑，就怕你被人肉販子給拐賣到山區了。結果呢，你居然給我在這裡吃好睡好，屁事沒有！你打個電話通知我們報一聲平安，不行嗎？你睡、你睡，我讓你睡！」小乞丐的腦袋瓜子就這麼被我砸得東倒西歪的。

等砸了差不多二十幾下，砸得小乞丐的腦袋成了多邊形時，他像睡醒似的猛地省悟過來，一把抓住我拿書的手，怒吼道：「老女人，很痛的，別砸了！」我掙脫開他的手，繼續砸，「不痛不足以平息我心中的怒氣！」到最後，小乞丐的怒火被敲起來了。他倏地抓住我的雙手，將我壓在床上。我的雙手被他禁錮在頭頂，他壓在我身上，低頭看著我，我們身體的某一處相互碰觸著。這是個經典姿勢。小乞丐看著我，那眼神像一泓春水，想要溺死人；他的眼睛璀璨若星，清澈乾淨。「我不聯繫妳，是因爲……」他的聲音異常低柔：「是因爲我不敢聯繫妳……我怕見到妳……怕妳再也不理我，怕妳討厭我。寒食色，妳……妳討厭我嗎，在我對妳做了那件事之後？」我深深地看著他，然後緩緩說道：「小乞丐，你的小弟弟搭帳篷了。」我說的是實話，我們這種姿勢直接讓小乞丐的命根子抵住了我的小妹妹，所以他的命根子也一點一點開始搭起了帳篷。聞言，小乞丐整個人都熟透了，耳朵紅得透明。他立刻放開我，坐起了身子。模樣確實可愛。

雖然剛才我的注意力大都集中在小乞丐那偷偷違章搭建的小弟弟身上，但也確實將他的話聽進了心裡。我認眞回答了他的話：「我不討厭你。」「眞的嗎？」小乞丐眼睛亮了，眸子閃現著清麗的光。我道：「那天的事情，其實是我挑起的。是我先調戲你的，不是嗎？」小乞丐微微垂著頭，睫毛黑細捲翹，皮膚有著玉的質感，瑩潤透明。我繼續道：「小乞丐，其實是我的錯，眞的，是我的錯。我寒食色就是一個女流氓，一個女無賴，每天沒事就思考怎麼吃美男的豆腐，所以沒事就掐你屁股，揪你咪咪。不過上次，你也算是吃回來了，雖然我的豆腐沒你嫩，但嫩豆腐，好豆腐，只要能吃到就是好豆腐……」

「我喜歡妳……」小乞丐的聲音低低的，在整個房間中幽幽徘徊：「我……眞的喜歡妳。」小乞丐臉上那桃花般的粉嫩慢慢飄到了的臉上，聽著這青澀的表白，我的老臉也慢慢紅了。娘親咧，這朵桃花，眞嫩；可惜，我不是化肥，我是條大蛀蟲。於是，我甚誠懇地對小乞丐說道：「我也喜歡你，但是，是那種弟弟般的喜歡。易歌啊，你長得好，家境也好，性格也好，可是你才十七歲，我下不了手的……好，我承認是對你下過手，但那是輕手，無傷大雅的那種，不是重手，我要是對你下了重手，你能活過幾天啊。」小乞丐似乎鑽進了胡同，執拗地說道：「妳也比我大不了幾歲。那麼，妳願意等我嗎？等我成年，等我到了妳認爲適合的年齡。」我搖搖頭，沒有片刻的猶豫，我道：「易歌，我眞的無法對你保證什麼。事實上，感情這種事，任何人都無法保證什麼。沒有人該等誰一輩子，也沒有誰是非誰不可。感情這種事，靠的就是機緣。最後和你在一起的人，很多時候，並不是你的刻骨銘心。」小乞丐依舊垂著頭，眉目分明的臉此刻蒙上了一層鬱鬱。良久，他像下定了決心似的，忽然抬頭，眼神霍亮，道：「我不需要妳等我，但是我會等待。等我到了適合的年齡，我會重新開始追求妳，那個時候妳再也不能拒絕我！」

其實直到剛才，我都對小乞丐和雲易風是親兄弟這一事實感到懷疑，主要是，兩人外型差太多了；但現在我確定了，小乞丐的血液中也流竄著那種霸道的氣質。其實，能被一朵嫩桃花纏上，也是一種榮幸，而且誰又知道以後會發生什麼呢？於是，我點頭：「好，那時候，我鐵定不會拒絕你。」說完之後，忽然有種暈陶陶的感覺。剛開始還擔心，倘若童遙在三十五歲之前就結婚了，撇下我一人該怎麼辦；現在，等於有了兩份保險，我心甚慰。但仔細想想，這兩朵桃花都不是什麼保險的傢伙。一朵是友情之花，另一朵嫩得出水，想必最後的最後，我還是會孤老終身；這麼一想，我心復戚戚。算了，事情想多了就沒法子活了，所以我決定開始打聽一些八卦，比如，小乞丐的身家。在我的引誘與逼迫下，小乞丐說出了我想聽的事情……

原來，小乞丐和雲易風是同父異母的兄弟。他們的父親原來便是道上的大哥，雖然母親不同，但兩人自小關係還是很親厚的。他們的父親早就把雲易風培養成接班人，而因爲沒有壓力，小乞丐便得以過自己喜歡的生活。他從小就喜歡拉小提琴，於是決定高中畢業後去維也納考音樂學院。兩年前，他們的父親因心臟病發不幸去世，雲易風便順理成章接替了父親的位置。自那之後，雲易風便要求小乞丐放棄學習音樂，幫他管理家族生意。小乞丐當然不願意放棄自己多年的夢想，兄弟倆時常因這件事吵得不可開交。終於有一天，兩人吵著吵著，吵厲害了，小乞丐便揹起個包袱，離家出走。接下來，小乞丐在街上流浪了一段時間，吃了不少苦。再接下來，小乞丐來到我家附近的地下道，沒事被我整，吃了更多的苦。最後，小乞丐住進了我家，整天被我奴役，像每天吃進一大把黃蓮，苦不堪言。原以爲日子會這樣過下去，沒想到，那天在酒吧，小乞丐居然和雲易風碰面了。不過，他的腳比較快，「嗖」的一聲逃了出去。幾天之後，他和我在床上鬧了一場架，我拿電話砸了他的頭之後趕緊跑走，小乞丐後悔不迭，再加上一顆粉嫩嫩的少男心初踏情場便被傷害得鮮血淋漓，一時想不開，覺得無法再和我見面，便拿著自己的小提琴離開了。但出去沒多久，就被埋伏在社區附近的雲易風手下抓住，逮了回來。整件事就是這樣。

聽完後，我長歎一聲。不精彩，一點也不精彩。還不如我一剛開始構思的那重口味兄弟情好玩。其實我還想問，小乞丐爲什麼會喜歡我。但我寒食色雖然沒臉沒皮，不知怎麼搞的還是不好意思問，也就自動忽略了這個問題。我問：「那你現在打算怎麼辦？我是指，你還是鐵了心要學小提琴嗎？」小乞丐意志堅定地點點頭，「我會和我哥抗爭到底。」其實，我覺得雲易風並不是那種全然霸道的人，而且他還是挺關心小乞丐的，否則也不會費力把我抓到這裡陪小乞丐解悶。剛才他問我的那幾個問題，也是在視察我對小乞丐的眞心。如果不關心，又怎麼會擔心呢？可是我不打算勸小乞丐。人人都有青春期，我記得我那時候，每到氣頭上，別人越勸，我越鐵了心要往另一個方向走，九個裸體帥哥都拉不回來。所以，而今眼下這處於青春期中的小乞丐，還是讓他耳根清靜些比較好。正在這時，門口響起了三道恭敬的敲門聲。之後，龍三打開門，道：「二少，雲哥請這女……那個，是請寒……寒小姐去一趟，他想和她談談話。」我詫異啊，龍三居然也會這麼有禮貌，真是盤古開天地。詫異之後，我便起身，跟著龍三走到雲易風的書房。

一邊走，我一邊隨意地問道：「你們老大找我有什麼事啊？」龍三道：「去了妳就知道了。」龍三的聲音，帶有一種強力壓抑後的平靜，可惜當時我沒聽出來。我以爲雲易風找我，是爲了感謝我對小乞丐這陣子的照顧，而支票不就是擱在書房嗎？我開始想像那張支票上的數字，口水「嘩啦啦」地流淌下來。但是當我進去之後，我的口水凝在嘴角，寒意像水一般劈頭蓋臉地朝我潑來。

我看見，書房裡蹲著兩個熟悉中透著不熟悉、不熟悉中透著熟悉的人——刀疤，光頭，就是那晚在酒吧包廂的洗手間，被我和那個倒楣服務生敲暈的兩人。看見我，他們眼中燃起了熊熊的怒火。我眼見不對勁，拔腿就要跑。但才剛轉身，就看見另一雙燃著熊熊怒火的眼睛，是龍三的。

76 看我宇宙無敵鐵頭功

我回過神來。

在那瞬間，我下定決心：「打死，都不承認自己幹過的事。」並不是怕這三人的打擊報復，他們只是小蝦米，想必一報出喬幫主的名字他們就會嚇得尿崩。我怕的是雲易風。如果我承認敲過這三人的後腦勺，就等於直接告訴雲易風那個從背後偷襲他、而且一屁股坐在他臉上，最後還好死不死放了個屁的女人，就是——不才在下我。如果我最後被碎屍萬段，那還可能是雲易風信了佛的下場。所以，我打定主意堅決不認。

我氣定神閒或是故作氣定神閒地轉過頭來，看著雲易風，若無其事地問道：「雲先生，聽說你找我，請問有什麼事嗎？」雲易風眼中翻捲著一團濃重的墨色，嘴角抿得緊緊的：「寒小姐，根據妳剛才的反應，我認為妳已經很清楚，我為什麼要找妳來了。」我拍拍腦袋，解釋道：「剛才的反應？你也知道，我一個平民老百姓哪裡見過這樣的陣仗，當然是下意識就想跑。但我一想，咦，不對啊，我收留了易歌，悉心照顧了他，又沒有加害他，雲先生沒有理由傷害我啊。」我說這話其實是在間接提醒雲易風：「我救了你弟弟，恩怨也抵銷了，大哥你就別再追究，放小妹一條生路吧。」但沒等雲易風發言，那邊的光頭和刀疤便叫嚷開了：「就是這個女人！是她用鐵棒打了我們！」我趕緊拿龍三來擋：「你們不要含血噴人！人家龍哥已經把那個女人的畫像清清楚楚畫出來了，和我長得完全不一樣。你們現在的意思是在指責龍哥故意亂畫，欺騙雲先生嗎？我知道了，你們是想害龍哥被家法處置。你們好殘忍，真的好殘忍……龍哥，你自己說，你有沒有騙雲先生？」我這番話也等於是要為龍三敲響警鐘：「小龍啊，我們可是繫在同一條線上的螞蚱，我要是死了，你也活不成，自己好好斟酌一下吧。」果然，只見龍三的身子骨抖了抖。威脅奏效了，我心甚安。這怪誰啊？誰叫他自己當初因為好面子，故意把我畫成母猩猩的模樣，現在自食惡果了吧。

雲易風問：「龍三，你說老實話，那天的女人究竟長得什麼樣子？雖然光線黝黯，但你至少應該看清了那女人的身材吧。」龍三左右為難。想必他現在也想起了，那天扁他的人確實是我。可是若指認我，等於承認他當時欺騙了雲易風，而且這些天拿著那張母猩猩圖畫到處奔波查找的兄弟，絕對會把他給菊爆；但若是不說，讓我這個仇敵逍遙法外，又實在嚥不下心中那口氣。良久，他終於憋出一句話：「雲哥，我當時……當時確實沒看清，但是……那個女人真的很強壯。」──「當當當」，除去了一害，而且這一害，還是邪惡集團裡的軸心人物；畢竟，其餘兩害是東區大刀的人，十句話也抵不上龍三的一句。雲易風點點頭，站起身來，慢悠悠地朝我踱近：「我明白了。看來，是一場誤會。」地上鋪著地毯，雲易風的鞋踏在上面，毫無聲息。我大度地擺擺手，「沒關係。」說這話時，雲易風已經來到我面前，他的陰影投射在我身上，帶來了很強的壓迫感。我不由自主吞了口唾沫，接著道：「易歌還在等我，沒事的話，我先出去了。」雲易風稜角分明的下顎稍稍動了一下，算是應允了。於是，我連忙轉身。

但就在這時，一雙大手猛地抓住了我的腳踝，我的心臟頓時停止跳動，我的血液頓時停止流動，我的腦子頓時停止思考。這個場景非常熟悉──當時在那個黑暗的包廂中，當我把雲易風一棒打倒之後，躺在地上的他就是用手抓住了我這個部位，而從那個動作開始，悲劇就發生了……此刻，雖然我沒有回頭，但感覺得到這雙手和那一晚抓我腳踝的手，觸感是一樣的。換言之，而今眼下抓我腳踝的人，就是雲易風。既然我能夠回憶起來，那麼雲易風也能記起──我的腳踝和那晚坐他臉上那個女人的腳踝，是同樣一副腳踝。他這麼做，無非是要親自查找真相。不愧是大哥！只是我現在，沒有心情佩服他。雲易風慢慢地站起身子，他那雙鷹眸像萬年不化的冰，冷到我的骨髓深處，冷到我的四肢百骸，冷得我的髮絲都結冰了。「原來，」雲易風的聲音像一大塊墜入湖中的冰，傳來一陣窒悶低沉的冷：「妳就是那個女人！」終於，二害又成功新加入一員猛將。這一刻，房裡所有人臉上都寫著濃濃的殺氣；當然，全是針對我的。娘親咧，這次要死得硬邦邦的了。

我需要時間思考自己該如何逃出生天。於是，我只能諂媚地對著滿屋子的人笑，「呃呃呃呃呃……呵呵呵呵呵……呃呃呃呃呃……呵呵呵呵呵……」笑聲就這麼在書房中迴盪，在空中撞擊，成功地將每個人的怒火又加上了一把油。龍三問：「老大，該拿她怎麼辦？」雲易風盯著我，一雙眼睛寒氣逼人。能不氣惱嗎？面對一個從背後用棒子砸了你，接著一屁股坐在你臉上，最後再順便買一送一放了個悶聲屁的人。我明智地停止了「呃呃呃呃呃……呵呵呵呵呵……」式的諂媚笑聲，趕在雲易風發話前，用平時最大的吼音大喊道：「雲易歌！快來救命啊！」那聲音是真的大，屋頂差點都被掀翻了。這麼一來，雲易風下的第一道對付我的命令，便是：「把她的嘴給我堵住。」話音剛落，他的幾個手下就朝我奔來，首當其衝的便是那紋身混混，龍三。他目露紅光，齜牙咧嘴，那才叫一個凶神惡煞，面目猙獰，活像我放火燒了他家屋子、強暴了他爺爺似的。其實我覺得自己也挺委屈的，當時明明是這個龍三先要打我，我不過是自衛……這麼一想，小宇宙瞬間爆發。

還好我有先見之明，從醫院出來時拿了五把手術刀防身。於是，我立即從懷裡掏出刀子，直接對準他們的褲襠「擦擦擦」地胡亂比劃著。別小看我們醫生，咱們也是拿刀吃飯的。一邊比劃，我一邊大喊道：「你們這群禽獸，土匪，你們怎麼可以如此對待一個手無縛雞之力且手無寸鐵的弱女子呢？」確實是手無寸鐵，手術刀是不鏽鋼做的，不是鐵。我質問的聲音頗有些雨帶梨花的韻味，當我說完之後，便發覺他們不再進攻了。難道是我的示弱策略奏效？定睛一看，這才發現他們的褲襠都已經被刀劃成一條條布了，那一條條小碎布就這麼隨風飄揚，那一條條大腿就這麼暴露在眾人眼前。不愧是混黑社會的，總是待在黑暗之中，沒曬什麼太陽，那些大腿全是白花花的，晃得我暈陶陶的。欣賞完之後，我發現，他們的怒火更熾了；也是，裝柔弱的是我，受傷的卻是他們，能不氣嗎？我趁他們暫時不敢上前，忙三步併兩步衝到門前，打開門，想往外衝，但雲易風也同樣三步併兩步追了上來——他腿長，沒法子，我就這麼憋屈地被他揪住了。他使力想把我抓回來，但我的手卻死死抓住門框；那是我最後的救命繩索，絕不能放。

於是，我們開始了拉鋸戰。雲易風用力把我往書房中拽，我卻更用力地偏不往裡面走。人的潛力是很大的，在這攸關生死的時刻，我的力氣大得驚人。但雲易風不是一般人，他眉宇一皺，手上忽然加力，猛地將我往後一拉。我受不住，手一滑，就這麼被拉回去了。但由於慣性等複雜的物理因素，我控制不住自己的速度，因此身子便像一顆巨型子彈般朝雲易風懷中衝去，而接下來，可以發生很多事情……

比如說，雲易風可以一手禁錮著我，一手挑起我那並不瓜子的下巴，邪肆地說道：「妳以爲，妳可以逃出我的手掌心嗎？那是不可能的，妳這磨人的小東西。」比如說，因爲這樣的動作，我不小心，他沒留意，當我旋轉回去時，我們的雙唇就這麼碰觸在一起，自此天雷勾動地火，慾火如火山般爆發了。可是，卻有兩個條件阻止了這一桃色事件發生。第一，是我和雲易風的身高問題。我不矮，但雲易風挺高，所以我的頭頂剛好挨著他的下巴，而當我這顆巨型子彈飛回時，腦袋瓜子便正好砸在他的下巴上。第二，就是我腦袋瓜子的硬度問題。毫不謙虛地說，我寒食色腦袋瓜子的硬度，鐵定是天下第一。想當初，柴柴的那塊板磚砸了上百號人，還是完好無損。可是有一天，我沒事幹，拿著磚輕輕在自己腦袋上比劃了一下，什麼都還沒做，那塊磚就迫不及待裂成了兩半。所以說，我的腦袋又大又硬……嘖嘖嘖，又大又硬，多不純潔。因此，雖然雲易風的下顎是稜角分明的，有型的，卻敵不過我的宇宙無敵鐵頭功。

這場下顎骨和頭骨的PK比賽，的確是我勝利了。我的腦袋瓜子只感覺到一陣微微的痛，可是雲易風的情形卻不怎麼妙。他捂住了下巴，還有鼻子，接著，一滴滴殷紅的血落在地毯上。我心甚愧疚，多好的毯子啊，居然滴上了血，可惜了。可惜完之後，我心念電轉——我在雲易風臉上放屁的舊仇還未消，現在又添上了新的。但其實今兒這事細細想來，完全和我沒一點關係。是雲易風自己要拉著我這顆碩大子彈回來的，如果剛才他氣量大些直接放我離開，不就什麼事情都沒有了？所以追根究柢，這確實不是我的錯。可是，我用腳趾也想得出來，雲易風，還有他的手下，都會把我給碎屍萬段。我偷眼往四下一觀望，現在的他們個個還處於目瞪口呆、驚詫極了的階段，所以我要，趁著，此刻，逃走。

想到便做，我悄悄地、不動聲色地，或自認悄悄地不動聲色地想把自己的手從雲易風手中解救出來。可惜，就在我動了那麼一下之時，雲易風忽然睜開眼盯著我。見過野獸的眼睛嗎？反正在那一刻，我是見到了。那雙眼，血紅中泛著幽藍，有股凌厲的寒意；是獸的眼睛，一隻被徹底激怒的獸的眼睛。當時，我心裡只有一個念頭——跑，不顧一切地逃走！我沒有多想，下意識直接抬起膝蓋，狠狠地踹了他的小弟弟；踹的同時，我不禁感慨——不愧是道上大哥的小弟弟啊，彈性、柔韌度都是一等一的好，頗有前途。這麼一踹，雲易風吃痛，便放開了我。機不可失時不再來，我忙趁機蹦跳了出去。

奔出來沒多久，我就聽見書房中亂成一團——「雲哥，你沒事吧！」「別胡說八道，雲哥的命根子堅硬如鐵，不會有事的。」「快去追那個女人，宰了她，為咱們雲哥的命根子報仇！」再下一秒，我便聽見雲易風的手下像獵狗般追著我。我發足狂奔，腿都成了一圈圈線條，屁股後方還有煙冒出；不過，想必後面那群人也是一樣。可惜的是，我的腿不僅沒有雲易風長，比起雲易風的手下也差得遠，所以他們很快便追了上來，好幾次都差點逮住我，我嚇得瀕臨癲狂。忽然，我的頭髮，我那該死的頭髮就這麼被抓住了。沒膽子被撕下頭皮，我只得刹住了腳步。回頭，我再次對著那些人諂媚地笑：「呃呃呃呃呃……呵呵呵呵呵……」而抓住我頭髮的那人，好死不死，就是龍三。我指指他那被我手術刀劃成條條的褲襠，好心提醒道：「哥們，你走光了。」這句話徹底捅了老虎的菊花，龍三眼中燃起了滔天怒火。接著，他掄起袖子，一雙蒲扇般的大手眼見就要招呼到我臉上。我磨著牙齒，下定決心，只要他敢搧我，我就把他的爪子當豬蹄啃了。就在這千鈞一髮之際，一個聲音制止了他：「龍三，住手！」

還能有誰？當然是我們家玉樹臨風的嫩桃花小乞丐。只見，不知從哪裡鑽出來的小乞丐抓住了龍三的手，擋在我面前，道：「不准動她！」那瞬間，在我眼中，柔弱的小乞丐竟如天神般高大威武。我的口水「嘩啦啦」地直淌，非常後悔那天沒把他這個小天神吞下腹中。失策了！

龍三低頭，望了望自己下襠那破碎成一片片隨風飄揚的褲子，委屈且氣憤地控訴道：「二少，這個女人……這個女人，這個女人膽子太大了，居然傷了雲哥，我們是為雲哥報仇的！」我抓住小乞丐的T恤，小聲道：「小乞丐，現在是你表現的時候了。我不小心得罪了你哥哥，現在他要砍我，如果你還當我是朋友，就當我的人質。等會兒我會用手術刀假意抵在你的咽喉，逼你哥放我走人。但我在激動之下，手一滑，不小心割破你的血管，也是有可能的……到時候，可千萬別見怪。」

但還沒等我拔出手術刀，痛楚稍稍減輕的雲易風緊接著過來了，我連忙躲在小乞丐背後。

77 法海名叫雲易風

小乞丐也夠義氣，一直護著我，對雲易風問道：「你爲什麼要抓她？」「你可以自己問問她做過什麼事。」雲易風看上去雖然是在和小乞丐說話，實際上，他那雙冷森的眼睛正慢悠悠地投射在我身上。每一眼都將我的皮膚鑿出一個洞，這麼短短幾十秒，我的身體已經體無完膚；這個男人，夠決絕。

小乞丐回頭，用詢問的眼神望著我。我攤攤雙手，回給他一個絕對無辜的神情，「我也不曉得我做了什麼惹他生氣，你問你哥吧。」在我的教唆之下，小乞丐開始詢問雲易風：「哥，食色到底對你做過什麼？她整天大剌剌，瘋瘋癲癲，沒心沒肺的……想必是誤會吧。」我自動省略了那些不好的形容詞，然後仔細看著雲易風。你說啊，你說啊，說我拿兩瓣肥屁股坐了你的臉，說我在你臉上放了個五香麻辣悶聲屁，說我剛才用膝蓋撞了你的小弟弟……我就不信雲易風有臉對小乞丐說出這些糗事。果然，雲易風對此保持緘默。小乞丐開始打圓場：「哥，一定是誤會。」我死死抓住小乞丐這根救命稻草，「沒錯，是誤會。易歌啊，我還要趕去上班呢，你送我一程吧。」「好，我送妳。」小乞丐說著就要和我一起走。不用看，也知道有多少把怒火正朝我發射啊，我的大衣都快要燒焦了。誰知，正當我仗著小乞丐的地位身分準備離開時，一雙大手緊緊抓住了我的胳膊。回過頭，我看見雲易風那雙利刃般的眼，「我有說妳可以走嗎？」小乞丐忙拉住我的另一隻胳膊，瞪著他哥，道：「我不許你動她！」我則拿著一雙眼睛，上上下下左左右右前前後後地將雲易風打量一番。嗯，強壯得恰到好處，臉也長得恰到好處，小屁屁也翹得恰到好處。動我？要是他眞脫了衣服，還不知道誰動誰呢！

小乞丐喚我：「食色、食色？」我回過神來，「什麼？」「妳的口水滴在我手臂上了。」小乞丐的聲音有中風的跡象。我很想趕緊幫他擦乾淨，但無奈另一隻手卻被雲易風死死踱住。我誠懇地道歉：「大哥，我眞的錯了，你放開我吧！」可是雲易風似乎不爲所動，眼睛依舊沉沉。我也睜大眼睛瞪著他，開始眨巴眨巴眨巴——雲易風依舊不爲所動；我繼續眨巴眨巴——他還是不爲所動；我不放棄地眨巴眨巴眨巴——終於，他熬不住了，放開了我。正在慶幸，卻聽見雲易風說：「把他們倆給我分開。」我嘣噔你個嘣噔噢。他的手下開始一哄而上，一些拖著我，一些拖著小乞丐，而雲易風則氣定神閒地站在中間。

這個場景也太熟悉了，活像雷峰塔前，白娘子和許仙被無數小僧拖開的場景。要是我再叫一聲「官人」，小乞丐再叫一聲「娘子」，那就圓滿了。此刻，我死死拉著小乞丐的手，堅決不放，他可是唯一能救我的人。我有理由相信，雲易風小時候絕對看過《新白娘子傳奇》，因爲他很配合地學習法海站在我們中間，看著我和小乞丐那拉成一條直線的手，他眼睛再一沉，伸手，將我和小乞丐緊握的拳頭扯開。我那個悲痛欲絕啊！「好了，把二少送回房間，把這個女的帶回書房。」雲易風下令。帶回書房？那我絕對沒活路了。恐懼和絕望讓我的情緒瞬間爆發，我深吸口氣，氣運丹田，接著雙臂一振，猛地推開那抓住我的人。一切都發生得很快——當時，我們全站在樓梯口，混亂中不知是誰推了我一下，我腳下一滑，眼見就要往樓下倒去，身體失去了平衡。我的心瞬間停止跳動，我的雙手在空中亂抓，這麼一抓，就抓住了雲易風的衣衫，最後的稻草，我死都不放手，雲易風也沒料到會發生這樣的變故。於是在慣性與重力的作用下，我就這麼拉著他滾下了樓梯。

其實，滾樓梯也是可以滾得很浪漫的。比如說，滾到最後，我發現自己趴在雲易風身上，我們的唇碰觸在一起，然後雲易風嘴角勾起，邪肆地笑道：「怎麼，等不及了嗎？就這麼想投入我的懷抱？妳這磨人的小東西。」接著，我們又開始天雷勾動地火，慾火如火山般爆發了……但滾了這麼久的樓梯，我們的身體自然失去了平衡，而兩具失了平衡的身體，怎麼可能這麼巧地嘴唇碰嘴唇呢？事實上，在一陣天旋地轉之後，我們落到了樓梯底部。我是屁股著地的。一陣麻木的痛之後，我感覺到自己坐在一個很熟悉的物體上……那東西說軟不軟，說硬不硬，像是一顆球形，但球面一點也不光滑，有個很高的凸起，像是骨頭；而在那高高凸起的下方，是一個洞；在那高高的凸起上方，是兩個洞。我很悲哀地發現，我的屁股下，又是雲易風那多災多難的臉。我猛地站了起來！雲易風雙眼是緊閉的，已經暈過去了，也不知是摔暈的，還是被我坐暈的。他的鼻子剛剛被我無比堅硬的頭骨砸了，好不容易才止住血，現在被我的兩個肥屁股瓣一坐，殷紅的血又流了出來。樓上的那群手下看見這一場景都震驚了，下巴，眼睛，舌頭全都往地上落。「怎麼辦？怎麼辦？怎麼辦？」我六神無主，我手足無措，我臉色慘白。我抬起頭來，淚眼汪汪看著小乞丐，道：「怎麼辦？……我坐在他的鼻血上，褲子後面全是血跡，別人還以爲我大姨媽來了，等一下我怎麼走人啊？」——「咚！」眾人皆倒，我獨立。大夥從地上爬起後，小乞丐和那些手下趕緊手忙腳亂地將昏迷的雲易風扶到房間裡。一開始我還在疑惑，爲什麼不送醫院，而要請家庭醫生？但後來，當看見雲易風的手下拿槍對準那家庭醫生的太陽穴，威脅他不准把雲易風是被我一屁股坐暈的事說出去後，我才算明白了。

其實我本來想趁機悄悄逃走，但龍三那傢伙卻一直用一雙想啃人的眼睛牢牢看著我，我根本沒機會逃離。按照那家庭醫生的意思，雲易風沒什麼大礙，可能會暈上幾個小時或是一整天，不過就讓他暈吧，暈完了就好了。確定雲易風無大礙後，那些手下全都用一種仇恨的目光看著我，似乎是想用眼神肢解我。夠狠毒，我喜歡。雲易風昏迷中，那麼這個家暫時就由小乞丐做主了！我悄悄將小乞丐叫到一旁，要他幫助我逃走。小乞丐綜合了一下形勢，發現正門連隻蒼蠅也飛不出去，我們只能走後門。於是，我和他裝作一副參觀屋子的樣子，來到後花園中。原以爲所有人都去照顧雲易風了，誰知，游泳池邊還有一個漏網之魚。有個小弟就守在那，一動不動，粉碎了我們想爬欄杆離開的美好計畫。

我擺出一副犧牲小我完成大我的模樣，沉痛地說道：「事到如今，只有用色誘了。」小乞丐拉住我：「食色，別去！我不希望妳被吃豆腐。」我淺淺一笑，然後將小乞丐一推，道：「不是我去色誘，是你去色誘。」

「我？」小乞丐的耳朵又紅得像火鍋湯裡的小辣椒了，他半羞半惱地說道：「我怎麼行？」我催促：「一看就知道，他是斷背山上下來的。快去，扭扭你的細腰，擺擺你的屁股，翹翹你的蘭花指！」小乞丐本來死都不願出賣色相，但看著我屁股朝天，開始在地上彎腰尋找磚頭敲他的腦袋瓜子，這才被震懾住，一步一挪地走上前去。我怕他搞砸了，也就一直跟著。小乞丐僵硬地走到那位小弟面前，僵硬地笑笑，再僵硬地招呼道：「阿英，你好。」我瞇起眼睛，看見了阿英的臉。國字臉，劍眉，一副苦大仇深的模樣，就像抗戰片中經常出現的為國捐軀英勇就義的烈士形象。我正納悶，這麼正氣凜然的一張臉怎麼會來道上混呢？再看仔細些，徹底明白了，問題出在這孩子的眼睛上；他的眼睛，形狀挺漂亮的，不大不小，不單不雙，卻是鬥雞眼，倆眼珠子簡直快挨在一起了。看久了，我的眼珠子也開始變鬥雞眼了。「二少，有什麼事嗎？」阿英看著我們。其實我也不知道他是不是在看我們，主要是那眼珠子沒有對焦啊。而且，他說話時習慣皺緊眉頭，這麼一來就更加苦大仇深了，那倆眼珠子也就鬥雞得更厲害。

我用手掐了掐小乞丐的屁股，暗暗催促道：「給我去，去色誘，去色戒，去色情！」可是小乞丐臉皮薄，任我掐紫了他的屁股，也沒法說出一句話。沒辦法，只能由我代勞。於是，我站在小乞丐面前，看著阿英道：「易歌、易歌他……想和你困覺！」其實，接下來我想說的是：「條件是，你放我們離開。」但是我沒能把話說出口。因為聞言，阿英一驚，他的驚嚇表現是非常有水準的——那原本鬥雞著的眼珠猛地分開了，但下一秒又再次鬥上；而他彷彿也被小乞丐感染了，耳朵像充血似的紅得透了明。我心裡「咯噔」一聲，難道真的無意間說中了阿英的心事，他真的喜歡小乞丐？這時，阿英雙手扭在一起，像擰麻花一樣表現出自己糾結的內心。好半天，他終於開口了：「其實、其實、其實……我想和雲哥困覺。」「咚咚」兩聲，我和小乞丐倒地。雲易風，果然是……人才。被雷劈打之後，我眼睛一轉，很卑鄙地慫恿道：「你家雲哥現在正獨自昏迷在床上，你想對他做什麼都行。」話音剛落，阿英幾個跨步，便消失在我們眼前，徒留下一縷煙塵，在天地之間徘徊。我和小乞丐連忙抓緊時間，你托我，我拉你，費盡千辛萬苦終於爬出了圍欄之外。但自由的空氣還沒吸夠，我和小乞丐就徹底傻眼了——因爲，圍欄外面，以龍三爲首的雲易風手下正在那裡皮笑肉不笑、肉笑皮不笑地守著。我心戚戚，眞想枕地大哭一場。

他們這群禽獸，這群土匪，這群強盜！要抓在裡面抓不就行了，非要等我爬這麼大半天才抓，當我老胳膊老腿的翻起牆來這麼容易嗎？這時，龍三還帶給了我一個更大的打擊。他勾起嘴角，露出一顆金光閃閃的牙齒，道：「雲哥醒了，想見你們。」

78 黑社會必不可少的偷襲

禽獸，這些手下全是一群沒血沒淚的禽獸。

我和小乞丐被強迫朝屋子的方向走去，結果在門口碰見了偷窺偷吃、或是偷摸不成的阿英；他的眼睛鬥雞得更加哀怨了。

我幾乎是被推進屋子裡的。果然不出所料，雲易風的閨房也同樣乾淨與冷冰。而被我那兩瓣肥屁股坐了之後的雲易風，似乎已經沒有什麼大礙了。他正坐在屋裡的一張椅子上，雙腿交疊，十指閒閒交握。他逆著光，精壯的身體輪廓蓄著內斂的力量，而看著我的那雙眼睛冷然依舊。雲易風道：「你們坐！」他的聲音低沉，有種讓人不由自主臣服的味道。我和小乞丐在他對面的床上排排坐。「哥，你沒事吧。」小乞丐小心翼翼地看了看雲易風的臉，又道：「剛才，食色眞的不是故意的，你別怪她。放了她吧，就當看在她照顧我這麼久的分上。」我趕緊點頭如搗蒜，以行動支持小乞丐的說法。但雲易風似乎並不這麼認爲。他的眸子微斂，裡面的光是種清冷的霜色。在他的注視下，我的心落了又起，起了又落。我有種預感，雲易風不會這麼容易放過我。終於，他開口了：「她一共傷了我兩次，第一次可以和救你的恩情相抵，而第二次……易歌，就要看你怎麼做了。」小乞丐的身子忽然繃得緊緊的，他的話從牙齒縫中擠出：「你的意思是……要我放棄音樂，改學商業管理？」雲易風這麼回答：「是的。」小乞丐的口氣直衝衝的：「如果我不願意呢？」不淡定，這娃兒不淡定。

雲易風倏地將眼睛轉向我，「如果你不願意，那麼……」那眼神陰森到了骨子裡，害我差點灑出來兩滴尿，不……好像已經灑出來了。雲易風看著我，繼續一字一句地說道：「我會一直把這女人關在這裡，直到你答應的那天。」小乞丐的手握成了拳頭，「咯咯咯」地發出聲響；我的手也一樣握緊成拳，和他一起演奏骨頭進行曲。

雲易風就這麼冷眼看著我們的反應。他是個天生的領導者，像一隻內斂的獵豹靜靜潛伏著，總是在最恰當的時刻出擊，捕獲自己的獵物。等到我和小乞丐的情緒瀕臨爆發點時，他才悠閒地問道：「怎麼樣？」小乞丐眼睛亮亮的，怒火滔天，「不可以！」我的眼睛亮亮的，盛滿憧憬，「當然可以！」忘了說，我們是同時開口的；聞言，雲易風的眉毛微微上揚。

小乞丐轉過身，痛心地握住我的手，情眞意切地說道：「食色，我知道妳是爲我著想，所以才寧願被囚禁。但妳放心，我是不可能用妳來換取我的自由的。」我淺淺一笑，接著伸手，「趴」的一聲拍歪了小乞丐的腦袋瓜子。其實，我很想抓個類似平底鍋之類的東西砸他，但有小乞丐他哥在旁邊幫他撐腰，我膽子還沒這麼肥。我的願望就是，有天能將小乞丐的腦袋砸成四邊形，所以，來日方長。「爲什麼要打我？」小乞丐摸著自己的腦袋，委屈極了，那小模樣也可愛極了。我揪住他的耳朵，湊近悄聲道：「我從小的願望，就是能夠不工作、卻有人免費供我吃喝。雖說你哥表面上是囚禁了我，但我在這裡鐵定能吃好喝好穿好玩得好，那簡直就是神仙般的日子。現在你居然要打碎我的夢想，你說自己該不該被打？」小乞丐皺眉，「可是，我哥……他不會讓妳好過的。」我聳聳肩，「難不成他會用自己的屁股來坐我的臉？」話一出口，我頓時覺得依照雲易風錙銖必較的性子，這也不是不可能。不過別怕，到時倘若他眞敢這麼做，我就用一陽指戳他的小菊花。

雖然我們說的是悄悄話，但雲易風還是聽見了。他若無其事地說：「把她關在這裡，可不是讓她來享福的，一個女人單獨待在這裡可不怎麼安全。」我皺眉，揣摩著：「你的意思是……這裡的手下可能會對我不軌？」雲易風眸色微閃，表示出對這個答案的肯定。我的雙手不由自主掐緊了自己的領口，臉上風雲變換了好幾遭，最終我鼓足勇氣問道：「盡量派些帥哥來對我不軌，可以嗎？」聞言，小乞丐倒地，雲易風眉毛顫抖了一下。說實話，這個問題是很重要的。你想啊，被囚禁在這裡，有好吃的，有好穿的，最後還有帥哥被我玩，山陰公主也沒這麼幸運吧。但小乞丐被雷劈著劈著也就劈習慣了，此刻他從地上爬起，再次像小天神般擋在我面前，對他哥說道：「如果你敢動她一根汗毛，我這輩子都不會放過你！」聽聽，這聲音多麼鏗鏘有力。我將目光投向雲易風，竟驚訝地發現他的眉宇間居然有一絲晦澀，那神情只發生了一瞬，便被他鎮壓了下去。他的臉又恢復了鎮定自若，像是戴上一張毫無破綻的面具。接著，雲易風安靜地、冷森地說道：「我現在就動她，看你能夠對我做什麼。」我心一凜。娘親咧，我居然成了兩兄弟之間鬥氣的犧牲品，我要用血在自己額頭上寫個大大的「冤」字。

雲易風才剛說完，就拉住我的手，一把拖著我走出去。小乞丐愣了片刻，趕緊追上來解救我。但很多時候，一瞬的失誤就錯過了很多；我的意思是，小乞丐沒能解救我，因爲雲易風下令將他關在房間裡。沒了小乞丐，我的氣焰一下就滅了。我惶惑地望著雲易風，不明白他下一步要把我怎麼樣。雲易風也無意對我解釋，繼續提著我的領子，將我拖出別墅，一把推進了車裡。道上大哥通常是有司機的，所以雲易風和我一起坐在後座。他的神色當然不是愉快的，所以我慢慢地、緩緩地、一步步地往角落裡縮。說實話，我有點怕雲易風這樣的悶葫蘆。因爲人都是有情緒的，有了情緒就要發洩，而悶葫蘆就喜歡積聚情緒，最終才像火山爆發那樣對周圍人士造成巨大傷害。我就是擔心雲易風情緒爆發，然後忽然間，咆哮馬叔叔上身，抓住我的雙臂用力地搖，用力地咆哮，直到搖得我大腦小腦腦幹全部攪成一團，直到咆哮得我失聰，外加半身不遂，大小便失禁……這也不是不可能。但還好，雲易風沒這麼做，他只是安靜地坐在我身邊，看著窗外，所以我也學他的樣子，看窗外。此刻已近傍晚時分，暮色四合，天空顯出一種混淆的灰紅。

車子駛出了錦湖山莊。在大門前，我又看見了那站得像棵小白楊的保全硬漢，口水再度不爭氣地嘩啦啦淌下。就這麼看著看著，忽然，雲易風問道：「妳究竟給他灌了什麼迷魂藥。」聲音不太客氣。我轉過頭，反問道：「你是說易歌嗎？」雲易風道：「他喜歡妳。」我道：「他喜歡你。」雲易風的聲音更低沉了，帶著警告：「我不喜歡別人在我認眞的時候開玩笑。」我甚誠懇：「我是說眞的。小乞丐，不，易歌是眞的喜歡你，就像你喜歡他一樣。」雲易風看著我，向晚的光線模糊了他的臉部輪廓，少了些銳利，多了些男人的俊逸。我歎口氣，「你們是兄弟情深，所以才會吵得這麼厲害。就是因爲太在乎，所以對方的每一句話，才會激怒彼此。難道你們就不能好好地坐下來談嗎？」雲易風緘默。我勸道：「其實，你應該聽聽易歌的想法。」雲易風仍然緘默。我繼續勸道：「或者，你應該把自己的想法告訴他。」雲易風還是緘默。爲了試探他是不是睡著了，我拋出了這句話：「雲易風，你拉鏈沒拉！」這次，雲易風有反應了，他閒閒說道：「沒拉拉鏈的是妳。」我忙低頭，果不其然，我家褲子的大門大開，黑色蕾絲內褲暴露無遺。我寒食色居然還有些廉恥之心，臉紅了紅，馬上低頭將拉鏈拉上。接著，我像沒發生過剛才的事似的，繼續道：「易歌，他是眞心喜歡音樂，你打碎他的夢想，他一輩子也不會開心的。」雲易風冷眼看著我，「妳懂什麼？」被他頂了這麼一句，我也不動氣，「我是不懂，所以才會問你。」不過，我也沒那個膽敢動氣。

冬日的天，黑得特別快。可不是嗎，我們出來時還有微光，誰知車子才開了不到十分鐘，天空就像吃了奧利奧餅乾之後拉出來的便便那樣，黑得嚇人。看得出來，雲易風被小乞丐給氣噎了，所以想出來散心，並沒有眞的要去哪裡。我勸道：「回去吧，不然易歌又要擔心了。你也眞是，做哥哥的，明知道弟弟正值青春期也不讓讓他。我媽在更年期時，我和我爸過得像兩隻耗子似的，吱都不敢吱一聲。」雲易風沒理會我。但隔了一會兒，他便對司機道：「回去吧。」我吁口氣，終於要回去了，折騰了這麼大半天，我的肚皮都快貼到脊梁骨了。誰知，天有不測風雲，人有旦夕禍福，夜路走多了也會遇上鬼。我不知道雲易風平時被偷襲的機率大約多少天一次，但今天我就好死不死地跟著他被襲了。

那司機聽了雲易風的話之後，不但沒有轉頭，反而一踩油門，飛快拐進前面一個僻靜的胡同裡。雲易風眼中精光一斂，伸手擊打了那司機的後頸，於是叛徒司機哼都沒哼一聲就昏過去了。在慘白慘白的車燈照射下，一群痞兮兮的混混拿著各種武器朝我們踱來。雲易風本想快速爬到駕駛座發動車子，可是其中一個混混拿著一把鋒利的小刀，劃破了車子的幾條輪胎。雲易風快速將車子所有門窗鎖死，接著他轉過頭，把手機遞給我，鎮定地說道：「打電話給龍三。還有，躲在車裡，不准出來。」說完，他打開門，走了出去。

夜黑，風高，殺人夜——我的腦子忽然浮現這句話。雲易風不愧是老大，臨危不懼，一個人面對這麼多人，也鎮定得很。而我，想必是上次在酒吧親身參與了一次幫派鬥毆，有了實務經驗，打電話時，我的手居然沒怎麼發抖。我快速簡潔地將這裡的情況通知了龍三，龍三雖然人品不好，但對雲易風還是很忠心的，一聽說大哥遇險，著急得跟什麼似的，立即在電話那頭調度兄弟往這裡趕來。打完電話，我抬頭一看，才發現前面已是血雨腥風一片。

雲易風一個人站在中心，其餘的人全都拿著傢伙往他身上招呼；不僅如此，有三個混混發現我在打電話求救，也拿著武器跳上了車，開始瘋狂砸車頂，還有車窗玻璃。我的心，在滴血——多好的車啊，就這麼被砸了，也不知道有沒有買保險？

79 衰女救英雄

這群人的陣仗，還眞是大啊。不過還好，雲易風似乎早知道自己會有這麼一天，所以車子配備的窗玻璃品質還眞是一等一的好。大冬天的，那三個混混都砸出汗來了，玻璃還是完好無損。砸到最後，這群混混居然砸出激情，脫起衣服來了，那身材才叫一個……排骨加慘不忍睹。不過也是，那些金剛般強壯的混混都去圍攻雲易風了，這幾個沒本事的瘦皮猴只好來對付我。我沒事幹，就在車裡數著這些人的肋骨玩，還眞是根根分明啊，眞是羨慕。正在打量著，眼神一飄，不小心就看見了雲易風那邊。他們的戰況還眞是激烈與慘烈，當然，「慘烈」是形容圍攻雲易風的那群人。

雲易風不愧是經常打殺的人，那動作才叫一個乾淨俐落。只見他倏地拉起一個小混混，手腳如閃電般一晃，混混頓時就手斷腳斷肋骨斷了；因此，以雲易風爲中心，半徑一公尺之內都沒有活口。雲易風的速度和狠勁令他看起來像隻豹子，他眼中的霍亮與氣勢叫人不敢逼視，他身體的每根線條都透露著凌厲，他身上的每塊肌肉都蓄積著無窮的力量，這樣一來，自是逼得那些混混不敢上前。

這時，敵方爲首的那人高喊道：「快給老子上，誰打他一下，就獎勵一萬！把他弄出血來，就獎勵五萬！打斷他一根骨頭，獎勵十萬！」說實話，這招不錯，很值得我學習一下。下次，我也可以站在帥哥雲集的場所大聲誘惑道：「誰讓我摸他的咪咪，獎勵十塊！讓我摸他的屁屁，獎勵五十塊！讓我摸他的小弟弟，獎勵一百塊！」重賞之下必有勇夫，那些小混混和我一樣，全是些見錢眼開的傢伙，一聽見首領的話，馬上拿著武器朝雲易風撲去。瞬間，場面變成了一群豺狼圍攻獵豹。我的耳邊立即響起《動物世界》節目中口吻深情的旁白——「在這個漆黑的夜晚，小豹子湯姆被一群豺狼圍攻，湯姆奮力抵抗著，他明白自己不能倒下，因爲他的巢穴裡還有個嗷嗷待哺的弟弟傑瑞……」

車裡的我一直處於亢奮狀態，我的眼前可是有群純爺們在打架啊。那肌肉賁張，那汗水滴答，那鮮血飆飛，那雄性激素擴散，讓我體內的腎上腺素像股市指數般蹭蹭蹭地直往上冒……正漲在興頭上，忽然，一個混混，一個卑鄙的混混趁雲易風在對付另一人時，拿著一把西瓜刀，臉部扭曲、口歪嘴斜地往雲易風的後背一砍，頓時，雲易風的身子僵硬了一下。但是，他沒多深思，倏地轉過身去，一腳踹向那人的心窩，那混混登時像個破布娃娃似的在空中飄啊飄，最終撞在一根電線杆上，「誇誇誇誇」地滑了下來，「哇」的一聲吐了口鮮血，徹底暈死過去了。不過，在暈死過去之前，他染血的嘴角含笑，心滿意足地說了句：「五萬塊，我……我的五萬塊啊。」

就在雲易風轉身的瞬間，我看見了他後背的傷口足足有十五公分長，衣服被劃拉破了，血正汩汩流出，濃稠得嚇人。這麼一來，我那剛才還像股市指數瘋長的腎上腺素，開始一路狂跌。雲易風每動一下，便扯動著背上那道傷口，我看了都痛。也因爲這樣，他的動作開始有些滯澀，於是又遭了幾道暗算。有了鮮血的滋養，那些豺狼一個個凶紅了眼睛，不要命似地拿著武器往雲易風身上招呼。這下，我開始著急了，再怎麼說，雲易風也是小乞丐的哥哥啊，我總不能見死不救。想起小乞丐那水嫩的臉頰，瞅一眼雲易風那身誘人的肌肉……我磨牙齒，決定出去盡一盡自己的棉薄之力。

而此刻，那三個砸車的瘦皮猴已經砸得精疲力竭了。我瞅準時機，趁其中一個瘦皮猴在車門邊休息時，猛地將門一推，「咚」的一聲，那瘦皮猴就被撞飛了。然後，我跨出車門，撿起那人摔落在地的鐵鎚，接著舉起雙手，朝另外兩個還沒回過神來的瘦皮猴頭上一砸，只聽兩道悶響，倆小混混「嗷」了一聲，就躺在地上挺屍了。本來，我打算砸砸他們的腦袋瓜子也就算了，但這三個瘦皮猴居然敢用自己的排骨身材玷污我的眼睛，害我回去不知要用多少張美男圖片才能忘記這些華麗麗的排骨。一想到這，我就怒上心頭。俗話說，最美不過夕陽紅，最毒不過婦人心，我決定使出天底下最毒辣的一招——彈他們的小雞雞。在黑夜的籠罩下，我雙眼閃現陰毒的光，衝過去拖拉他們的腿，將三人排成一排，再動作熟練地褪下他們的褲子，拿中指搭住拇指，湊近他們的小弟弟，狠狠一彈。頓時，他們的四肢開始抽搐。我的手指在那三根命根子上來回彈著，一邊彈一邊自嗨地唱著：「來來來，我是一根香蕉，蕉蕉蕉蕉……蕉蕉蕉蕉……」彈到最後，三人開始口吐白沫。我的歌聲高亢入雲，悅耳動聽，那邊正在激戰的一群人都停下了打鬥，目瞪口呆地看著我；有驚詫的，有震驚的，有害羞的，還有豔羨的……雖然表情不一，但他們都有一個共同的動作，那就是——縮緊自家的小弟弟；看來是感同身受了，不愧是兄弟情深，原來，道上混的，也有眞情啊。

雲易風看向我，那眉毛又開始忍耐般地抖動了。我覺得這個人非常不懂得知恩圖報。我這麼做也是爲了吸引那邊想扁他的人的注意力嘛，目的是爲了幫他啊。但雲易風卻露出一臉「我爲什麼會跟這女的一夥」那副羞愧模樣；所以說，這個世道，人心隔肚皮，我的一顆如水晶般剔透的眞心，就這麼讓人踐踏了。

更可惜的是，我這一招並沒法拖延太久的時間。那群混混的首領硬生生收回了目光，大叫道：「別管那個瘋女人！砍雲易風，現在，咱們漲價了，誰打他一下，就獎勵兩萬！把他弄出血來，就獎勵六萬！打斷他一根骨頭，獎勵十一萬！」這麼一來，所有混混也都硬生生收回了目光，繼續圍攻雲易風。但敵人實在太多，全像蝗蟲一樣直往雲易風身上撲。轉眼之間，他腹背受敵，大腿挨了一下，頓時支撐不住，蹲在地上。這時，有個眼神亢奮的混混抄起一根棒子，正準備砸向雲易風的後腦勺。看得出，那人是使了全力的，這一棒下去，想必雲易風的腦漿都要被砸出來。我不禁暗道一聲：「好狠！」想我們家那砸人始祖柴柴拿著板磚，一般都只下三成力，把人敲哭了也就罷手，而我則要狠一點，致力於把人的腦袋砸成四邊形；豈料，人外有人山外有山，這些人居然想把自己同類的腦漿給拍出來，實在是沒道德，沒水準，沒人品，沒有技術可言。

於是乎，天空一聲巨響，我寒食色橫空出場。

我站在包圍圈外，大吼一聲：「不想被彈小雞雞的，就給我去死！」這招是很有效的，那些小混混立刻為我讓出一條路。我從缺口快速進入，一鐵鎚便砸向正要對雲易風行凶的那人腦袋。那混混吃痛，手上的鐵棒也就掉落在地，我一腳把鐵棒踢給雲易風，接著又趁那行凶混混還沒回過神，我再次舉起鐵鎚，「咚咚咚」三下成功把他的腦袋敲成了四邊形。然後，我快速移動到雲易風背後，幫他守護後方，我的背脊緊貼著他的背脊。雲易風低沉的笑聲直接傳入了我的身體裡：「看不出來，妳這女人真夠厲害的！」廢話，不厲害能在你臉上坐兩次？雖然我心裡這麼想，但可沒膽子在他面前這麼說，要是勾起了雲易風的新仇舊恨，他不順便把我給磕擦了？所以，我甚低調、甚謙虛地說道：「兄台，過獎、過獎。」這廂，我們還沒客氣完，那些蝗蟲混混便朝我們撲過來了。於是我和雲易風兩個人，你要鐵棒，我拿鐵鎚，夫妻雙雙把人砸；在那一刻，我忽然覺得自己很有霹靂嬌娃的風範，頓時，那縮水的B罩杯又漲成D罩杯了。

正在洋洋自得，忽然發覺形勢有點不對勁。原本以為，在道上混的會比較有男子氣概，豈知這些人全是一群貪生怕死、欺軟怕硬之輩。他們想必覺得，我的力氣和殺傷力都比雲易風要小，所以大部分人都團結起來攻我。我怒火中燒，決定殺雞儆猴，我就砸出一個人的腦漿，看他們還敢不敢當我是軟柿子。於是乎，我高舉起手中的鐵鎚，鐵鎚在空中劃出了一道完美的弧度。與此同時，我在對手驚惶的眼睛裡，看見了張牙舞爪、面目猙獰、口歪眼斜的自己……嗯，確實是有些影響市容市貌。那一刻我就知道，我這一鎚子下去，破壞等級絕對是生靈塗炭。而當鐵鎚舉到最高點時，我的臉也扭曲到了極限，滅魂之鎚即——將——落——下。我閉上眼，猛地朝面前那混混一砸。然而預想中的慘叫並沒有響起，難道是砸死人了？我疑惑地睜開眼，卻看見那人還好端端地站在我面前，除了瑟瑟發抖，外加褲襠濕了之外，沒什麼傷口。再定睛一看，我發現問題所在了！我的鐵鎚只剩下一個木柄，上面的那坨鐵就這麼憑空不見了。我來不及多想，直接拿木柄狠狠往那人頭上猛打，然後，他就安息了。那麼，那坨鐵究竟去了哪裡呢？我帶著疑問轉身，倏地看見了答案——雲易風，不知何時已經倒在地上暈死過去，而他的腦門上有個很高、很腫、很青的凸起，最可怕的是，他身邊就躺著我木柄上消失的那坨鐵。

重要人物已經被砸暈了，所有人都安靜了下來，我的胸瞬間又縮回了B罩杯。我疑疑惑惑地拿手指著自己，詢問那些混混：「他，眞的是……我砸的？」那群混混非常給面子，全都整齊劃一地點著頭。頓時，我心戚戚。可憐的雲易風啊，你在刀光劍影和槍林彈雨中都挺過來了，沒想到，居然犧牲在同伴的飛來鐵鎚底下，這是個悲劇呀！

80 眾目睽睽吃硬豆腐

悲歎完畢後，我抬頭，卻看見了一雙雙閃著綠光的眼睛，首當其衝的，就是那三個被我用鐵鎚砸暈、又被我扒下褲子、再被我彈小雞雞彈到四肢抽搐口吐白沫的瘦皮猴——好死不死，他們居然現在醒了。我寒食色確實是流年不利啊。

眼見這群人獰笑著朝我走來，我忙用手指甲去掐雲易風的皮膚，希望他在這類似SM的快感中能亢奮地清醒過來，幫我一把。但這廝想必是被那坨鐵砸壞了，我都快掐破他的皮了，可是別說呻吟，他連哼都沒哼一聲。這下，我徹底絕望了。就在那群豺狼慢悠悠地舉起武器想砸我腦袋瓜子時，我舉起雙手做了個暫停的姿勢。接著，我抬起一雙眼，泫然若泣地望著他們，道：「可不可以……只砸他就好？」爲首的那人奸笑著，一字一句地、不緊不慢地、字字清晰地回答了我的問題：「不——可——以。」聞言，我欲哭無淚。這道上混的，全是群禽獸！還沒腹誹完，下一秒，無數的武器就高高舉起，準備朝我這弱女子頭上砸來。我明白這次是凶多吉少了，我的腦袋絕對會被砸成多邊形。這一刻，我心裡後悔得不行——早知道會死得硬邦邦的，我那天根本就不應該客氣，一口把送上門來的小乞丐吃了該有多好，吃了嫩草，才不枉來這世上走一遭啊。可惜已經錯過了，不過，還是可以補救的！

於是當武器即將落在我頭上時，我再次舉起雙手，做了個暫停的姿勢。

爲首的那位大哥有點不耐煩了：「妳還有什麼廢話？」我請求道：「拜託……即使是死，也請讓我做個飽死鬼。」爲首的大哥從鼻子中哼出一聲，「難不成妳還要我們去替妳買盒飯，接著伺候妳吃完了再殺妳？妳當我們是慈善機構啊！」他哼的那一聲中氣十足，鼻毛活像兩叢小草似的暴露在外，迎風張揚。我搖搖頭，「不是的。請給我一分鐘時間就好。」說完，我對著月亮嚎了一嗓子，成功地幻化爲野狼。接著我低下頭，兩隻母狼爪子不停地在不省人事的雲易風身上摸，抓，掐，揉。咪咪，屁股，大腿，手臂，胸肌……我摸，我掐，我啃，我咬！在短短一分鐘內，我將雲易風這塊堅硬的豆腐吃得一點渣渣都不剩。在這生死攸關的時刻，我的口水還是止不住地流淌，不得不佩服自己一個。

吃完之後，我心滿意足地歎口氣，接著閉上眼，大義凜然地道：「來吧，動手吧。」那群混混似乎被怔住了，好半天，那首領才底氣不足地喊了句：「動……動手！」接著，各種武器挾帶著勁風撲在我臉上，刷得我臉頰生痛；各種奸佞的笑聲傳入我耳中，刮得我耳膜生痛。對於即將到來的劇痛，恐懼之情壓在我心上，我的心頓時沉到了膀胱的位置。娘親咧，這次我這顆號稱天下第一硬的腦袋不保了。然而就在這時，一個如救世主般的聲音響起：「住手！」接著，就是一陣劈劈啪啪乒乒乓乓，稀里嘩啦的打鬥聲。救兵來了！聞聲，我的心像坐了電梯般，由膀胱緩緩升回胸腔。

龍三不知從哪裡鑽了出來，衝到我們面前，像死了祖宗般大喊道：「雲——哥——你——醒——醒！你——不——能——丟——下——我——們——這——群——兄——弟——啊！」那聲音才叫一個響徹雲霄，才叫一個催人斷腸，才叫一個淒慘悲愴啊！我安慰道：「沒事，你們雲哥只是暫時暈過去了。」被我的屁股坐了兩次都沒事，怎麼可能被一坨鐵砸死呢？這哥們，也太不相信自己大哥了。龍三一邊垂淚，一邊細數雲易風身上的傷口：「背上一刀，腿上一刀，胸口一刀，頭上被砸青了，衣服……他們這些禽獸，居然把龍哥的衣服也撕破了！」其實，那衣服是我剛才吃豆腐時，太過激動，不小心撕破的。不過，看龍三此刻比我當時還要激動，我便知趣地噤聲了。龍三檢查完傷口，猛地抬起頭來，問道：「是誰？這些傷是哪些兔崽子打的？」我被他那雙眼睛嚇住，忙抬起手指，一個個爲他指著：「背上這刀是那個人砍的，腿上這刀是那個人砍的，胸口上這刀是那個人砍的。」龍三的牙齒磨得尖尖的，似乎快要把人的腦袋給啃下來：「那雲哥額頭上的傷口呢？看我不把那個動手的傢伙碎屍萬段！」我呑口唾沫，嘴角僵硬：「爲什麼……單單要砍那個人呢？」龍三雙眼被怒火燒得要冒煙了，「雲哥一向身強力壯，身上那幾處刀傷不過是皮外傷，只有額頭上這處才是重傷。是誰？究竟是誰做的？快說！」被他這麼一吼，我頓時嚇得全身細胞亂竄，手隨便往那群混戰中的人一指，道：「是……是他！」接著我看見龍三「咚咚咚」地衝了過去，然後聽見那個倒楣蛋的慘叫聲，最後看見一個瘦小的、不明眞相的身影在空中翻飛，剛落在地面便被人一腳踢上天空，再落到地面又被人一腳踹向天空，就這麼周而復始地被踹著……我捂住眼睛，長歎口氣，造孽的娃兒噢，你被人這麼踹到底是爲哪般啊？

正在這時，我敏感地察覺到一絲銳利的目光正牢牢盯著自己。下意識垂頭，竟然看見雲易風不知何時已經醒了過來，正用一雙閃著灼灼光亮的眼睛盯著我。頓時，我的腳趾縮緊，整顆心又降到了膀胱那裡。好半天，我才僵硬地扯開嘴角，笑道：「那個……呵呵呵呵，你醒了？」雲易風沒有回應我，但一雙看著我的眼睛陰森得嚇人，活像我睡了他老婆似的。不過，仔細回憶了一下剛才自己的所作所爲，我覺得，就算他砍我一百次也是理所當然。我心一有愧，整個人就變得低聲下氣，討好般地說道：「那個……我們安全了，你……你不用擔心了。」雲易風並不領我的情，而是從鼻子哼出一聲。

無怪乎大家喜歡以貌取人了，這「從鼻子哼出一聲」的動作，由剛才對方那首領做來，鼻毛飆飛，才叫一個齷齪；而由雲易風做來，卻盡顯他的冷峻、內斂、英氣等等……連哼都哼得這麼有品，不愧是我寒食色狠狠吃過豆腐的男人。哼了之後，雲易風一邊撫摸著額頭的青紫，一邊說道：「跟妳在一起，我的人身安全很沒有保障。」聞言，我甚愧疚，也甚委屈。我哪裡知道那鐵鎚是瑕疵不良品，一碰就壞呢？我懷疑，那鐵鎚的製造商說不定是喬幫主他們。想想看，警察叔叔們爲了減少犯罪率，確實不無可能在武器上動手腳，讓道上混的死一個少一個。實在是歹毒啊。

另外，我還覺得，我和雲易風的八字確實相剋。自從遇到我，他已經倒了不少次楣了。我估計，要是雲易風哪天腦袋發熱，一個不小心把我娶進門，肯定當晚就會嗝屁。就像咱們童遙同學常說的那句充滿宿命意味、能瞬間讓他氣質提高好幾倍的那句話一樣——「一切都是命啊！」對了，童遙還躺在醫院裡，等會兒記得叫柴柴去照顧他。而此刻，我非常想拍拍雲易風的肩膀，將這句話傳遞給他。不過，考慮到他很可能會一掌把我拍飛到月球上，去跟玉兔搶青草吃，我也就作罷了，還是等以後我把骨頭練硬、把膽子養肥之後再說吧。雲易風站起身，低頭看了看自己一身被我撕扯成條的衣服，眉間蒙上了疑惑的神色；我抬頭看看天，今晚的月亮，眞是圓啊。雲易風將手輕放在自己臀部，摸著那被我掐得青紫的肉，眉間的疑惑之情更盛；我低頭看看地，這水泥地，眞是硬啊。雲易風定睛看看自己赤裸的胸膛上，那一粒粒被饑渴的我啃出的小草莓，目光頓時變得犀利無比；我假寐，今天的夢，眞是噩啊。雖然我閉著眼，但還是感覺得到一股危險氣息熨燙著我的皮膚。雲易風那低沉的、隱含著壓抑怒火的聲音在我耳邊響起：「妳，究竟在我昏迷的時候，對我做過什麼？」我扭曲一下僵硬的臉頰，扯動一下僵硬的嘴唇，然後我笑，「呃呃呃呃呃……呵呵呵呵呵……呃呃呃呃……呵呵呵呵……」這招不好、不好，眞的不好，因爲，雲易風渾身開始爆發陰寒的小宇宙了！看樣子，他是在思考該一掌把我拍到月球，還是一腿把我踹到火星。但有句老話叫做，好人不長命，禍害遺千年，沒錯，我就是那拍不死的小強，殲不滅的禍害。

正當雲易風準備滅我之際，那個混混首領被抓住了。但此人是個硬骨頭，不僅沒有求饒，反而對著雲易風大叫道：「雲易風，你別以爲今天逃過就算了。告訴你，這次是你，下一次就是你那寶貝弟弟！我看你還敢不敢跟我們東區作對！」這句話剛落，我看見了一個從未見過的雲易風。殺氣，濃濃的殺氣在他身上翻滾。雖然每次見我，他都是一副想滅我的樣子，但那種滅只是想將我揉成一個圓團，接著狠狠一踹的那種；可是現在，他身上散發著一種實實在在的、屬於黑暗的殺氣。還沒等任何人反應過來，雲易風便來到那人面前，一拳，準確地擊打在腹部。這一拳似乎凝聚了他全身的力量，將那人的腹部打出了個窪陷；骨頭與皮肉的碰撞，發出沉悶的聲響，讓我頭皮發麻。那人臉色變得慘白，「哇」的一聲吐出了許多東西……水，血，濁物，像是胃已經被擊打得裂開般。他不停地吐著，彷彿要將所有內臟都吐出來，身體痛苦地痙攣著。雲易風一把揪住他的衣領，逼他直視著自己。雲易風此刻的眼神，像是死神，他一字一句地說道：「如果，你們敢動易歌一根汗毛，我發誓，我會盡我所有的力量滅掉東區……我雲易風，說到做到。」說完之後，他手一鬆，那人「咚」的一聲摔在地上，頓時不省人事。

架打完了，也該回家了。

和來時一樣，我和雲易風坐在車子的後座，各自看著窗外。很久很久之後，我道：「原來，你是爲了易歌著想，才不讓他繼續學音樂。」聞言，雲易風的身子僵硬了一下。我看著窗外，繼續道：「你害怕，如果自己有什麼三長兩短，易歌完全沒有保護自己的能力，到時候，便會受人宰割。」

雲易風雖然沒有做聲，但那隻手慢慢地握緊了。

81 大姐頭與刺青

看雲易風的反應，我就知道自己的猜測是正確的。這個不擅言語的鐵漢，遇到一個正處於比更年期還無敵的青春期弟弟，兩人的荷爾蒙都多，碰在一起，你不願說感性的話，我也不擅於剖白自己的內心。大家硬碰硬，只能傷害彼此。

車窗外，夜深深，沉寂寂。不知爲何，我的話多了起來：「你還是好好跟易歌談談吧，他也不算是個任性的孩子，不過呢，就是脾氣不太好，像你。」聞言，雲易風的下顎線條緊了緊。他的聲音很安靜，像是一種歎息：「他不會懂的。」我反駁：「你總是這麼說，但你又不是易歌，你怎麼知道他不會懂？他是你弟弟，難道你就這麼不信任他嗎？」雲易風沉默良久。黑暗的車室裡，他的輪廓充滿了男人的氣息，「雖然我和易歌並不是同一個母親所生，但我們的關係很親。從小，我教他籃球，教他游泳，教他擊劍……我也知道，音樂對易歌而言很重要。我曾告訴爸，說我會繼承他的位置，請他讓易歌做自己喜歡做的事情。」我好奇：「那爲什麼，你現在又開始反對了呢？」雲易風的眸子如漆黑的夜空，深邃，像染上了濃濃的墨，「妳知道嗎？我爸當時聽了我的話，只說了五個字──『你會後悔的』，而直到他去世之後，我才明白這句話的意思……我和易歌，出生在這條路上，即使想轉離，也會有許多力量箝制著你。我們的生命中有太多的仇恨與恩怨需要解決，沒有對錯，只有打殺。我想妳剛才也看見了，那些人並不會因爲易歌沒有參與而放過他。現在，我可以用自己的力量保易歌平安，但如果有天我出了意外，他將會成爲一隻羔羊，任人宰割……我不希望那樣的事情發生。」我問：「所以你想讓易歌現在開始進入你們這個圈子，發展人脈，建立勢力，以求將來有自保能力，是嗎？」答案是不言而喻的，雲易風點了頭。我道：「可是我有預感，你會長命百歲，能夠用自己的勢力保護易歌。」

「預感？」雲易風輕笑了一聲，帶著一種嘲諷；不是對我的嘲諷，而是對他會長命百歲這般預感的嘲諷。我看著雲易風，雖然只能看見他的輪廓，但我仍注視著他，「我認爲，我猜測你會長命百歲的機率，和你認爲自己會半途嗝屁的機率，是一半一半。爲什麼，你要對前一半的機率視而不見呢？」雲易風不語。

我覺得自己今天的話還眞多，不過反正雲易風對我也沒有好感，我就乾脆把自己心裡話全倒出來：「如果你這輩子活得長命百歲，卻只能看著易歌放棄自己的夢想，消沉下去，這樣好嗎？」雲易風手握成拳，放在唇邊，眸子裡明滅幾番。我伸伸腿，挺挺胸，吁口氣道：「你也是想讓易歌快樂的，那麼從現在開始，更加努力鞏固自己的勢力，讓自己變得更強大，好好保護易歌，讓他能實現自己的願望，永遠快樂下去，不就好了。未來的事情誰又說得清楚呢？畢竟在一個人的人生中，快樂是第一重要的事。」自始自終，雲易風都沒有做聲。我看自己還剩下一些口水，還能醞釀出一句話，便拍拍他的肩膀，玩笑似地說道：「其實呢，只要沒有我在你身邊，你的人身安全還是很有保障的。」說完之後，我自認這話說得挺有趣的，正準備仰天傻笑一陣，誰知雲易風眼中一個冷芒掃來，我立刻哽住，只能訕訕地縮回自己的爪子，知趣地蜷縮在另一個角落。

終於，我們又回到了雲易風家。剛進屋子，我便聽見樓上傳來高分貝的砸門聲，還有小乞丐的吼叫聲：「放我出去、放我出去，你們聽見沒有！」雲易風皺眉問道：「這是怎麼了？」一個手下報告：「雲哥，二少知道你遇襲的事情，拚了命似地要去救你，我們攔截不住，又怕他去會有危險，只能斗膽將二少繼續關在屋子裡。」聞言，我拿手肘碰碰雲易風，「看，你弟弟多關心你。」雲易風看上去似乎仍無視於我，但他的眸中似有些東西正在舒卷。他什麼也沒說，便直接走上樓去了。我估計他是想和自己的弟弟談談，也不欲打擾他們，便自己來到廚房覓食。

別看這些人是黑道，但還是挺懂得享受生活，冰箱裡什麼都有。可惜喬幫主不在，而我打架也打累了，沒力氣做菜，只能拿了盒餅乾出來啃。正啃到興頭上，一個小弟模樣的人扭扭捏捏地走進來，兩隻手交握在一起，垂著眼，聲音像蚊子在哼：「那個，那個……那個……」他那個了半天，也沒那個出什麼來。趁著他在那個的當下，我的腦細胞也開始活動起來了，開始猜測他要說的話——難道，他是要說：「那個……美女，我看上妳了，有男朋友嗎？如果有，介意換一個嗎？」我答：「討厭、討厭、討厭，人家成年還不到十年呢。」或者，他是要說：「那個……美女，想看我跳脫衣舞嗎？一百塊一次。」我答：「好，這是五塊錢訂金，先把下面露一露，我再決定看不看。」正當我想入非非、口水滴答之際，這個小弟終於說出了完整的話，他嬌羞地道：「大姐，妳……妳能替我簽個名嗎？」我腳步猛地踉蹌了一下，好不容易才把身子穩住。

那小弟看著我，眼神晶亮，像看見了傳說中的霍元甲似的：「大姐，我親眼看見，在雲哥昏迷的關頭，妳奮不顧身，勇敢地擋在他面前。在這麼多鐵棒朝妳揮來之際，妳的臉上居然沒有一絲懼怕的神色，實在是個女中豪傑！」小弟一邊說，一邊掀開袖子，遞給我一枝筆，道：「大姐，妳就簽在我手臂上吧，我要請刺青師傅把妳的名字刺在上面。」

82 小乞丐說，我想抱妳

這一刻，我實在不知該喜還是該悲，該哭還是該笑。沒法子，我只能提筆，在他要求的地方簽上了我的小名。誰知，這事一傳十，十傳百，後面又來了十多個小弟，他們全都衝進廚房來，纏著要我替他們簽名。

我一邊簽，一邊默默垂淚——要是這些人都是搶著到我面前跳脫衣舞，那該多好啊。等簽完最後一個人時，我忽然想到，要是這簽名被喬幫主看見，他肯定會把我滅得乾乾淨淨，纖塵不剩。但是，誰叫這群小弟個個看我的眼神都盛滿了崇拜，全都認爲是我救了他們的大哥，無不奉我爲神明。

等他們喜孜孜地帶著我的簽名出去後，我繼續啃我的餅乾。啃著啃著，忽然覺得，似乎有什麼事忘了。費力想了一分鐘，最後總算想起來——還沒給童遙同學打電話呢！有鑑於我的手機已經被雲易風他們沒收了，只好小跑步來到客廳，拿起電話，費了九牛二虎之力絞盡腦汁，總算回想起童遙的手機號碼。電話才響了一下，便接通了。那邊的童遙聽見是我的聲音，似乎鬆了口氣：「妳在哪裡？我打電話去妳醫院，妳同事說妳中午被一個面貌不善的男人帶走了，打妳家裡電話也沒有人接，手機又關機了，妳沒事吧？」童遙同學說話語速挺快的，和他一向的慵懶不同，就像涓涓細流的泉水忽然變得湍急。「我被人……」我本來想說自己是被人綁架了，但考慮到童遙的腦袋被砸，還是別讓他擔心了。於是，我改口道：「我找到小乞丐了，現在正在他家幫他處理一些事情，我……啊！」正在我打電話報平安之際，手中的電話倏地被人奪走。我猛地一驚，抬頭，見是雲易風，不禁皺眉，「你幹嘛？」雲易風剛毅的嘴角動了動，道：「難道妳忘了，自己還在被我囚禁中嗎？」說完，他將電話收了起來，而且囑咐手下不准讓我接觸電話。我恨得牙癢癢，恨不能衝上去……咬他的屁股！

可惜，我是塊肉質不怎麼鮮美的魚肉，而雲易風是刀俎，我只能任他宰割。

此刻，雲易風那石雕般的臉朝樓上的方向側了側。我順著他的目光看去，發現水嫩嫩的小乞丐居然下樓來了。我好奇：「你不關他了？」雲易風看著我，忽然發出一聲笑，低沉中帶著磁性，震動著人的皮膚微微發麻。他的嘴角微微上挑，帶著一種黑暗的華麗：「我決定，相信妳一次，也許……我眞的能長命百歲。」我愣了許久，才回過神來：「你的意思是，你願意讓易歌去學音樂？」雲易風點點頭，深邃的輪廓劃動著空氣，一股不屬於屋裡的暖意，隨著他的動作向我臉上撲來；說完，雲易風便走開了。

我轉過頭，卻發現小乞丐的神情有種被鬱鬱壓抑的興奮。我好奇：「怎麼了？你哥不是已經答應你繼續學音樂了嗎？難不成，他還有什麼別的要求？」小乞丐戀戀地望了我一會兒，接著道：「不是！是因爲……我明早就要走了。」我訝異地挑眉，「明早？怎麼這麼快？」小乞丐道：「那邊的學校已經開學了，我哥說，凡事要做，就要做到最好。他剛才已經打電話安排好一切，明天一早，我就要去維也納了。」凡事要做，就要做到最好？我撇撇嘴，那多累啊。給自己這麼大的壓力，就算是再有趣的事情也變得枯燥了。我看，雲易風這個人，肯定上個大號，也要自己的每條便便單手倒立後空翻三百六十度垂直入水，還必須壓住水花。小乞丐面帶不捨：「可是，食色……我這麼一去，以後就很難和妳見面了。」我沒理他，只是拿著一雙眼睛在屋子裡四處瞅。小乞丐悲傷之中帶著一絲好奇：「妳在找什麼？」我眼睛一亮，但仍不改沉著地吩咐道：「把你背後那水果盤遞給我。」

小乞丐弄不清我的意圖，但還是依言照做了。我把那水果盤拿在手上掂了掂，不錯、不錯，重量，硬度，大小，都和磚頭一樣。所以，我深呼口氣，對準小乞丐的後腦勺重重一砸。悶響一聲！證明小乞丐的腦子並非空無一物，有內涵，我喜歡。可是，小乞丐就不怎麼喜歡了。怒火，差點一把燒了他的眉毛，他像隻被踩了尾巴的小狗般低吼道：「老女人，妳做什麼！」聞言，我心甚慰，我那可愛的小乞丐又回來了。我故意扳著面孔道：「你好不容易才爭取到這個學音樂的機會，應該高興才是！再說，以後我們可以每天可以在網路上視訊相見啊，那不也等於是見面？不過，話先說在前頭，你必須裸上半身……當然，要是你想裸下半身我也不會反對的。」小乞丐垂下頭，嘴角微抿，低聲道：「妳說得沒錯，我好不容易才爭取到這個機會，應該高興才對。」

「這才對嘛。」我一邊說，一邊悄悄掂著手中的水果盤，準備趁小乞丐不備，再次砸他的腦袋。

我說過，我的目標是把小乞丐的腦袋砸成四邊形，眼見他就要遠走他鄉，我得抓緊時間才是。於是乎，我齜牙咧嘴，面目猙獰，眼含凶光，拿著水果盤準備狠狠地再往小乞丐的後腦勺招呼去。可是，就在這時，小乞丐抬頭了。我趕緊火速撫平臉上的凶狠表情，收回尖利的爪子。可是速度太快，一不小心，臉抽筋，手抽搐，痛得我淚花直冒；所以說，偷襲是需要技術的。我強忍著劇痛，用世間最平和、最若無其事的眼神望著小乞丐；同時，小乞丐也望著我。他眼中的某種情緒彷如灰燼中的火星般，明滅不定，「食色，我……」我靜靜地等他說下去。但小乞丐眼中那璀璨的精光閃了閃，最終還是隱藏在濃翹而細緻的睫毛後。他沒有多說，我也不好多問。沉默一會兒後，大家便各回各房，各躺各床了。

我睡的房間是客房，有張寬大而舒適的床。其實，一個房間什麼都可以不要，但床卻是不可或缺的。吃喝玩樂睡，全都可以在上面進行；當然了，也可以在上面拉撒，如果你是重口味的話。我沒有認床的習慣，加上這床的觸感的確很舒服，於是躺下沒幾分鐘，我就進入夢鄉了。夢中，我左手抱著尹子維，右手抱著吳彥祖，笑得稀里嘩啦，口水直飆。正在這時，迷迷糊糊的我似乎感覺到有人湊近身邊，撫摸著我的臉頰。我艱難地將眼睛睜開了一條縫，看見一個穿著白色浴袍的美男。那人背著光，但隱藏在黑暗中的一雙眼睛卻燦若星辰。我的嘴慢慢咧開，一直咧到耳根之上。看來，我寒食色的功力又提升了，現在居然連做夢都能有真實的觸覺，可喜可賀，可喜可賀啊。

正當我欣喜之際，那人將白色浴衣褪了下。雖然此刻我處於半夢半醒狀態，但還是看清了那人夢幻般的胴體。月光之下，他赤裸的身體像撲上了一層銀色的紗衣，美得不可思議。他的身體有著男孩的柔軟與青澀，同時也深具男人的力量，兩種特質混合在一起，迸發出一種吸引。稚嫩的男人，更能激發女人心底的渴望，每個女人血液中都有男性的特質；而在面對這樣的青澀與稚嫩時，我們，也想征服。他的骨骼帶著纖細，他的肌肉是精瘦的，他的皮膚有著涼涼的滑膩，像絲綢一般。

他掀開蓋在我身上的被子，俯身，用略爲顫抖的手指一顆顆解開我的睡衣鈕扣。然後，一股灼熱的氣息噴在我頸脖的每一處肌膚之上，那氣息挾帶著他體內青草般的味道，清新，柔嫩。還有他的頭髮，細緻而柔軟的頭髮，就這麼撫在我的下巴處，那觸覺帶來了微微癢意，直切我的神經末梢。我愜意地呼吸著，一股熟悉的沐浴露香氣一絲一縷縈繞在我的鼻端，潛入我的體內。一切，都眞實得不像夢境。這時，他的手，一雙細膩年輕的手，從我的睡衣下襬伸入，來到了我胸前的渾圓處。手，在摩挲著，搓揉著我女性的特質，動作帶著生澀與一絲激動的顫抖。那雙手是灼熱的，但我的體內卻猛地迸發出一種寒冷，那是一種透骨的寒冷，瞬間在我血液中奔流，讓我徹底清醒過來！

是的，那沐浴露的香味和剛才我用的那瓶一樣，而我剛才用的那瓶是從小乞丐那裡拿的，也就是說——我猛地睜開眼，一把抓起埋在我胸前那顆頭髮乾淨柔軟的腦袋，是的，就是小乞丐。我那個氣啊。這個小乞丐，一次明攻，一次暗壓，難道是看我好欺負？但那股氣持續不到三秒鐘便煙消雲散，因爲，我看清了此刻的小乞丐。月光下，他的眼睛盛滿了醉人的迷霧，他的臉頰有著綺靡情慾的紅潤，他的嘴唇因激情而飽滿活像盛開的花瓣，絲綢的質感下有著嬌豔的汁液在流動，誘惑著人去吮吸。月光在他赤裸的鎖骨上流溢而過，逸出了性感的弧度。此刻的雲易歌，是個小小的、清純的尤物，讓人恨不得一口將他吞入腹中。於是乎，我的口水又開始氾濫，我的手指又開始蠢蠢欲動，我的小腹又開始有火在燃燒了。

漆黑的夜。聖潔的銀輝。柔軟的大床。赤裸的男人壓在半裸的女人身上。這，是個天時地利與人和的時刻。接下來，百分之百應該是十八禁的畫面。是的，十八禁吧，十八禁吧，吃了這棵送上門來的嫩草吧，我身體裡每一滴母狼的血液都在這麼叫囂著。但我那該死的、唯一還剩下的一點良知，卻在阻止著我。它不停地警告我眼前這棵草有多麼嫩，一口咬下去，他的根就會斷的。

我努力找回自己僅存的理智，手緩緩摸向了床頭櫃。櫃子上只有一盞檯燈，無論是硬度、大小都不能和磚頭相比，但是，將就吧，我這麼安慰著自己。可是，就在我的手即將拿起那盞檯燈時，另一隻手卻搶先將檯燈掃到地上，隨著「咚」的一聲悶響，我心中暗叫一聲「糟糕」，幾個小時不見，小乞丐變機靈了！於是，我只能轉頭，瞪著小乞丐，嚴肅地質問：「你究竟想做什麼？」話一出口，我就意識到這個問題有多麼白癡。小乞丐想做什麼？他現在這個動作，很明顯就是想上我啊。但人家小乞丐是個讀書人，便用了比較文雅的方式回答我的問題，說出了自己的願望：「食色，我想……抱妳。」小乞丐的眸子如銀河般，深邃的墨黑中有無數星輝閃動，每一閃璀璨的亮光都戳在我的心上。我用盡自己全部的力氣強行移開眼睛，不去看他。

窗戶是緊閉著的，外面似乎起風了，樹葉在不停搖動，但從屋裡看去，卻是詭異的無聲。小乞丐忽然將頭埋在我的肩窩處，他像個脆弱的孩子懇求著：「食色，明天我就要走了，我會回來的，但是……但是我很害怕，害怕等我回來的那天，妳已經屬於另一個男人。食色，我不希望妳忘了我。求求妳，讓我抱妳一次，讓我記得妳身體每一個毛孔散發的香氣，讓我記得妳身體每一寸肌膚的紋路，讓我記得妳在我懷中迷亂的樣子……食色，只有這樣，妳才會清楚地記得我……食色，我眞的不想被妳忘記。」小乞丐的呼吸帶著急促，還有一絲讓人心疼的軟弱。我的心開始動搖了。給，還是不給，這是個問題，還是個大問題。本來有小乞丐這個尤物在懷，已經夠讓我意亂情迷的了，現在他又說出這麼感性的話，簡直就是在用一根隱形大鎚一下下捶打著我的心。我那本來就不太堅定的立場，開始微微動搖了……

此刻，小乞丐幾乎是壓在我身上的，我和他的身體之間沒有一絲縫隙。爲了舒緩那壓抑著的慾望，小乞丐的灼熱抵著我的私處，不停地摩挲著。但這動作卻像一把鑰匙，打開了我的情慾之門。我的身體開始有了渴望，我的腦海開始一點一點變成白色。小乞丐的皮膚緊貼著我的，那種年輕肌膚特有的滑膩覆蓋在我身體上，有如最上等絲綢滑過手背的感覺，一種奢侈的華麗。我非常想對著月亮嚎叫一聲，接著化身爲一匹饑渴的母狼，不顧一切地朝他撲去，把小乞丐啃噬得乾乾淨淨，連骨頭渣渣都不剩。

情慾化作磨人的搔癢，細細碎碎爬上了骨髓深處。

我的意識開始模糊，但仍努力警告著自己：「不行、不行，吃嫩草是違法的。」更何況，這可是在雲易風的眼皮底下吃了他弟弟。到時候，就會是雲易風把我砍得骨頭渣渣都不剩啊！我決定要想些其他什麼事情來分散自己的注意力，以抵抗小乞丐嫩軀的誘惑——柴柴的胸部……不行、不行，慾火燃得更猛了；喬幫主的胸肌……不行、不行，慾火要燒到眉毛了；童遙的屁股……不行、不行，慾火焚身了！

83 滅火器飛了！

看來不能想人，得想些其他噁心點的東西。血，膿，內臟，痔瘡，潰爛的傷口，腸穿肚爛……回憶了自己所見過最慘烈的車禍畫面後，我悲哀地發現，我的慾火，連消防隊叔叔的高壓水槍都澆不滅啊。

眼見自己就要失控，眼見悲劇就要發生，眼見我就要把自己那雙罪惡的手伸向小乞丐的褲襠，然而就在這千鈞一髮之際，我的腦海忽然浮現出一張臉，雲易風的臉。瞬間，剛才那還燃燒得跟什麼似的怒火就這麼不見蹤跡了！我不得不佩服，雲易風啊雲易風，你果眞不是凡人。

冷靜下來之後，我果斷推開了小乞丐。睹此情狀，小乞丐的臉滿是寂落。看著他水嫩的臉頰，輕軟細緻的眉目，華麗麗的小鎖骨，我又開始不忍了，我的心又開始左右搖擺，兩種聲音在我體內碰撞著——「吃，吃了他，再不吃就沒機會了！」「不能吃！放過他吧，小乞丐不過是個孩子！」這兩種聲音越來越大、越來越大，吵得我頭暈乎乎的。終於，我再也忍受不住，奔出房間，跑下樓梯，衝到後花園，途中還不小心嚇暈了兩個守門的小弟。也難怪，他們爲我準備的睡衣是純白色的，加上我頭髮披散，再加上我晚上走路一向輕飄飄的，於是一不留神被誤認爲鬼也是應該的。

來到後花園，冷風吹入體內，令我全身冰涼一片。無形的寒冷進入血管之中，凝結成一塊塊小碎冰，持續凍結著我的四肢百骸；至深的寒冷，讓我的頭腦徹底清醒了。我決定用最科學、最理智、最公平的方法來決定究竟該不該睡小乞丐。所以，我肅穆地伸出手，摘下一朵花，接著……一瓣一瓣地扯下。「睡，不睡，睡，不睡，睡，不睡，睡，不睡，睡，不睡……睡。」當扯下最後一瓣花瓣時，我嘴中唸的——是「睡」。我堅信這是上天給我的指示，是老天，讓我去睡了那孩子。是的，無論我做了什麼，都是無辜的；雷啊電啊，祢們就對著老天的頭上劈去吧！於是乎，我對著月亮深情低嚎了一聲。慾望瞬間染紅了我的眼睛，沸騰了我的血液，顫抖了我的身體。想到小乞丐那迷人的身軀，嬌嫩的皮膚，從沒被染指過的純潔肉體，我再也忍受不住，在心中低低嚎了一嗓子：「小乞丐，張開你的大腿，姐姐我來了！」嚎完後，我衝回客廳，跑上樓梯，奔進了那間即將發生十八禁場面的客房；途中，一不小心又撞見那兩個好不容易甦醒過來的小弟，所以，他們再一次暈了過去。造孽的娃兒噢。但我已經顧不得這麼多了，我要用最快的速度、最熟練的技巧、最讓人難忘的方式奪走小乞丐的處男身！

但是在推開門的一剎那，時間凝固了，空氣停滯了，我的下巴脫臼了。因爲，我那赤裸的小乞丐失蹤了！現在，是雲易風坐在床上。我看著他，怔怔地看著他，目瞪口呆地看著他，像失了魂般地看著他。黝黑的房間裡，雲易風的眼睛似乎更加深邃了，像被濃墨染過一般。他穿著一件黑色睡衣，眞絲料子緊緊貼著皮膚，那完美的肌肉輪廓徹底展露在我面前，且因爲隔著一層布料，有了朦朧感，更增添一種吸引。他的身上散發出特有的霸氣與內斂，像一條豹子。過了許久，我才有辦法開口：「易歌呢？」我心中存著一絲希望，希望聽見雲易風說他弟弟是去上廁所，一會兒就回來，他只是坐在這裡幫他弟弟占位置。可是，雲易風殘忍打破了我最後一絲希望：「他被我鎖回房間裡了，放心，今天晚上，他都無法再來打擾妳。」聞言，我欲哭無淚。爲什麼蒼天要這麼對我？爲什麼要點燃我的慾火，卻又拿走了我的滅火器？爲什麼、爲什麼、爲什麼，爲什麼祢要如此殘忍！

正當我的內心哀號之際，雲易風站起身來。他的身材很高大，這麼一站，屋子彷彿瞬間狹窄了許多。他緩慢地走向我，這才發現，他就連腳上的拖鞋也是黑色的。他在我面前站定，微微垂頭，看著我。我必須承認，每當他這麼居高臨下看著我時，總會有股很強的壓迫感。我看著他的黑拖鞋，看著他的黑衣服，忽然問了一句：「爲什麼你們總是穿黑色？」雲易風平靜地說道：「因爲大家都穿黑色，若你一個人穿其他顏色會太顯眼，容易被子彈追。」我點點頭，「噢。」

雲易風忽然說道：「易歌喜歡妳。」我小心翼翼地問：「所以呢？」雲易風忽然笑了，「我很高興，妳沒有和他發生關係。」笑的時候，他的眼角是有細紋的，看來確實是眞笑；而且我還發覺，這人笑起來還挺好看的。可是、可是、可是，人家是眞的想和小乞丐發生關係，眞的想啊！雲易風繼續說道：「知道嗎？如果妳剛才眞的那麼做了，以易歌的性子，他會纏著妳一輩子。」雲易風靠近我，那種輕微的壓迫感留在我的皮膚上，「還有就是，謝謝妳今天晚上從車裡出來救我。」聞言，我看著雲易風，倏地伸出手，準備左右拉扯他的臉皮，看能不能撕下一張面具來；確實很難想像啊，雲易風居然會對我說謝謝，實在是盤古開天地。不想，雲易風卻一把抓住了我的蹄子，鷹眸中閃著警告的光，「別得寸進尺。」這下子我肯定了，這廝絕對是雲易風，不是別人貼張假人皮易容的。「好了，明天一早要爲易歌送行，早點休息吧。」說完，雲易風放開我的手，就這麼走出了房間。

我轉身，看著他的背影，眼淚「刷」的一下就流下來了。眞絲睡衣底下那背肌，那翹臀，那長腿，簡直就是活脫脫赤裸裸的誘惑啊。今晚，要我怎麼睡得著啊。

84 美人爭奪戰

果然不出所料，這個晚上，注定無眠。我一閉上眼，就想起小乞丐那稚嫩的、純潔的身體，或是雲易風那蜜色的、強壯的身軀……兩具胴體就這麼在我眼前晃來晃去，折磨得我慾火焚身。

第二天天剛亮，好不容易有了點睡意，誰知雲易風就衝進房間把我從床上提起，抓著我去替小乞丐送行。我那可憐的黑眼圈，像被墨汁染過似的。

在機場中，小乞丐先是和他哥表演了一番兄弟情深。之後走到我面前，抬起那雙清澈的眼睛，道：「食色，謝謝妳照顧了我這麼久，謝謝妳勸我哥的那番話，謝謝妳……」沒等小乞丐謝完，我就一把抱住了他，然後……趁機掐他的屁股。這麼一掐，我頓時淚流滿面。小乞丐的屁股多嫩，多有彈性啊，昨晚本來可以盡情蹂躪的。這麼肥的一隻小鴨子，我卻讓他飛了，真想拿把刀捅死自己啊！

想到這輩子再沒可能吃到這樣的嫩草，我的淚水更有如決堤止都止不住，而手上也同時加大了力氣。小乞丐在我耳邊輕輕說道：「食色，記住我們約定。」約定，我當然記得，就是那個當他長大後如果我還單身就和他交往的約定。我含著淚水點點頭。小乞丐，就衝著你這彈性好得能和旺仔ＱＱ糖媲美的翹屁屁，我鐵定會記得的。

登機時刻到了，小乞丐不得不離開。雲易風費了很大的力氣，才把我從他弟弟身上撕下來。揮著小手帕和小乞丐道別了之後，我吸吸鼻子，對雲易風道：「好了，麻煩你送我回醫院吧。昨天忘記請假，想必老院長要把我給滅了。」雲易風眼睛微瞇，「我有說要放妳走嗎？」聞言，我的心突突了一下，「可是，易歌已經走了，你還關著我幹嘛？」雲易風的眼睛深不見底，「妳坐了我的臉兩次，又用鐵鎚砸了我一次，妳認爲，我可能就這麼放妳走嗎？」我慌了，「雖然我坐了你的臉兩次，又用鐵鎚砸了你一次，但都不是故意的啊！再說，我不僅救了小乞丐，還幫你們兄弟倆和好，難道就不能恩怨相抵嗎？」雲易風那輪廓深邃的臉，此刻在我眼中變得非常討打，因爲，他不緊不慢地說了句：「不能！」我開始咯吱咯吱地磨著牙齒：「你根本就不是因爲這個原因才關我的！」雲易風那蜜色肌膚上有道類似絲綢的光一閃而過，在他那勾起的嘴角處徘徊：「不錯，就像妳說的，我確實已經不太在乎妳『不是故意』做的那些事情。」我斜著眼睛瞪他，「那你爲什麼還要關住我？」雲易風慢慢地朝我走來，腳上的皮鞋在機場光滑的地面上發出「噔噔」聲響，震得我的皮膚一跳一跳的，「因爲，妳是個很有趣的女人。」我差點眞的跳了起來，「就因爲這個？」他微笑道：「沒錯，就因爲這個。反正沒事，而且我也想看看和妳在一起，還能出什麼事。」有句話很恰當地形容了雲易風此刻的行爲——吃撐了，沒錯，這人根本就是吃撐了。居然把我當玩具？我是不會陪他玩這無聊遊戲的，所以我深吸口氣，轉身……拔腿就跑。

可惜，我那兩條小短腿哪裡敵得過他的無敵長腿呢？我的意思是，我才剛跑出兩步，後衣領就被人揪住了。我拚命地掙扎，抓，咬，踢，踹；什麼方法都用了，還是沒能傷到他分毫。我開始不顧形象地抱著機場的大柱子，死都不鬆手。但雲易風夠狠，他居然把我的手指一根根掰了下來，拖著我滑行。沒關係，反正柱子多，看見第二根，我再抱；然後雲易風又像先前那樣，把我的手指一根根掰下來。於是乎，我抱柱子，他掰手指，成了機場裡一道奇特的風景。眼見就要出機場了，我無可奈何，只能拋棄面子大叫道：「救命啊，黑社會強搶民女了！光天化日朗朗乾坤之下，居然有這樣的慘案發生，還有沒有天理啊！」吼完之後，一群人圍了上來。我心甚喜。誰知……一個女人問道：「這兩個人在幹嘛？」一個男人說道：「看樣子，似乎在表演一種行動藝術。」一個不男不女的人翹著蘭花指，道：「我最討厭學藝術的，一點內涵都沒有。」說完，那些人一哄而散。我那個淚奔啊，恨不得拿自己腦袋撞柱子。

雲易風像抓小雞般一把將我提到機場外，接著像甩麻袋般把我甩到車上，然後吩咐司機開車，就這麼，把我給綁架了！車室內的空氣是沉悶的，車室內的雲易風是氣定神閒的，車室內的我是悲憤莫名的。雖然，昨天我尚想著能免費在他家吃住是一件多麼美好的事情，但度過那被囚禁的一天，我才知道自由是多麼可貴。我實在不懂，爲什麼雲易風要關住我，難道他不怕我再一次用屁股坐他的臉？沒記性的傢伙！

我看著窗外那些自由的景色，心中有無限的渴望。自由，和美男同樣珍貴的自由，我要不顧一切地抓住它。於是乎，我憋住氣，氣沉丹田，放開肛門，希望能用我那媲美生化武器的小悶屁來提醒雲易風，把我留在他身邊是一種多麼不智的行爲。但，屁眞是個怪東西，平時不想讓它來，它硬要來；現在想讓它來了，它卻死都放不出來。雲易風斜斜瞥我一眼，「妳的臉爲什麼這麼紅？」爲什麼這麼紅？當然是憋屁憋紅的。從機場到雲易風家，我努力得額上青筋直冒，但我那堪比毒氣的屁還是不見蹤跡。最後，我只能默默垂淚，任由雲易風像提著貓脖子般，提著我的脖子走進他家。

門一打開，我卻看見了一個意想不到的人——童遙，眞的是童遙同學！他坐在沙發上，臉上帶著陰沉的嚴肅，而看見我之後，他神情稍霽。我的第一個感覺是，童遙生氣了，說實話，我眞的很少看見他生氣。但隨即，他臉上神色一變，又露出平時那種嬉皮笑臉的樣子，慢慢朝我走來，嘴中的話卻是對著雲易風說：「雲哥，不知你手上這傢伙怎麼把你給得罪了，但請看在秦叔的面子上，放她一馬。」童遙一邊說，一邊不著痕跡地抓住我的手，將我往他的方向拖，而雲易風眼簾一動，當即抓住了我的另一隻手；也就是說，我變成了拔河運動中那可憐可悲可歌可泣的繩子。實在是悲劇啊。

這兩人開始對視，電流「吱吱吱吱」地在空氣中流竄。高手對決，兩股強大的內力開始在我身體中游移，一股是雲易風的內斂深沉，一股是童遙的高深散漫，我的冷汗涔涔而下。要是他們一氣之下，拿著我一扯，那不是要生生把我扯成兩半嗎？幸好在這時，一個威嚴的聲音制住了他們：「放手。」有個五十歲左右的老伯銜著菸斗走下樓來。雲易風的眼睛沉了沉，「秦叔？」童遙嘴角有了絲笑意，「秦叔。」秦叔點點頭，算是對他們的回應。說實話，這位秦叔一看就是標準的黑社會長輩級人物，周身散發著威嚴的氣質。他用手中的菸斗指指童遙，對著雲易風道：「童遙的爸爸，是我的好朋友。」接著，他再用手中的菸斗指指我，道：「而這個女人是童遙的朋友，所以，易風，不管這女人怎麼得罪你，看在我的面子上，就放她一馬吧。」雲易風的下顎不著痕跡地緊了緊，隨後他放開我的手，道：「既然秦叔都開口了，我怎麼能不聽呢。」

雲易風一放手，童遙馬上將我拉到他背後，他擋著我，我看不見前面的情況。而直到這時，我才忽然發覺……童遙同學的屁股也是很有彈性的啊，以前都沒那麼貼近過，剛才被他一拉，不小心就撞上了他的屁股，整個人居然被彈出了一公分！我的母狼爪子開始發癢了，要不要趁童遙不注意，掐一下呢？

85 櫻桃與香蕉

但仔細想了想，還是忍著癢意把手伸了回來。不敢啊。要是一個不小心，得罪了唯一的救星，他要是拍拍屁股走人不再管我，那可怎麼得了！所以，我只能乖乖地躲在童遙同學背後，看著他的翹屁股，淚水和口水都滴答答的。

童遙的表情我看不見，只能聽見他傳來笑聲，「秦叔，我還有事，先走了。改天，一定陪您老釣魚。」秦叔爽朗地笑了，聲如洪鐘，震得人皮膚發麻，「你小子，我從小看著長大的，那猴屁股能坐幾分鐘？還是叫你爸來陪我釣魚是正經。」「一定、一定。」童遙說完，就拉著我走出了別墅，從頭至尾，我都沒有再看見雲易風的表情。不過，想也想得出，好看不到哪裡去。

童遙快速將我塞進他的車裡，接著，一路疾馳回我家。

一整夜沒回家，看著屋裡的陳設還是挺想念的。我招呼童遙：「別客氣，當自己家，隨便坐。」不過仔細想想也是，這屋子本來就是他送的。說完，我拉開冰箱，想找點東西來吃吃。在機場被拖行了這麼長一段路，消耗的卡路里比做愛還多。誰知我才剛拉開冰箱門，童遙隨即把門拍上。我抬頭，疑惑地看著他，「你幹嘛？」一向散漫的童遙此刻卻沒了以往的樣子，他的一雙眼睛牢牢盯著我，像片大海深沉得讓我意外。他問：「妳有沒有受傷？」我攤開雙手雙腳給他看，接著再一拳捶向他的胸口，道：「你看我像受了傷的樣子嗎？你也太低估我了，我寒食色看上去像是會吃虧的人嗎？」不錯、不錯，童遙果然是有胸肌的，彈性和他的小屁屁有得拚。童遙揉著被我捶打的地方，道：「妳是不是女人啊？居然使出這麼大力氣。溫柔點，不然是嫁不出去的。」我低頭，瞅瞅自己胸前的東南丘陵，很確定地點頭，「檢查過了，我是眞的女人。」童遙斜靠在冰箱旁，又恢復了痞子模樣，拿著一雙略帶慵懶的眼睛看我，「誰知道妳往裡面塞了些什麼？」我不服氣，「我還懷疑你往自己褲襠裡塞了襪子呢。」童遙笑了，眼中有一種壞，是種很討女人喜歡的壞。他忽然往我的床上望去，道：「那是什麼？」我順著他的目光望去，暗道一聲「糟糕」，不得了，糗大了！昨天早上起來晚了，床上沒來得及收拾，小內內，小胸罩，還有性感睡衣全都雜亂地堆在上面，很有一種淫靡的氣息。

雖然我寒食色的臉皮是天下第一厚，但身體裡還是不幸保留了一點點小女人的嬌羞，時不時會發作，而現在就是我發作的時候了。我連忙奔過去手忙腳亂地收拾著，童遙卻搶在我之前拿起一件睡衣，曖昧地兼不懷好意地看我一眼。那睡衣是鏤空的，近乎透明，而且還是大紅色，像火一般撩撥起人的慾念，眞是要多性感就有多性感。我承認自己臭美，喜歡沒事穿這種睡衣在屋子裡轉悠。雖然身邊沒有男人欣賞，但能夠臭美給自己看也是好的。此刻，童遙的手指正一圈圈纏繞著那睡衣的絲綢帶子。他靠在床頭，右邊嘴角抬高，揚起一貫勾魂攝魄的弧度；我承認，這孩子確實有風流的本錢。他就這麼拿著我的睡衣，用手指輕輕撩撥著。

男人的手指，女人的蕾絲，旖旎的味道，細細碎碎地在這個房間中蔓延。我可不想看著好友拿著自己的睡衣玩，於是趕緊衝上去搶奪。可是，童遙裝怪，死都不給我。於是我只能一個餓狼撲羊，撲上去搶，瞬間兩人之間的姿勢變成了我壓他。我倒沒理會這些，只專心致志地搶奪，但搶著搶著，發現童遙不動了！我猛地低頭，竟發現，他的眼睛正往我有而他沒有，或是我們都有、但他沒有我這麼雄偉的地方看，說白了，就是他正往我的胸部瞅。我裡面穿的衣服領口較鬆，再加上現在的姿勢，那是絕對地春光大洩啊。而童遙此刻居然輕飄飄地拋出一句話：「果然啊，乳溝就像時間一樣，擠擠都會有的。」童遙的話很顯然包含兩層意思。第一層就是，雖然我的胸部以他眼光來看是很小的，但是呢，這麼小的胸部還是可以擠出乳溝來的。第二層意思，也是最重要的意思，那就是——他承認看見我的乳溝了！今天我穿的是半罩杯胸罩，這就意味，我有二分之一個胸是露在外面的，而且都被童遙看光光了！

我寒食色是最吃不得虧的人，如果就這麼被童遙看了去，那豈不是要嘔好多年的氣！所以我的眼睛危險地一瞇，接著我的手倏地來到童遙的腰下，作勢要褪他的褲子。至少，他也要給我看二分之一個命根子才算公平！但童遙這傢伙精得很，他像條泥鰍似的，「嗖」都不「嗖」一聲就從我身體底下竄出去了。然後他在床邊站定，好整以暇地看著我。我那個氣啊，恨不得衝上去一口把他的小弟弟咬下來，泡在鹹菜罈子裡天天觀賞。看著我氣得煞白的臉，童遙眼波流轉，「我說過，如果妳想看我的，就必須先把妳的給我看。」我高喊不公：「剛才你明明已經看了我的了！」童遙嘴角微抿，溢出無限風華，「但是剛才我並沒有看見重點。親愛的，這個時代，要露點才有看頭。」我瞪他，「露你個頭，自己買兩個饅頭，在上面放兩顆櫻桃，慢慢看！」童遙笑嘻嘻的，「那妳也可以買根香蕉，慢慢看。」我本來想用海綿體的事情打擊他，但眼睛一抬，瞄到他額頭上的傷口，想到當時童遙這麼有義氣的行爲，心便軟了。於是，我改變話題：「你是怎麼知道我在雲易風家的？」童遙輕描淡寫地說道：「查的唄。」

我當然知道事情不會這麼容易。仔細算來，我失蹤還不到二十四小時，連報案的資格都沒有。就在這麼短的時間內，童遙不僅查出了我在哪裡，還請出能壓住雲易風的秦叔出馬。能力，手段，智謀，都不容小覷，而且這人還整天一副笑嘻嘻、對社會無害的樣子，實在是隻笑面虎。我很慶幸，自己和他是朋友不是敵人，否則我會連自己怎麼嗝屁的都不知道。

我問完，輪到童遙問了：「妳是怎麼得罪雲易風的？」我耐心地說給童遙聽：「我天生麗質，不小心被他看上了，他哭著跪著求我當他的老婆。可惜我寧死不屈，他便發怒了，用武力綁架了我，準備把我關在小黑屋中調教。這種情形，就是言情小說中的虐戀情深，明白了嗎？」聽了我一大篇話，童遙只說了四個字：「妳再吹嘛！」實在不給我面子，難道我看上去就沒有一點黑道大哥女人的氣質？童遙認眞地問道：「說眞的，究竟是怎麼回事？」我便將事情的經過大略跟他說了一遍，大意就是——其實我和雲易風之間只是有一小點誤會，不礙事的；當然，中間省去了許多細節，比如小乞丐主動向我獻身，但我卻陰差陽錯沒有吃到他，悔恨得捶胸頓足，徹夜未眠，畢竟我可不能讓我女流氓的名聲四處流傳。聽完之後，童遙沉默地點點頭，也沒說什麼其他的。我看著童遙額頭上的傷口，問道：「你就這麼從醫院出來了？沒事吧？」童遙道：「放心，差不多已經好了。」我問：「真的已經好了？」童遙肯定：「真的。」我沉吟了一下，接著拿出平底鍋，平靜地說道：「既然這樣，把你的腦袋伸過來讓我拍一下。」小乞丐走了，我只能退而求其次，打童遙。聞言，童遙的眉毛微微一揚，勾勒出沉靜而優雅的弧度，接著他對我平和地笑了，然後我手上的平底鍋被他奪了，最後我的腦袋被他砸了。所以說，童遙果真是隻笑面虎，在淚盈於睫中，我得出這樣的結論。

那天之後，我的日子就風平浪靜了。整天上班下班，打遊戲，吃飯。時間也在這樣的重複中過去；很快，春天就來了，我身邊所有人的春天都來了。

葵子，本院著名的「淫賊三姐妹」之一，她老公請了一個月的假，兩人飛到歐洲度二次蜜月了。據我們不負責任的猜測，那兩個人根本就不稀罕歐洲的風景，鐵定整日都在旅館床上滾來滾去。而月光，本院著名的「淫賊三姐妹」之二，某天下班途中，不小心刮花了一輛法拉利的車身，那名年輕帥哥車主下車來和她理論，結果兩人在一陣唇槍舌劍中產生了感情，火速訂婚結婚，現在也在度蜜月中。更驚悚的是，老院長居然和剛離婚沒多久、而且賜予他「屎娃」稱號的打掃廁所大嬸，沉浸在黃昏的愛河中。自那之後，老院長上廁所的頻率又增加了。每天，老院長都會忸忸怩怩地走到廁所門口偷瞄大嬸，嬌羞地露出那缺了半顆犬牙、滿是皺紋的菊花臉，笑得傻乎乎的，再癡呆呆地問一句：「現在，我，可以上……廁所了嗎？」每到這時，躲在角落中的我們都會被雷倒幾個，昏迷不醒，嚴重的甚至到達了半身不遂境地。但不管如何的雷人，老院長至少也找到了自己的春天啊。看著面前這一片片春意融融的景色，我獨自一人，甚是淒索。雪上加霜的是，不僅是人，就連我身邊的動物也迎來了各自的春天。醫院池塘中的鯉魚，每天都追著交尾；社區裡的寵物狗，整天都在草叢中嘿咻，旁邊還站著幾個不明世事的稚童圍觀；就連我前幾天在廚房用拖鞋打死的蟑螂，也是身體某個部位連在一起的兩隻。簡直是刺目。我開始心裡不平衡，詛咒比翼雙飛的通通摔死，鴛鴦戲水的通通淹死。

誰知，更厲害的考驗來了！

這天晚上我回到家，實在沒心情煮飯，便決定去喬幫主家蹭飯。剛才已經留意到，喬幫主家的落地窗是開著的，所以絕對有人在。敲了三下後，門打開了。看見眼前的情景，我刻意擺出的蹭飯經典討好笑容瞬間凍結——喬幫主，又裸上半身了，他的下半身只圍著白色的浴巾。那黝黑的肌膚，那讓人血脈賁張的肌肉，那V字型的身材，令我的手開始蠢蠢欲動，非常想伸手把喬幫主身上那條礙事的浴巾扯下。喬幫主眉宇間快速閃過一絲訝異，但隨即便恢復鎮定，道：「我現在很忙，有事明天再說吧。」我作勢就要進去，「只要施捨我一點冷飯就好，你忙你的，我自己去拿。」但是，喬幫主攔住了我。我狐疑地揚揚眉，鼻端似乎嗅到了古怪的味道，當然不是指狐臭，而是一種古怪的氣氛……

我正要開口詢問，一個熟悉的聲音傳來：「外賣送來了嗎？」接著，柴柴出現在我的視線中，而且還是穿著睡衣的柴柴。

86 胸是凶器

憑著我多年的男女經驗和八卦的靈感，透過觀察他們兩人的衣著，表情，動作，我得出了一個爆炸性的結論，那就是——柴柴和喬幫主上過床了！因爲，我敏感的鼻子聞到了嘿咻的味道。

於是，我眯著眼睛，一步步朝他們走去。喬幫主擋在柴柴面前，兩人一步步被我逼到了角落中。在他們退無可退之時，我張開唇瓣，一句句地質問著：「時間，地點，事情的起因，經過，結果，每一個細節，都要完完整整地告訴我！」無可奈何，他們只能遵從。

話說柴柴最近這段時間都在和那位大學老師交往。經過觀察，柴柴覺得這人挺正常的，所以便努力對他培養感覺。誰知，柴柴的體質實在是難得一見的特殊，我說過，她吸引的，全是變態。昨天，柴柴應邀去那位大學老師家玩，在不設防的情況下喝了那人給的飲料。豈知，飲料中加入了安眠藥，柴柴喝下沒多久，就睡熟了。而那位大學老師居然是變態中的變態，是不爆發則已、一爆發驚死人的那種變態。他的興趣就是將美女騙到自己屋裡，將她們迷倒，之後拍下她們的裸照，留下來慢慢欣賞。而就在那雙罪惡的手要伸向柴柴的衣領之際，神兵喬幫主從天而降，破門而入——

「等等！」我做了個暫停的姿勢，眉宇間皺起疑惑的弧度，「喬幫主，難不成你開了天眼，否則怎麼知道柴柴正面臨危險？」喬幫主將拳頭放在唇下，清清嗓子，解釋道：「我一直覺得那人不是什麼好人，所以暗中對他進行了調查。那天上午總算從一個被害人口中得知了他的劣跡，剛想通知柴晴，誰知她卻到了那人家裡。我連忙趕去，正好制止了那個男人。」

解釋完畢後，回憶繼續——就在那雙罪惡的手要伸向柴柴的衣領之際，神兵喬幫主從天而降，破門而入。緊接著，喬幫主稍稍動了一下拳頭，就把那人扁成了豬頭樣。喬幫主要手下把那人帶回派出所，而他則把柴柴抱回了自己家。

「等等！爲什麼你不把柴柴抱回她家，而是抱到自己床上？」我再次打斷他的回憶，對著喬幫主曖昧地笑，「原來，幫主你是有預謀的！」喬幫主這麼解釋：「之所以把柴晴抱回我家，是因爲我想等妳下班回來，再把她送上樓，讓妳照顧安慰她。」

我暫且信了他的話，回憶再次繼續——昨天下午，柴柴醒了，喬幫主便把之前發生的事情，還有那名大學老師的眞面目全告訴了她。柴柴先是愣住，之後將頭埋在被子中，大哭起來。

這時，柴柴出聲糾正：「我沒哭！」喬幫主靜靜說出事實：「妳哭了。」我的血液開始沸騰，「我才不管妳有哭沒哭，我要聽接下來的重點！」

接下來——柴柴哭著問喬幫主，爲什麼她總是這麼倒楣，爲什麼遇到的男人都是這種變態類型，難道是她有什麼問題嗎？喬幫主安慰她，說沒有啊，我覺得妳挺好的。柴柴問，那爲什麼就沒一個正常男人喜歡我呢。喬幫主說，誰說的，我就喜歡妳。柴柴抬頭，看了喬幫主好一會兒，終於憋出一句話，她說，你也不算是正常男人啊。而喬幫主接下來說的話，令我懷疑他有點趁火打劫的意思，他說，我正不正常，要妳試過才知道。柴柴一聽，覺得這話說得確實有理，所以她就回了一句，試就試吧。

聽到這裡，我的屁股開始緊縮，眼睛開始亢奮地鼓脹。終於來了，最吸引人的部分終於來了。接下來，柴柴說道：「然後，我們就做了。」我繼續亢奮地等待著，血液開始像煮沸的粥一樣翻滾。但是再接下來，柴柴說道：「接著，妳就來了。」「等等！中間那段呢？」我像是被一桶白色油漆給潑了，臉白刷刷的。柴柴和喬幫主異口同聲地說道：「自——行——想——像。」我瞬間石化，火化，風化，雷化……然後，開始了一連串捶胸頓足，用頭撞牆，撕心裂肺咆哮。不厚道，這兩人太不厚道了。這不等於電視劇的男女主角拉拉扯扯了半個小時，好不容易到了關鍵時刻，觀眾的呼吸都停滯的時候，鏡頭忽然一黑，一整夜就過去了……簡直是侮辱我們觀眾的智商及腦容量；而柴柴和喬幫主，現在就在做這樣的事情。我的淚珠在眼眶中轉啊轉的，「我在你們身上浪費了……」我看看手錶，道出正確時間：「浪費了三十六分鐘十四秒，結果最後只得到一句『做了』。你們叫我情何以堪，情何以堪啊！」柴柴和喬幫主理直氣壯：「我們又沒有求妳聽！」我不得不承認，他們的話確實有理，我無力反駁。而今眼下，柴柴和喬幫主結成了同一戰線，我只有孤身一人，境況才叫一個不利啊。

但是，別慌，寒食色也是一肚子壞水的。所以我輕飄飄地拋出一句：「那麼，你們現在是在交往中了？」柴柴斬釘截鐵地回答：「當然不是！」喬幫主比她更斬釘截鐵：「當然是！」我那塗著淡淡唇彩的嘴浮起了陰毒的笑，果然不出我所料，分歧，產生裂縫。喬幫主的眼睛陰沉了下來，「為什麼不是？」柴柴用這個理由打發他：「我們不過是做了一場床上運動而已，關係沒什麼實質變化。」喬幫主眼眸中閃過一絲冷銳，「量變引起質變，妳的意思是，一旦我們多做幾次，我們之間的關係才會變化，對嗎？那麼，就來做吧。」太好了，我的目的達到了，我連忙到處尋找板凳、瓜子和茶水。正當我沉浸於即將觀看現場實況AV的喜悅時，喬幫主一個冷眼掃來，嚇得我腳趾差點抽筋，「如果以後還想來蹭飯，那麼，在十個小時之內都不要來打擾。」臉上浮著霜凍的喬幫主朝我走來，一把提起我的衣領，把我甩出了門外。我看著那緊閉的大門，摸著自己那貼著脊梁的肚子，聽著屋裡那旖旎的、讓人心癢癢的慘叫……我心無限悲戚。

本想去找童遙蹭飯，誰知他的祕書卻告訴我，他今晚有生意應酬。沒辦法了，我只能形單影隻地來到社區門口那間小麵館，要了碗牛肉麵。當麵端來後，我發覺，最近真是人心不古，每個人都不厚道；我的意思是，面前這碗牛肉麵，裡頭只有點點牛肉渣渣，我小心翼翼地用筷子挑起了牛肉渣渣，顫巍巍地放入嘴中，誰知就連我大牙上那個一直懶得去補的小洞，都塡不滿。沒法子，爲了不吃虧，我只好從桌上的辣椒罐舀一大湯勺辣椒，放在麵裡。娘親咧，這麼多辣椒，明早上大號時，我的小菊花鐵定會被辣得又紅又腫。而想必也意識到了自己偷工少料不厚道，所以麵館的老闆夫妻開始在店內表演起免費的戲劇——吵架。小麵館這對夫妻，外貌是屬於互補型的。老闆娘一看就代表改革開放後的新中國，身材健壯，虎背熊腰，活像個母夜叉，尤其是那個胸部，想必和我的腦袋一樣大。而老闆一看就像出生在天然災害嚴重的年代，細胳膊細腿，像根蘆葦似的一吹就倒。我一邊吃麵，一邊豎起耳朵聽他們爭吵，沒多久，就聽出個大概了。

原來，剛才結帳時，老闆娘給一個小帥哥打了八折。老闆心裡不平，責備她敗家。而老闆娘也不是盞省油的燈，立刻反擊，說老闆也總是給美女顧客免費。聽到這裡，我的一顆小心肝開始滴血了……我每星期都會來這兒吃麵，老闆從沒有哪一次給免費過。這意味著什麼，簡直是不言而喻，傷自尊啊。正當我呼哧呼哧地吸著麵條，稀稀溜溜地擤著鼻子，靜悄悄地抹眼淚時，這對夫妻的罵戰升級了——

老闆將帳本往桌上一拍，朝老闆娘罵道：「妳這個女人，怎麼自我感覺就這麼好呢？每天都在店門口堵著，也不看看自己渾身是肉，肥肉簡直多成了一堆堆！欸，我們這小店主打的可是牛肉麵，妳這麼一站，人家還以爲我們是賣豬肉的！」老闆娘更狠，她將菜刀往櫃檯上一插，叉腰罵道：「你就會說我，那你呢，下面瘦得跟牙籤似的，每次折騰不了三秒鐘就下了，你是不是男人啊！」老闆被戳中了痛處，頓時臉上每一根血管都爆裂了，臉紅得跟我剛才舀的辣椒有得拚。然後，老闆舉起手，用盡了全身力氣，耗盡了一生膽量，狠狠地搧了老闆娘一巴掌。頓時，群情激憤了。雖然老闆是一個小弟弟如牙籤般細的男人，但他依然是男人；雖然老闆娘是一個身材跟相撲選手有得拚的女人，但她終歸是女人。男人怎麼能打女人呢？大家紛紛出言指責老闆這種毫無風度的行爲。

但我們都小看老闆娘了，只聽老闆娘一聲河東獅吼：「你個龜兒子！老娘今天要憋死你！」眾人疑惑了，通常人們發狠話時，都會說我要撞死，踩死，砍死，或是捶死某某人。但，憋死是怎麼回事呢？老闆娘很快就解開了大家的疑惑。只見她雙目圓睜，兩隻強壯有力的大手一伸，倏地捧住老闆的腦袋，往自己那滿是脂肪的胸部狠狠一按。可憐的老闆，他的眼耳口鼻都被埋在自己老婆如小山丘般的胸部中，瘦弱的他不停揮動著竹竿般的手腳，做著垂死掙扎。可是，掙扎是無濟於事的。老闆娘死死地將他的臉按在自己胸前，一點縫隙也不留；老闆淒厲而沉悶的哀號從老闆娘的豪乳中逸出，老闆脖子上的青筋如蚯蚓般不停蠕動著。慘案持續了三分鐘。在我們目瞪口呆、無比驚詫之際，老闆掙扎的動作慢慢小了下來……他的四肢痙攣了一陣，最終，歸於沉寂。我們不得不承認，老闆娘的胸部絕對有理由稱得上是天下第一凶器，那殺傷力簡直和血滴子有得拚啊。老闆娘放開了老闆，而此刻的老闆彷彿化成了一灘泥水，就這麼軟綿綿地倒在地上。眾人定睛一看——老闆雙目緊閉，臉色青紫，已然仙逝了。老闆娘鎮定地深吸口氣，揉了揉自己的胸，接著她蹲下身子，輕而易舉地抱起老闆，將他輕飄飄地往肩上一扛，拋下了一句：「我去自首，最後走的人，把門給我鎖上。」然後便扛著丈夫，邁著大步，朝派出所走去。

直到她的身影消失在馬路拐角處，我們才回過神來，放下錢，爭先恐後跑出了慘案發生地：一群人當中，我是跑得最快的。而我逃跑時向來有個壞習慣，總喜歡一邊跑一邊往自己背後瞧，所以走路不看路的我時常撞到一些東西，比如說樹，比如說電線杆，比如說人，而現在我就正好撞上了一個人。我的右耳遭到了嚴重撞擊，隨即聽見嗡嗡響聲，但緊接著卻有種熟悉的感覺，此人的胸膛是我所熟悉的，霸道，內斂，有股黑暗的、略帶神祕的氣息，難道是——我緩緩地抬起頭來，速度緩慢得脖子都在咯咯直響。果然，許久不見的雲易風，就站在我面前！雲易風揚揚自己那有著銳利弧度的眉毛，「妳在跑什麼？」「前面小麵館的老闆娘，用自己的胸悶死了老闆。」我據實以答。聞言，雲易風的鷹眸忽然出現一種玩味的笑意，他說：「妳知道嗎？妳身邊總是有千奇百怪的事發生。」我實在不清楚這句話究竟是褒還是貶，於是乎，我只能微笑。

但就這麼沉默著也不是辦法，隔了一會兒，我便開始了朋友式的寒暄，笑呵呵地問道：「最近過得怎麼樣？道上的事情處理得還順利嗎？有泡到什麼好妞嗎？你今天是來這附近辦事嗎？」雲易風的眼眸微瞇著，裡面有股灼人的光，他將問題一個個回答了：「我最近過得不錯，道上的事情處理得很順利，好妞都被別人泡了，還有……我今天是特地來找妳的。」「特地來找我？」危險，有危險。我開始一點一點地移動腳步，但面上還是裝得一派平和，「為什麼會特地來找我，是易歌有什麼東西託你交給我嗎？不會啊，昨晚我才跟他聯絡過，他怎麼沒提到這件事呢？」雲易風沒有回答我的問題，而是忽然冒出這樣的話：「上星期，秦叔去了馬來西亞，而且打算在那裡休養幾年。」他微微垂著頭，鼻梁高挺，鼻頭略為尖銳，有著凌厲的氣勢。我覺得自己的喉嚨開始發緊，「所以呢？」「我想，他老人家不在時，我是可以做些不合理舉動的。」雲易風身穿一件黑色襯衫，看上去氣韻卓爾不凡，但此刻在我眼中，他就是一隻危險的豹子；黑色的豹子，有著光滑而高貴的皮毛，還有一雙像要吞噬人的眼睛。我正做著垂死掙扎，「不合理的舉動，例如？」雲易風眼底閃過一道暗暗的光，「例如，我上次不是說要囚禁妳嗎？那麼，現在就可以執行了。」「你做夢！」說完之後，我轉身，準備發揮自己的凌波微步，快速逃離。不幸的是，我的衣領快一步被雲易風逮住了；我開始懷疑自己是不是長得像隻貓，不然為什麼每個人都喜歡揪住我的衣領。

雲易風把我當隻貓似的提到路邊他的座車前，接著打開後車門，把我像袋垃圾般甩了進去，簡直不把我當女人！我摔了個狗吃屎，好不容易爬起來，卻發現駕駛座上的雲易風已經開動了車子。我揉著屁股，忍著痛問道：「你這是要帶我去哪裡？」雲易風道：「人質就要有人質的自覺，沒讓妳說話就要保持安靜。」我氣得胸口直抖，「你為什麼要綁架我！難道你整天很無聊嗎？」「沒錯，雖然妳在的時候總會惹出很多事，但是妳不在身邊，我的日子確實挺枯燥。所以我想看看，和妳在一起還能發生些什麼事。」雖然此刻我的位置看不見雲易風的臉，但我有種感覺，他的嘴角是往上彎的。

就在這時，我看見了一名交通警察，連忙拍擊玻璃，對著交警大喊救命。而雲易風卻淡淡地說道：「沒用的，這玻璃是特製的，外面的人根本看不見妳。」聞言，我的雙目開始冒出陰沉的火，這個雲易風簡直就是吃飽了撐得慌。我咯吱咯吱地磨著牙齒，腳擦擦擦地往後刨了兩下，接著一個原地助跑，從後撲向雲易風，雙手勒住他的脖子，然後「嗷唔」一聲，嘴在他肩膀上重重一咬！與此同時，車刹住了。雲易風沉靜地命令：「快放手！」我道：「放你個頭，我今天就是要讓你開不成車！」雲易風鷹眸一黯，倏地掙脫開我。然後他離開了駕駛座，下車，打開後車廂，拿出膠布和繩子。我一看情勢不妙，趕緊想將門鎖上，但是晚了一步，雲易風拉開後車門，衝了進來。他居然想用繩子綁住我的雙手雙腳，想用膠布封住我的嘴，這個混帳男人，完全不懂憐香惜玉。

我和他的力氣，根本就是懸殊的。抗拒不了多久，我便敗下陣來。眼見自己的翅膀就要被綁住，眼見自由再也無法獲得，我狠下心來，瞬間做出了一個決定——我效法麵店老闆娘，雙手捧住了雲易風的腦袋，然後用力地把他的頭按在我胸前。你個臭男人，去死，去死，去死，去死，老娘也要用胸來悶死你！

87 吃豆腐的代價

雖然人家麵店老闆娘是H罩杯，而我是B罩杯，等級相差很遠，但管它是大胸還是小胸，只要能悶死男人，就是好胸。所以，我一邊大喊著去死去死，一邊使出吃奶的力量把雲易風的臉往我胸部按。但由於先天條件實在不足，我的胸根本就沒有那麼多脂肪可以把雲易風悶死。

正當我凶神惡煞般地把他的臉往我胸前按時，我察覺到事情有些不對勁……我的胸口先是涼涼的，隨後，一個濕潤暖熱的東西開始舔舐我的皮膚。媽的，被吃豆腐了！話說我這豆腐，可是被吃得憋屈啊，畢竟算是我自動送上門去，我寒食色雖然是出名的沒臉沒皮，但遇到這種情況還是有些不好意思，於是我趕緊抓住雲易風的頭髮，死命往外扯。誰知，雲易風一個擒拿手，就把我的手擒住了，但同時他的嘴也離開了我的胸部。沒有了他腦袋的攔阻，我看清了自己胸前的實際狀況——我今天穿的是襯衫，胸前四顆鈕扣都被雲易風用牙齒解開了，可以說，此刻的我，酥胸半露。白淨飽滿的胸部上有好幾個刺目的小紅印，閃著綺靡而曖昧的光。我罵道：「你個臭流氓！我有允許你啃我的胸部嗎？」雲易風的眼眸中有層薄霧縈繞，他的聲音帶著沙啞：「我記得，好像是妳先把我的臉往妳胸口按的，這難道不是明顯的邀請嗎？」「你——太——自——作——多——情——了！」我的話飽含著恨意還有一腔怒氣，像子彈般一顆顆朝他發射而去。

我寒食色對天發誓，我真的是想悶死他！

「沒關係，不管是不是誤會，既然開始了，就繼續下去吧。」雲易風說著，又將頭埋在我的胸口。他的舌尖有著微微的粗糙感，摩挲著我胸前那片敏感的肌膚；就像一顆石子墜入原本平靜的湖心，引發了春意的蕩漾，一波波襲向我的四肢百骸。暖熱的舌沿著我內衣的邊緣遊走，而且還有股想深入內裡的慾念，那是裹著薄霧的撩撥與誘惑，是深刻的，致命的，具腐蝕性的。其實，這種情慾的摩擦對我來說完全可以滿心享受，畢竟雲易風的身體在我眼中也是一塊鮮肉，總讓我不由自主地淌下好多滴口水。但是，我寒食色今天出門的目的，只是爲了吃一碗牛肉麵，並沒有打算吃下他這豹子肉，所以我不能讓他繼續這對我而言「半是享受、半是難受」的折磨。

雖然我的雙手此刻被他囚禁住，但我還有一口鋥亮鋥亮外加鋒利無比的好牙。於是我將上下排牙齒「咯吱咯吱」地磨了磨，接著，再「嗷唔」一聲咬住了雲易風的耳朵。我下口可是不留情的，雲易風吃痛，立即離開了我的胸。取得了暫時的勝利，我的內心狠狠出了一小口惡氣，但我並不滿意，還多罵了兩句：「雲易風，你不是男人！居然用武力脅迫我這樣一個弱女子，你有個屁本事！」雲易風抬起頭，眼中迅速閃過一道幽光。我原以爲他確實知錯了，但事實證明，我很傻、很天眞。因爲雲易風接下來說的是：「這裡確實不適合做，我還是比較喜歡室內。」所以，同時還證明了另一個事實——雲易風不僅暴力，而且很黃。室內，野外，你個死男人絕對看了不少日本AV片。

表態完畢，雲易風拿出繩子，準備綁我。我寒食色的一貫作風是「放狠話時比誰都放得狠，而求饒時比誰都孬種」，所以一見這陣仗，我腿就開始軟了，忙道：「別、別、別，會痛的，求求你饒我一次吧，我再也不會打擾你開車了，眞的！」雲易風毫不手軟，「妳是一顆不定時炸彈，不綁著妳不行。」女人的力氣哪裡敵得過男人呢？我再怎麼奮力掙扎，根本就是徒勞，但就這麼束手就擒，我實在不甘心啊。

所以我眼睛一轉，計上心頭，兩隻手重新捧住他的臉，主動吻了上去。雲易風先是怔住，但沒多久，他便開始回吻我；說實話，他的吻技確實不錯，有股他特有的霸道與內斂氣勢，我支持不住，很快就從主動落入了被動的境地。雲易風的吻帶著一種與生俱來的自信，積蓄著無限力量，彷彿世間的一切都在他掌控之中。他的舌，和我的糾纏在一起。雲易風的動作並不粗暴，我卻感到了一種不急不緩的壓力，他渾身散發著一股氣勢，讓我有些緊張。我不斷安慰自己：「要鎮定，鎮定是王道。」車門在不知不覺間已經關上，我和他置身在這密閉的空間中，裡面，有著越來越急促的呼吸，越來越高漲的激情，越來越灼人的溫度。我乾脆跨坐在雲易風的大腿上，他的手正在我背脊上緩緩游移；我感覺得到，雲易風的身體已開始被慾望的火灼得發燙。直到我瀕臨窒息的那一刻，雲易風才放過了我的唇。我趕緊偏過頭，呼吸著新鮮空氣；沒能用我的胸把雲易風悶死，反倒差點被他的吻憋死，虧大了，虧大發了。正當我急速喘息之際，雲易風的唇來到了我的耳邊。那唇瓣順著我的耳廓緩緩滑動，癢意在那流暢的弧度上肆虐。雲易風的聲音低沉而沙啞，帶著一種陌生的激蕩：「可以嗎……就在這裡做？」我點點頭，並趁機將我那受盡磨難的耳朵遠離他的唇。但雲易風並沒有給我這樣的機會，他竟張口含住了我的耳垂，放在嘴中輕舔緩嘗，而那正是我的敏感點。這麼一來，我體內的情慾之湖開始冒起了一個個小泡泡，咕嚕咕嚕的。雲易風的手自然再也不滿足於隔著布料的撫摸，他要進行更眞實的碰觸。於是，他的雙手從我襯衫下襬進入，自我的腰部往上移，在我的背脊上劃著圈，像描繪著某種慾望的圖騰。雲易風的手指有著厚厚的繭，有力地散發出濃濃雄性氣息，手指所到之處燃起了一場場大火，灼燙著我的肌膚；那火，穿透皮膚熨燙著我的骨骼，我的血液，我的肌肉。而我的呼吸也染上了這樣的灼熱，每一次呼吸，對我而言都是一場折磨，娘親咧，要人命咧。

雲易風的手，逐漸從我的背脊轉移到了前胸；也是，背後光禿禿的，確實沒有前面好摸。他的手慢慢襲上了我的胸，這就是傳說中的凶器被擒。而雲易風的唇也開始碰觸著我的胸口，他用牙齒撕咬著我那本來就大敞的衣襟，他用唇瓣在我那片最光滑柔膩的肌膚上流連，他用舌尖朝著我的內衣進攻，撩撥著我的蓓蕾。當他的舌尖碰觸到最爲敏感之地時，我渾身起了一陣顫慄，那種激蕩如電流般快速游過我身體的每一寸。他的舌像是最妖冶的舞者，勾引著我的慾念。這是最意亂情迷的時刻，也是我頭腦最清晰的時刻——

仔細想想，我和這雲易風也眞算得上是孽緣。每次他一遇見我，就會遭受人身傷害；每次我一遇見他，就會遭受情慾折磨。本來，明明應該是我把他們雲家二少的嫩豆腐吃得一點渣渣都不剩，誰知，到頭來卻是我的豆腐要被雲家大少吃得一點渣渣都不剩。但雲易風忽略了一點，那就是，吃豆腐是要付出代價的。趁著他正品嘗我胸部之際，我的手緩緩拉開了他褲子的拉鏈。那金屬的聲音，讓人血脈賁張。雲易風半闔著眼睛，深深地看著我，眼中有著靡麗的光，「妳想做什麼？」我將唇湊近他耳邊，舌尖描繪著他的耳廓，用一種妖魅到了骨子裡的聲音告訴他：「想玩點刺激的嗎？」雲易風的眼中躍動著火焰，他的嗓子已被慾望的暗火燙得更加沙啞：「怎麼個刺激法？」我嘴角微勾，朝他媚惑一笑。

隨後，我從他的大腿上跳下，用很慢很慢的速度蹲下了身子。現在，雲易風是坐著的，我則蹲在他腳邊，頭慢慢朝他雙腿間靠近。這動作所暗示的意味足以令他瘋狂，事實上，雲易風也瀕臨瘋狂了。他的脖子微微仰起，鼻息因慾望而翕動。我的手來到他的腰部，沿著他內褲的邊緣游移，雲易風腹部的肌肉開始因我的碰觸而變得僵硬。我不慌不忙地、帶著誘惑地抓住了他內褲的邊緣，慢慢地拉下，過程中，我的手指有意無意碰觸著雲易風的灼熱。每碰觸一下，雲易風的身體內便會升起一股激蕩，我緩緩地、慢慢地將他的內褲全部拉下。之後，小黑露了出來；當然，這裡的黑只是形容他主人的身分。事實上，小黑一點也不黑，它非常漂亮以及強壯。我驚豔了，我要用很大的定力才能讓自己的口水不流出來，色魔的魔性在我身體內發作了，一個聲音大叫道：「吃吧、吃吧，這可是比小乞丐的嫩豆腐還要難得的鮮肉啊。」說實話，這才是我一生中最難以抉擇的時刻。雲易風的男人氣息包圍了我的全身，他襯衫下那形狀完好的肌肉，有力的雙腿，有著絲綢般光輝的蜜色肌膚，每一樣都在誘惑著我。我的身體不由自主地朝他靠近，人生苦短，及時行樂才是正經啊。

正當我這麼想著時，眼角卻瞄到了兩樣東西——雲易風原本打算用來綁住我手腳的繩子，還有用來封住我嘴巴的膠布。我忽然像被人用磚頭拍了一下後腦勺，頓時，靈臺清明了。是的，我和這廝的仇恨實在積得太深，絕不能貪圖一時之快而放過他！這麼想了之後，我的眼睛倏地瞇了起來。抬頭，看見雲易風正將頭靠在座位上，準備享受我即將帶給他的無限快感。確實是快感。我將膠布一拉，然後沒有任何猶豫地貼在他三角地帶上，最後再毫不留情地一扯。隨著雲易風忍耐般的悶哼，一大撮毛從他的身體被扯下；眾所周知，這裡的毛因臨近重要地帶，若被扯下，是會產生劇烈疼痛的，而雲易風此刻正忍耐著這樣的劇痛。我，則討打般地看著他，手中的膠布黏著他的毛，毛正飄飄。

雲易風的眼睛開始變紅了，那是暴怒的紅……

桃花突然朵朵開

親愛的，不好意思，忘記告訴你，剛才我的小菊花有點癢，所以我就用你現在正舔舐得津津有味的這根手指，深入地摳了摳我那癢到不行的嬌嫩小菊花！

88 被擒了

可以說，我寒食色是非常惡毒的。因為在這種情況下，我並不感到內疚，反而繼續傷害雲易風——我將膠布上的毛一根根拔了下來，然後對著光一照，「嘖嘖嘖」了三聲，道：「這毛，又黑又粗，這麼拔下來肯定很痛。」接著，雲易風的眼睛像黑色的大海，最壞的情緒在裡面醞釀著。

我當然知道這麼做的下場非常嚴重，所以我已經提前想好逃跑動作與路線。

於是乎，當雲易風攜著冷凝的怒氣朝我衝來時，我伸手，便將那張黏著他毛毛的膠布用力往他臉上一按，大叫一聲：「物歸原主！」這個動作頗有捉鬼電影裡拿著符咒貼在殭屍額頭的味道。有根小黑的毛在這樣的動作中飄飄揚揚地落下，彷彿一場無聲的電影；可惜，是恐怖片。我完成這舉動之後，雲易風先是停頓了一下，接著他便咆哮著向我衝來，我連忙打開車門準備落跑。

可是，就在我右腳跨出的同時，左腳卻被雲易風抓住了。我咬咬牙，大吼一聲：「看我的拔毛小鳳爪！」接著，我的手朝雲易風的胯下伸去，毫不留情地、硬生生地又扯下了他的一撮毛。這次，可是比被膠布撕下還痛。雲易風的身子頓時僵硬了，他捉住我的那隻手也因此鬆開了。我將手中的毛對準他一吹，陰毒地笑著：「沒毛的鳥，我看你怎麼飛！」雲易風這次被我氣到了極點，此刻他就像冰箱一樣「颼颼颼」地往外冒著冷氣。

我很知趣地趕緊往外奔，雲易風自然也不放棄，他跟著我跑出車外，一把抓住我的領子。我清清嗓子，指著雲易風的褲襠，對著人行道上的人大喊一聲：「快看啊，這人拉鏈沒拉就跑出來了！」話音剛落，街上所有人的目光都朝雲易風……的胯下看來。雖然雲易風的內褲在剛才的一番打鬥中恢復了原位，但他的褲子拉鏈還是大開的。人家的臉皮自然沒有我的厚，他趕緊慌亂地低下頭，拉上褲頭的拉鏈。我趁機瘋了似地往前跑。這一帶我可是比他熟悉，因此，我左逛右晃，穿過小路，跳過花壇，像隻野兔般到處蹦跳。背後的雲易風雖然也在追趕著，但畢竟不熟悉這裡的路，於是漸漸落後了。只見雲易風的眼睛像冰刃，「刷刷刷」地朝我射來，可惜距離太遠，對我而言沒有殺傷力。於是，我邊跑邊回過頭，小人得志般地諷刺道：「雲易風，你別跑了。跑起來風大，你下面的毛都沒有了，肯定很冷，快回家去，買件毛褲穿著吧！」

但可能是我太得意忘形，連老天都看不順眼；我的意思是，當我說完這句話之後，才剛回頭，就「咚」的一聲撞在一根電線杆上。娘親咧，痛得要人命啊！因爲速度太快，因爲電線杆太硬，導致我被撞倒在地，直愣愣地躺著。我的眼前，無數星星一閃一閃亮晶晶，暈到最後，星星消失，我看見了雲易風的臉，還有他嘴角那絲黑暗的笑。「娘親咧，這次眞的沒命了啊！」在想完這句話之後，我暈了過去。

當我再次醒來時，發現自己待在一個陌生的房間裡。房間是歐式裝潢風格，四柱床，地毯，油畫，有種富麗堂皇的感覺。我覺得自己的額頭有點痛，伸手一摸，不得了，額上有個起碼雞蛋那麼大顆的腫塊。這麼一按，我就回憶起剛才被撞之前發生的事情，心裡也毛毛的，「糟糕，現在好像是被雲易風抓住了。」我的猜想是正確的，因爲下一秒鐘門就被人打開，雲易風走了進來。我吞了口唾沫，眨巴著眼睛無辜地看著他，道：「雲哥，我怎麼會在這裡呢，我記得自己不是在吃牛肉麵嗎？怎麼下一秒鐘就穿越到這裡來了呢？」雲易風沒有回答我。

他的臉上無喜也無悲，看不出是否相信我的話。他一步步地朝我走來，腳踩在地毯上，無聲，卻帶給我一股強大的壓力。他的臉龐輪廓分明，下巴處有個窪陷，帶著一種堅毅的性感。他的身材是高大的、強壯的，是女人所期望的那種強大。鋼條似的手臂，水泥板般的胸膛，石雕般的臉龐……打住打住，我都快把雲易風形容成變形金剛了！不過，透過我剛才親眼所見，他家小黑確實有擎天柱的天賦，但我絕對不能洩露出回想起剛才發生了什麼事情的樣子。所以，我繼續非常努力地眨巴著眼睛，務求幫自己弄出個霧氣氤氳、小鹿般的雙目。可惜我的功力太差，根本就瞞不過雲易風的火眼金睛，因爲，當他靠近時，我發現他更是一臺免插電型的電冰箱，那冷氣「颼颼颼」往外冒得才叫一個歡啊。雲易風一把握住我的下巴，眼中的寒氣讓我渾身顫抖，「妳以爲這麼做有用嗎？」我也不知道這麼做有沒有用，所以才要試一試。可是現在看來，確實沒什麼用。

我說過，我寒食色的一貫作風是「放狠話時比誰都放得狠，而求饒時比誰都孬種」。所以，我開始了卑微的求饒：「沒有、沒有，我怎麼可能懷疑雲哥的智商呢？小的剛才是眞的忘記了，現在經過雲哥這麼一提，我一切都想起來了。在剛才昏迷的那段時間中，我彷彿獲得重生一般，是眞的，剛才我已經去鬼門關轉了一圈，瞬間大徹大悟，明白了以前的自己簡直罪孽深重。雲哥，請給我一個改過自新的機會。求求你，放過我，我眞的、眞的再也不敢了。從今以後，我會一心向佛，放棄色慾，再也不會欺負男性同胞。雲哥，求你大發慈悲，放過我吧！」都是那該死的電線杆，否則我絕對可以逃脫，怎麼可能落到眼下這般可悲可鄙的地步呢？發完毒誓後，我屏氣斂息，等待著雲易風的決定。我的心，像那些每天清晨都在社區樓下敲鑼鼓的退休大媽們般，被敲得震天價響，震得我耳膜都快破了。

雲易風先是看著我的臉，然後眼睛慢慢往我的頸脖下移動，他的眼眸多了一層我所熟悉的氤氳。順著他的目光，我往自己下面一看，心裡暗叫一聲糟糕——我的襯衫是大開的，從車裡跑出來的時候就忘記拉上了，而現在被雲易風拖到這裡，敞開得更厲害了，兩個小半球裸露在外，白白的，嫩嫩的，頗爲誘惑。我對雲易風「嘿嘿嘿」一陣傻笑，接著伸手準備不著痕跡地拉上自己的襯衫，可是雲易風卻抓住了我的雙手，就這麼把我推倒在床上。

我警告：「你別過來！這可是違背婦女意願的，這種行爲是犯法的！」雲易風鷹眸半斂，「在妳惹我之前，就應該想到會有這樣的後果。坐了兩次我的臉，砸了一次我的頭，現在還拔了我的毛，妳不覺得自己應該做些什麼事情來補償嗎？」我大叫：「我是可以『做』些什麼事情來補償，但並不等於我願意被你『做』，這兩者之間是有很大區別的。你放手，你個混蛋，禽獸！」「很好，又恢復成剛才拔我毛的寒食色了！」雲易風微笑，下巴的凹陷處積蓄著一股野性的陰影。我有理由相信，這雲易風和小乞丐一樣都有SM情結，一個喜歡被我打，一個喜歡被我拔毛，我開始懷疑他們是吃什麼長大的。眼見著就要被他給做了，我不甘心，一千個一萬個不甘心啊！猶豫許久，我終於狠狠心，道：「這樣好了，你也拔我的毛，這樣大家都扯平了，誰也不欠誰，可以嗎？」雲易風的臉俯仰之間都是深邃，道：「放心，等我們進行到那一步時，我自然會拔下妳的毛，不會手軟。」我一聽，那黑焦焦的小心肝開始凍結成冰棍了。這雲易風才叫一個狠啊，不僅想吃了我，吃完之後還想拔下我的毛做紀念！嬸嬸可以忍，叔叔不能忍；我的意思是，是可忍，孰不可忍。但現在他這麼大一個塊頭壓在我身上，我哪裡能動彈呢，所以我只能暫時忍耐著。

反正豆腐都已經被吃得差不多了，再被吃一次也不虧。

於是，我任由著雲易風再次激吻我的肌膚。

89 不幸被吃

雲易風的唇瓣有些乾燥，想必是剛才被我拔毛時，讓怒火燒乾的。他彷彿想透過我的血液獲得滋潤般，唇瓣在我肌膚之上四處遊走著。

他像一隻高貴的神祕黑豹，我則是他捕獲的獵物，而現在，他正緩慢地享用著我。雲易風之所以這麼做並不是爲了滿足食慾，是爲了享受過程，是的，食用我的過程。他要我清醒地記得，自己是怎樣被他一口口吞下腹中的。

雲易風的雙手禁錮住我的，他的手掌壓迫著我的手腕。我的脈搏在他的掌心跳躍，他的大掌有一種深沉的灼熱，那灼熱從我手腕上的幽藍血管傳入，熨燙著我的血液，瞬間遊遍我的全身。我的皮膚開始有了熱度，微弱的，單薄的。

我的領口已經大開，雲易風沒再耗費什麼氣力，就將我那兩坨軟軟的、白白的、嫩嫩的東西置於他的掌控之中。他的舌強勢地掀開我的內衣，緩慢地朝中心最爲敏感之地靠近。我全身的每一寸肌膚開始不自覺地縮緊，每一個毛孔都被灌滿一種綺靡的、激蕩的液體，讓我心旌搖曳。那舌，就像它的主人一樣，強悍到了極致，一下子便將我的內衣推開。於是，我的右胸就這麼暴露在空氣中，涼絲絲的，但緊接著那股涼意便被一種溫熱所取代——雲易風含住了它。在那瞬間，我胸前的敏感開始挺立地嬌泣，那樣的挺立，讓我頗有些赧顏；它的回應，洩露了我身體裡某種潛意識的期望。雲易風的舌一圈圈地在我紅暈之上遊走，時不時碰觸著我那最敏感的核心，每一次的碰觸都讓我骨髓深處分泌出一股癢意，順著神經傳遞到全身。我的牙齒開始咬緊，呼吸也亂了頻率，可是，更厲害的折磨還未開始。

在雲易風嘴唇的掩護下，他的牙齒開始輕輕啃噬著我的蓓蕾核心。他的力氣並不大，很有分寸，但那種刺激卻差點讓我驚叫出聲。我雖然看不見但感覺得到，雲易風的牙齒正在拉扯我的挺立；那是一種折磨，也是一種報復，更是一種妖冶的火焰，焚燒著我所有的意志。現在，我不僅懷疑雲易風有ＳＭ傾向，也開始懷疑他有戀母情結，否則為什麼總纏著我的胸不放？還真當我這是奶嘴呢！

激情，開始升溫。從原始版，到進階版，到最新版，一直升到終極版。

室內的溫度漸漸升高，我和雲易風的全身都沁出一層薄薄的汗。雲易風暫時放開了我胸前那顆核心，也就是——他的奶嘴。我發現雲易風這人是很有防範意識的，知道我這隻獵物還沒有被馴服，不能大意，因此他用一隻手握住了我的一雙手腕，另一隻手則一顆顆解開自己襯衫鈕扣。隨著他的動作，雲易風胸前那一大片蜜色的肌膚就這麼暴露在我眼前，像是絲滑巧克力，讓人產生想要舔舐的慾望。那胸前的肌肉有力，強壯，堅硬，帶著野性的誘惑，是純爺們才有的；更為銷魂的是，他胸前的兩顆紅櫻桃徹底暴露在空氣之中，鮮豔欲滴，讓人垂涎。而我等待的，就是這一刻。我瞇起眼睛，挺起身子，瞄準目標，張開嘴，對準他的小櫻桃，「嗷唔」一聲撲了上去，而且死死地咬住毫不鬆口。居然敢把我的胸部當奶嘴，實在是豈有此理，我今天不把他的奶嘴咬腫了，我就不叫寒食色！雲易風悶哼一聲，伸手過來，想將我從他胸前扯開。但由於我死死咬住了他的櫻桃，他並不敢太過用力，否則他那小櫻桃就要被我的牙齒拉扯成小絲瓜了；胸部下垂到肚臍眼是女人的噩夢，那麼小櫻桃下垂到肚臍眼便是男人的噩夢。我就這麼死死地咬著，間或還吮吸了兩口；經實踐證明，科學家們研究的結果是正確的——這些個死男人，果然沒奶。說來也奇怪，男人既然不能產奶，那為什麼還要長兩個小櫻桃來當裝飾呢？簡直是欺騙黨欺騙政府，欺騙咱們善良老百姓啊！還是學習一下咱們女性吧，全身上下沒一處地方是白長的，都有用處，一點也不浪費。

我還注意到，在我吮吸之時，雲易風的身子瞬間僵硬了一下。看來，是不小心碰觸到他的敏感點了。發現這一情況後，我頓時玩心大發，開始耍弄起他的小櫻桃。先咬一口，讓他悶哼一聲；再輕輕吮吸一口，讓他僵硬一下；最後再誘惑地舔舐一圈，讓他嚶嚀一聲。別說，我可是很有成就感的。但任何人被玩都會不高興，何況是雲易風，於是雲易風暴走了。只見他深吸一口氣，接著將雙手放在我的腰部快速揉著，這種感覺癢到極致，難受到了極致。我那咬住他胸膛櫻桃的嘴，也就自然而然鬆開了；而當我鬆開的剎那，我知道唯一能制伏雲易風的武器沒有了，我的心頓時慌慌的。雲易風低頭，看了眼自己胸前那顆小櫻桃；很不幸的，它已經被不才在下我折磨得又紅又腫了，想必比它旁邊那顆的體積要大上一點五倍，我琢磨要是再咬得久些，這小櫻桃絕對能變成小草莓；其實在我看來，它這樣反而有種不對稱的美感，但很明顯，雲易風不這麼認爲。他目光裡的寒意冷得我頭皮發麻。我善解人意地，或自認善解人意地說道：「要不，我把你右邊那顆也咬成一樣大的好囉？這樣就對稱了。」答案自然是不行。

雲易風的話語從他的喉嚨中滾出：「寒食色，妳……」還沒說完這句話，雲易風便像隻敏捷的豹子朝我壓了過來。我只能順勢往床上一倒，雙腳則下意識地上一抬，恰好抵在雲易風的臉上。我發誓，我絕對沒有厚此薄彼。我的意思是，此刻我的右腳抵著他的左臉，我的左腳則抵著他的右臉；我想說的是，香香公主這種非人類是千年難得一遇的，因此大多數人的汗都是臭的；我還想說的是，現在是春天，氣溫已經回升，在劇烈運動過後，腳底會出汗也是正常的；我最後還想說的是，因爲我劇烈運動了，因爲春天回升的氣溫，所以我的腳有了一點點異味，而現在，我那有著一點點異味的腳就這麼挨著雲易風的臉頰。想必是被我的腳臭傳染，雲易風的臉也變得臭了起來；值得慶幸的是，和雲易風臉上的臭度比起來，我的腳也就不那麼臭了。

雲易風伸出手，沉著地、鎮定地將我的臭腳從他臉上移開。過程中，我聽見了骨頭「咯咯咯咯」的響動聲，還有青筋「劈劈啪啪」的爆裂聲；這些，都是暴怒的表現。雲易風的手握住了我兩隻腳的腳踝，然後用力將它們掰開，那力氣大得我的屁股都差點被掰裂了，痛得我罵娘。分開我的雙腿後，雲易風便趁機將身子擠了進來。我感覺得到，他家小黑已經開始揚帆，準備起航。

雲易風的手開始在我腰部移動，摸索著解開我的褲子。我身上穿的是休閒牛仔褲，很輕易地就被他扒拉下來，接著扔在地毯上。沒有了褲子的隔閡，我雙腿的皮膚感覺更加敏銳。雲易風的褲子布料開始不停摩挲著我大腿內側光滑敏感的肌膚，我的心就和我的大腿一樣，很涼很涼。雲易風沉著地進行著這一切，動作並不野蠻，給我的感覺卻無比凶猛，像一頭內斂而危險的野獸。他正明白地用動作告訴我──「今天，我是不可能從他手上逃脫的。」解決了我的牛仔褲，他的下一步就是解決我的小內內。當雲易風的手靠近那單薄的布料時，我忽然回憶起他剛才說過的話：「放心，等我們進行到那一步時，我自然會拔下妳的毛，不會手軟。」完蛋了，要被拔毛了，我連忙掙扎著伸手拖住自己的內褲，死都不能讓雲易風拔！他將我的內褲往下拉，我則拚了老命把內褲往上拖。一男人，一女人，一內褲，就這麼僵持著。

我原本以爲這種情況會持續一段時間，但雲易風是誰啊，只見他眸子半斂，隨著「刷」的一聲響，我僅存的布料就這麼被扒拉了下來。一股熱血往我的腦門猛衝，止都止不住，而我的雙眼也發紅了。奶奶的，這可是我最貴的一條內褲啊，居然就這麼被雲易風扯破了，我的一顆小心肝疼得直淌血。化激憤爲力量，我揮動著鋒利的爪子，朝雲易風的臉、還有他的胸膛抓去。一頓「潑婦拳」讓雲易風防不勝防，因此放鬆了對我的箝制，我趁機從他的身體底下翻了出來，光著屁股跳下床，提起地上的褲子，用平生最快的速度開始穿上。

才穿到一半，眼角卻瞥見雲易風也下了床，開始朝我衝來。我慌了神，忙抓住褲子，開始往門外衝。但才衝了兩步，我猛地意識到重要的一點──雲易風的腳程一向比我快，所以這樣跑是不智的。於是我停住腳步，狠狠地咬住牙，然後，下一秒鐘加速後退，我要來個彗星撞地球！果然不出所料，雲易風根本就沒想到我會急速後退，他來不及躲閃，就這麼被我硬生生撞上了。我的後腦勺又成功撞擊了他那性感男人特有的蘋果下巴。

他全力前衝，我全力後退，兩力相撞，後果是非常嚴重的；雲易風一個不留神，就被這股力量撞翻倒地。我回頭，看見這一場景，頓時心花怒放「哈哈哈」地仰天大笑三聲，接著知趣地快速朝房門衝去。可惜，我還是慢了那麼一步，雲易風沒死透，他忽然一把牢牢抓住了我的腳踝。這動作是非常熟悉的，遙想當年，就是這個動作害得我和他之間孽緣不斷，同時，也讓我想起了我的屁股是多麼無敵。所以我把心一橫，決定再次把雲易風坐暈！我閉上眼，咬住牙，身子往後一傾，以雲易風的臉爲目標，直愣愣地坐了下去。雲易風，你就自由地暈吧；然後，傳來「咚」的一聲悶響，整個房間都震動了；接著，一股鈍痛從我的屁股上傳來——我坐著的，居然不是柔軟的人臉，而是硬邦邦的地板！隨著劇痛，我的淚珠也一顆顆往下墜。我頗爲委屈，大叫道：「雲易風，你不是男人，一點紳士風度也沒有，看見我坐下來了，也不知道用臉來接！」「因爲，我不傻。」旁邊的雲易風從地上坐起，沒有絲毫的停頓便將我抱起，像扔垃圾般扔在床上。幸好，那床不硬，軟乎乎的，我在上面彈了兩下。接著，雲易風就壓了上來。

我們又回到了原點。不同的是，這次，雲易風的耐心已經被消磨得差不多了，他的動作非常迅速。在我還沒來得及回神之際，他就已經將我的牛仔褲褪下，同時慘遭魔手的還有我的襯衫，我的內衣。不過，雲易風也算厚道，他想必覺得就我單方面赤裸著也過意不去，於是便把自己的衣服也三下五除二地扒了個精光。在掙扎的間隙中，我當然順便將他完美的身材盡收了眼底。緊實的肌肉被蜜色的肌膚所包裹，質感的光在上面流溢而過；強壯有力的手臂，能輕而易舉禁錮住任何女人；岩石般的胸膛，散發著無窮的野性氣息；不斷蠕動的喉結，呑嚥下的全是男性的力量；小腹上的六塊腹肌，起伏之間充盈著無限毅力。我的目光接著向下，便來到他家的小黑。娘親咧，流鼻血啊！

欣賞完畢之後，我的精力也差不多恢復了，所以我思索著該怎麼推開壓在我身上的雲易風。可是這次，雲易風非常謹慎，他將我壓得很緊，我根本推不開他；而且，我也不太敢推開他。因爲此刻我們的身體都呈赤裸狀態，掙扎的動靜越大就越容易磨槍走火。想必是被我給弄怕了，雲易風這次連前戲都不做，就這麼扶著他家小黑要進入我。當他家小黑來到我的私密處時，那種灼熱和硬度讓我渾身一顫，我像條被沖上岸的、缺水的魚一般掙扎著，那陣仗還眞不是一般的大！男人是禽獸，而精蟲上腦的男人則是禽獸中的禽獸。雲易風牢牢地將我壓制著。此刻的我，非常慶幸自己胸前長的不是倆包子，否則什麼餡都會被擠壓出來。

我們的身體緊緊貼合著，不留一點空隙。雲易風的全身都是滾燙的，他慾望的閥門即將大開。雲易風慾望的實物開始向我進攻，小黑就在我的蓬門前徘徊，尋找著切入點。我悔得腸子都青了。我錯咧，眞的錯啦，當初眞不應該拿「是否進入了一公分？」這樣的問題去煩柴柴和喬幫主；現在，報應來了。因爲，好像，似乎，雲易風的小黑已經進入了我一公分。虧，實在是太虧了，我不過是拔了他兩根毛，他居然就要吃了我來抵債，雲易風簡直就是傳說中一毛不拔的鐵公雞。想我寒食色，一個連吃碗麵都絕不吃虧、寧願冒著小菊花被辣腫的危險，也要舀一大湯勺辣椒的人，怎麼肯吃這麼大的虧呢？

此刻，我的體內忽然迸發出一股力量，接著，使盡全力拿自己的額頭撞他的額頭。「咚」的一聲悶響，我的頭開始暈乎乎的了。連我這號稱天下第一硬的頭都能被撞得暈乎乎的，那麼雲易風怎麼可能沒事呢？在遭我撞擊的同時，雲易風的手有了一瞬的放鬆，我看見了一絲希望。於是我開始不把自己的腦袋當腦袋，我把自己的腦袋當鐵鎚，一下一下地、狠狠地對準雲易風的額頭砸去。一，二，三，四，五……當撞擊到第五下時，雲易風終於抵不住我強勢的榔頭功，放開了我。我心裡的花頓時怒放得快要腐爛了！我猛地將雲易風一推，接著就要跑下床，準備抱起衣服快速衝出門。可是就在我即將離開床墊之時，一隻如鐵般堅硬的手握住了我的小腿，那隻手上積蓄著冷冷的怒氣。下一秒，我就被一股無比的力量朝後拖去。

一切都發生得很快。

先是我的雙腿被雲易風分開，接著我的腰被一雙大手抓住，整個人坐在雲易風身上。此刻，我的私密處大開，下面則是打了幾次招呼卻過門不得入的小黑。我才剛剛升起一個掙扎的念頭，那雙大手便握住我的腰重重往下一按，我的下體頓時被灼熱所充盈——小黑，進入了我，而且不只一公分。一滴淚，在我的眼眶中滾啊滾啊滾啊滾，然後順著我的臉頰滑啊滑啊滑啊滑，最後跌落在雲易風的小腹上。這次，我居然被吃得一點渣渣都不剩！我那個悲，我那個傷，我那個悔，我那個恨。與此同時，雲易風發出了一陣慾望舒緩的歎息，他的手持續地握住我的腰，令我不由自主地在他身上律動起來，他家小黑開始在我身體中自由徜徉。

雲易風的動作是激烈的，而我所能做的只是緊緊用手靠著他的胸膛，支撐著自己的平衡。他的堅硬在我的體內橫衝直撞，那種刺激讓我全身激顫。我緊緊地閉著嘴，因爲我清楚，一旦開口，就會逸出一重重我無法控制的呻吟。

90 我是掃把星

雲易風是個掠奪者，是個蠶食者，他掌控了我的身體，我的動作，我的意志。那種酥麻，有股讓人心甘情願落入地獄的魔力與快感，我承受不住，我想要逃離。

但雲易風不允許。

他強壯有力的手臂像一堵監牢的圍牆，將我禁錮在地獄那長滿黑暗之花的地方。情慾的味道有著黑暗的幽光，帶著墮落的美，而墮落總是最吸引人的。我的腳進入了這片黑暗的花海，無法自拔，於是我選擇了沉淪。

不知在什麼時候，我的黑髮已經散落下來拂在背上，隨著我墮落的動作一起輕拂著我的皮膚，像樹枝拂在慾望的湖面，那些漣漪也順著其餘的皮膚蔓延著。雲易風的雙手開始撫上我的背脊，那有著厚繭的手順著我背脊的弧度而游移。好幾次，他在激情之中扯動了我的髮，我的頭皮瞬間感到一種火熱的糾纏，從頭至尾。雲易風已完全將我拉下了這片瑰麗幽魅的深淵，他不再需要綁縛著我。

我們共同律動著，共同用彼此的身體尋找著那片失樂園。我們之間的感情是淡薄的，這更像是一場毫無負擔的釋放。釋放情潮，釋放激情，釋放火熱。我們的喘息聲融合在一起，我們的汗水相互交織，我們的情慾互相滲透。雲易風半坐起身子擁抱著我，他的頭埋在我的胸前，那漆黑的髮絲在我的鎖骨上摩挲。在這情慾高漲的時刻，我腦海中一片空白似乎什麼都無法思考，但矛盾的是，這一刻的感官卻是最敏銳的。雲易風手掌灼燙的碰觸，嘴唇在我肌膚上的吮吸，每一個舉動都清楚傳達到我腦海中。在慾望的燃燒中，我和他終於來到了高峰……雲易風在我的體內不斷衝刺著，每一次的撞擊都化作最狂野的網，一點一點將我的身體收緊。我像是快要溺斃的人，死死抓住雲易風的背脊，彷彿那裡是最堅實的依靠。我的指甲深深嵌入了他的皮膚中，在他蜜色的肌膚上留下了印記。

情潮如期而至，攫住了我和雲易風的所有神智，那種靡麗的快感一層層地襲在我身上。我們的身體仍然緊貼著，彼此的溫度將我們融化。當慾望的精髓在雙方體內爆炸開來時，我的世界一片空白，像被大雨沖刷過一般。在這一刻，思想已不復存在，留下的只是動物的本能。喘息與熱度化作密網，將我和雲易風牢牢綁在一起。媚與魅，歡愉與痛苦，汗水與呻吟，都在這一刻到達了極致。狂野的激情中，我們相互纏綿，相互誘惑，一起享受最高的情慾。

激情之後，我來到浴室洗澡。水氣氤氳中，我看著鏡子中的自己。因爲熱氣，眼前的一切帶著朦朧，帶著茫然，就像我此刻的思緒。我自己也不知道爲什麼會這麼做——我和雲易風上床了。眞的，細想起來，我今天不過是爲了吃頓飯，結果，居然被吃了。誰也料不到會有這樣的事發生。我看著自己肌膚上激情之後留下的痕跡，一個個鮮紅的印子，似乎都記錄著剛才那場慾望的抒發。這一切是怎麼發生的呢？當然，愛，我也不是第一次做。這個年代，倒不必因爲不小心上床而用麵條上吊或者用豆腐撞頭；而且，在做的過程中，我確確實實也享受到了。我想，我一定是饑渴太久了，再加上最近周圍的人都春天到來般地成群結隊刺激我，才導致我犯下這樣的錯誤。想開點，雲易風的身材是難得的，床上功夫也了得，所以我和他剛才的那一場運動，誰吃虧還不一定呢。想到這裡，我眉宇間的迷茫被吹散了些。是的，做過的事情就別再後悔了。他沒女友，我沒男友，孤男寡女，沒有道德上的約束，那麼，偶爾失控一次也屬平常。或者，我是太寂寞了，我的手撫摸著眉間，不經意地歎了口氣。

只是，想是這麼想，究竟該怎麼面對雲易風呢？我自然是想當這件事沒發生過，但想必希望不大。畢竟事情確確實實地發生過，怎麼能風過無痕？所以我決定，還是當隻縮頭烏龜，趁早落跑吧。於是我悄悄打開了浴室門，縮著腦袋從門縫往外一瞧。運氣不錯，床上的雲易風還在沉睡。我趕緊套上襯衫，穿上牛仔褲；由於小內內已經在剛才那場激烈的運動中陣亡，所以此刻我的下身涼颼颼的，不太舒服；接著，我深吸口氣，打開浴室門，走了出去。

這雲易風躺在床上的風景，實在是春意無邊。他的身體是赤裸的，下半身讓被單遮住，蜜色的肌膚，純白的被單，形成鮮明的對比；我承認，那被單遮得非常有水準，若隱若現，頗爲勾人。華麗的股溝露出了邊緣，而前方的小黑即使在被單的遮蔽下，也有著清晰的輪廓，讓人心癢難耐，恨不得衝上去扒拉下被單，欣賞個夠本。想到這種強悍型的性感尤物剛才居然被我吞下了腹，我的虛榮心膨脹到了最高點。但我寒食色在有些時候還是會表現出一點人性的，所以我一邊看著雲易風性感的上半身，一邊打開錢包，掏出一張百元大鈔，準備放在床頭櫃上。一百大洋，那值多少碗牛肉麵啊。要到這時我才發現，原來我寒食色一直還是把「色」放在食之前的。我屏住呼吸，一步步地走到床邊，用最輕柔無聲的動作將錢放下。但就在此刻，一隻有力的鷹爪猛地抓住了我的小雞爪子，我的心頓時停止跳動。緩緩抬眼，我看見了雲易風那雙深不見底的眼睛。雲易風問：「妳在做什麼？」我誠實作答：「放錢。」雲易風眼眸半斂，射出一道危險的精光，「放錢？在上床之後做出這種舉動，妳知道意味著什麼嗎？」我趕緊解釋：「我完全沒有那個意思，是眞的，這錢只是我的一番心意，只是想給你補身子的……」話沒說完，我就被雲易風拉到了床上。

他順勢將我壓住。我的大腿感覺到他家小黑再次昂首挺立了。雲易風的手指順著我的鼻梁緩緩滑下，最終落在我的嘴唇上。手指的陷落之中，灑落了點點柔情密意。雲易風道：「我自認身體不需要滋補，不信的話，我們可以再來一次。」我笑了，笑得要多僵硬，就有多僵硬，「不用了，我絕對相信你。但現在時間不早了，而我明天還要早起上班，就不打擾你休息，先走了。」雲易風眼眸森森，「不用上班了，我養妳！」我笑得更僵，「你養我？雲哥，你的玩笑很冷。」雲易風的嗓音，有著成熟的沙啞：「這不是玩笑。妳現在是我的女人，我當然要養妳。」我承認，當米蟲是我的大志願，試想，不用工作就有得吃有得喝，誰不願意呢？不過，當道上大哥的女人，是需要勇氣的；先不說別的，喬幫主想必會一掌拍死我。

我試探地詢問雲易風：「打個商量可好？我們還是保持朋友關係吧，但如果你實在過意不去，非要給我一張額度無上限的信用卡，我也不好意思拒絕。」「朋友？男女朋友？」雲易風揚眉，眉毛的弧度展現出一種霸氣和堅毅。他的雙眉中間有一個小褶皺，那是習慣性皺眉動作留下的痕跡，褶皺中間盛滿了深沉與弧度。我糾正：「普通朋友。」雲易風的五官輪廓分明，蓄著淡淡的陰影，「上過床的普通朋友？」我繼續糾正：「是不小心上過床的普通朋友。」雲易風逆著光，他的笑容像蒙著一層黑色的紗，隱隱約約的，看不太清晰，但他的聲音卻準確地進入了我的耳中：「那麼，我的答案就是……不可能。」

說完，他這隻剛覓食完畢、散步消化完畢的豹子，又開始撲向我了。我忙用手抵住他的胸膛：「雲易風，你難道幾年沒碰過女人了？」雲易風微側了一下頭，燈光在他蜜色的顴骨肌膚上劃過一道讓人沉淪的弧度。「不，但是妳這樣的女人，我確實從沒碰過。」我努力地偏過頭，不讓雲易風的嘴靠近我，「謝謝閣下的誇獎，但是……請移開你的嘴！」雲易風忽然捧住了我的臉，讓我無法偏離他的控制。接著，他吻了上來，雲易風的吻技不錯，可惜此刻我不是很樂意享受。對於這不請自入的舌頭，我只有用牙齒狠狠一咬，而由於不是自己的舌頭，不必擔心痛，所以我咬得挺用力的。雲易風吃痛，立即退出了我的口腔，他用手撫摸著自己的下唇，低低地笑了，「妳是屬貓的？」我們靠得很近，他的聲線似乎震動了我的皮膚，癢癢的，麻麻的。我苦口婆心地勸道：「我是屬掃把星的。難道你忘記了，和我待在一起時，你總是會莫名其妙受傷？你怎麼還是沒有得到教訓呢？如果你真的要我待在你身邊，說不定你會被自己口水給嗆死的。」雲易風眼眸中那不知名的黑色在流動，「我倒覺得，既然和妳相遇之後，我已經遭受了這麼多磨難，那麼再不爭取點回報，豈不是很划不來？我雲易風可不喜歡做虧本的生意。」看來，這雲易風和我一樣，都是不喜歡吃虧的人，而兩個不喜歡吃虧的人待在一起，是非常不智的行爲。我乾脆明白地告訴雲易風：「抱歉，我實在沒空跟你玩這些，拜託你把手放開。」雲易風也乾脆明白地告訴我：「不可能。」我用眼神殺死他，「大哥，剛才我已經被你的雨露滋潤得非常徹底了，短時間內是不會再需要了，拜託放開我。」雲易風跟我用啞謎探討著床上運動：「多點雨露滋潤是好事，可以留著早年時用。」

我忽然洩氣了。我知道，今天若我不同意，想必是走不出這間屋子的，所以我問道：「你說，你究竟想要怎麼樣？」雲易風言簡意賅：「成爲我的女人。」我問：「那要負責哪方面的工作呢？販毒，走私，洗黑錢？還是像洪興十三妹那樣，管理你手下的小姐？」雲易風眼中噙著笑意，「妳認爲我現在在做這樣的事情？」我癟癟嘴，「我總不可能認爲你天天都在捐贈興建希望小學之類的吧。」雲易風道：「我做的事情，表面上看起來都是正常的，但私底下確實用了不少無法拿上檯面的手段。另外，妳只需要做女人該做的事就好。」我揣摩聖意：「你是指，陪你上床，爲你煮飯，幫你打掃屋子？」雲易風道：「我家有廚師，也有傭人，所以不需要妳做後面這兩項。」我發覺雲易風也和我一樣，是個把「色」放在食字之前的人，志同道合啊。我問：「你不覺得這麼做很莫名其妙？」雲易風刀槍不入，「不覺得。」

眼前我騎虎難下，只能敷衍地點點頭，決定等今晚睡一覺醒來之後再想辦法。於是我們便整理衣物，準備離開這裡。雲易風先下了床，一件件撿起地上的衣服穿戴著，雖然他人背對著我，但同樣是春色無邊啊。那緊實的屁股，修長的腿，強壯的後背，讓我差點就擋不住誘惑，想衝上去狠狠咬他一口。雲易風穿戴好之後便轉過身來，向我伸出手，道：「走吧。」我裝矜持，沒有把自己的手放在他的手心中，而是選擇了比較瀟灑的方式，像武俠小說中的女俠跳下馬那樣跳下了床，中間的一連串動作都是帥氣的，可惜落地的剎那，我才記起自己忽略了一件事——

我剛才是帶著水珠從浴室出來的，所以地板上有一小灘水。我的運氣也眞是好，跳下床剛好就降落在那一小灘水上。結果可想而知，我的腳一滑，身子頓時向後傾倒。倒下去之際，身體的本能使我的手在空中亂抓，期望能抓住個什麼東西，保持住身體的平衡。而我確實抓住了一個東西，是條狀，有點軟，有點熱，有點長，有點粗，很像……男人的小鳥，而且更像是……雲易風的小鳥。可是我思考的速度遠遠比不上往下跌倒的速度，於是那小鳥就這麼被我死死拽著，狠狠拉扯了一下。與此同時，我聽見雲易風自體內傳來一種痛苦的呻吟。我心裡暗叫一聲糟糕——沒能把雲易風的小咪咪給拉扯成絲瓜，反倒把他的小鳥拉扯成絲瓜了。多虧了雲易風的小鳥，讓我瞬間止住了往下跌的不妙態勢，輕鬆地拍拍屁股站了起來，而雲易風則捂住下體蹲下了身子。我歎口氣，道：「看吧，我早就警告過你，我是屬掃把星的，但你就是不聽，現在好了，命根子都差點被我扯斷了。」我覺得我對自己的批判是正確的，但雲易風的眼睛像被灌了辣椒油似的，紅得嚇人。我知趣地垂下頭，不再說話。

這次，雲易風的命根子想必是被我傷狠了，以致他蹲在地上好半天都沒能站起來。我只能從樓下的冰箱裡找了點吃的，然後坐在床上等著他好轉。但我的肚子都吃圓了，雲易風還是沒有站起來。我有點擔心：「你沒事吧，還是讓我幫你檢查一下吧。」雲易風咬牙道：「沒事。」我道：「眞的不用？這個地方傷到了是很嚴重的，可能會充血，腫脹，甚至最後會壞死，要切除……你確定眞的不需要我檢查？」雲易風的嘴像咬著什麼東西，咯吱咯吱地響：「我，說，不，用。」我道：「既然如此，我也不勉強你了。今天就這樣吧，時間不早了，我就先回去了。如果等會兒你眞的感覺不舒服，歡迎來我們醫院就診。那麼，我就先走了，拜拜。」接著，我頭也不回地走了出去。

出了大門，才發現這裡是位於半山腰的一幢別墅。放眼望去，整個城市彷彿融化在五顏六色的璀璨燈光中，美得不可思議。雲易風果然是道上的大哥，口袋中的黑錢還眞多，買別墅就像買棒棒糖似的。我望了望，看來這山上要招計程車也不容易，於是便返回屋子，拿了雲易風放在大廳裡的車鑰匙，然後，胡亂開著他的跑車駛下了山。這雲易風的車不愧是高檔貨，性能確實好，一個小時後我回到了自己家，把車歪七扭八地隨便停在社區裡，便上了樓。路過喬幫主家時，我沒有忘記八卦，還特意化身爲大蜘蛛，趴在他家門前聆聽裡面的動靜，可惜，什麼也沒能聽見，只能悻悻而返。

躺在床上，望著天花板，我決定思考和雲易風之間的關係。但才剛想到這件事，我的腦子就一片混亂，像毛線般理也理不清。所以我決定，明天的事情就交給明天的那個我去解決，之後雙眼一閉，便進入了夢鄉。這一覺，睡得並不踏實。社區裡的貓，叫春叫了一晚上，不停尋找著她的良貓；孩子，妳實在是不夠矜持啊。

第二天早上，起床晚了，我立刻奔起，忙得雞飛狗跳，在屋子裡亂竄。

老院長前幾天才指著我的鼻子威脅道：「寒食色同志，妳要是下回再遲到，我恩是不得給妳老漢面子，要罰妳去幫我堂客掃廁所哈！」幫大嬸掃廁所？而且是老院長剛上完的廁所？啊，簡直是殘酷！

91 捉姦在床

但當我提著高跟鞋跑下樓時，卻看見了一幅慘烈的畫面——雲易風的那輛跑車居然堆滿了貓屎。我不過是昨晚在心裡腹誹了那隻發春的母貓兩句，誰知她居然這麼小肚雞腸，更何況，她本來就不矜持啊。但看看錶，時間已經快來不及了。爲了我的獎金，爲了不用去掃廁所，我只能暫時將雲易風的車丟棄在腦後。

轉身，正要狂奔，卻直愣愣地撞上一堵肉牆；而在我撞擊上的同時，那堵肉牆卻如避蛇蠍，迅速施展凌波微步，後退一公尺遠。站定後，我看見了那人，居然是車主雲易風。我好奇：「你躲這麼快幹嘛？好像我要吃了你似的。」雲易風不做聲，但那眼神藏著一種肯定。我猛地省悟過來，對他而言，我可是掃把星啊。也難怪了，連小雞雞都會被我當繩子扯，雲易風能不憋屈，能不提防，能不遠離我嗎？此刻，雲易風的臉依舊臭得不行，而且有些憔悴，彷彿一整夜沒睡覺似的。我疑惑：「你這麼早來做什麼？難不成命根子真的被我扯斷了？不然我們一起去醫院檢查一下吧，有我帶著你，很多項目都可以免費的。」雲易風似乎沒有聽進我的話，因爲他忽然冒出一句：「妳居然把車子給我開下山了！」

車？我回頭，看了看那部窗玻璃已經沾滿臭貓屎的車，不好意思地笑笑，「抱歉，因爲你那裡荒山野地的，計程車很難叫，而你當時又正忍受著劇痛，我不好打擾，就自己把車開下山來了。不過，反正你的手下很多，可以打電話叫他們上來接你啊。」雲易風的聲音涼絲絲的：「我的電話，放在車裡。」我的臉抽了抽，道：「那你是怎麼通知手下去接你的？」雲易風的聲音更涼了：「沒有電話，我根本就通知不到。」我的臉抽得更加厲害，「你的意思是……你是自己走下山的？」雲易風的聲音涼到了極致：「沒錯。」我忙緩和氣氛：

「多走路其實是件好事，眞的。你看，這清晨的空氣多麼新鮮，多運動才是王道啊。」雲易風的聲音像從西伯利亞那邊吹來的，涼得我的髮絲都結冰了：「那麼，下次我把妳丟在山上，也讓妳自己步行幾個小時走下山好了。」我乾笑兩聲，接著看看錶，道：「您老眞幽默。那個……我上班眞的要遲到了，不如等我中午回來的時候再說吧。」

說完，我準備腳底抹油開溜，但雲易風伸手攔在我身前：「鑰匙給我。」我一拍我那顆堅硬無比的腦袋瓜子，將車鑰匙放在雲易風手掌上，道：「不好意思，差點忘記了。先聲明，車窗玻璃上的屎不是我拉的，是我們社區那隻不矜持的母貓拉的，別找我。」說完，我第二次準備開溜，可是雲易風第二次攔住了我，「我要的，是妳家的鑰匙。」我警覺，「我家的鑰匙？你想做什麼？」難不成想偷我家東西去賣？不愧是雲易風，知道這麼做會折磨得我痛不欲生，夠狠、夠有手段。但事實上卻是我小人了，因爲雲易風疲倦地張張嘴，道：「我走了很久的路，很累了，所以想去妳家睡一覺，怎麼，不行嗎？」本來我是不太樂意的，但看著雲易風那隱隱的黑眼圈，擔心他如果繼續在街上閒逛，可能會被當成滾來滾去的熊貓被送去四川臥龍。所以我善心大發，把自己屋子的鑰匙給了他，不過還是不放心地囑咐了一句：「冰箱裡有霜淇淋，有蛋糕，有果凍，有一盤剩下的番茄炒蛋……你都不可以偷吃，明白嗎？」不能不防啊，以前小乞丐住我家時，就時常偷吃我的零食，而身爲小乞丐的哥哥，雲易風犯案的機率也是賊高賊高的。

囑咐完畢後，我趕緊朝醫院狂奔而去。電梯門一開，我便瞅見老院長那賊亮賊亮的雙眼正朝我的診間門射去，而此刻我所在的診間門是緊閉的，那就意味著，我要遲到了。於是我連忙脫下高跟鞋，眼睛淫光一閃，一個跑步動作，「嗖」的一聲火速朝診間衝去。反正只要在老院長到達診間之前，我人進了裡面，就不算遲到。但聽見響動，老院長回頭一看，發現是我，他立刻慌了神，也脫下鞋子開始往前跑，也想在我之前到達診間。但老院長的腳，可是正宗的香港腳啊，一脫下，那味道薰得走廊都蒙上了一層混沌的霧氣。我清楚分明地看見，圍繞著老院長香港腳的幾縷熱氣旁邊，有五六隻蚊子像過年般興奮地圍著轉悠。有幾位護士同仁不幸正從病房出來，只吸了一口氣，立刻暈倒一片，但她們雖然倒下了，還有我寒食色。我登時屏住呼吸，冒著窒息而亡的危險，拔足飛奔。由於我和老院長積怨已久，這次兩人都爆發出了強烈的小宇宙，在走廊上，我們兩個你追我趕，互不相讓。但老院長畢竟不年輕了，再加上他日日夜夜戰鬥在AV影片的第一線，難免腎虧。於是，他漸漸落後了。我瞇起眼睛，那個心花，那個怒放啊。但就在我跑在老院長前面二公尺遠時，他竟然拋棄自己的形象，使出了暗器——一隻臭烘烘熱薰薰、大拇指處還破了一個洞的襪子，從後方扔了過來，在我的身體前方劃出一道華麗麗的拋物線，只差一公分，就挨到我的鼻子。

那襪子實在是殺人越貨、居家旅遊、送親訪友的必備暗器，我立刻就被薰得頭昏眼花，顛三倒四，口吐白沫，差點連自己媽媽都不認識了。趁此良機，老院長奸笑淫笑獰笑佞笑傻笑地往前狂奔，我則努力抹去一臉被臭襪子薰出的淚水，咬碎銀牙，氣沉丹田，爆發出一陣驚天地泣鬼神的嚎叫。接著，我一個跳躍撲上去，把老院長的長褲扒了下來——所有人都看見了，老院長穿著一件大紅色的四角內褲，那紅豔豔的顏色，還有後方褲縫中因長年累月摳屁屁而摳出的小洞，瞬間，讓那群被老院長的腳臭薰暈、此時才剛剛醒來的小護士們，再次倒下。我大叫一聲：「院長，你露點了！」老院長那布滿皺紋的菊花老臉掛不住，臉皮「刷」的一下變得和他的破洞內褲一般紅，於是他下意識用手去遮屁股後的破洞。而我則趁機一鼓作氣「咚咚咚」地跑到診間前，用平生最快的速度拿出鑰匙，打開門，衝進去，坐在桌邊，大口大口地喘著氣。娘親咧，這份工作實在累人。十秒鐘後，老院長也氣喘吁吁地跑了過來。見我已經坐定，他臉上的失望神色連強力遮瑕膏都遮不住。老院長扶著門框，一張菊花臉憋得紅通通、燦爛爛的，好半天，他才咬牙切齒地冒出一句話：「寒食色同志，早啊。」我也同樣咬牙切齒、喘得像要背過氣似地回了一句：「老院長，您也早。」然後，我們那像沾著芝麻醬般沾著新仇舊怨的目光，就這麼在空中打了一場無聲的架，最後在假惺惺的笑意中，院長走了。我趕緊灌下一大瓶冰水。獎金回來了，廁所遠離了，我寒食色勝利了。

休息完畢之後，換衣服，抹桌子，整理東西，一邊看雜誌一邊等候患者上門。但今天也眞奇怪了，我雜誌都翻了個遍，還是沒有病患上門。難不成，是老院長在搞什麼鬼？我一邊喝著水，一邊走出了診間，看見診間門前站著一排黑衣人，那氣勢，一看就知道是道上混的。一旦有病患靠近，他們每個人馬上瞪起瞳鈴似的大眼，像櫻木花道般用眼神將病患逼走。我驚訝了，問道：「你們……你們這是在做什麼？」看見我，那群小弟齊刷刷地彎下腰，恭恭敬敬地道：「大嫂好！」神態之虔誠簡直就和小學生上課前喊「老師好」一樣。聞言，我嘴裡一口水差點沒噴出三尺遠。大嫂？大嫂？大嫂！我唯一一次被叫大嫂，是拜我那缺了兩顆門牙、總把鼻涕和口水往我身上抹的小姪子所賜；當時被他這麼叫了之後，我很淡定地偷了他一個月的棒棒糖吃，以示懲罰。而現在，這群大男人居然對著我叫大嫂？我暈乎乎的，問：「你們究竟是誰？」為首的人再次恭敬地對我行了個禮，接著道：「大嫂，龍哥說，『雲哥說了，妳是他的女人』；龍哥還說，既然雲哥說妳是他的女人，那麼妳就是我們的大嫂，我們務必要保證大嫂的安全。」安全？我就納悶了，這來醫院的都是做好被醫生宰殺的準備而來，誰會沒事宰醫生呢？留他們在這裡實在有礙觀瞻，我趕緊揮揮手，「回去、回去，我不是你們的大嫂，一個個穿得跟蟑螂似的站在我診間門口，怎麼還會有病患上門，是想害我今天的獎金泡湯啊？」那群小強對視了一眼，接著馬上消失。我甚欣慰，眞是太聽話了。但十分鐘後，他們又回來了。不過這次沒再穿黑衣，而全都穿著夏威夷風格的大T恤，脖子上全是鍍金手指般粗細的金項鏈。晃眼看去，紅的紅，白的白，黃的黃，藍的藍……簡直是花團簇擁。雖然穿得挺喜氣，但他們的臉還是一副凶神惡煞、生人勿近模樣，於是，我的診間空了一上午。

當一個前來治病的帥哥被他們趕走時，我徹底爆發了。於是我一揮手，將他們全都招呼了進來，眼睛一凜，「你們眞的把我當大嫂看嗎？」全都齊刷刷地回答：「是！」我吹吹手指甲，道：「那麼，全部把褲子給我脫了。」所有的小強都怔住了。我斜著眼睛望向他們，「怎麼，要我親自動手嗎？」為首的那個小心翼翼地問道：「大嫂……不知大嫂要我們脫褲子做什麼？」我拿著一把手術刀在面前晃啊晃的，日光燈的光經過鋒利刀身的折射，寒光四散，映在小強們的眼裡，照出了他們的畏懼。我紅唇微啓，那個媚啊，那個眼啊，那個如啊，那個絲：「沒有病人，我只能拿你們來練習一下了，否則這手藝生疏了，可怎麼得了？」說完，我站起身，只見五顏六色的夏威夷小強們互相對視，接著，「嗖」的一聲跑得無影無蹤。我將手術刀往辦公桌上一插，拿起包包，氣勢洶洶地往家裡跑去。

鑰匙已經被雲易風拿去，我只能雙手並用，使勁地敲著門。良久，門終於打開了，人在屋裡的雲易風，上半身就這麼赤裸著；說實話，挺吸引人的。我正貪婪地欣賞著，卻猛地瞅見他臉上的起床氣。他氣？我更氣。我開門見山，興師問罪：「你的手下打擾了我正常工作！這樣的行為很不好，你明白嗎？」「那麼，妳可以辭去工作。」雲易風若無其事地這麼回了一句，便逕直走到我的床上重新躺下。我氣得咬牙切齒：「應該檢討的，是你那群手下吧！」他道：「我的女人如果還工作，那是說不過去的。」我點點頭，若有所思地說道：「看來，你的小雞雞昨晚確實沒被拽夠。」此話一出，雲易風立刻坐起身子，眼中黑雲翻捲，「寒食色，妳再敢說一句。」「我不僅要說，我還要打！」說完，我立即伸出兩隻手指，朝他的眼睛插去。但雲易風眼疾手快，一把握住了我的手，然後猛地用力將我往床上一扯，一個天旋地轉，我就這麼被他壓在身下了。四個豬蹄子全被雲易風壓得死死的，令我動彈不得。

雲易風俯下身子看著我，他的氣息就這麼噴薄在我的皮膚之上，臉龐的每一根線條都是凌厲。他的眼睛深不見底，裡面有一抹輕微的、曖昧的光，「經過昨晚那一拽，妳好像對我那個部位很不信任，就讓我用實際行動來證明一下吧。」我奮力抵抗，「少來！」睡了我的床不說，現在還要睡我的人，天底下哪裡有這麼好的事情！但雲易風的唇卻吻上了我的頸脖，那種暖熱與酥麻讓我尖叫出聲：「放開，我還沒吃午餐，空腹劇烈運動是會死人的！」「做完之後就去吃飯。」雲易風的話從我的肩胛上傳出——他的嘴唇，又移動到了那裡。我那個氣啊，那個憤啊，垂眼一看，發現他的耳朵就在我嘴邊不遠處，所以我張開血盆大口，「嗷唔」一聲咬了上去。雲易風吃痛，移開了腦袋。他的嘴唇雖說離開了我的身體，但還是將我的豬蹄子死死壓住，他道：「妳怎麼像隻母老虎？」我回道：「你像隻狼！」他問：「怎麼，真的不想做？」我道：「我暫時沒興趣玩欲擒故縱的遊戲。」雲易風也不再勉強我，「那好，反正我也醒了，就一起去吃飯吧。」我鬆口氣。

但就在這時，我聽見了鑰匙聲，耳朵努力豎起，聽得更清晰了——沒錯，有人在用鑰匙開門，而且是開我家的門。當初搬進這裡時，我一共配了三把鑰匙，一把自然是我的；一把給了柴柴，如果我忘記帶鑰匙就去她那裡拿；還有一把給了童遙同學，畢竟這屋子是人家免費給的，總要意思一下。但現在，我就在這屋子裡，而柴柴在樓下，肯定正被喬幫主折磨得半死不活，剩下的可能就是，來人，是童遙。完蛋了，如果被他看見，他肯定會像我宣揚他海綿體骨折的事情一樣，到處宣揚這件事。想到這，我連忙伸手去抓電話，準備對準雲易風的腦袋瓜子拍下去，等他暈倒後，再將他塞進床底，毀屍滅跡。但已經來不及了，大門瞬間就被打開。

「妳怎麼又翹班了，打電話妳也不接！妳……」隨著話音，童遙同學進來了。當時的情景是這樣的——雲易風赤裸著上半身壓在我身上，而我則被他壓著，衣衫稍微有些凌亂，此情此景任誰都看得出，我和雲易風之間，不純潔。童遙想必是第一次見到我這種場面。他怔得站在原地，眼中有種情緒一晃而過，但那情緒實在翻轉得太快，令我，看不清晰。

92 童遙的老婆？

我們仨就保持著這樣的動作，整整一分鐘。

然後我深吸口氣，將壓在我身上的雲易風一推；接著，若無其事地站起，若無其事地用手指分別指向二人，再若無其事地說道：「童遙，雲易風，兩位都是見過的，我也不多介紹了。」童遙最先反應過來，他看著雲易風，笑道：「雲先生，我以爲上次秦叔已經說得很明白了。」雲易風站起來，旁若無人地穿著衣服。他的動作不慌不忙，一點一點遮住了那蜜色的肌膚，那誘人的肌肉；直到穿好之後，他才淡淡回答了童遙的話：「我當然沒忘，只是，現在的情況已經不同了。」「不同？」童遙抬抬嘴角，一副願聞其詳的樣子。

雲易風那雙原先是黑不見底、但現在看來是黑不隆咚的眼睛掃向我。我心知不妙，腳下正緩緩挪移，但雲易風一揮手，立時一逮，將我揪到他面前站立。我時而嘿嘿嘿嘿嘿，時而呵呵呵呵地傻笑。雲易風似乎垂下了頭，因爲他的鼻息正輕薄地噴在我的頭皮上，引起一陣微動。他的聲音在我頭頂響起，朝童遙傳去：「秦叔只是要我不能傷害她，但現在她是我的女人了，我自然不會做不利於她的事情，所以做爲她的……朋友，你完全可以放心。」「是嗎？」童遙望向我，眼睛慢慢閉闔了一下，細緻的睫毛遮住了眸子，擋住了某種似煙雲的情緒。我甚鬱悶。我說童遙同學，我又不會讀心術，有啥事你明說行不行？我左思右想，將整個腦子攪得跟一鍋粥似的，也沒想出該怎麼回答他。我的後面是雲易風如炬的目光，我的前面是童遙迷霧般的目光，我成了夾心餅乾。最終，我將手一拍，道：「肚子餓了，走，到喬幫主家蹭飯去。」

我的算盤是這樣打的，去喬幫主家蹭飯，童遙就可以親眼目睹柴柴的姦情，那麼我的這份姦情也就不算什麼了。於是乎，我們仨浩浩蕩蕩各懷心事地來到喬幫主家。敲了許久的門，門才打開。屋子裡，有一隻神清氣爽眉開眼笑吃得飽飽的大熊「喬幫主」，還有一隻像化了煙燻妝似的疲憊不堪的小熊貓「柴柴」——我心無限同情，柴柴，苦了妳的小身板了。由於吃飽了，喬幫主的心情就像七月份的陽光，燦爛得很；我的意思是，他沒有一句怨言就幫我們把飯弄好，讓我們隨便蹭。但喬幫主家的飯桌比較小，五個人得擠著坐才行。其實，我的本意是挨在萎靡的、剛被榨成人乾的柴柴，以及那榨汁機喬幫主之間。但喬幫主的長腿輕輕一踹，我便骨碌碌地滾到另一個座位上。好死不死，那座位正好就在雲易風和童遙之間；一個低氣壓，一個高氣壓，我頗受折磨。但天大地大，餓死事大，我決定將我的臉埋在飯碗中，吃它個天昏地暗，爹娘不識。我確實這麼做了，只是成效不佳。

只聞童遙不著痕跡地在我耳邊說道：「親愛的，妳還沒回答我剛才的問題……雲易風說妳是他女人，是眞的？」我也依葫蘆畫瓢，不著痕跡地在他耳邊說道：「親愛的，喬幫主和柴柴大戰了整整兩天，我們要不要打賭，猜一下他們一共用了哪些姿勢？我猜有老漢推車和火車便當，賭一頓飯，你呢？」「根據我對柴柴的瞭解，我猜他們只做了正常體位。」童遙話鋒一轉：「好了，現在該回答我剛才的問題了。」

我才剛想開口，說我並不是雲易風的女友，但這時，一隻油亮亮肥赳赳的雞翅被夾進了我的碗中。雲易風頗有意味的聲音傳來：「慢慢吃，免得被骨頭卡住……說話，也是一樣。」讓我剛上升到喉嚨的話，登時又嗖嗖地滑了下去。我正自怔忪，一筷子青油油亮堂堂的青菜又夾進了我的碗中，童遙那有著莫測笑意的聲音傳來：「別怕，就算卡住，也會有人幫妳掏出來的。所以，只管大口吃，這樣才是寒食色。」

我不傻，當然聽得出他們話中的意味。但投靠哪一邊才是最好的呢？我苦苦思索。倘若承認和雲易風的關係，那麼今後將會有無數的麻煩。倘若不承認，那麼童遙能幫我擋幾時呢？我猶疑不決。這心中有事，連喬幫主做的飯菜吃起來都不香甜了。而喬幫主那邊並沒有注意到，或者說根本沒心思注意到我這邊的情景。他時不時地往懨懨的柴柴碗中夾菜，一邊夾一邊意味深長地淺笑，道：「多吃點，多吃點。」潛臺詞就是，多吃點，吃飽了，我才好吃妳。禽獸，喬幫主你個大禽獸；雖然我滿腔激憤，但有鑑於自己這邊也有煩心事，所以激憤了三秒鐘後，我就將柴柴甩在一旁了。

我繼續將臉埋在飯碗中，打定主意，不管童遙和雲易風說什麼，我都採取不理會政策。誰知主意才打定，雲易風就用一種看似低聲、卻足以令所有人都聽見的曖昧話音說道：「昨晚，有沒有弄痛妳？」隨著話音，童遙的筷子輕輕敲了一下桌面，是若有若無「噠」的一聲。瞬間，我決定將臉轉移陣地，我要埋進湯裡，淹死自己；但事實證明，在我淹死自己之前，我會先被窘死。因爲，雲易風又繼續用那種看似低聲、卻足以令所有人都聽見的曖昧話音說道：「下次，我會小心點。」我已然明白，消極的無作爲政策是行不通了。再這麼下去，一頓飯沒吃完，我的裡子面子全會被雲易風丟得一絲不剩。

所以我站起身，伸個懶腰，擦擦嘴，道：「我吃得差不多了，你們慢用。」接著拔腿跑回了自己家中，將明鎖暗鎖什麼鎖都通通鎖上，然後躺在床上，睡個頭皮屑橫生。今天，確實不是個好日子。想必是早上和老院長比賽，體力透支；再加上中午那頓飯，精力透支；所以沒多久，我就睡熟了。睡得迷迷糊糊的，有人來敲門。肯定是雲易風或童遙，我裝死豬，不理會；接著，電話打進來，我接起，是雲易風的聲音，他要我開門。

我看著空氣，道：「我心情不好，我在懷念過去的生活，所以不想開門。」雲易風道：「生活總是要前進的。妳沒試過，怎麼就知道和我在一起的生活，不會比妳現在的日子精彩呢？」這一次，雲易風是用一種商量的語氣。我聽著，還挺受用的——沒試過，怎麼就知道和他在一起的日子，不會比我現在的日子精彩呢？很多事情，確實要試過才知道。可是，這種大事試得不好，可是要賠上很多東西。確實，男未婚女未嫁，在一起試驗一下，說不定真的合得來，但我總覺得心裡不踏實。見我沒說話，雲易風道：「我給妳一點時間，妳想想吧。」在他即將掛斷電話時，我忽然冒出一句話，也是一句壓在我心中挺久的話：「爲什麼是我呢？我是說，你要什麼女人沒有呢？」雖然此刻我看不見雲易風的臉，但我分明感覺得到他在笑，低低地笑，「因爲，從來沒有一個女人，會拉我的命根子。」然後，他掛斷了電話。我拿著話筒愣了許久，最終得出一個結論——雲易風如果沒有被虐傾向，我立刻咬斷舌頭，血噴三尺。

但現在有個問題擺在我眼前，雲易風給我時間考慮到底要不要當他的女人！話說，每個女人心中都有一個黑道夢。刀光劍影中的男人噴灑著熱血，還有義氣，散發著高濃度的男性荷爾蒙。他們是黑暗中的人，是墮落中的人；而黑暗和墮落是人的本性，是人類努力隱藏的本性，它們有著原始的吸引力。當老大的女人，確實挺誘人的；但當這個誘人的蛋糕擺在我面前時，我卻猶豫不決了。當，還是不當，這是個大問題，很困難的大問題。想不出答案的時候，我唯一的好辦法就是睡，我決定繼續睡，直到睡成化石爲止。於是我拔掉電話線，將手機關機，蒙頭大睡。

睡到自然醒時，外面已是夜幕低垂。我暗道一聲糟糕，今天晚上鐵定要失眠了。才剛將手機開機，就有電話打進來了，電話顯示的名稱是「小種馬」——我依樣畫葫蘆，跟著柴柴改的；我接起，準備接受童遙的審問。但他頭一句話卻是：「下來，我帶妳去飆車。」下來？我光著腳走到陽臺前，伸出硬腦袋往樓下一看，一眼就瞅見那輛烏漆嘛黑的奧迪R８停在樓前的空地上。而我們的童遙同學正站在車邊，拿著手機，抬頭看著我。燈光爲童遙的臉蒙上了一層朦朧的紗，他的身影淡淡的，有種優雅。雖然隔得挺遠，但似乎還是能看見他嘴角浮上的那絲慵懶的痞子般笑意。高挺筆直的身影，加上拉風的車，還有他那最是一抬頭的清華。此情此景，頗有些偶像劇的浪漫感覺；我是指，如果沒有那上百隻圍著路燈轉悠的蚊蟲的話。看著那些小蟲子，我肉都緊了；眞是的，每天晚上都在路燈下群Ｐ，沒水準的蚊子！

反正待在家裡也是失眠加打遊戲，我便答應了童遙，花半小時準備一下，接著便下樓。原以爲他看見我，肯定要對我和雲易風的姦情嘲笑兩句。但是沒有，我在副駕駛座上坐了半個小時，痔瘡都差點坐得復發了，他連雲易風的名字都絕口不提。我偷眼瞄他，童遙神情自若，我瞬間覺得他很大度。因爲，姦情如果發生在他身上，我肯定會把這件事傳播得人盡皆知；詳細例子，可以參考童遙那次的海綿體事件。

不過說實話，我雖然喜歡整天打擊童遙，但還是很佩服他的。這孩子，腦袋瓜子聰明得緊，從來不認眞上課，但每次考試成績總是名列前茅。只可惜運氣不太好，高一期末分班考試前一天，他居然拉肚子，說是整晚都沒睡覺，所以第二天考試時他只答了一半的試卷，很不幸的和我一樣，被刷到非重點班，也就是普通班來了。不過我卻得了便宜，因爲我們倆的學號是挨著的，所以每次考試都能坐在一起，我也得以參考他的答案，考取高分。有人說，當你不斷回憶過去的日子時，就說明你老了。我這麼頻繁地回憶著，難道是我正朝衰老邁進的警告？

童遙忽然問道：「在想什麼？」「想你。」我這話沒有經過大腦，直接迸了出來。果然，童遙的臉上蒙了一層曖昧的光，「怎麼，愛上我了？」我認眞地看著他，道：「沒錯。我覺得，我在不知不覺間已經愛上了你。」我實在懷疑童遙的開車技術不怎麼樣，因爲車子忽然在筆直的道路上扭了一下，像人在抽筋。我頗委屈：「純粹開個玩笑。被我愛上有這麼可怕嗎？你的反應也太大了。」童遙道：「那如果我說，我愛妳呢？」他的視線一直看著前方。我笑，「眞的嗎？」童遙臉上看不出什麼波瀾起伏，他說：「如果我說，是眞的呢？」我笑得陰測測的，「那我就會趕緊和你結婚，接著下毒滅了你，奪取財產。」「果然最毒不過婦人心。」童遙搖頭，當眼睛瞄到我胸部時，目光停滯了一下，道：「妳究竟往妳那裡塞了多少東西？」我雙手抓住自己胸前的兩坨，往上抬了抬，像小孩子獻寶一樣笑得傻兮兮的：「我穿的是調整型內衣，還用了膠布等東西。怎麼樣，是不是很雄偉，像不像珠穆朗瑪峰？」知我者，莫若童遙同學也：「妳是被那些女人給打擊了？」上一回是我準備不充分，居然穿著比睡衣稍好那麼一點的運動衣去飆車，在那群紈袴弟弟們帶來的大胸妞之中被比得像個太平公主，實在太丟人了。因此剛才出門前，我費盡心思把肚子，手臂，副乳上的脂肪全擠到了胸部上。功夫不負有心人，這麼一弄，我成功晉升到了D罩杯。摸著自己的胸部，我甚欣慰，免費拉著童遙參觀：「怎麼樣？雖然做了假，但裡面的肉都是我自己的，貨眞價實，童叟無欺。」童遙瞄我一眼，用一種無奈至哽咽的表情。妒忌，赤裸裸亮鋥鋥的妒忌；這孩子，自己胸前只有兩顆櫻桃，難怪看我這珠穆朗瑪峰不順眼。

正說著，車就駕駛到濱江路上了。明月朗朗下，一群紈袴貴公子又帶著他們的名牌車，加上大胸妞在那兒等著。遠遠看見了我們的車，他們的模樣頗興奮，看來，是一直在等童遙呢。我努力地挺起胸，趾高氣揚地下了車，暗自期許能吸引五六個，或者三四個，至少一兩個紈袴弟弟的目光；運氣不錯，大部分人的目光都停留在我的胸上。一道銀光在我的大門牙上閃爍著，我那個得意洋洋啊，但緊接著卻聽見一陣竊竊私語——「做得眞假。」「就是，童哥怎麼也喜歡假胸了？」「太圓了，我昨天吃的豆沙包都比她那兩坨像胸部。」這時，和我比較熟的耳釘弟弟來到我身邊，悄聲痛惜地說道：「姐，妳要隆胸爲什麼不告訴我？我認識市區裡最好的胸部整形醫生，做得可自然了。妳這是在哪做的？我帶人去砸那醫生的場子，做得這麼假，太不把我們姐的胸當東西了。」我菊花一緊，淚流滿面，而童遙則已經跑到車後去仰天長笑了。沒得到讚賞，反而被鄙夷，我的心瞬間灰成了一個小鐵坨。

這時，趙公子又來了，右手摟著一個新鮮美女，杏眸盈盈如水，柳眉淡淡如煙，咪咪高高如山，而他本人還是那副趾高氣揚、唯我獨尊、額頭上寫著「我最牛逼」的樣子。不過走近了，看見我，他眉毛抖了抖，小雞雞縮了縮。我咧開嘴，一道淫光從我的大門牙上晃過，「趙公子，我一直在等你來做生殖器整形呢，千萬不要諱疾忌醫啊。」趙公子的臉從番茄的顏色變成了茄子的顏色，最終變成黃瓜的顏色，中間還有一次變成了慘白的顏色。最後，他決定將從我身上受到的氣，發在童遙身上，「童總，怎麼，是不是上次叫哥哥叫得不過癮，想這次來多叫幾聲呢？」童遙毫不動氣，淺笑，「那，就要看趙公子肯不肯給我叫的機會了。」趙公子在奸笑，那眞叫一個噁心，「放心，我一定給你機會。這次，我們賭大些，如果你輸了，就跪著叫我一聲大哥。」童遙在奸笑，那叫一個風流無限，「好。不過如果趙公子輸了，就由我朋友親自爲你做生殖器整形手術。」聞言，我拍手叫好。趙公子本來還在猶豫，但在眾人的鼓動聲中，一咬牙，同意了。

飆車路線還是和上次一樣，不過這次他們是單獨比賽，不帶女人；也好，我有自知之明，有我在，童遙同學要贏是很難的。一半的人在起點等著，而我、耳釘弟弟，以及另一半的人則在終點等著，中間有一段時間是看不見車的，只能乾等。

耳釘弟弟沒事，就開始找話題和我聊天，什麼生日，星座，血型通通問了一遍之後，他開始問著我和童遙的交情。我據實作答：「我和童遙，還有柴柴，是同學，是朋友，是三賤客。」聊著聊著，耳釘弟弟忽然問道：「姐，既然妳跟童哥這麼好，那妳鐵定知道他老婆是誰了！」我揮揮手，「老婆？他女朋友倒是像孔子的學生一樣遍布天下，但哪來的老婆？」耳釘弟弟一臉認眞，「有有有，童哥有一個祕密老婆，一直藏著沒讓我們見。」我一聽，身體內的八卦細胞全都膨脹了起來，「你再說一遍？」

93 訂婚的真相

耳釘弟弟似乎被我的激動嚇了一大跳，話也說得結結巴巴的：「那個……那個，我……我剛才說的是，童哥……童哥他有一個祕密老婆。」我極度好奇，外加熱血沸騰，另加獸性大發，「什麼叫祕密老婆？」耳釘弟弟回憶道：「那個……就是，偶爾童哥會無意間說出什麼『我老婆』，後來我們問他，他口中的老婆究竟是誰，為什麼要藏著不給我們看。童哥說，他老婆出國去了，可能要很久很久才回來，也可能永遠都不回來。」我的眉毛皺成了一個「川」字：「出國？她去哪裡了？」耳釘弟弟攤攤手，「不曉得。關於她，童哥就說了這麼一句，我們也不好多問。」

不知為什麼，我心裡有些不是滋味。這麼大的事情，童遙居然瞞著我。原來，他一直在等一個女人。話說我的所有戀情他差不多都知曉了，而他的這樁祕密姦情，我卻連一點氣味都沒聞到，想起來就有種挫敗感。我抬頭遙望明月，幾縷淡雲縈繞，彷若皺起層層淺薄的波紋。我忽然意識到，或許我並不像自己認為的那樣瞭解童遙。正在對月抒懷，前方卻傳來一道沉悶的撞擊聲，層層疊疊地直入雲霄。我回過神，看著周圍人陡然緊張的神色，忙問道：「怎麼了？」耳釘弟弟的臉僵硬著，好半天才回道：「好像……是童哥他們的車出事了！」聞言，我的心像被一隻冰手重重一掐，凍得我遍體生寒。腦子還來不及運轉，像被某種力量拉扯似的，我趕緊朝聲音傳來的方向奔去。

寂靜的濱江路上，只有瑩白的路燈無聲息地照射著路面。我的右邊是清澄的江水，在深紫色的蒼穹下靜謐地流動著，它的表面映照著萬家燈火，攜帶著那些幻影緩緩向東。我的高跟鞋撞擊著水泥地面的清脆聲響，不斷在我耳邊敲打著，敲出回憶的梵音。我跑步時，是前腳掌著地的，這是童遙教我的方法，他說這樣省力，跑得快。高二時的期末體育考試——殘酷的八百公尺長跑，必須在三分五十秒內跑完；說實話，我看著那跑道，腳就開始軟。於是每天上晚自習前，我就會瞞著溫撫寞悄悄來到操場練習，畢竟跑得滿身是汗，被他看見實在太影響玉女形象。但每每跑沒幾分鐘，童遙總會忽然冒出來，抱著一個籃球站在旁邊打擊我幾句，說什麼我慢得像烏龜之類的，但打擊完之後還是會陪著我跑。接著，夕陽下，空曠的操場上就會響起我們的腳步聲；儘管如此，到最後我的八百公尺長跑考試還是沒有及格。補考時，體育老師睜一隻眼閉一隻眼，童遙於是進入跑道，拉著我的手，像拖死豬般拖著我跑到了終點。我蹲下身子，一邊喘著粗氣，一邊抬頭，一眼就看見他的痞子笑——頭髮像染上了金邊，柔融融的；眼睛裡眨出了慵懶純淨的笑意。當時，我心裡頓時生出一句話：「這男的，還眞他奶奶的帥。」而現在，我的跑步聲已經和當時的腳步聲重合在一起，我的胸腔成了一個黑洞，完全沒了底，一顆心止不住地往下墜。如果童遙……如果童遙……如果……我不敢再往下想，一雙腳飛快地向著前方跑去。

我想，我大概跑了兩個八百公尺那麼遠。終於，我看見了童遙他們的車，我停了下來，因爲我看見的是，趙公子那輛拉風的大紅跑車，撞上了路邊的花壇，而童遙的車完好無損。我看著童遙從車上下來，一顆心這才回到了原位。我腳一軟，像紙黏土般黏在旁邊的路燈杆上。此刻，涼風一吹，我一個哆嗦，這才發覺背脊都被冷汗給濕透了。接著，響起了一陣跑步聲，有一些人緊跟著來了，圍上了事故現場。而遠遠的，童遙看見我，快步朝我走來。童遙濃黑的眉毛皺起，「妳沒事吧？臉怎麼忽然變得這麼白？」我疲倦地擺擺手，想開口，但喉嚨卻是乾涸的，像黏在了一起，努力分開，有些痛。我用手揉著喉嚨，吞了幾口唾沫，這才開口：「這種事故經常發生嗎？」童遙道：「意外總是有的。」我抬頭，認眞地看著他，道：「童遙，以後別玩這個了，你可別把自己的命當你一個人的。」童遙的嘴角帶著一點玩世不恭：「那我的命還是誰的？」我瞪他，「你如果出事，別說是你父母，就算是對我和柴柴，你也不好交代啊。」童遙的臉上晃過一絲輕輕渺渺的光，他說：「放心，我不會有事的。」

事故的原因很簡單。眼看要到終點了，趙公子還是落在後頭。他不服輸，情急之下使用了暗招，對準童遙的車尾撞去。幸好童遙猛地將方向盤適時一轉，躲過這一擊，而趙公子躲閃不及，撞到了花壇上，還好有安全氣囊擋著，沒什麼大礙。但人家趙公子害怕有什麼後遺症，忙跑到醫院去進行全面檢查了。發生了這一事故，大家沒什麼玩的心情，便各回各家，各找各媽了。而我和童遙暫時還不想回去，便來到江邊靜靜地走著。

河岸上有些小石子，腳踩上去，凹凸不平。走著走著，我用手肘碰碰童遙的胳膊，童遙沒應我。我繼續用手肘碰他，加大了力道，童遙雙手插在褲袋中，壞壞地一笑，道：「妳用妳的胸來碰碰，說不定我就能察覺。」月光下，他的眼睛帶著一種迷離的亮。我批判：「童遙，你不厚道。」童遙不解：「怎麼了？」我道：「你老婆是誰？」童遙的腳步停了一瞬，身形也落後了我一瞬，但很快，他便恢復過來，繼續跟在我身邊，道：「是陳毅告訴妳的？」陳毅，是耳釘弟弟爸媽給他取的名字。我毫不客氣出賣了耳釘弟弟，道：「沒錯。欸，那女的究竟是誰？聽說出國了，難道是以前我們學校的校花，聽說她去了法國，沒想到你瞞著我們跟她藕斷絲連。」童遙但笑不語。我覺得頗爲不公：「童遙，你眞不厚道。我和柴柴的事情，你全知道。但你有事，總是瞞著我們。」童遙轉過頭來看著我，臉上落了一層清輝，「那好，妳先把妳的事情交代清楚。妳和雲易風，究竟是怎麼回事？」我眼珠子轉向右上方，上下唇瓣微微咧開了一下，思量許久，終於說道：「我和他本來是冤家，但因爲一連串陰差陽錯，不小心就『那個』了。」童遙嘴角微挑，「哪個？」我對童遙裝清純的行徑表示鄙夷，「收起你那副表情，好像你沒做過似的。」童遙問：「接下來呢？」我實話實說：「接下來的事你也看見了，他想要我當他的女人，還給我一段時間考慮。」童遙的臉上有著江水折射的波紋，透明的光暈蕩漾著，「那妳的回答是什麼？」我微微歎口氣：「我不曉得。我在想，是不是應該往前走一步了。」

童遙問：「妳能忘記溫撫寞？」我的眼珠子繼續望向遠方，越過澄淨的江水，越過高樓大廈，越過萬家燈火。見我沒說話，童遙輕悠悠地得出結論：「還早吧。」我將眼珠子收回，低頭想了想，道：「其實，我很久沒想過溫撫寞了。」童遙繼續輕悠悠地問：「是嗎？」這不是種信任的語氣。我低低地說道：「是眞的，經過盛悠傑的事情，我想有些情況已經改變了，我知道人總是要往前看的。當然，我不否認溫撫寞在我心中有著重要位置，但或許……現在是我放下他的時候了。」「所以，妳想用雲易風來試驗一下，看自己究竟是不是已經忘記溫撫寞？」童遙的背後是深紫色的天，他就鑲嵌在這樣的背景之中，透露著一種深沉。我搖頭，「感情，怎麼能試驗的。」隨著搖頭的動作，一縷髮絲搭在了我睫毛上。夜深，人也懶了，我不願動手，便眨動眼睛想讓它自然滑下。但那髮絲脾性堅韌，就是不落下；我脾性也不軟，就是不伸手，徒自和它鬥爭著。最後，有隻手伸了過來，幫我將那縷髮絲取下，手掌順便滑過了我的鼻梁，暖暖的，指腹間有股淡淡的菸草氣息。

童遙的聲音傳來：「我想，妳還沒有放下溫撫寞。」我反問：「什麼才叫放下呢？是將他全部忘記，一點也記不起？」不知怎的，我的語氣有點衝。此刻夜風吹過，把江面吹皺，那半是璀璨半是淡薄的流光蕩漾在童遙的眼中。他溫聲道：「不。放下，就是指妳願意和另一個人一起生活。妳明白和那個人在一起，會比和溫撫寞在一起快樂。在溫撫寞和那個人之間，妳選擇了後者，這就是放下。」我低頭，看著腳底的鵝卵石，光滑，有著幽澤，「不需要忘記嗎？」童遙這麼回答：「很多事情是我們忘記不了的，事實上也沒有忘記的必要。」我歎口氣，「我不曉得。下輩子我要做草履蟲，我要做一個細胞，或者只是做一粒微塵……這樣就不用思考了。思考和抉擇，是最煩人的東西。」童遙道：「看來，下輩子我要做顯微鏡了。」我用一顆硬腦袋去磨蹭他的肩膀，「爲了看我？到時候我又沒胸部，有什麼好看的？」童遙殘酷地一笑，殘酷地道：「說得好像妳現在有胸部似的。」聞言，我閉上眼，告誡著自己：「要淡定，我一定要淡定。這廝是妒忌，赤裸裸的妒忌。」調整了呼吸之後，我將話題引到他身上：「好了，現在可以告訴我，你那位出國的老婆是誰了？」童遙瞇起眼，壞壞一笑，「我有說過要告訴妳嗎？」我仔細回憶了一下他剛才的話。童遙確實只要我交代和雲易風的事，沒答應要告訴我有關他老婆的事。又虧了。我甚萎靡，但不放棄，繼續問道：「是不是你的大學同學。」沒錯，高中時他就在我眼皮底下，確實沒什麼可疑人選；而大學時，我和他讀的是不同學校，想必是在那時候這孩子就有目標了。「該知道的時候，自然會知道。」童遙又用這種討打的話敷衍我。我拉著他的衣服，「那大概會是什麼時候？」「這，就看大家的命了。」童遙的話裡，佛光萬照。我無可奈何，只能作罷。

雲易風比較守信用，說給我時間思考，就真的沒有再來煩我，我正好落個清靜。不過，雲易風似乎沒向小乞丐透露些什麼，因為當我和小乞丐聯絡時，他表現出來的樣子就是什麼也不知道；不過也是，什麼都還沒定，何必說呢？我一直在想童遙說的話——「和那個人在一起，會比和溫撫寞在一起快樂。在溫撫寞和那個人之間，妳選擇了後者，這就是放下。」那麼，雲易風會是那個人嗎？我的腦子實在是迷茫一片。

其實仔細想來，幾天之前，我和雲易風對彼此而言還是陌生人。他連我最愛的顏色都不知道，我連他的星座也不知曉，一切實在是誤打誤撞。這緣分，亂得很。我確實不是適合思考的動物，這才想了幾天，頭就開始痛了；而更頭痛的是，老爸老媽逼我回家。說實話，我怕回家，但倒不是怕他們詢問我交男朋友的事，而是害怕撞見他們的好事。這兩個人，越老精力越盛，整天在家裡沒事就滾床單，而且還是青天白日，敞開著房間門滾。上次我沒通知他們一聲就回家，一打開門，就聽見嗯嗯啊啊的曖昧聲響，接著就看見兩副白花花的老肉體不停地蠕動……我寒食色差點自插雙目，咬舌自盡，居然看見自己的老爸老媽做愛，讓我情何以堪。所以從那之後，為了避免我心理變態，我寧願約他們出來吃飯，也不想回家，以免憶起那個畫面。

但這天，老媽告訴我，說是老爸的腰扭傷了；我不想做不孝女，趕緊飛奔回去。還好，是老媽誇張了點，老爸沒什麼大礙，只需要休息幾天就好。我好奇：「怎麼扭傷的，是抬重物嗎？」老爸曖昧地笑笑，意味深長地說：「還不是妳媽，非要我做那個動作。」老媽對老爸拋了個老秋波，甜綿綿地說道：「你個老不死的，還好意思說，那片子還不是你帶回來的！」一道巨雷直接擊打在我身上，我被雷得外焦內嫩，香氣噴鼻。這是什麼世道，這是什麼父母？我瞬間覺得，從這種家庭成長出來的自己，是多麼地出淤泥而不染。我這朵白蓮，亭亭然啊。

他們兩人見我被擊打得雙眼發直，便停止了少兒不宜的話題，招呼著我吃飯；也好，至少撈了一頓飯吃。我吃得正歡，卻聽見老媽道：「對了，食色，前些日子，我碰見妳溫阿姨了。」一塊紅燒茄子差點沒哽在我喉嚨裡：「妳是說……溫撫寞的媽媽？」老媽又夾了一塊紅燒茄子在我碗裡，接著笑咪咪地道：「除了她還有誰？妳溫阿姨一直唸叨著妳呢。」我乾笑兩聲，「嘿嘿，看來我魅力不錯。」老媽開始一步步進入重點：「對了，聽妳溫阿姨說，撫寞也要回來了。」其實，我知道，我媽一直把溫撫寞看做失散多年的兒子，喜歡得很。而對於我們當初的分手，她和溫阿姨不太瞭解其中的內情，都以爲我們是小孩子心性，一時任性而分手。所以這些年，她們兩人一遇見就像親家似的，手拉手，說個不停。我喝了口水，將喉嚨裡的茄子呑下，開始散布一下八卦給老媽聽：「媽，溫撫寞已經訂婚了。」老媽道：「我知道。妳溫阿姨說了，那都是誤會。」我眉毛皺皺，「什麼誤會？」老媽道：「那個女的，其實撫寞是爲了幫她，才和她訂婚的。」我覺得，那塊茄子還停留在我的食道裡，慢悠悠的，就是落不下去。老媽續道：「那個女的……」我提醒：「安馨。她的名字叫安馨。」老媽道：「就是那個安馨。去年，她爸爸癌症末期，說是想在死前能看著女兒託付良人，安馨她就和撫寞商量了一下，兩人假意訂婚，在安馨爸爸面前演齣戲，讓他放心去了。妳溫阿姨說了，那是假的，那場訂婚不算數。」我的筷子沾上了一顆飯粒，我將筷子湊到碗的邊緣磨蹭著，想將它弄下，但不知怎的，那飯粒就是不肯下來。我也氣了，直接把筷子放進嘴裡，將飯粒舔了下來。

老媽問：「欸，妳有沒有在聽？」「嗯。」我點點頭，應了這麼一聲。老媽重複道：「那場訂婚是假的！」我沒什麼反應。老媽的意思再明白不過，她和溫媽媽兩人想讓我和溫撫寞復合。訂婚是假的，但過去的傷痕是眞的。我有點想笑，但同時，心又像漂浮在河中央，盪悠悠的，不知道在想些什麼。溫撫寞要回來了，經過上次同學會那個假消息，我總覺得這次也眞不了，其實就算是眞的又怎麼樣？

我吞嚥下的那塊茄子，慢悠悠地滑到了胃中，坐實了。

或許我是應該見溫撫寞的，我是說，總有一天我們會見面的。我的鴕鳥性格告訴我，能躲著就躲著吧。但……如果能更早解決不是很好嗎？是的，早點將自己和他之間的關係理清了，斬斷了，早點去尋找新的。溫撫寞和安馨沒有訂婚，我也還是單身，也就是說……我們這是平手，誰也不比誰厲害。那麼，見他也不算是太困難的事情。

94 某人的心思不尋常

僅憑一頓飯的時間，是思考不出什麼的。

最後我決定了，一切順其自然。就像童遙上次說的那樣，或許有一天，我在逛街時突然遇見了溫撫寞，那時我可能會像被雷電擊中，發覺自己還是愛著他。但也有可能，我的靈臺會瞬間清明，發覺自己原來已經將他放下了。一切，都不可預知。但我總覺得，老天和我的仇也不太深，所以祂老人家應該會替我安排個結局的。「一切都是命啊！」我在心中暗暗重複了一下童遙同學的口頭禪；忽然發覺，童遙這孩子，有些時候還是挺有內涵的。

正當我思考之際，老媽開口了：「我在問妳話呢！」「什麼？」我的思緒剛才確實飛到天上去看太上老君煉丹了。老媽重複道：「我是說，妳溫阿姨說等撫寞回來之後，大家一起出去吃個飯，問問妳的意見。」我將筷子「啪」的一聲放在桌上，製造了一點氣勢，「媽，妳就別對溫撫寞戀戀不捨了。」接著，我雙腿撐開，手肘向外，擺出紅衛兵的標準姿態，雙眼冒著堅定的光，道：「妳的女兒我，一定會努力努力再努力，拚搏拚搏再拚搏，找個比溫撫寞好上一百倍的男人！」旁邊一直默不做聲的老爸，拿一雙眼睛從我的頭皮屑看到我的爛腳趾尖，最終輕悠悠地歎口氣，「難噢。」這句話猶如一盆冷水，將我那一腔熱血澆得連煙都不冒一絲。連自己老爸都不相信我，我寒食色沒搞頭了，低頭，繼續吃自己這頓黯然飯。

這時，門鈴響了。老爸扶著他那因床上運動過度而受傷的腰去開門，發現是快遞叔叔送貨來了。簽字取貨關門，老爸喜孜孜地抱著一個大盒子進來，對著老媽曖昧一笑，道：「貨來了。」好奇，是一切罪惡的源泉，我心懷著這罪惡的源泉跑去一看，赫然發現此物正是傳說中義大利吊燈式的必備工具——得吊在天花板上，類似鞦韆，看上去頗爲高檔。難怪上次他們兩人神祕兮兮地問我淘寶購物的方法，原來是爲了買這個。只見，老父老母用自己那眼角布滿了魚尾紋的眼睛，深情對視著彼此，兩張歷經風霜的老臉滿是淫光與嬌羞。頓時，天雷滾滾朝我襲來。眼看他們荷爾蒙上升，很快就要愛愛，我忙放下碗筷，連滾帶爬跑出了門。

驚魂未定，加上爲了省錢，外加爲了助消化，我沒有坐車，而是選擇走路回家。一邊走，腦子裡一邊不停思考著一個問題：「我，究竟該不該做雲易風的女人？」我在腦海列了一張表。雲易風的優點挺多的；一來，身材好，相貌佳，床上功夫不錯。二者，這人口袋裡有錢，買別墅像下蛋一樣，到處都是；最後一點則是，我可以拿搶指著溫撫寞道：「看，老娘現在是道上混的了，以後出去儘管說你曾經是我的男人，絕對沒人敢惹。」而雲易風的缺點只有一條，那就是——我還沒愛上他。是的，我對他眞的沒什麼感覺，就算做愛能做出眞情，那我和雲易風也只做了一次，感情還淺淡得很。其實，雲易風對我也是感興趣的成分比較多。他平時吃到的都是大餐，偶爾吃了我這樣一塊臭豆腐，覺得挺新鮮的，就想一直吃下去。但誰知道，年復一年日復一日，他終有一天會不會吃膩呢？未知數，一切都是未知數。

我對著天空長歎口氣，陽光穠麗，暖陽有著暈黃的光，就像我最愛吃的蛋黃。而爲了以示公平，我又對著地面歎了口氣，歎得正帶勁，眼睛忽然冒出兩道賊光——地上躺著一張十元大鈔。憑我寒食色愛財如命的性格肯定會撲上去撿，但這錢躺在地上這麼久沒人動也是有原因的，果然，實在太髒了。雖然我寒食色平時很邋遢，但還是不幸染上了點潔癖，所以我就站在原地猶豫著。正撫摸著下巴做沉思狀，一道淺灰色的陰影落在我頭上，抬頭，我看見了一雙深不見底的鷹眸，是雲易風！

……

坐在他的車上，我問道：「你是不是在我身上安裝了什麼追蹤器？否則爲什麼對我的行蹤這麼清楚。」

雲易風道：「要在這個城市找到個人，還不太難。」原以爲雲易風會把我帶到他家，但出乎意料的是，我們最終到的，是我家。我當他是客人，爲他倒了杯茶。雲易風接過，端在面前，也不喝，嫋嫋熱氣中，他的面容有些模糊，一雙眼睛盛滿幽澤。我被他的眼神看得喉嚨發乾，問道：「你幹嘛這樣看著我？」雲易風問：「那個問題，想好了嗎？妳最後的答案是什麼？」爲雲易風泡茶時，我也替自己泡了一杯茉莉花茶。滾水泡的，很燙，我用嘴輕輕地吹著，像在拖延時間，或者我確實是在拖延時間。茉莉花的花瓣在清澄的水中起起伏伏，像是我的心。我想：「答應吧。答應了，等溫撫寞回來看見我找了這樣一個有本事的男人，自己也有面子，可不是？」我甚至還想像自己戴著遮住半張臉的墨鏡，穿著遮不住大腿的超短裙，嘟著像抹了人血的烈焰紅唇，趾高氣揚地耍著黑幽幽的小手槍，看向桌子對面瑟瑟發抖的溫撫寞。

想到這裡，我忽然笑了。溫撫寞當然不會瑟瑟發抖，我也不會做出這樣的造型。我根本就不必證明自己過得比溫撫寞好，沒有必要，眞的沒有必要，愛情裡沒有誰輸誰贏。而我的靈臺，此刻澄明一片，我得出了答案：「對不起，我想我不適合做你的女人。」雲易風的眼睛黑得淩厲了些，「是不適合，還是不願意？」我誠實作答：「是不願意。」雲易風將茶杯放在一旁的櫃子上，發出了輕微的聲響。然後他站起身，一步步朝我走來，「是因爲……溫撫寞？」當他在我面前站定時，最後一個「寞」字恰好吐出，尾音在房間中成爲一種纖縷、細微的存在。我抬頭看著雲易風，「你派人調查我？」他高了我近一個頭，所以我的姿勢有點累，多做幾次想必會得頸椎炎。雲易風並未正面回答這個問題，他續道：「是因爲……他要回來的緣故嗎？」我也繼續問：「爲什麼你會這麼認爲？」雲易風的聲音帶著低啞的磁性：「因爲他要回來，而妳認爲你們之間還是有可能的，所以就拒絕了我，是這樣嗎？」聲音不大，卻有種震動人皮膚的魔力。我問：「你是從什麼地方得到這個消息的？」我和他都在詢問著對方。他不回答我的問題，我也不會回答他的問題，就此陷入了死角。再這樣繼續下去，也不會有什麼答案的。

雲易風忽然掐住我的下巴，他似乎挺喜歡這招，所以有時我也懷疑，他是言情小說看多了；畢竟，我的下巴真的不尖，抓起來，還是有難度的。雲易風忽然又問了這樣的問題：「寒食色，現在妳是單身，對嗎？」我點頭。雲易風繼續問，他的聲音有些清冷：「妳和那個叫溫撫寞的人，還沒有復合，是嗎？」我點頭。雲易風的大手力量十足，像支堅硬的鉗子，「那麼，我和他是站在同一起跑線上的，是嗎？」我思考良久。這句話確實沒什麼錯誤——我不認爲自己和他們倆糾纏下去會有什麼好結果；從這點看來，他們倆確實是站在同一起跑線上。所以，我再度點頭了。下一秒，那制住我下巴的鉗子，就鬆開了。雲易風眼中寒光一現，「我挺喜歡競爭的，所以我想會一會那個叫溫撫寞的人，到時妳再做出抉擇。」我摸了摸自己的下巴，雲易風手指的力道似乎還附著在我的皮膚上。我閉了一下眼，抬頭，問道：「我也想問你兩個問題。」雲易風同意了：「妳說。」我道：「你最一開始時，不是說要給我時間考慮，我以爲你會尊重我的抉擇。」雲易風高挺的鼻梁上劃過一道冷然，「當時的情況不一樣。現在，那個叫溫撫寞的傢伙要回來了，所以我想妳的判斷力會出現一定的失誤。」我看著他，用一種平靜至深沉的語氣問道：「好。那麼，第二個問題，是誰把這個消息告訴你的？」雲易風眼中的黑色翻捲了一下，像一團在水中嫋嫋然的墨汁。他的喉結同時滾動了一下，話語在裡面遲疑，但最終他仍淡淡說道：「調查一個人的背景，還難不倒我。」我點點頭，弧度不太大，算是一種輕揚。

雲易風想說的話就是這些，接著，他便離開。

我將手肘放在桌子上，手指沿著茶杯的邊緣圈圈遊走，光滑，暖熱。熱氣緩緩上升，飄移到我的眉宇間，凝結成一層模糊的煙霧。雲易風在隱瞞。如果他要調查我的背景，早就調查了，但他沒有這麼做，因爲在認識我時，我身邊並沒有男人，可是溫撫寞要回來之際，他居然瞬間就知曉，這不能不讓人起疑。而且剛才在靠近他時，我聞到了一股淡淡的菸草氣息，一股熟悉的、親切的菸草氣息，這我常常從另一個人身上聞到。有個念頭在我腦海一閃而過，而與此同時它還牽扯出了許多往事。

我再也坐不住，翻出以前的同學通訊錄，開始打起電話。李延遠，是以前高中時期的活躍分子，據說上次的同學會就是他提議舉辦的。我和他並不熟，但不是有個理論嗎——「任意兩人之間的聯繫，最多只需要透過六個人」這個理論是適用的。李延遠有個好友叫任野，任野的女友叫王亦琪，王亦琪的表妹叫鄢黎黎，鄢黎黎的男友叫周子青，而周子青以前就坐在我前面。我從周子青著手，一步步問到了李延遠的電話號碼……我解釋了許久，李延遠終於弄清楚我是誰。此刻我已精疲力竭，便開門見山地問道：「請問，上次的同學會是你提議舉辦的？」李延遠一口否認：「不是。」我的心涼了涼，「那是誰？」李延遠道：「妳認識的。」我的心更涼了，「是誰？」李延遠揭曉了答案：「是童遙啊。」這下，我的心涼到了底。掛上電話，我怔怔坐了許久。心中的一團情緒慢慢在五臟六腑之間游移，匯聚，變化，最終成爲一團怒火，「嗖」地竄上了我的腦子裡。我倏地站起身，動作很大，連桌上那杯茶都被我碰翻了。茶水順著桌沿落在地上，滴滴答答的，一瓣茉莉花在水團中旋轉。

我想都沒想扶一下那茶杯，瞬間便化身爲一股龍捲風，朝童遙的公司衝去。

在進入他的辦公室之前，我暫時將面色控制得很平靜。照舊，童遙的小祕書沒有攔我，我輕輕鬆鬆打開了他辦公室的門，進去。童遙從文件中抬頭，看見我，笑道：「妳怎麼來了？」我張口想興師問罪，但話到嘴邊卻變成了別的：「我來找你蹭飯。」童遙的眼睛繼續放在文件上，一邊問道：「平時不是打通電話就行了嗎？想去哪裡吃？」我道：「隨便。你決定。」話說到最後，顯得有些無力與失神。童遙也察覺到了這點，他再度抬起頭來，用眼睛打量著我，「妳有事？」我說：「我想告訴你。剛才我告訴了雲易風，說我不願意成爲他的女人。」童遙慢慢合上文件，他垂著眼，睫毛闔下，遮住了眼中那道一閃而過的光，「是嗎？那他怎麼說？」我道：「他不同意，他認爲我是因爲溫撫寞即將回來，而拒絕了他。」童遙繼續垂著眼，「那麼，是這個原因嗎？」

我沒有回答，我只是看著童遙，我和他對視著，想要看進童遙的心裡。我想看清，他嬉笑的背後究竟有些什麼，但是我看不見，我從來都知道童遙不是個簡單的人，只是我從來都不願提防他。因爲我覺得童遙不會算計我，不會傷害我，眞的，這就是我對童遙的看法。我以爲，我和他是掏心掏肺的朋友。可是現在我忽然發現，童遙背著我做了很多事情，很多我無法理解的事情。我有種被背叛的感覺，被一個我認爲最不可能傷害自己的人傷害，那種痛與悶是不能言語的。

我質問：「爲什麼你要告訴雲易風，爲什麼你要告訴他關於溫撫寞的事情？」童遙的表情有那麼一瞬的凝滯，但很快又泛起了笑的波紋，「妳在說什麼呀？」我的聲音不知不覺間開始變得尖銳，是一種能劃破紙張的那種尖銳：「我在雲易風身上聞到了你的菸味！你去見過他，是你告訴他溫撫寞要回來了，甚至還告訴他溫撫寞和我之間的關係！還有，去年的同學會也是你一手安排的，你知道溫撫寞不會去，你故意放出假消息，是你害我和盛悠傑分手！」人在氣頭上，說的話都是偏離事實軌道的。我當然明白，我和盛悠傑分手的原因出在我們自己身上。可是那次的同學會卻是個分水嶺，決定我和盛悠傑分手的分水嶺，而這個分水嶺居然是我最要好的朋友暗中製造出來的。我在乎的是，爲什麼童遙要在背後使出這麼多手段，我還以爲我們是最好的朋友，可是他卻在背後算計我。我在乎的，不是他做這些事情的後果，而是他爲什麼會做出這種舉動。或許，童遙根本就沒有當我是朋友。我的聲音未見緩和，繼續朝童遙襲去：「童遙，你究竟想做什麼？你是不是覺得算計人是一件很好玩的事情，你把我耍得團團轉也是你的一種樂趣嗎？你爲什麼要插手我的感情生活？我並沒有這樣對你啊！」童遙只是安靜地承受我的詰問，他的安靜在我眼中是一種默認。我的脾氣不好，眞的不好，一發起火來便控制不住自己。我盯著他，「你爲什麼不說話？你覺得自己是神，是嗎？我知道，你童遙了不起，你聰明，你什麼都有，你想要什麼就有什麼……」

「不！」童遙截斷了我的話，他的臉上有一股深沉的安寧：「我有很多東西都得不到。」我無法理解他這句話的意思，此刻的我根本沒有心情加以深究。我的怒氣漸漸上升，我的語氣也帶上了刺，鋒利的刺：「我和誰在一起，跟你有關係嗎？即使是最要好的朋友，有些事情也是不能干涉的。你憑什麼做這些事情，是誰給你這種權力的。童遙，你以爲你是我的誰？」童遙靜靜地聽著，眸中有種散淡而遙遠的光流溢著。他那形狀比女人還要完美的唇開啓，淡淡光澤低調地閃爍著：「溫撫寞要回來了，他沒有和安馨在一起，這次……妳會和他在一起嗎？」我的腹中滿滿一團冷氣，說出的話也是薄怒的涼意和嘲諷：「童遙，你究竟想做什麼？爲什麼你總要進到我的感情生活中搗亂？」是的，已經兩次了。童遙籌辦了那次的同學會，他把溫撫寞的影子帶到我和盛悠傑中間；至此，我和盛悠傑開始有了間隙。而現在，他又在我說出答案之前，將溫撫寞的影子帶到我和雲易風中間；童遙是瞭解雲易風性格的，他很清楚，即使我今天答應雲易風做他的女人，那麼雲易風也會懷疑，雲易風會懷疑我是因爲想要報復溫撫寞，才答應做他的女人。如此一來，我和雲易風之間的關係便不可能正常發展下去。

我不明白，我眞的不明白，爲什麼童遙要這麼做？爲什麼他要一次次地打散我的戀情？

95 出走不成

爲什麼，爲什麼他要做這樣的事情。

我看著童遙，我想我的眼神是陌生的，因爲此刻的他對我而言，就是陌生的。我大膽地猜測著：「你是爲了讓我和溫撫寞在一起？搞出這麼多事情，就是爲了讓我和他在一起，是嗎？你以爲自己是我們之間的月老，是嗎？」此刻，童遙已經完全沒有了那副遊戲人間的愜意，他的臉上覆蓋著一層飄渺迷離的光，掠過那雙總是帶著戲謔的眼睛，掠過那挺立得恰到好處的鼻梁，掠過那飽滿水潤的唇。他看著我，輕聲道：「那麼，妳會和撫寞在一起嗎？」我冷笑，「只要我一天沒和他在一起，你就會繼續攪亂我的戀情，是嗎？」

我從沒想過，我會對著童遙冷笑。我和他從來沒有吵過架，他什麼事情都是依著我的，從一開始到現在，可是現在……我開始看不懂他了，眞的，我看不懂童遙了。我把手放在童遙那張紅木辦公桌上，光滑的桌面上，手，影影綽綽的。我緊咬下唇，輕聲道：「童遙，你不要再攪局了，我和誰在一起……和你沒有任何一點關係。」說完，我也沒看他，轉身，就這麼走出了辦公室。

我的腦子實在亂得可以，所以雙腳快速地移動著。我的耳邊是呼呼的風聲，我想用這些風讓自己冷靜下來。我在街上快速地走著，發洩著精力，發洩著怒火。周圍熙熙攘攘，到處都是人影，到處都是車輛，但是在我眼中這些彷彿都是幻影，都不存在。走著走著，我的身子猛地向右一側，一陣沉悶的痛立即在我右腳踝爆發開來。穿高跟鞋是需要技術的，穿高跟鞋快走是需要高超技術的，這不，我就華麗麗地拐腳了，只好趕緊坐在路邊的椅子上休息。這麼一痛，反而讓我的腦子清醒了許多。剛才我似乎對童遙說了很多重話，我也不知道這一次為什麼會這麼生氣。我和柴柴也不是沒有嘔過氣，但一般都是爭論個兩句，隔天就好了。沒想到童遙激怒了我，我卻氣得失去了理智，或許，我只有在他面前才最不設防吧。信任越多，傷害越大。抬頭，看向蔚藍的天空，太陽光淡了些，活像偽劣的人造蛋黃。

暫時將童遙的事情拋到腦後，我開始思考接下來會發生的事。溫撫寞回來後，我不知道雲易風會做出什麼舉動。當然，憑我對雲易風的瞭解，他還不至於使出什麼下三濫的手段。可是我害怕的，是他去到溫撫寞面前說些不該說的話；我是指，我不想再和溫撫寞糾纏上。我想了想，便拿起手機打電話給老媽。那邊的電話響了許久，直到我都準備掛上了，老媽的聲音才慢悠悠地傳來：「喂？」「媽，溫撫寞的媽媽有沒有說溫撫寞什麼時候回來？」剛剛回家時，刻意不去詢問溫撫寞的歸期，但現在情況有變，我必須瞭解所有情況才能早做打算。老媽的聲音很奇怪，於激動中有一絲綺靡的、強忍的喘息：「說是兩個星期後就回來。食色，妳終於想通了，我就說……妳會回心轉意的，撫寞這孩子……這孩子百年難得一遇呢……啊，死鬼，你輕點。」話說，愛我也做過不少次了，當然瞬間明白老父老母在做什麼。晴空之下，一道天雷又瞬間降落在我頭上。為了避免更大的慘劇，我準備隨便敷衍一下便掛上電話。但生我養我的那兩位不給我機會，我剛想開口說再見，那邊就傳來了低喘與呻吟——「寒竹……啊，啊，啊，用力！」「敏君……噢，噢，噢，抬高！」一股高壓電直接擊打在我身上。我四肢抽搐，面容扭曲，半身不遂，血脈倒流，青筋爆裂，喉頭發乾，腦細胞瞬間死亡大半。在那片刻，我做出了一個舉動，我把手機扔進了旁邊的垃圾桶；這是燒錢的行為，也是迫不得已的行為。呆滯地坐了一個小時，我才有力氣起身，回到自己的家。

一踏進屋子，我就察覺到不對勁了——這屋子是童遙送的，現在我和他都鬧翻了，還住在這裡，實在有些說不過去。但不住這，又能住哪裡？老父老母那兒是不能住活人的，畢竟我又不是《封神演義》裡面的雷震子，能抵擋這麼多次天雷。想必是思考得累了，我的肚子開始「咕咕咕」直叫，於是跑到樓下喬幫主家，打算去蹭飯。誰知，猛地打開門，卻撞見一幅讓人鼻血狂飆的場景——喬幫主的下半身只包著一條白色浴巾，正呈現半昏迷狀態被綁在椅子上；綁著他雙手的，正是那亮堂堂、有著金屬質感的手銬，不是童遙那種趣味型的，而是貨眞價實的手銬。喬幫主的額頭上鮮血淋淋，那傷口我熟悉得很，絕對是柴柴用類似磚頭的東西拍的。我的猜想是有事實根據的，因爲，同樣只以一條白色浴巾堪堪包裹住自己身軀的柴柴就站在旁邊，手中拿著一塊鮮紅的磚頭，磚頭上還留有血跡。我目睹了一樁刑事案件。襲警。這罪名，可輕可重啊。哲人說過，越是緊張的時刻，越要鎮定。所以我深吸口氣，蹲下身子，歪著腦袋看向喬幫主……那被白色浴巾遮住的下體；話說，此時不看，更待何時？

我努力地瞇起眼睛，努力地想從一團黑暗中辨識出喬幫主的命根子。從喬幫主的外型，以及這些天被他榨成人乾的柴柴憔悴模樣，便可以看出幫主的命根一亮出來，絕對是驚天地泣鬼神等級；一經使用，絕對是飛沙走石鬼哭狼號等級，這輩子我雖然無緣享用，但總要看一眼才不枉此生啊。就在我差那麼一咪咪就能看見時，柴柴一把將我揪起。我連忙解釋：「我沒看清，什麼都沒看清楚！」差點忘記，再怎麼樣，人家喬幫主也是柴柴的男人，我居然就這麼光明正大地瞅著看，實在是找死。沒想到，柴柴壓根沒往這方面想，她道：「走，快去妳家，幫我找件衣服換上！」我問：「那喬幫主呢？」我不該問的。眞的，我不該多嘴的。因爲在我話音落下之後，我看見柴柴笑了。

那明眸皓齒，笑若三月桃花，明豔了所有人的心；我說過，每當柴柴這樣笑時，就會有慘絕人寰的事情發生，而這次遭殃的自然是喬幫主。柴柴手段狠絕，她居然逼我去醫院把取精室裡最經典的A片偷來，放進光碟機，按下重複播放按鍵，將音量開到最大。接著，她把喬幫主的椅子移到電視機前，可憐的、血流披面的喬幫主，被硬逼著觀看A片；觀看了，不僅沒人滅火，連自己也無法滅火，怎一個慘字了得？喬幫主的眼睛，在血柱之中圓睜得幽黑嚇人；反正，被他這麼一看，我的腳就開始軟了，但柴柴視若無睹，臉上依舊是那桃花般蠱惑的笑。她對著喬幫主道：「我今天就讓你嘗嘗慾火焚身的滋味！我要讓你的命根子一直處於堅硬狀態，一直充血，直到組織壞死。」柴柴的聲音甜滋軟綿，彷彿在說情話，但那話中語意卻讓人遍體生寒。黑寡婦，一等一的黑寡婦啊。一個柴柴，一個童遙，全是深沉人士，我這朵出淤泥而不染的聖蓮，亭亭然。擺弄完之後，柴柴拉著我回到我家，交代了事情經過——

喬幫主是個硬漢，他說過的話，通常都會做到。上次他說要讓量變引起質變，也就是要「透過增加做愛次數，達到他與柴柴之間關係改變」的目的。他確實這麼做了。這幾天，柴柴一直都被關在他家；當然，我也曾想過要冒險救出柴柴，但難度實在太高。喬幫主請了長假，整天都把柴柴按在床上，周而復始地做做做。我不敢和喬幫主正面衝突，畢竟下半輩子要蹭飯的時候還多著呢，所以我非常沒義氣地忽視了喬幫主的惡行。也因此，柴柴這位昔日的御姊成了小綿羊，被周而復始地蹂躪蹂躪再蹂躪；聽說那套套都快用了一整箱。在這樣的暴行對待之下，柴柴終於無法忍受。今天，她趁喬幫主去洗澡時，拿菜刀從陽臺花壇撬下了一塊鮮紅的磚頭。然後，埋伏在浴室外，等喬幫主一出來，馬上就對準他腦袋瓜子拍下去。緊接著，沒有一秒鐘的猶豫，柴柴馬上掏出事先準備好的手銬，將喬幫主綁在椅子上。最後，我就進來了，無辜的我，成了共犯。現在看來，我這屋子是更住不得人了——等喬幫主脫了險，第一件事肯定是上樓來滅了我。

柴柴說，她要回家收拾東西，之後來趟長途旅行。我仔細想了想，這裡發生的事情眞是一團糟，繼續待下來只能增加自己的煩惱。所以我決定了，我要和柴柴一起去旅行。誰知，就在我們將一切收拾妥當，準備招輛計程車去機場時，被人給攔了。是雲易風的手下。人高馬大的兩個手下，用恭敬卻不容拒絕的語氣道：「大嫂，雲哥要我們帶妳回去。」柴柴疑惑地看我一眼，「大嫂？妳什麼時候變身成大哥女人的？」我握住她的手，忽然吼道：「說來話長，逃命要緊！」說完，我倏地拉起柴柴往前狂奔。但一來，我的腳本來就扭傷了，跑不快；二來，那兩個手下自然也非等閒之輩。所以，他們很快便逮住了我們，一人揪住一個，往車裡一塞，接下來火速發動油門，把我們綁架到雲易風家去了。

……

雲易風還是和上次一樣，坐在沙發上看著我。他手中端著一杯酒，琥珀色的液體在透明玻璃酒杯中緩慢旋轉，旋轉出流利的光華。他那雙深沉的鷹眸，就這麼盯著我。我無奈地歎口氣，「你需要用這種手段嗎？」雲易風反問：「那麼，妳需要逃跑嗎？」柴柴插進話：「你們需要打啞謎嗎？」我將嘴湊近柴柴的耳朵，用最簡潔的話語講述了這幾天發生的事。

柴柴「噢」了一聲，表示明白了，接著她問雲易風：「你把我們抓來，是想關著我們嗎？」雲易風用他拿著酒杯的手朝我一指，剛平靜下來的酒液繼續晃動，化成漣漪，圈圈拂動，「我只是想抓她……妳可以走。」柴柴抬起一雙美眸將這屋子上上下下打量一番，撫腮沉思片刻，問道：「可以看在食色的面子上，收留我幾天嗎？」雲易風表示無所謂。柴柴立即拋下我，在小弟的帶領下去尋自己鍾意的客房了。

客廳裡只剩我和雲易風，反正也出不去，我便大大方方地在他對面坐下。

96 病危通知書

雲易風將酒杯湊近唇邊，他的唇與透明的玻璃輕觸著，他的眼睛則透過琥珀色的液體看著我。

我清清嗓子，道：「給個建議，你應該把杯子拿高些。」雲易風問：「爲什麼？」我稍稍抬手，指指他的眼睛，道：「這樣才好接住你因爲瞪我而掉出來的兩顆眼珠。」雲易風愣了一下。這麼一來，他的眼神緩和了些，我便趁機開口：「雲易風，你究竟想做什麼？」雲易風問，但口氣已經恢復了平靜：「妳爲什麼要跑？」我道：「因爲這裡的事情太亂了。」雲易風的嘴角微抿，「是因爲想逃避我？」我將雙手放在後腦勺，身體往沙發背上一靠。視線忽地轉移，來到了天花板上，屋子的天花板刻著浮雕式樣的花紋，我用眼神細細描繪著。我的歎息聲，小得幾乎聽不見：「我要逃避的，何只是你。」但雲易風還是聽見了，他道：「妳認爲，我聽見這話會比較開心嗎？」我的眼睛繼續望著天花板，「沒關係，那你就陪我不開心吧。你現在看清了吧，我是個多麼自私的女人。」雲易風的聲音在我的右耳響起：「妳是在刻意推開我嗎？」我說的是眞話：「我只是在提醒你而已。」雲易風沉默了，我的耳邊隨即傳來一陣酒液在喉結中滾動的聲音。下一秒，我問出心中早已知道答案的問題：「雲易風，童遙來找過你，是嗎？就是他，告訴你溫撫寞的事，是嗎？」雲易風還是沉默。這時的無聲，含著默認的意味。

「我和他吵架了。不，應該是我對他發了很大的火，說了很重的話。」我的聲音軟軟的，很無力的樣子。我也覺得奇怪，爲什麼我要告訴雲易風這些事情；或許，在諸多煩心事之中，這件尤其令人煩惱。我當然並不期望雲易風能幫我分憂解難，畢竟他本身就是我的煩惱之一，我只是把他當成一個能讓我說出心裡話的聽眾。

但雲易風卻反問了我一句：「那個童遙，和妳是什麼關係？」我脫口而出，但頓了頓，又道：「朋友……非常要好的朋友；不過，是在今天之前。」雲易風問：「怎麼，你們絕交了？」我再次歎息，努力地想將心中的濁氣排解出去：「我不想這麼做，但我覺得經過今天那一場架，我和他的感情想必會有裂縫了。其實，童遙也算是好心吧，只是……」只是他不知道，兩個人之間的感情，旁人插手，只會越來越糟。我正想著，那廂，雲易風便嗤笑了一聲：「好心？不見得吧。」我陷入了雲裡霧裡，「嗯？」雲易風飽含深意地說著：「那個人，很不一般呢。」我的脖子一直擱在沙發背上，久了，有些痠痛，「我知道。他的公司能發展到現在這個地步，我可不會天眞地以爲他是什麼身家清白樂善好施、誠實守信內心純良的大好青年。只是……我沒想到他會用那種對付別人的手段對付我……這太叫我傷心了。」雲易風嘴角扺出一個弧度，低聲道：「他對付最多的人，恐怕就是妳吧。」我眉間皺緊，「什麼？」雲易風輕輕瞄我一眼，不再說話。

既然他不說話，那只有我來說了：「你把我抓來，究竟要關我多久？」雲易風道：「我是爲了防止妳逃走，所以就等那個叫溫撫寞的傢伙回來吧。」我問：「有意義嗎？你不過只是想分出個勝負而已。」雲易風放下酒杯，「妳是這麼認爲的？」玻璃杯與桌面發出一道清澄的響聲。我說出自己的看法：「如果不是因爲聽說了溫撫寞的事情，你或許早就放棄我了。」雲易風瞄我一眼，「妳就這麼看低自己？」我搖搖頭否認，「倒不是我看不起自己，而是我覺得，你是個講理的人。」雲易風的眼神帶著一點綿意，「可是，感情這東西是最沒道理可講的。」我嘀咕：「你看待我，不過是臭豆腐般的感情。」雲易風皺眉，「什麼？」「說了你也不懂。」

我繼續蜷縮在沙發窩中想把身子縮進去，身邊卻忽然起了一陣壓迫感，是雲易風靠近了。我不動聲色地挪動屁股，他也不動聲色地靠近；我繼續挪，他繼續靠近。終於，我挪到了沙發邊緣，抵在扶手上，無路可走。我雙腳用力，準備起身。但雲易風快我一步，我才剛起了移動的念頭，他就壓了上來；就這樣，我被他抵在沙發角落裡。看著他那雙在陰影中深沉如海的鷹眸，我的身子有些發緊，「你又想霸王硬上弓？」雲易風仔細地、專注地看著我，看得我一顆心像落在針尖上。最近忘記敷面膜，黑頭粉刺想必有點多，如果這樣雲易風也能下得了手，那我也只能佩服他了。雲易風就這麼看著我，臉上是蜜色的、沉靜的大海。半晌，他才開口：「我在看，妳究竟是一個怎樣的女人。」我脫口而出：「一個再正常普通不過的女人。」雲易風低笑，「說反了吧。」他靠得我很近，那挺立的、略帶銳利的鼻梁時不時碰觸著我的臉頰。他的氣息噴薄在我的毛孔中，傳遞著一種野性。

雲易風鎖住我的眼睛，「妳的心裡究竟有沒有人？」我一向是個誠實的孩子，「有。我談過兩次戀愛，所以心裡有兩個男人。」雲易風的輪廓蒙上了一種魅惑的深沉，「還住得下其他人嗎？」我道：「我在找，在找一個適合的人。」雲易風問：「那麼，我可以成為那個人嗎？」我繼續做誠實的乖寶寶，「我試過了，好像不行。」雲易風的眼眸黯淡了瞬息，「為什麼？」我的語氣也是困惑的：「我不曉得。這種事情似乎沒有人能說得清。」雲易風看著我，良久，他道：「我不認輸。妳也說了，那個人還沒出現，那麼我就有機會，不是嗎？」我沒有正面回答，只是忽然問道：「你告訴易歌這件事了嗎？」雲易風愣了愣，接著道：「沒，還沒有。」我問：「為什麼呢？」雲易風道：「沒有必要。」我沒有再問。突然覺得很慶幸，還好我沒愛上雲易風，否則小乞丐那邊也很難處理。

雲易風岔開話題：「聽起來，當時妳好像愛那個叫溫撫寞的人很深。」我道：「只要和我談過戀愛的，我都愛得深。人只能活這麼幾十年，不管結果如何，每次戀愛我都會讓自己認真去愛。」雲易風道：「看來，做妳的男朋友似乎是一件好事。」我搖搖頭，「不見得，很辛苦。」雲易風的眼中暈染著一絲熾熱，「如果是這樣，我也想辛苦一回。」然後，他的臉又慢慢向我靠近，我的頭努力往後仰著，脖子，都快折斷了。我當然知道雲易風想做什麼，但而今眼下我不想再生出什麼事端，所以只能費勁地躲避著。但脖子彎曲的弧度也是有限的，當我無法再後退時，雲易風的手捧住了我的臉頰。

他的唇緩緩地朝我湊近……三公分，兩公分，一公分，眼看我們的雙唇就要碰觸，眼看剛開始有些清晰的關係又要混淆，在這一刻我下定了決心。犧牲形象，拯救貞潔——所以，我不顧顏面神經癱瘓的後果，將上下唇瓣交錯；具體來說，就是將上唇用力往左撇，下唇用力往右撇，而雙眼則鬥雞在一起，那模樣就像中了傳說中的「面目全非腳」，怎一個慘烈齷齪癡呆了得。正如我意料中的那樣，雲易風深吸了一口冷氣，然後放開我，眼神，無奈中還帶著一股幽怨。「算妳狠！」雲易風拋下這句話，走人。我那個得意啊，就不信面對這樣一張臉，你還能吻得下去。

……

柴柴想必是被喬幫主折磨慘了，所以一到雲易風家，她就開始睡覺。我悄悄潛入她所在的客房，轉進她的被窩，摸了她的胸部一把，成功將她喚醒。柴柴沉靜地威脅著：「給妳三秒鐘離開我的房間，不然妳就會馬上消失在這個世界上。」我道：「別這樣，妳都睡了大半個晚上了，該起來說說話了。」柴柴一直閉著眼，「那就長話短說。」我道：「溫撫寞要回來了。」柴柴的聲音還是飽含著睡意，「妳該不會還想著他吧。」我道：「我決定，關於見不見他這件事，順其自然。」柴柴睡意濃濃，「那，還有什麼好煩惱的。」我沒有讓柴柴睡覺，「還有一件事，就是我和童遙吵翻了。」聽到此，柴柴總算將眼睛睜開了一條縫，「童遙？他會跟妳吵架？」

我將雙手舉在空中做出飛鳥的姿勢，投射在牆上，「他做了很過分的事情。我剛剛才發覺，原來他一直在攪亂我的戀情。」柴柴的眼睛又睜開了一咪咪，「爲什麼？」我猜測：「我想，他是爲了讓我和溫撫寞復合。」柴柴輕笑，「他想當小紅娘？」我的手勢繼續變換著，牆上又出現了一隻小狗，「想必是。所以我今天惡聲惡氣地告訴童遙，說他根本就不是我的誰，沒有資格管我的事情。」柴柴這次完全睜開了眼睛，「那，童遙怎麼回答？」我的手痠了，無力地放下，牆上又恢復了無物的灰白，「他沒說什麼。但就因爲他什麼也沒說，我覺得他生了很大的氣。」柴柴將手放在嘴巴上打了個哈欠，道：「童遙不會這麼小氣的，我好像從來沒見過他生氣。」「我也是……不，我好像曾經見過他生氣。」我的腦海瞬間閃過一個畫面，但速度太快，我無法看清。柴柴再次打個哈欠，看來瞌睡蟲又纏上她了，「什麼時候？」我皺眉，「我也忘記了，但我確實記得他曾經對我生過氣。」

柴柴說著便起身，悉悉窸窣地穿上拖鞋就要往外走，「妳慢慢想吧，這張床讓給妳睡。」我問：「那妳要去哪裡？」柴柴睡眼惺忪地拍拍嘴，「去妳房間睡。」我將柴柴的包包遞給她，囑咐道：「把磚頭帶著。記住，放在床頭。」柴柴的睡意實在太濃，也沒力氣細問我爲何要她這麼做。這天晚上睡到半夜時，我聽見隔壁房間傳來一道敲擊聲，以及……一個男人的悶哼。第二天一早，我在走廊上看見了雲易風，他的腦門有一大塊青紫。睹此情狀，我的嘴咧到了耳根上。雲易風的眼睛裡含著碎冰，朝我射來，「妳是故意的。」我聳聳肩，接著笑道：「是你自己使壞心眼。怎麼樣，柴柴的磚頭還不錯吧？」就知道雲易風到了晚上會使壞，憑我的身手反抗起來確實有一定難度，但手上有了磚頭的柴柴，那可是個見佛殺佛遇神滅神的傢伙。所以，將柴柴誤認爲是我的雲易風，絕對是隻自動送上門挨砸的小綿羊。

……

柴柴在雲易風家住得不亦樂乎，有吃有喝有玩的，而且還可以遠離喬幫主，這裡簡直成了她的樂土。而我待了三天之後，便開始有些發悶；就這麼閒著也不是辦法，我的手開始發癢，很想回醫院繼續荼毒廣大男性同胞的小弟弟們。想必是確定我不會跑遠，雲易風也就不再限制我的行動。但當我準備離開時，一群額頭上一塊塊青紫累疊的小弟悄悄跑來，眼含熱淚地懇求道：「大嫂，就算妳要逃跑，也請把妳那位總是拿磚頭招呼人的朋友帶走先，我們的腦袋可不是石頭做的。」這幾天，想必屋子裡活著的生物都被柴柴砸過一遍，確實苦了他們了。我拍拍小弟們的肩膀，道：「同志們，天將降大任於斯人也，必先苦其那啥啥的。你們就忍忍吧，砸多了，麻木了，就不痛了。」說完，我無情而殘忍地拋下了他們，去了醫院。

我一向有自知之明，認爲自己的醫術並不高明，只是保持在治不死人的水準之上。但這次一回去，我就接到一個讓我訝異的消息——有名病患指名道姓要我爲他動手術。難道是，他只相信我的醫術？我心裡的那個花，滿山怒發啊。而當我看清那名病患時，心情更加激動了。趙公子，來的人居然是趙公子。看見我，趙公子臉上有種視死如歸的表情，他說：「願賭服輸，上次我跟童遙賽車輸了，按照約束，我來讓妳幫我做生殖器整形手術。」想不到，趙公子還是有點擔當的，我對他的好感上升了那麼一咪咪。多了點好感是一回事，手術還是要動的。

正當我熱火朝天地準備時，趙公子忽然說道：「對了，童遙的傷勢怎麼樣？」我一頭霧水，「什麼？」趙公子重複著，並鄙夷地嘀咕道：「我說，童遙的傷勢怎麼樣了？妳才幾歲啊，就耳背了！」我將手中的手術刀往趙公子面前的桌上一插，問道：「什麼傷勢？他什麼時候受傷了？」看著那刀，趙公子瑟縮了一下，吞口唾沫，道：「九號晚上啊，怎麼，妳不知道啊！」九號晚上，也就是我去找童遙理論的那天晚上。我急切地問著，語速快得驚人：「他現在在哪裡？傷得嚴重嗎？」趙公子攤攤手，嘴角露出一絲愜意的笑，「我怎麼知道，我和他是死對頭啊。不過，我希望他傷得越重越好。」那笑意非常刺眼。我起身，用和緩的語氣告訴他：「我現在要去看童遙，沒空替你做手術，不過，我會幫你推薦我們醫院裡醫術最好的一名醫生爲你主刀的。」接著，我喚來護士小劉，把嘴湊在她耳邊，用陰狠的聲音道：「去把那個實習醫生叫來替他主刀。」小劉倒吸一口冷氣，「寒醫生，妳是說要找……走後門進來我們醫院、差點割斷病人生殖器的那個實習醫生？」我看了眼趙公子的背影，一字一句地說道：「沒錯，就是他。」

待算計趙公子妥當之後，我想打電話給童遙，這才想起，手機在幾天前就被我扔進垃圾桶裡了。於是我借用同事的電話打給童遙，但他的手機關機，我的心頓時沉到了谷底——童遙的手機一向是二十四小時全天候開機；關機，不就表示他傷得很重？我開始慌了，想打給耳釘弟弟，但不記得他的手機號碼，便只能打電話到耳釘弟弟開的酒吧，費了許多口舌，終於弄到號碼，找到了他。這時，從我知道童遙出事開始，已經過了半個小時。我連指腹都開始出汗，手機拿在手上，滑了好幾次。

那邊，耳釘弟弟的聲音也是挺焦急的：「姐，我到處找妳呢，童哥出事了。」他這麼一急，我更慌了，一顆心像烙在鍋裡的餅似的，一句話也說不出來。耳釘弟弟繼續說：「姐，我打過電話給妳，結果妳的手機關機；找到你們醫院去，他們又說妳沒上班。」我的喉嚨乾得像冒了煙。「後來，我又去妳家找妳，結果敲了很久很久的門也沒有人應。再後來，妳家樓下那個警察陰沉著臉告訴我，說妳和柴姐已經失蹤好幾天了，說如果找到妳們要我馬上通知他……」我的心已經焦成了黑糊糊。終於，我大吼一聲，制止了他的囉嗦：「童遙到底在哪裡！」我是站在醫院大廳中講電話的，這麼一吼，所有人的目光都聚集在我身上。但我一點也不在意，我只想快點到童遙那裡去，我想快點看見他。耳釘弟弟忙不迭告訴了我。

像腳下踩著風火輪般，我「嗖」地來到了童遙所在的醫院。在病房外看見了耳釘弟弟，我忙衝上去，問道：「怎麼樣？」耳釘弟弟搖搖頭：「姐，妳來晚了。」我的腳瞬間變成了一灘泥，根本支撐不住身子，我覺得自己像在坐遊樂場的咖啡杯轉轉椅，一陣天旋地轉。但耳釘弟弟接著說道：「十分鐘前……童哥已經從加護病房轉到普通病房了。」我靠著牆，喘了一分鐘的氣。回過神來後，我一個箭步衝到耳釘弟弟面前對著他一頓暴打；這小子該多說的時候惜字如金，不該多說的時候又廢話連篇。慘叫聲在醫院走廊上持續了十分鐘，等打得沒力氣了，我才慢悠悠地問道：「究竟是怎麼回事？童遙是怎麼受傷的？」耳釘弟弟捂住被我打腫的眼睛，怯生生地回答：「九號那晚，童哥也不知怎麼的，心情特別壞，就到濱江路上飆車。平時童哥飆車都很有分寸的，可是那天，他很不對勁，像不要命似地猛踩油門，車速像在飛一樣，結果在拐彎處，沒來得及轉，就這麼撞上旁邊的圍欄，車就翻了。送到醫院沒多久，醫生還下了病危通知書，可嚴重了……」我怔怔地聽著。耳釘弟弟每說一句，我的血液就冷一分。病危通知書。童遙，曾經，離死亡這麼近。耳釘弟弟猶有餘悸，「還好，童哥撐過來了。姐，妳沒看見那時的場面，實在太可怕了，童哥被救出來時滿身都是血。」「別說了。」我握住自己的手臂，身上像有恐懼的螞蟻在不斷地攀爬，如果童遙……我真的不知道該怎麼辦。

耳釘弟弟囑咐：「姐，等童哥醒來，妳一定要好好勸勸他，天涯何處無芳草。」我不明所以，「什麼？」耳釘弟弟猜測：「雖然童哥一個字都沒提，但我猜，他是和他那個老婆分手了，才會去飆車發洩情緒的。」我對耳釘弟弟的無窮想像力感到很無言：「不知道就別胡說。」童遙應該是被我罵了，感到氣不過，才去飆車的。本來，他想當個紅娘，結果卻被我這個當事人罵得狗血淋頭，能不鬱悶嗎？想到我差點害童遙丟了一條命，恨不得打自己一頓。但耳釘弟弟不服氣，開始分析給我聽：「絕對是，我沒亂說。因爲童哥上個星期才說他以後不再飆車了。」我好奇：「童遙說他不再飆車？爲什麼？」耳釘弟弟回憶道：「童哥說，他老婆怕他飆車有危險，禁止他這麼做。童哥還說，沒辦法，他得聽老婆的話。」聞言，我心裡有種奇異的感覺，但確切是什麼感覺也說不上來。我沒有再問，不敢再問，也不再多想。耳釘弟弟繼續道：「可是，九號那天晚上童哥忽然來到濱江路，臉色很不好，見他準備飆車，我就開玩笑，說大嫂不是不讓你飆嗎？童哥輕輕笑了笑，什麼也沒說，就上車了，再然後……就發生了那場意外。」耳釘弟弟總結陳詞：「所以，我猜一定是童哥和嫂子之間發生了什麼，他才會去飆車……」我打斷了耳釘弟弟的話：「我進去看看童遙。」接著，我走進了病房。

迎面而來的，是醫院裡特有的消毒水氣息。童遙靜靜地在床上躺著，雙眼緊閉。他的嘴唇因失血而變得蒼白，帶著一種別樣的孱弱。他窄窄的鼻翼正微微翕動著，而每一下的翕動都讓我心安；至少，那代表他還是活著的。我在病床邊坐下，目光停留在童遙俊逸的面容上，沒有絲毫轉移。我的身體是靜止的，但思維卻沒有停頓，我忽然想起以前的事情來。想起第一次看見童遙時，他頭上反戴著軍帽，斜靠著坐在點綴著細小白花的樹下，痞子般地笑著；想起他在我補考八百公尺長跑時，拉著我的手用力向終點衝；想起他上晚自習前，總喜歡坐在我背後扯我的馬尾……我想起了很多很多，甚至還有他對我發的唯一一次火——

那是高三下學期，就快大學考試時發生的事。因爲時間不很充裕，中午時分，家裡住得遠的學生都會選擇留在學校吃飯，之後便在教室午睡。有一天，我睡得迷迷糊糊的，忽然覺得有道目光正盯著我。睜眼，發現童遙不知何時坐在我身邊，正低頭往自己物理課本上勾畫著什麼。睹此情狀，我的瞌睡蟲立即醒了；要知道，童遙這人可從來不會在書上做筆記。所以我伸手就去搶他的書，想看看他究竟在勾畫些什麼。可是童遙卻一把將書本合上，怎麼也不肯給我看。爭搶之中，我忽然腦筋一轉，假裝被他碰傷了眼睛，大叫起來，童遙慌了神趕緊過來查看。我趁機將他的物理課本搶過來快速翻開，但還沒來得及看，童遙猛地便把書從我手中抽走，而且神色中含著一種惱怒。接著，他就地把那本書扔出了窗外，最後他理也不理我，自顧自地走出了教室。我被他這頓氣弄得糊裡糊塗的，覺得他這是青春期爆發。不過等他回來時，手上已經拿著我最愛的果凍，笑嘻嘻地說請我吃。我一看，頓時將剛才發生的事情忘到九霄雲外。

這就是童遙唯一一次對我發火的經過。正想著，床上的童遙眼皮動了動，他醒了。

97 他的逼近，我的逃避

我屏住呼吸，目不轉睛地盯著童遙的眼睛。

那細緻濃黑的睫毛緩慢地忽閃了兩下，接著，那雙時常含著不羈笑意的眼睛睜開了。陽光斜照之下，童遙的眸子似乎蒙上了一層清淡的迷茫。他的目光先是駐留在天花板上，接著以很慢的速度在室內游移，最終落在了我的臉上。我扯出一個平常的笑，「你醒了，沒事吧。」童遙也不回答，只是用一雙淺褐色的眸子看著我。那眸子像是最上等的寶石，閃著質感的光澤；又像一面鏡子，上面映著一些過往。我不太敢看他的眼睛，便垂下頭，用睫毛遮擋住視線，道：「我去找醫生來幫你檢查一下。」說完我便起身，但童遙阻止了我：「食色，等一下。」他的聲音很輕，平和到了極致，裡面似透露出一種澈悟與決心。我的身上開始有一隻名叫焦躁的小蟲在攀爬，我似乎有點明瞭童遙即將要說的話，可是我沒有膽量聽，我甚至沒有膽量去想，我只能重新在病床前的椅子上坐下。

童遙的右手腕處插著點滴管，透明的液體就這麼一點一滴地進入他幽藍的血管中。這時，他的右手動了動。我連忙按住，「你在打點滴，別亂動，不然等會兒……」我的話因爲童遙的一個動作，而生生哽在喉嚨處——童遙握住了我的手。他的手因爲打點滴而有些冰涼，可我卻感覺像一股灼熱的火熨燙著我的肌膚。思緒停頓片刻之後，我回過神來，下意識便想掙脫自己的手。但童遙沒有放手，緊緊將我的手握在掌心，他費了很大的力氣，不容我逃脫。我嘴角開始僵硬：「我有手汗，別握了。」我一直低著頭，但還是感覺得到童遙的目光一直覆蓋在我臉上，像一張無形的網，我越掙扎它越緊密。童遙的聲音含藏著從未有過的淡靜：「食色，我記得自己剛死裡逃生。」童遙不愧是童遙，他永遠知道怎麼做能讓我妥協。我不能違背一個剛從死亡線上掙扎而出的人的意願，我必須聽他的話。所以我安靜了下來，整間病房也安靜了下來，只餘午後陽光靜謐地流轉，散落在窗櫺上，地板上，還有我和童遙身上；而童遙的敘述，也是靜謐的——「我撞車之後，只聽見一陣嗡嗡的聲響，之後眼前便一片漆黑。我感覺全身很累，全身快散了，連睜開眼睛的力氣也沒有。好像有很多雙手在擺弄我的身體，還有人在喊我的名字，可是那時的我很累了，真的不想理會。我似乎來到一條黑黝黝的小道上，走了許久，前面才有幽綠的光線。不知爲什麼，我知道一旦我走進去，就再也回不去以前的世界。這時我忽然意識到，我不能死，我還有事情沒做。所以，我努力止住腳步，停止前進。」童遙一直握著我的手，似乎有什麼東西正隨著他的手臂一點一滴傳入我的血管之中。我的喉嚨像被蛋黃哽住，上不來也下不去。我想阻止童遙說下去，卻沒有那種能力，所以童遙繼續說著——「當時，我在想，如果我能醒來，我一定要告訴一個女人……我愛她很久了。」我喉嚨中的蛋黃不斷膨脹，手心也開始有了汗珠。

童遙的聲音繼續進入我的耳中：「寒食色，我愛妳很久了。」聞言，我的心一窒，隨後像打鼓一樣叮咚咚地響個不停；那陣仗，我想方圓一里之內都能聽見。房間內的空氣開始稀薄，因爲我的呼吸開始不暢。沒錯，童遙說出來了。是的，自從剛才聽了耳釘弟弟的一席話，我開始朦朦朧朧地意識到了這個可能性——「童遙口中的老婆，可能是我嗎？」上個星期，就是我勸童遙別再飆車的，但這個念頭剛剛萌芽，就被我拿了塊大石頭壓住，不願再多想。可是現在，童遙將一切都挑明了，他將答案明明白白擺在我面前。我可以閉上眼，不看；我可以咬住嘴，不說；但是，我堵不住耳朵，我必須聽。童遙繼續說著，那聲音清澈見底：「妳那天說，不論我想得到什麼，我都能得到，我原本也認爲事實是如此。從小，我便很幸運地獲得了很多別人豔羨的東西，而那些不易到手的，我也能耐心地、一步步地憑著自己力量和手段取得它們。可是……寒食色，妳是一個例外；妳近在咫尺，我卻連妳身邊的空氣也掌握不住。」童遙一直握著我的手，那股力量含藏著一種堅定。我覺得自己額前那一小撮瀏海都快被他的眼神烤焦了，他的鎮定讓我再也假裝不下去。可是，我的腦袋卻像被一場海嘯襲擊過，所有思維能力都被沖刷得乾乾淨淨，什麼也不再剩下。

我只能呆愣看著童遙握著我的手，恍惚地問道：「怎麼可能呢？怎麼可能呢？」是啊，怎麼可能呢，童遙一直喜歡我？怎麼可能呢？童遙不急不緩解答著我的疑問：「我太過自信，我一直認爲自己會是妳生命中最後的那個人。所以，我就在妳身邊慢慢等待著，我在等待最佳時機；就像我在商場上那樣，在暗處潛伏，瞅準機會，伺機將其他公司併吞。妳獨自傷懷的那五年，我在等；妳和盛悠傑交往的時候，我在等；妳和雲易風糾纏的時候，我也在等……我在等待，等待那個妳能打開心接受他人的最好時機。我原本想等到溫撫寞回來，等到妳確信自己願意尋找新的良人時，再出現。可是經過這次的意外，我害怕了，或許我在某一天便會忽然死去，而那時妳卻還不知道我的心意……我是不會甘心的。或許，現在這一刻是最壞的時機，但我還是要說出來。」童遙的聲音，在這時達到了清澄的極致：「寒食色，看清楚，妳的身邊一直有個我。」當童遙的聲音消失後，病房中重新恢復了靜謐，但我的耳朵卻是嘈雜的。我聽見了微塵在空中降落的聲音，我聽見了血液在身體中奔流的聲音，我聽見了細胞驚慌失措的聲音；那些聲音組成了交響曲，一股腦地朝著我的大腦湧來。我無措了，而當我無措的時候，我會做出很多匪夷所思的事情，比如說現在。我抬頭木楞楞地看著童遙，看了許久；接著，我深吸口氣，一個音節從喉嚨中爆發出來：「啊——」在學習世界男高音帕華洛帝引吭高歌的同時，我的腳也學習牙買加飛人閃電波特百米衝刺。我迅速甩開童遙握住我的手，轉身，一邊大叫，一邊衝出了病房。

我不知道自己神經錯亂了多久。但當我再度回過神來，我已經站在自家屋子的浴室裡。鏡中的我，像個瘋婆子，頭髮凌亂，衣衫不整，猶如被哪個不長眼的凌辱過一般。我想我確實是要瘋了，童遙剛才說的那番話絕對有讓我瘋狂的魔力。我覺得一切都像是在做夢，我開始不斷拔扯著頭髮，直到拔得我腦門都快禿了，還是沒能平靜下來。我的頭開始痛了，是一種脹痛，因爲我的腦子裡塞了很大一個名字——「童遙」，我痛得不知所措。再這樣下去我想必會爬上窗戶往下跳，所以在精神瀕臨崩潰的前一秒，我吞下了安眠藥，我要睡到海枯睡到石爛，睡到滄海變成桑田。但不知是否因爲我有了抗藥性，還是這次的事情實在太嚴重，總之我並沒有像以往那樣睡熟。我睡得迷迷糊糊的，而每當將醒未醒之時，我就繼續及時地吞安眠藥，力求自己保持在一種混沌的、無法思考的境地。我不知道自己睡了多少天，但我覺得似乎很多人來找過我。老院長打來過一通電話。在電話那頭，他語重心長地說道：「寒食色，妳個仙人板板噢，妳個倒楣的娃兒噢，妳嗯是不來上班了邁！」我僞裝成客服人員標準語音告訴他：「您撥打的用戶已成仙，有事請求籤。」接著，便果斷掛斷。我還記得，雲易風也打了電話來要我回去，而我，則客氣地要他去死。眼見威脅無效，雲易風沉默了一分鐘，最後說出了底線：「至少，妳得把妳的朋友帶走。」就在通話之中，那邊又傳來幾道磚頭拍腦門的聲音，以及幾道小弟慘烈的叫聲。我道聲珍重再見，繼續睡。接下來，是喬幫主來敲門；我打開門，沒等他開口，就把柴柴的藏身處一五一十清清楚楚告訴了他。終於，所有的瑣事都歸於平靜，我這才安安靜靜地睡了。

當我自然醒來時，已經是三天後的中午。我躺在床上，用手捂住眼睛……陽光有些刺眼。腦細胞成功地睡成了一灘水，在腦子裡搖啊搖浪打浪；打得正歡時，有道輕輕的敲門聲傳入我的耳朵。此刻，腦子是一灘水的我沒有多想，掙扎著起來，打開了門。但當我看清門外的人時，腦袋瞬間膨脹成機器貓小叮噹那麼大。童遙，是罪魁禍首童遙。回過神來，我馬上準備關門，但童遙卻輕巧而敏捷地側過身進來了。我們對視著，默默無言，氣氛有些尷尬。童遙的額頭包著白紗布，右臂下則拄著拐杖，一副傷患模樣；臉色有些失血的蒼白，不過精神還是不錯的。我突然想到了什麼，問道：「你怎麼出院了？是醫生同意的？」童遙據實作答：「醫生並不知道，我是偷跑出來的。」我大驚失色，「你不要命了！才從加護病房出來沒多久，居然就敢偷跑出醫院！」童遙看著我，眸子裡開著一朵微笑的花，「總算恢復成以前的寒食色了。」被童遙這麼一提醒，我猛地憶起自己和他之間關係的變化，瞬間，又沉默了。童遙緩緩吐出一口氣，「看來，我又說錯話了。」我道：「童遙，你回去吧。受了這麼嚴重的傷，不該亂跑的……我找人來接你。」說完，我便拿起電話，準備打給耳釘弟弟，但有隻手忽然輕輕奪下了電話。我訝然回頭，望進一雙平靜而深沉的眼眸。童遙似乎是鐵了心要將一切都攤在陽光下，道：「是單純地擔心我，還是不願意見到我？」他要讓我的逃避無所遁形。

我不做聲，腳步輕移，來到廚房。即使沒有回頭，我也感覺得到童遙一直跟在我背後。我盡量不去看他，自顧自地從冰箱拿出番茄，準備做番茄蛋炒飯。睡了將近三天，肚皮早就開始唱空城計了。我將番茄放在盆中，用開水燙過，接著剝皮，鮮紅的皮就這麼一層層從我手中滑下。沒有了外皮的番茄，果肉溶溶的，失去了光鮮，像是眞相，但我的神經還沒強悍到能隨便接受這種眞相的地步，所以我像過往那樣習慣性地逃避著，竭盡全力地逃避著；就像現在，我在砧板上將番茄切成片。童遙站在我身邊，他那淺色的影子覆蓋在我身上，覆蓋在我手上，覆蓋在我心上。我的頭低得都快垂到砧板上了，還是不敢抬頭。氣氛就這麼繼續尷尬著，但老天好像還嫌我不夠煩心似的。這時，我的肚子忽然發出一道驚天動地的綿長響聲——咕嚕嚕，肚子餓了，實在是夠丟臉的。我心裡一慌，手上菜刀一歪，居然劃破了自己的食指；頓時，那血像大姨媽光臨的第二天一樣，洶湧而出。我還沒回過神，一旁的童遙當即捧起我的食指，放在自己嘴中；我的嘴微張，呈現驚訝狀態。童遙的動作是輕柔的，他就這麼含住我的傷口，並用舌舔舐著，一股暖熱與酥麻，就這麼從我被他含在嘴中的食指傳來。他的舌是柔軟的，輕舔淺嘗，拭去傷口處的疼痛。他用恰到好處的力道吮吸著我流出體外的血液。

此刻，我們站在窗邊，白濛濛的天光照射在童遙身上，爲他的側臉籠上了一層朦朧……他闔著眼，細緻柔軟的睫毛輕撫著眼眶下的肌膚；嘴唇的每一根線條都刻劃著完美，肉色的水潤湧動著無盡的風流。此刻的他像吸血鬼，優雅，蠱惑，神祕。我，看得呆了。我那殷紅的血從他的嘴角溢出了一絲，剎那間，將童遙略顯蒼白的臉龐映得更加魅惑。一條針尖似的小蛇從我指尖的傷口鑽入，進入我的體內，游絲般的孽就這麼徜徉在我全身。童遙抬起睫毛，用那雙隱藏著媚與魅的眸子盯著我，他開口：「食色，我並沒有要妳做些什麼，妳只需要知道身邊有個我……這就是我要的全部。」童遙說話時，依舊含著我的手指，話音有些混沌，像暈著一股靡麗的香氣。而我的手指也感受到了那種顫動，微微的顫動，和他的身體同一頻率。我再一次無措了，也就是說，我再一次做出了匪夷所思的事情。「啊——」我大叫一聲，將手指從他口中抽出，接著快速轉身，拔足狂奔。我奔出了自己家，奔入了喬幫主家，接著抱住丈八金剛摸不著頭腦的喬幫主，哀號一聲：「我要死了！」爲了表達我洶湧的感情，我張口對著喬幫主的胸部咬了下去。喬幫主渾身肌肉一緊，接著他無情無義地將我一推，我就這麼被甩在牆上，像泥巴一樣慢慢滑下。不知是餓了還是撞到了頭，總之我眼前一黑，成功地暈了過去；當然在暈過去之前，我得出了一個近乎眞理的結論——「童遙的段數，實在是高。」眼前的黑暗漸漸成了黯淡的黃，像舊照片的那種色調，我似乎看見了很多回憶……

我看見，在教室裡，當我做作業時，童遙一隻手枕著頭，輕輕在我耳邊唱著當時流行的一首歌：「……最愛你的是我，否則你怎麼讓我，否則我怎麼可能赴湯蹈火，你說什麼都做……」唱到一半他忽然停下，正經地說道：「寒食色，妳千萬別以爲，我對妳唱這首歌就是對妳有意思！」我的鋼筆歪斜了一下，接著覷他一眼，道：「童遙，你千萬不要以爲，我肯聽你唱這首歌就是對你有意思！」回憶像書頁，被一隻無形的手一頁頁地翻著。我看見，我坐在座位上吃東西，童遙來到我後面，拉著我的馬尾，故作痛心疾首地說道：「小色啊，妳吃下去的東西爲什麼全長在屁股上了？」我差點被哽死。我還看見，在我最不擅長的物理考試中，童遙只花了一小時便做完試卷，接著他起身，痞痞地斜揹著書包走出了教室；在路過我座位時，一張寫滿答案的小紙條穩穩當當地遞到了我手上。還有，他逼我來到籃球場邊，看他和別人比賽；場上，他接連投進了幾個三分球，引得所有人叫好，而每次投中，他都會轉向我，對我眨眼。

回憶持續翻著頁，一點一點將我和童遙之間所有的枝枝蔓蔓都重現了。我眼前的黯黃漸漸成了白色，一種嶄新的、明亮的白色。

98 有點春有點怪的夢

我是被一陣爭吵聲驚醒的。

「你是不是男人啊？居然用力把食色推到牆上，實在太沒品了你！」柴柴鄙夷。喬幫主忙辯解：「她一衝進來就咬我胸前的兩點，我根本來不及反應，身體就開啓了自動防禦功能；再說，我並沒有用太大的力氣。你沒聽見她肚子叫的那陣響聲嗎？她是餓暈過去的。」柴柴幫我出氣：「你胸前的兩點擺著也是白擺著，就這麼金貴嗎，咬了就咬了。」喬幫主輕笑，聲音中帶著幾許曖昧的味道：「那我咬妳那兩點時，怎麼妳還氣得跟什麼似的？」柴柴氣惱，「你怎麼不拿著喇叭到樓下去吼啊？還嫌我們之間的事情不夠丟人嗎？」喬幫主說著便移動腳步，「好啊，這是妳說的，我現在就去吼。」柴柴焦急，「回來，你這個混蛋！」

聽見這兩人熟悉的爭吵，我的心安寧了下來。太好了，終於回復到過去的時光，是的，什麼也沒有發生過。我慢悠悠地睜開了眼睛，可是下一秒，臉馬上變得跟影印紙一樣蒼白，因爲我看見了童遙那雙幽黑的眼，距離近得讓我看見他清亮眸子裡映出我的眼屎。「啊——」我瘋狂大叫，加上手腳並用，蜷縮到床頭。童遙平靜地看著我，我則驚惶地看著他。柴柴瞇起一雙美眸，「你們兩個，怎麼了？」多年的交往讓她對我和童遙之間的異樣，產生了第六感般的懷疑。我連忙否認：「沒什麼！」可是童遙似乎鐵了心要將一切挑明，他用最清晰的話語說道：「我告訴了食色，我喜歡她很久了。」柴柴目瞪口呆了半晌，好不容易才回過神來，喃喃道：「啊，我還以爲你喜歡的是我呢。」聞言，童遙的眉毛如波浪般波動了一下。喬幫主若有所思地說道：「也就是說，以後又要多一個人來蹭飯了。」這次，換我的眉毛波動了。柴柴忙問我：「那妳怎麼回答？」我覺得自己開始呼吸困難。柴柴勸道：「答應吧，大家都這麼熟了。」喬幫主皺眉，「不能答應。我沒空再多煮一個人的飯。」柴柴怒吼：「你是不是人啊，居然因爲這種小事拆散別人的姻緣！」喬幫主回擊：「那妳還不是時常拆散我和妳的姻緣。」柴柴怒目回視，「我們那不是姻緣是孽緣，我和你是絕緣，我和你的未來則是無緣！」

在這陣喧鬧聲中，童遙自始自終一直保持平靜，一種看清了自己方向的平靜。我被他的目光逼迫著，頭皮開始發麻。不行了，又無措了，我深吸口氣，接著越過童遙就要往外跑。但在這麼做的同時，我的手臂被他給拉住。一股呼呼的風聲之後，我發覺自己被拉到了喬幫主家的臥室中。門，就這麼被關上了。童遙守在門後，我無路可逃。童遙低頭看著我，眸子裡盛開著黑色的、泛著優雅綺靡的光。

我眉宇微皺，「你身上的傷究竟傷到了哪裡？」童遙慢慢地數著：「胸，腳，還有頭。」我拍拍他的肩膀，以哥們般的態度，道：「這就是答案。童遙，你傷到了頭，神經暫時搭錯了線，現在的你還處於混亂狀態，根本就不知道自己在做些什麼。」童遙眸子中的花靜靜綻放著：「我知道，我當然知道自己在做什麼……我只是在做一件我夢想了很久的事情，我只是在告訴一個女人，她留在我心中很久了。」我的語氣慌亂而不可置信：「不可能！童遙你是花花公子，你不會愛上任何人，孤獨終老是你人生的結局啊！」童遙的語氣平靜似水：「可是我就是愛上了妳，這是沒人能預料到的事情。」我雙手捂住耳朵，不願再聽，不敢再聽，但童遙的聲音卻持續不斷地鑽入我的耳朵：「食色，我不要求什麼，我只希望妳能公平地給我一個機會。」「是愚人節嗎？」我問，語氣急切，充滿期盼，像抓住了最後的救命稻草：「沒錯，愚人節要到了，你們全都聯合起來整我！」但我從童遙的臉上得不到自己想要的答案，只見他輕聲道：「妳和我都知道，這是眞的。」說完，童遙伸手，似乎想撫摸我的臉頰，但我下意識瑟縮了一下。童遙的手停在空中，接著緩緩放下。我喃喃道：「我不相信。我不相信你會喜歡我，怎麼可能呢，幾天之前我們還是最好的朋友……不會的，一定不會的，你這是在整我嗎？」

陽光順著童遙的輪廓滑行，滑過他幽深的眸子，滑過他挺立的、有著漂亮鼻翼的鼻梁，滑過他水潤飽滿性感的唇，滑過他那彷若春水流淌的聲音。他看著我，目光如水，唇上綻放著溫柔的花：「寒食色，巨蟹座，生日是六月二十八日，血型是O型，喜歡的顏色是淡紫色；看似什麼都吃，卻是個嚴重偏食的人，討厭茄子和南瓜；五歲時曾經養過一隻叫麻團的狗，十年後狗去世，傷心之餘發誓再也不養小動物；最喜歡的電影是《阿甘正傳》，曾在一天之內連續看了四遍；每天早上醒來會喝一杯清水，走路的時候喜歡先邁左腳，思考問題時喜歡皺眉咬筆頭，想睡覺時喜歡揉眼睛；從二十三歲那年起，大笑時會按住眼角，預防皺紋產生。我第一次看見妳時，妳右手腕上戴著一條編織的紅繩，上面有裝飾用的小珠子，妳對我說的第一句話是『同學，麻煩讓讓，你那長著俊美非凡臉龐的礙事腦袋，正好擋住了我的視線。』」

是的，童遙說的每一個字都是正確的，甚至有很多細節都是經他提醒我才首次發現。當年，軍訓練習踢正步時，童遙排在我前面，而溫撫寞則排在他前面。這麼一來，我偷窺覬覦溫撫寞的視線，便時常被童遙擋住。終於有一天，我忍無可忍，拍拍童遙的肩膀，說出了那句話，這一切原來童遙都記得。他將一切娓娓道來，語速如此流暢，彷彿每件事都已鐫刻在他心中，如此熟悉。他熟悉我的所有，他一直在默默地關注我。難道，童遙他是眞的……

我無法置信：「究竟，這一切……是從什麼時候開始的？」童遙道：「高中。」我搖著頭，「我不知道，我一直都不知道，你從來都沒有表現出來。」童遙的聲音帶著記憶的、黯黃的光：「因爲，當我意識到自己喜歡妳的時候，卻發現妳喜歡的是溫撫寞。雖然妳假裝一副若無其事的樣子，但目光卻總停留在他身上。」我的雙唇無法闔在一起；也就是說，童遙是從高一開始就……我還以爲他是在溫撫寞離開後，或者也許是在高二跟我分在同一班後才開始對我有感覺。等等，「高一學期末的分班考試……」我訝然。童遙沒有說話，但我從他臉上的表情看出了一切。我的雙唇，因爲震驚而張大——那次考試，童遙是故意考砸的？他這麼做，是爲了和我在一起？是了，雖然他一向不愛讀書，但憑著過人天分，考試成績一向名列前茅，那次分班考試的結果確實跌破了不少人的眼鏡。

意識到這點，我的心被一種不知名的複雜情緒脹滿了，腦子也是渾渾噩噩的。我恍惚地問道：「如果是這樣，那麼爲什麼，爲什麼在溫撫寞離開之後，你也什麼都沒說？」童遙緩聲道：「因爲，那時妳的心是銅牆鐵壁，我並沒有足夠的信心打開它。」我開始昏昏然，但不得不承認童遙的話是正確的。直到盛悠傑出現之前，我的心一直是封閉的，甚至連提起溫撫寞名字的勇氣也沒有。

童遙接著道：「又或者，我是因爲膽怯，我對自己的能力沒有信心。我知道，一旦挑明，如果失敗，妳會遠離我……我不可能待在妳身邊。」我不斷地搖頭，「不可能的，怎麼可能呢？你是童遙啊，你在我生命中占據的位置上寫的就是『最好的朋友』，可是現在……我該怎麼辦？我究竟該怎麼辦？」童遙回答：「順其自然。」我有些沮喪：「怎麼可能自然？我們，能夠回到從前嗎？」童遙看著我：「對不起，我要得太多。」我有些煩亂，「這不是對不對得起的問題。童遙，自始自終，我都只是把你當朋友，並沒有產生過什麼其他的想法。」童遙的眸子裡是一處庭院，裡面庭花正靜謐地怒放，「我知道。每次妳看見我和其他女人在一起時，妳總是戲謔地笑，正常得沒有一絲異樣。」我垂下頭，看著我們兩人的腳，「我不知道該怎麼做。」腳，似乎是最沒有情緒的東西。童遙猝不及防地出了一道難題給我，今後我該怎麼和他相處呢？我和童遙，回不到過去那種時光了。童遙輕聲道：「我明白，這對妳而言很突然，甚至對我而言也很突然……我沒想過會在這個時候將自己的心思告訴妳。我所有的計畫都被妳那天生氣說的話打亂了，但是我不後悔，感情這種事是任何人都無法預料的，就像我忽然之間就愛上了妳一樣。」不知是因爲我垂頭的動作，還是此刻的心情，總之，我不停地喘息著。我道：「我需要時間，我需要時間消化這一切。」

我抬頭，聲音中帶著自己也沒察覺的淡淡懇求：「童遙，你先回醫院好嗎？不要再拿自己的身體開玩笑了。」童遙安靜地看著我。一陣風吹過，他眼中的花搖動了瞬息。童遙忽然笑了，那笑容像雲絮，輕得沒有一絲壓力，「好，我聽妳的。我從來都不在乎會等多久。」說完，童遙轉身，離去。我像被抽去了筋骨般渾身無力地靠在牆上，雙手捂住了臉；即使指縫緊緊合攏著，還是有陽光從那些看不見的縫隙射入。

眼前，籠罩著橘紅的光，我就這麼看著那片溫暖的火，停滯了思維。不知過了多久，柴柴來到我身邊輕聲道：「童遙走了。」我只是點點頭，就連點頭的力氣，也是透支的。柴柴頓了頓，似乎在斟酌語句：「其實，聽見他喜歡妳的消息，我也挺驚訝的……那麼，現在妳想怎麼辦？」突然，我不再捂著臉，下定了決心：「現在，我要吃飯！」看在柴柴的面子上，喬幫主暫時不計較被我啃了小咪咪的仇恨，很快便為我弄好了飯菜。為了報答他的一飯之恩，我用了更快的速度風捲殘雲般將一桌子菜都消滅了。吃完後，我照舊摸摸肚子，打個飽嗝，抹抹嘴，順便問了問柴柴是如何被抓回來的。答案很清楚，她是被處於迷糊時期中的我出賣的，我這才想起，當時甚至還為喬幫主畫了張前往雲易風家的地圖，可以說，我著實為柴柴的被捕計畫奉獻了巨大而不可磨滅的力量。一來不敢看柴柴怨恨的目光，二來不想被她抓著童遙的問題問個不停，於是我果斷地站起身，出去散步。

暈了一個下午，出門時，已經是傍晚。我將手放在褲兜中，在街道邊踢小石子玩。周圍偶爾有一兩輛車經過，車輪摩擦著地面發出嘩嘩的聲響。這個時候，人們似乎都回家吃飯了，一路走來也沒見幾個人。我低著頭，努力想理清這些天發生的事情。我記得，今年春天剛剛降臨時，我才哀歎著自己的孤鸞命，但忽然之間，我這棵鐵樹居然沾染了兩朵桃花，可惜，是兩朵無法消受的桃花，確實是無法消受。雲易風這朵黑桃花，我對他沒什麼感情，而童遙這朵冒充著友誼之花的桃花也是不能摘的。

正胡思亂想之中，我看見了一幅美景。一個身穿白襯衫的男人牽著一條拉布拉多犬向我走來，那個風度翩翩，那個風姿淡雅啊，即使身陷苦惱之中，我的口水還是快速分泌著。更重要的是，那人居然在我面前停下了。他將手一伸，道：「妳好，我是新搬來的，和妳住在同一個社區。我叫肖常。」我忙伸手回握，道出了自己的名字。肖帥哥微笑道：「其實，有好幾次我都想跟妳打招呼，但妳每次上下班都是匆匆忙忙的，我也就不好意思打擾。」我疑惑了，他這是在搭訕嗎？肖帥哥的手握緊成拳，放在唇下，清清嗓子，道：「那個，我可以冒昧請問一個問題嗎？」他一邊說著，臉頰泛起了一層緋紅。我狼血沸騰，看他這副模樣想必是要問：「小姐，妳結婚了嗎？如果沒有，介意給在下一個機會嗎？」難道，我紅鸞星動得這麼厲害？前兩朵桃花還沒謝，第三朵又開了？不過，這個肖常卻是這三朵桃花中最正常的一個。愛動物的男人一定是好男人，或許他就是我的真命天子也說不定。所以，我努力抑制住自己的激動，等待著他的告白。只見肖常咬著唇，耳朵紅成了小辣椒，「我想請問……我想請問……我想請問……」我面上雖裝作疑惑模樣，心內卻鑼鼓喧天——說吧，說吧，說你愛我吧！這肖常吞吐了許久，最後終於咬牙道：「我想問一下，那位經常去妳家、喜歡用左手的男人……請問可以把他的電話號碼給我嗎？」喜歡用左手的男人，是指童遙；這個不重要，重要的是，原來肖帥哥暗戀的對象是童遙？我只好有氣無力地告訴肖帥哥，說童遙百分之兩百是喜歡女人的。肖帥哥帶著一種失戀的消沉表情離開了，我也唉聲歎氣地往家裡走——沒想到，這第三朵桃花是假桃花，看來我應該找時間去廟裡求求籤了，唉。

直到在街上逛了四個小時，踩了三堆狗便便，看了兩場街頭吵架之後，我買了一打啤酒回家。接著，坐在落地窗前一邊看夜景，一邊把酒往自己肚裡灌。我明白，自己這些天一直在睡，想必這一年的覺都被我睡光了，所以我只能靠著喝醉來逃避現實。酒可是個好東西，有什麼煩惱，喝下就能忘得個一乾二淨，即便只是暫時的。酒一入腸，神思混亂，屋裡的東西開始不斷搖晃，我整個人像坐在一條小船上……迷迷糊糊之間，似乎有人在敲門。我從地上站起，晃晃悠悠地跑去開門，一雙醉眼看去，發現來人居然是雲易風。

我問：「你來做什麼？」雲易風看著我，目光才叫一個炯炯，「我來要回屬於我自己的東西。」屬於他的東西，偶像劇男主角都是用這句話來形容女主角的；意思就是，他是來要回我的？我有一絲惱怒，道：「我寒食色才不是個東西！」話說出口，發現聽起來不對勁，怎麼自己罵自己呢？我揮揮手，道：「回去吧，別來偶像劇這套了，我是不會跟你走的！」雲易風用奇怪的表情看著我，道：「我又沒有要妳跟我走。」我奇了怪了：「那你是來拿什麼的？」我好像並沒有拿過他什麼東西啊。雲易風的手一直放在背後，但此刻，他忽然將手舉到我面前，我倒抽一口冷氣，只見他手上拿著一支……小鑷子。雲易風的眼中閃爍著亢奮的光，「上次，妳拔了我的毛，這次該輪到我拔妳的毛了！」我一聲慘叫，高聳入雲霄。雲易風一把將我按在床上，三下五除二就扒拉下了我的褲子。我雙手雙腳在空中亂舞，大喊著救命。雲易風卻邪魅狂狷地一笑，咧開嘴，露出一口白光閃閃的牙，道：「別喊了，不會有人來救妳的……毛。」說完，他低下頭，作勢用鑷子去拔。我拒不合作，用雙腳夾住他的頭，準備來個魚死網破。

正掙扎著，我眼睛一抬，卻發現不知何時，童遙坐在了床邊。我又羞又惱，道：「你在幹嘛？快來幫我！」童遙只是靜靜微笑，不動也不做聲。「快來幫我，你聽見沒有？」我急得快要眼淚嘩嘩了，可是童遙依舊如斯，除了微笑，還是微笑。這時，我感覺到雲易風的頭已經從我雙腿間逃脫，而且他還用繩子綁住了我的腿；接著，一個冰冰涼涼的東西來到了我的私密草坪上。雲易風的眼睛，牙齒，顴骨上的皮膚，全都淫光閃閃的。「寒食色，納毛來！」雲易風大吼著，手中緊握正夾著我一小撮黑毛的鑷子，預備狠狠一拔。我淒厲地大喊一聲：「我的毛——」接著，猛地清醒過來。

睜開眼，環顧一下寂靜的房間，這才意識到自己剛才是在做夢。低頭，發現一罐冰啤酒正放在我的小腹之下，難怪會做那樣的夢。手往額上一抹竟是滿頭冷汗，我怔怔地在地板上坐了許久，突然，一蹦而起。剛才那混亂的夢，就如同我這混亂的人生。我寒食色一定要儘早解決這些人，我要快刀斬亂麻，我要重新找回我平靜的人生。

說做便做。

一個小時後，我來到了雲易風家。雲易風正在書房商討幫派重要事務，我便在廚房等著他。小弟們看見我，每個人眼裡都含著一泡眼淚，紛紛向我控訴了柴柴的惡行。據說甚至有幾個小弟，被柴柴的磚頭拍得乾脆脫離黑道。此外，我還從小弟的描述中，瞭解了柴柴當時被救走、或說是被劫走的實況——那是個雷鳴電閃的夜晚，小弟們沒事做，紛紛在客廳觀看電視臺重複重複再重複播放的《還珠格格一二三部精裝合輯》。忽然，一個滿臉橫肉、眼歪口斜、雙肩高聳如鐵塔的壯漢將門踢開，一陣風似的便將柴柴掠走了。小弟們愣了三秒鐘才反應過來，立即開香檳，通宵慶祝。

我汗水那個滴答啊，好好的一個喬幫主，居然被小弟們形容成鐘樓怪人了。

99 故人歸來

正聽著小弟們講述的當下，背後傳來了某個人的腳步聲；熟悉得很，就是剛才我夢中那位。

我轉過身，看向雲易風。他穿著黑色的襯衫，黑色的褲子。黑色的眼睛，黑色的睫毛，黑色的頭髮；另外，小聲地說，他的毛也是黑色的。總之，雲易風整個人就是爲黑色而生，他的全身都流溢著一種黑色的流光。可是遇見我之後，他沒過過幾天好日子，他的黑色被沖淡了些許。我寒食色絕對是雲易風的剋星，想起來，還是很有成就感的。

雲易風手一揮，那些小弟都知趣地下去了；其中一個特別崇拜我的，臨走時還悄聲在我耳邊說道：「大嫂，妳和大哥多日不見，必定十分想念，儘管在廚房盡興，我會負責清理現場的。」聞言，我只想對他說一句：「小弟，我眞的很想用狼牙棒○○××你那朵嬌羞的小菊花。」沒一會兒，廚房中就只剩下我和雲易風。

雲易風看著我，一雙鷹眸帶著試探，「剛才他們說妳來了，我還不信。」我趕緊爲雲易風打預防針：「那個……你期望不要太高。我來，是想把我們之間的事情做個了斷。」雲易風嘴角一抿，刻出一道陰影：「了斷？我不覺得我們之間的關係有必要了斷。」「我不想再浪費我們彼此的時間了。」——我在來的路上，將自己這二十多年來記得的所有電視劇臺詞、小說對白，全都翻來覆去篩選了一遍，務求選出一句最佳分手用語。

雲易風笑了，這麼一笑，嘴角的陰影更加深沉，「浪費？我不太喜歡妳的這種形容。」看來，不管我怎麼斟酌詞語還是達不到雲易風的要求。無可奈何，我還是決定遵照老辦法——快刀斬亂麻。於是乎，我深吸口氣，直到將肺脹到最大程度，才一鼓作氣地說道：「雲哥，說實話，你是道上的大哥，我是平民老百姓，咱們根本就不是同一條道上的人，我們的相遇就是個錯誤。當然，這世界千奇百怪，什麼事情都可能發生，就算是跨國界跨種族的愛情，也可能開花結果。可是我們之間最大的問題，是我們根本沒有感情，我對你不來電，你對我來的也不是電，只是好奇。雲哥，生命是美好的，人生是短暫的，咱們倆還是快點將這段糊裡糊塗的感情斷了吧，你去找你的純情小女孩，我去找我那鮮美可口的綠草。大家日後再見依然是朋友，偶爾也可以約出來喝兩杯酒；當然，是我請客，你掏錢。好了，總結前面說的這些話，重點就一個——『從現在這一刻開始，我們就不再有什麼瓜葛了。』我給你一秒鐘的時間，你不說話就是同意了……時間到，好，你同意了。」一口氣將這些話說完，我的舌頭乾裂得像七月大旱後的田地。

我也不客氣，自顧自地倒了一杯水。咕嚕咕嚕喝下後，這才發覺，當事人雲易風到現在還沒說句話。我抹去嘴角的水珠，「你倒是哼一聲啊。」「哼！」雲易風果然很合作，眞的哼了一聲，只不過這「哼」字的溫度有些冷，算是冷哼。雲易風的眼睛，很慢很慢地閉闔了一下，「妳以爲，我會同意嗎？」他眼中那抹內斂深邃的光，沾染上了些許銳利意味。我胸有成竹地將一大一小兩個盒子，從背後拿了出來。「我當然知道你不會輕易同意，所以我準備了兩份禮物。」雲易風揚揚眉毛，愛理不理，「這是什麼？」我恭敬地將大的那個盒子先呈上，而且還用了敬稱：「您打開就知道了。」雲易風接過，打開，發現裡面是一塊新鮮出爐的、鮮紅欲滴的、形狀完好堅硬無比的……磚頭。雲易風問：「妳這是什麼意思？」我繼續很有禮貌地解釋著：「我在想，爲什麼雲哥你會對我情有獨鍾呢？我寒食色眞的沒什麼大優點，我的意思是除了身材好一點，臉蛋漂亮一點，性格隨和一點……除此之外眞的沒什麼大優點。你雲哥什麼女人沒見過呢，爲什麼偏偏就看上了我？經過很多天的仔細思考與調查論證，我發現，自從我的翹臀坐了你的俊臉兩次之後，你對我的態度就有了改變。雲哥，你可能認爲自己對我產生了興趣，其實不然，你是對我有了恨意；很多時候，恨與愛只是一線之隔。你堂堂雲哥，沒辦法報復我一個弱女子，所以你潛意識裡決定用愛我來折磨我；這是變態的，不是常態的。所以，雲哥，我今天特地呈上這塊磚頭，誠心地邀請您拿它往我頭上砸四下，這樣一來，我用屁股坐你臉的事情就扯平了。接下來，請您觀看下一份禮物。」說完，我將那小盒子遞給雲易風。之後，我又倒了杯水喝，潤潤喉嚨；話說多了，眞費口水。

雲易風慢慢地打開了小盒子。當看清裡面的東西時，他的鷹眸瞬間瞇縫起。他問：「這是什麼？」我訝然：「你認不出來嗎？不可能的啊，這東西你身上也有的，而且每天洗澡時鐵定會看見的。」雲易風瞇縫的鷹眸中射出了一道精光，涼涼的，「妳的意思是，這東西眞是妳身上的？」我拍著B罩杯的胸脯保證，「如假包換。看這油光水滑，看這漆黑潤澤，看這高貴典雅，不是我的毛，是誰的？難不成，你認爲這是你的？放心啦，上次拔下你的毛，都已經落在車裡還有那棟別墅裡了，我怎麼會這麼變態地收集呢？」不過仔細想想，如果上次收集了，說不定可以放在網路上拍賣，就憑雲易風的身分，鐵定能賣出個好價錢才是；哎，可惜了。我這邊正惋惜，雲易風則開始幽幽地向我射出冷箭，「寒食色，妳這是什麼意思？」我灌下一杯水，做出誠懇的模樣，道：「是這樣的。我呢，經過仔細的思考與回憶，發現我們之所以會糾纏不清，還有一個重要原因。那就是，我拔過你的毛，您雲哥是何許人也，鐵定是一毛不拔的啊。所以你潛意識中就決定，一定不能便宜了我，這也就是您雲哥不願對我放手的重要原因。所以，我才會自己將毛巾咬在嘴中，狠下心，用力拔下自己的毛送給雲哥，希望您能消消氣。而且這麼一來，我們之間的帳也就算清了。」

我發覺自己今天說了很多話，都快詞窮了；所以說，分手是需要技術的。爲了不傷害雲易風的自尊心，爲了維護他的面子，我做了多少功課啊。可是這雲易風一點也不懂我的苦心。我說話的當下，只見他斂眸看著我，臉上的冰霜一層層加厚，果眞是全自動電冰箱，其實我還挺想對著他哈口氣，看看能不能將他給吹散。但考慮到自己狂睡了這麼多天，似乎都忘了刷牙，此刻的口氣想必和那硫化氫有得拚，這麼一哈，雲易風鐵定會倒下。又想到每次我只要禍害了雲易風，他就會纏得我更緊一些；害怕發生這種情況，我便生生將那口氣嚥下肚子，禍害我自己算了。

廚房裡很安靜，就我和雲易風你看著我，我看著你，想必會相看兩厭。其實，雲易風還是挺帥的。臉部線條流暢而深邃，儘管帶了點銳利，添了些危險的氣息，但女人的血液中天生便有探險的渴望，所以，危險的男人更具誘惑力。他胸前的襯衫，最上面三顆鈕扣是解開的，蜜色的、絲綢般的肌膚就這麼露出了一大片，占據了人的所有視線。他的髮自然而柔韌，帶著野性。他的眼睛則是一雙獸眼，能在漆黑的夜裡閃著光……正當我肆無忌憚打量著他的同時，雲易風臉上的冰霜開始慢慢消融。只聞他慢悠悠地說道：「感情，是兩個人的事。」我點頭。沒錯，感情確實是兩個人的事。雲易風道：「既然如此，妳一個人說斷就斷，是不行的。」他輕易用了這樣一句話，就將我剛才那一大堆話全都否決了。

我感覺喉嚨裡像哽了個蛋黃，是被氣的。我深吸口氣，決定效法他用比較言簡意賅的話來對抗：「感情，確實是兩個人的事，所以不是其中一個人硬咬著不肯分手，就能繼續下去。」雲易風將身子倚靠著流理臺，輕輕一笑：「不一定呢。」我喉嚨中的蛋黃越發漲大了。虧了，眞的虧了，我費了多大力氣做這一切啊！爲了那塊磚頭，我偷偷跑到社區花壇將它撬下，還差點被狗咬；爲了拔下那根毛，我的眼淚飆出了整整三滴。這麼有誠心的禮物，卻換不回雲易風的良心，虧大了。

我蹲在牆角默默垂淚，垂了一會兒，我忽然想起一個問題：「那，你有把想和我在一起的事情告訴易歌嗎？」雖然小乞丐遠在國外，但我還是時常和他聯繫的。上次在我的威逼利誘之下，小乞丐豁了出去，居然眞的脫下上衣；我一飽眼福，口水決堤。從小乞丐的話裡我聽得出，他壓根不知道我和他哥的事情；也就是說，雲易風沒有向他透露。想必，小乞丐是雲易風的軟肋，果然，雲易風沒有回答我這個問題。

他的眼睛掃到了我的手上，看見我食指那道被自己割傷的口子，便不動聲色地轉移了話題：「這是什麼？」我答：「傷口。切菜時不小心被割傷了。」雲易風輕笑，「妳也會受傷？」居然用這種語氣，說得好像我是大力女金剛一樣。正想回嘴，豈料雲易風一把舉起我的手指放在唇邊，那個動作是吻與吮吸的結合。他閉著眼，銳利的眉目在那瞬間變得柔和了。雲易風的動作很輕柔，像在撫去我食指上的疼痛，我感覺到一種濕潤，以及嘴唇內壁的柔滑。這個動作持續了幾十秒，之後雲易風抬起頭，柔聲道：「怎麼了？」我心中很猶豫，兩種思想不斷在打架，最終我決定了，我要告訴他實情。我咬咬下唇，用一種飽含同情的目光看著雲易風，道：「我想告訴你……我在撬下那塊磚頭時，手不小心碰到花壇裡的一堆狗便便，又因為趕著來這裡跟你說清楚，沒來得及洗手……」我用另一隻手拍拍雲易風的肩膀，一臉痛惜，「我的意思是，兄弟，快去漱漱口吧。」聞言，雲易風看著我，牢牢地看著我，想把我吸入他的眼裡似地看著我，想把我吞入腹中那樣地看著我……良久，他說了一句話：「寒食色，我不會放過妳的！」接著，他轉身朝洗手間走去。雖然他努力地故作鎮定，但我的火眼金睛還是看出他腳步間的一絲踉蹌。看著我那被他吮吸過的手指，我覺得自己很無辜。本來是想解決一朵桃花的，但現在看來局面似乎更混亂了。

出師不利，可是我不放棄！

接著，我來到了醫院，我要向童遙說清楚，說我不能接受他。因為他是童遙，因為他是我最好的朋友，因為……其他原因。我特地買了一束百合，那帶著質感的白色花瓣，純潔，且氣味淡雅清新。我就這麼抱著一束和我氣質完全相反的花，站在病房門前躑躅著。我也覺得奇怪，像雲易風那種道上大哥的家，我都大無畏地進去了，為什麼童遙這裡，我卻當成了龍潭虎穴呢？正當我猶豫之際，一名護士從裡面出來，我躲閃不及，就這麼被躺在病床上的童遙瞧見了。沒辦法，我只能僵僵地笑著，硬著頭皮走了進去。我沒敢看童遙，只是低著頭將百合插到花瓶裡，雖然如此，我還是感覺到了一股目光膠著在我身上。童遙問：「怎麼想到要買花？」我垂著頭，聲音低低的，像是蚊子哼哼：「探望病人，當然要買花了。」童遙清淡的聲音中含著些許意味深長：「我還以為，妳是在故意拉遠我們之間的距離。」被看出來了！我買花給他的確是一種疏離的表示，意思就是，童遙啊，我們之間是沒可能的。可是被童遙這麼明說之後，反而是我不好意思了，我的頭只能落得更低。

雖然我極力放慢速度，但百合還是很快就插好了，我只能抬起頭來面對童遙。我喚他：「童遙。」他應了一聲：「嗯。」這一聲可是帶著濃情密意，柔情縷縷，聽得我渾身酥麻。我瑟縮了一下身子，鼓起勇氣道：「童遙啊，我想了很久，還是覺得我們之間不合適。」「嗯。」童遙繼續應著，面上的表情沒有多大變化，彷彿只是聽見我說，童遙啊，我今天中午吃了個漢堡那樣平常。見他沒有反應，我反而有些慌了手腳，繼續道：「童遙啊，我真的覺得我們之間是不可能的。我對你真的只能有朋友般的感情，要我和你產生男女之情，太不可能了。我們，還是回到以前那樣好嗎？真的，男女朋友是來來去去的，但朋友卻是一生一世的事情。我們不可以因爲一時的男女之情而放棄了最珍貴的友情，你說是不是？」童遙看著我，臉上的神色像天空中的浮雲，遼遠，豁然，一望無際。「嗯。」他還是這麼回答，但我聽得出來這聲「嗯」根本就不是贊同的意思。

他現在的態度就像在對待一個任性的孩子，不論我說什麼，他只是寵溺地答應，接著再用自己的方法讓我妥協。意識到這一點，我很無奈，我認眞地喚了一聲：「童遙！」但一看見他那如水深沉的眼神，我又變得無力了，接下來的聲音也低了許多：「爲什麼你們都不認眞聽我的話呢？」童遙的眸子裡浮雲聚散片刻，「我們？妳剛才去找了雲易風？」我在他躺的床邊坐下，將雙腿伸直，「是的。來這裡之前我先去找了他，我告訴他，我和他是眞的合不來，大家乾脆一點，把關係撇撇清楚。」童遙猜測道：「可是他不答應。」他的語氣是肯定的。我承認：「沒錯，他不答應。」我的語氣是苦惱的。童遙握住了我的手，「別擔心，有我在。」他微笑，唇上綻放著自信的、悠然的、華麗的花。

我像被小鳥啄了似的，下意識便要將手收回，但童遙卻道：「別動！」接著，他從病床旁的抽屜拿出一片ＯＫ繃，「妳看妳，這張都髒了，自己也不知道換一下。」童遙一邊說，一邊將我食指上的ＯＫ繃輕輕撕了下來，動作輕柔。撕下時，膠布拉扯著肌膚，牽連到結疤的傷口，引發了些微疼痛，我的手不由自主輕顫了一下。那動靜是輕微的，甚至能輕易消融在空氣中，但童遙看見了，他俯下頭對著我的傷口輕輕吹氣，那暖熱的氣息噴在傷疤上，癢癢的，將痛全部吹散。我吞了口唾沫。接著，童遙拿出新的OK繃，熟練地幫我貼上。他的手指非常乾淨，指腹輕撫著我的手部肌膚。我呆愣了。貼好之後，他並未就此放開我的手，而是將唇印在我的脈搏之上，輕輕地一吻。他形狀完美的唇瓣下，湧動的是血液；我幽藍圓潤的血管下，湧動的是同樣的嫣紅。他的唇接觸著我的血管，這一瞬彷彿有什麼東西順著我們接觸的那一點，進入了我的身體。游絲般細小的東西徜徉了我的全身，細胞的組合，分裂，消亡，重生。「該換藥了。」一名護士在這時推開了病房門。瞬間，那股莫名的綺靡煙消雲散，我猛地回過神來。「啊——」我又一次尖叫著，衝出了病房。

原以為我至少可以透過今天的主動出擊，成功將他們其中任一朵桃花消除。可惜，世事難料，一個被我禍害了，另一個禍害了我。但說心裡話，經過今天的一番決鬥，我發現自己害怕的不是雲易風，而是童遙；我得出了一個結論——「童遙，他不是人類，他是妖；這麼多年的花花公子，他不是白當的。」

自此，我陷入了前所未有的危機。

我告訴童遙，我要和他繼續當朋友，而童遙便牢牢抓住了這一點。童遙認為，朋友之間是可以送禮物的，所以他每天都派小祕書到我家，親自送禮物來。並不是什麼鑽戒、寶石項鏈等貴重的東西，只是一些精巧的小禮物如限量版的化妝品，好吃的美食。甚合我心意。童遙還認為，朋友之間是可以通電話的，所以他每晚都會打電話來，打來了又不說話。我實在熬不住，便問道：「你在幹嘛？」他低低地說道：「我只是想聽聽妳的呼吸聲。」那聲音才叫一個溫情脈脈，讓人心神搖曳。我只覺得話筒瞬間變成燒紅的烙鐵，燙得我渾身發軟；童遙，實在是千年老妖。還是那句話，如果我是初出茅廬的純情小女孩，鐵定會被他啃得連骨頭渣渣都不剩。而雲易風這次似乎是被我給噁心透了，一個星期都沒有來煩我，我樂得輕鬆。

在童遙的柔情密意狂轟亂炸中，時間靜悄悄地流逝著。

這天，老媽打電話來找我吃飯，說有事情跟我商量。回想起上次的事，我忙警覺道：「我死都不會回家吃的！」我媽說：「沒要妳回家吃，就在步行街那家巧克力火鍋店吃。」巧克力也算是我的最愛，因此我就答應了。在前往途中，我接到了許久不見的雲易風的電話。他的聲音有些低沉，似乎有什麼事發生了：「妳在哪裡？我想見妳。」我道：「改天吧。我約了人吃飯。」雲易風那邊傳來低氣壓，覆蓋在我身上：「男人？」我本想否認，但仔細想想沒這個必要，所以我對著電話道：「喂、喂，怎麼沒聲音了？」然後果斷地掛上，接著關機。我們還沒什麼關係就管我管得這麼緊，那要是有什麼關係了，我還要不要活呢？

走進巧克力火鍋店，老媽還沒來，我便選了個靠窗的位置，等待著。窗外便是步行街，行人熙熙攘攘，一派熱鬧。我一手扶腮，將思想放空，正空到不行時，一陣腳步聲在我耳邊響起，有人，在我對面坐下了。我下意識轉過頭來，然後，我看見了一個人，一個在我生命中消失了六年的人。

溫撫寞。

100 「情敵」見面

我不知道該怎麼形容當時的心情。

我只記得，白色，一點耀眼的白色出現在我眼前。先是針尖般大小，接著以不可思議的速度迅速膨脹著，瞬間便占據了我的視線。我的眼睛裡全是耀目的白色，除此之外什麼也看不見。周圍似乎一下子便安靜了下來，時間也彷彿靜止了。等我回過神來時，我覺得像是已經過了小半輩子。可是不然，只是一瞬。

我看著眼前的溫撫寞，很多回憶像流水般在我腦海中快速翻過。我們的笑，我們的淚，我們的愛，我們的恨，我們的相遇，我們的錯過……一件件一樁樁，全都重複一遍。只是，記憶不再鮮明，痛與愛都不再鮮明。鈍鈍的，愛與痛都是鈍鈍的。時間帶走了我們的稚嫩，無論是內在，還是外貌。是的，溫撫寞失去了那種青澀，增添了男人氣息，可是，他的氣質似乎沒有什麼改變，依舊纖塵不染，姿態如冰雪一般。他安靜地坐著，清冷而憂鬱的氣質就這麼散發出來，無聲地吸引著人。

他的眸子乾淨柔和，細緻的睫毛時而如扇子般落下。他的鼻梁高挺纖秀，像最秀致的山巒，有著流暢的弧度。他的唇是一種淡淡的顏色，明淨清透。陽光，穿透溫撫寞左方的玻璃，射在他的臉上。他的皮膚像是最上等的玉石，帶著剔透，泛著薄薄的涼。這就是溫撫寞，沒有一絲雜質，帶著一點神祕，有著一點疏離，染著一點寂寞，泛著一點薄涼。午後，暖黃的陽光下，他的眸子淡了些許，呈現了透明的光澤。他就用這樣的眸子看著我，一直，看著我。

從沒想過，我們會在這樣的情況下見面，但事實就是如此。我們就這樣靜靜地對視著。我的思維是散亂的——店內牆上的油畫。溫撫寞背後小女孩的頭花，步行街上無聲的行人……每一道印象全都淡薄而個別，毫無意義。我不否認，在得知溫撫寞即將回來的消息後，我設想過多次我們的相見。而這時，那句早已準備好的話，從我喉嚨中自動竄了出來：「你回來了。」一句毫無意義的話，卻能開啓正常的談話。溫撫寞淡淡一笑，「是的，昨天到的。」我問：「畢業了？」這些問題都是早已在心中記熟了的，聽上去很平靜。而溫撫寞的回答，也是平靜的：「是的。」我繼續問：「想回來發展？」溫撫寞道：「嗯，畢竟，我的家就在這邊。」我問的都是最平常的問題，或者說是最敷衍的問題。我們就像點頭之交那樣，談論著最無關緊要的話。曾經有多親密，現在便有多疏離。我的腦子裡事先準備了很多這樣的問題，所以現在絲毫不需要思考便將它們問了出來——「在美國生活得怎麼樣？」「嗯，不錯。」「這幾年下來，英語程度一定已經提高不少了。」「一般對話還可以。」「見你回來，伯母伯父一定很高興。」「是的。」毫無營養的對話就這樣繼續著。我沒有認眞問，而溫撫寞也沒有認眞答。我們用這種毫無意義的談話，進行著緩衝，是的，緩衝。我們的分手並不愉快，不可能因爲時間的過去而撫平感情的廢墟。

正當我繼續問著不期望答案的問題時，溫撫寞的眸光忽然閃現了一絲透澈，他的臉也微微抬起，彷彿已經決定正視。我全身忽地泛起一層莫名的緊張，便喝了口飲料，故意看看手錶，道：「我媽怎麼還沒來？」溫撫寞緩聲道：「伯母不會來了，她想讓我們單獨說話，才會想出這樣的方法。」「是嗎？」這是我早就猜測到的情況，所以對於這個回答，我只是笑笑，不想再深入。

此刻，我和溫撫寞的對話如履薄冰，我只想保持一個距離。但溫撫寞似乎並不這麼想，他整個人就像陽光下的浮冰，纖秀，毫無雜質；他的眉目，柔順中帶著一種淺淺的憂鬱，就像我記憶中的那樣。我覺得這個場景很熟悉。當年，溫撫寞也是坐在我對面，說，食色，沒有我，妳是不是會快樂很多？當時，他的眼睛裡也含藏著這樣複雜的情緒。「食色。」多年之後，溫撫寞第一次喚了我的名字。那聲音穿過時間的隧道，轟轟隆隆地來到我耳邊。浸潤著黯淡的、昏黃的陽光，我的眼睛忽然有些酸澀，不知是因爲時間，還是因爲感情，或許只是爲了自己過去的那些年華。

溫撫寞繼續輕輕地喚著：「食色。」我睜大眼，讓風將那微薄的淚吹乾，「嗯？」眼內，只剩一層憂色的潤澤。溫撫寞看著我，停頓許久，終於輕聲問道：「妳好嗎？」這個問題，剛才我也問過他，但那時只是一個問題，而現在由他問來，輕柔的聲線中頗有些盪氣迴腸。我笑，就連自己也分辨不出，笑得眞假，「好，很好。」溫撫寞的眸光又淺淡了些許，他的喉結滾動了一下。溫撫寞的喉結曾經是我最愛的部位，秀氣的喉結，白皙的肌膚，在耳鬢廝磨之際我總喜歡咬住那凸起的小塊……我閉上眼，努力地刷去那些記憶，無謂的記憶。就在我閉眼的瞬間，溫撫寞說出了一句：「對不起。」我很清楚，他說這句「對不起」的意思。溫撫寞的聲音帶著一種潤涼與輕柔：「食色，我一直都想對妳說這句話。」我垂著頭，「都過去了。」光滑的桌面映著我的臉，有點模糊，有點扭曲，和過去的事一樣。誰對誰錯又有什麼要緊，誰輸誰贏又有什麼關係，我們依然還是長大了。我抬頭，對著他微笑，「沒關係。眞的沒關係，那都已經過去了。」溫撫寞如水的眸中映著我的笑顏。我輕輕吸口氣，「我們都要向前看的，駐足不前是不行的。」這句話是對他說，也是對我自己說。溫撫寞的眉梢眼角帶著一種看不眞切的飄渺。既然話題都開啓了，我也就乾脆放開：「對了，你和安馨怎麼樣了？」聽見這個名字，溫撫寞冰涼的水眸中泛起了一點波浪，「她……」

溫撫寞剛想說什麼，卻被我背後的什麼奪去了注意力。與此同時，我感覺到一陣內斂野性的壓迫力，很熟悉，像是……我的心猛地一跳，倏然回頭，頓時被一雙鷹眸鎖住。雲易風？我全身僵硬，還沒來得及開口問他爲什麼會在這裡，雲易風便先發制人：「妳果然是和男人一起吃飯。」聲音低沉，語氣僵硬，飽含著薄薄的怒火，那副模樣彷彿我被他捉姦在床似的，可是，我和他之間確實沒什麼關係。我被噎了許久，才開口問道：「你怎麼會來這裡？」雲易風道：「我說了，我找妳有事。」我道：「我也說了，我今天沒空。」雲易風的眼睛忽然看向我對面的溫撫寞，聲音陡然降了好幾度，像浸染在冰雪之中：「他，就是妳說的事情？」我頓了頓，在腦中迅速斟酌著詞句：「他是我……」初戀情人？說出來顯得我別有用心，所以我選用了最安全的詞語：「他是我老同學。」說出這話時，我眼角一瞥，似乎看見在這瞬間，溫撫寞的眼裡閃動了某種情緒。我來不及深究，畢竟現在的全副心神應該用來對付雲易風。此刻的雲易風身體繃得很緊，全身都散發著薄薄的怒氣；發怒的豹子，越是不動聲色，越是危險。果然，雲易風冷笑了，「見老同學，需要掛斷我的電話嗎？」我的背脊上似乎有小螞蟻在攀爬，現在的情況確實有點超出我控制能力了。我起身，站到雲易風面前，悄聲道：「雲易風，你先出去等我，我馬上就出來。」雲易風的目光，從我臉上轉移到溫撫寞臉上，聲音中的低氣壓層層向我襲來：「如果我要離開，也該帶著妳離開。」

此刻，店裡的人已經開始注意我們這邊的情況了。在一道道意味深長的探究目光中，我又急又惱，低聲道：「雲易風，你別沒事找事好不好？」雲易風眸光微斂，「找事的人，應該是妳才對吧。」我氣極了，一下子分不清輕重，張口便說：「我和你又沒什麼關係，你憑什麼要管我的行蹤？」話一說出口，我就知道糟糕了，我又說了不該說的話。果然，雲易風的眼睛瞬間結成冰，活像雪天的冰湖。他倏地蹲下身子，一把將我扛起，大跨步走出了巧克力火鍋店。我的頭朝下，血液全都湧到臉上，皮膚漲漲的，連耳朵都要紅透了；我的腹部抵著他堅硬的肩膀，很是難受。我無能爲力，我丟臉丟到了火星，但也沒敢要他放我下來，只能裝成死屍被他扛著走。

雲易風將我扔進他的車，接著一踩油門，車呼嘯著離開。我轉過頭去，目光穿透無數人群，穿透玻璃，看見了一抹冰雪般的白色靜靜佇立在原地，那身影帶著一點寂寥，我的心裡也不知是什麼滋味。

車開得很快，轉眼，我就看不見溫撫寞了。注意力重新回到雲易風身上。他這次想必眞的有點生氣，因爲就連開車的動作都帶著些微的粗暴。我只能噤聲。但總覺得，他生氣的原因似乎並不是我和溫撫寞見面，而是其他；我靜靜地等待那個原因浮出水面。雲易風一句話也沒說，只是逕直將車子開出市區，來到了山頂。山上的景致確實不錯，天空蔚藍，似乎觸手可摸，朵朵白雲，聚散不息；還有滿是墨綠的樹葉，層層疊疊，就像綠色的波浪，能將人的煩思一掃而空。雲易風熄了火。接著他將頭重重靠在椅背上，似乎很累的樣子。口中逸出的那一聲歎息幾不可聞，可是歎息終究是歎息；雲易風感覺到了苦惱，人人都有苦惱。此刻我的心情也不輕鬆，於是也學他的樣子將頭枕在椅背上。

閉上眼，那抹純白的身影慢慢浮現。就在剛才，就在我最無防備的時刻，我和溫撫寞見面了。我一直在回憶自己的表現，應該不算失常，那麼，這算是已經將他放下了嗎？我問自己。可惜，答案不明。對不起，溫撫寞向我說了對不起。對不起，他不應該將我當成安馨的替身，這確實是個大傷害。曾經的那個我被傷得鮮血淋漓，內力盡失，甚至差點失去了愛人的勇氣。可是一切都過去了，就像剛才我告訴自己的那樣，一切都過去了。最困難的時刻，已經過去了。

我的眼睛微微地闔著，陽光透過薄薄的眼瞼射了進來，在我眼前躍動著橘紅的火焰，暖熱的火焰。雲易風的聲音在我耳邊響起：「那個人，究竟是誰？」我想了想，還是據實作答：「他就是溫撫寞。」沒有隱藏的必要。我問：「你今天爲什麼這麼生氣？」雲易風沉默了。我睜眼，看向他，卻發現他一直在看著我。我的眼神不好移開，兩人的視線膠著在一起，這麼一來，氣氛有些尷尬。我的腦子迅速轉動著，究竟該說些什麼話來活絡一下氣氛呢？還沒等我想出什麼來，雲易風便伸出手來撫摸我的臉頰。如果是平時我一定會躲避，但今天我沒有這麼做。此刻，雲易風的臉龐覆蓋著一層淡淡的渺茫，濃濃的鬱色。這些情緒軟化了他原本深邃銳利的五官，也就是說，此刻的雲易風變得不像雲易風了。我心中滿是疑惑：「你究竟怎麼了？」雲易風沒有回答，但那雙手繼續在我的臉頰遊走，指腹間帶著厚繭，摩挲著我的每一個毛孔。而那雙鷹眸，此刻染著戀戀。我被他看得有些發毛，只能怔怔地重複問道：「雲易風，你……」但沒等問完，雲易風這隻豹子便一個俯衝朝我襲來，一把將我壓倒，強吻，確確實實的強吻。

那個吻像狂風暴雨般混合著閃電雷鳴，甚至加上了火山爆發，一起加諸在我身上。他那兩根鋼條似的手臂牢牢焊入了我的腰間；他的唇重重擠壓著我的；他的舌像狂亂的士兵在我口腔中四處橫掃，不放過一個活口。他用最大的力氣吮吸著我，彷彿要讓我窒息而亡；他用最強烈的激情灼烤著我，彷彿要融化我的身子；他像一隻凶猛的、被激怒的獸，用四爪撲倒我，用尖利的牙齒乾淨而迅速地將我一口口吞下腹中。他的動作出現了從未有過的粗暴，我的唇齒間彷彿有甜腥的血液流出，我的氧氣被消耗殆盡，我無法呼吸，無法思考，無法生存。而人都是有自保能力的，在瀕臨死亡邊緣之際，我張開鋒利的牙齒，狠狠對著自己口腔中那根舌頭重重一咬。與此同時，我用掙扎而出的雙手，狠狠揪住雲易風的頭髮，逼迫他離開我。在我的雙向夾擊之下，雲易風放開了我，他重新倒回椅背上，閉著眼，低低地喘著氣。他的頭髮有點凌亂，神色帶著一種煩亂與疲倦。

我拿紙巾往自己唇上一按，不得了，好嫣紅的一灘血。我心痛啊。現在血的價格不低呢，再多流些，都可以買兩隻雞來吃吃了。「你今天究竟怎麼了？」我第三次問這個問題，但雲易風鐵了心不肯回答。直到他的胸膛起伏沒那麼劇烈了，他才幽幽問道：「寒食色，妳對我真的就沒有一點感情？」我呆滯了一下，他為什麼忽然問這個問題？雲易風睜開眼，眸中滿是壓迫的精光，「回答我。妳就這麼想推開我，妳就這麼討厭我？」我繼續拿紙巾擦拭唇上沁出的血跡，一邊輕聲道：「雲易風，說實話，你確實是好人，我對你還是很有好感的。」雲易風訕笑一聲，「好人？這算是安慰嗎？」我用舌舔舐了一下唇瓣，甜腥的氣息蔓延著，「你又不需要安慰。我想，你是有自信的，也有資格自信，根本就不需要別人的肯定與安慰。」確實，一個男人應該有的，雲易風都有。我問：「而且，你知道我最喜歡你的什麼嗎？」他抬抬眼皮，「什麼？」「我最喜歡你在易歌面前的樣子，帶點父親的威嚴，還有兄長的疼惜。有時候我在想，如果我是易歌就好了，有你這樣一個哥哥。」我說的是實話。雲易風對小乞丐的那種感情，確實讓從小就沒兄弟姐妹的我挺動容的。

不知這話怎地觸動了雲易風，他臉上忽然閃現了一道黯然。良久，他才低低地說道：「易歌出走了。」

「什麼？」我話一問出口，腦子就立刻反應過來了。難怪雲易風今天有點失常，原來是因爲這個。我急了，「那快派人去找啊！」雲易風寂靜的聲音中，帶著一股難言的情緒：「已經找到了。」我疑惑：「他爲什麼要出走？」雲易風歎口氣，「因爲我告訴了他，我和妳之間的事情。」

這下子，我徹底明白了。雲易風告訴小乞丐，說他和我有染，小乞丐無法接受，就以出走來表達自己的反對。雖然雲易風沒有明說，但我也猜得到，小乞丐鐵定還對雲易風說了些傷感情的氣話。因爲，雲易風看上去，確實苦惱。

101 桃花謝一朵

我只能端坐一旁，默不作聲。雲易風喚我：「寒食色。」我輕輕應了一聲：「啊？」他問：「爲什麼就不是我，爲什麼妳選擇的人不是我？」這個問題實在很複雜，我無法回答。是啊，爲什麼不是雲易風呢？他什麼都有，爲什麼我還是不能愛上他？所以說，感情的事情眞是比芝麻糊還混沌。

這時，我的眼珠子轉到了右邊。陽光折射在車窗玻璃上，恍惚成一片小彩虹，淡薄的光帶著素雅，還有清澈。我道：「雲易風，我想問你一個問題。」雲易風應了一聲：「嗯？」我問：「我想問你，如果我和易歌之間你必須放棄一個，你會放棄誰？」話音過後，便是長久的沉默，雲易風的沉默。因爲，我問到了問題點上。我幫他說出了答案：「你絕對會放棄我，因爲我和你的感情，並不像你認爲的那麼深。眞的，仔細想想，我們單獨相處的時間眞的很少。我想，我之所以不選擇你，原因就在於你並不是非我不可。出於機緣巧合，我們之間的相處模式想必讓你有耳目一新的感覺。我的意思是……想必從小到大，你也只被我這個人坐過臉，所以你便因爲喜歡這種新鮮感，而覺得自己喜歡上了我。可是，你的感情卻不是我想要的。」雲易風依舊沉默著。

他的輪廓是深邃的，隔絕了天地氣流，散發出深沉的野性。濃濃的眉峰與漆黑的眼像宇宙的黑洞，能輕易將人吸入。光線從車窗玻璃中打入，在他蜜色的肌膚上流溢，綻放著男人的絢麗。結實緊致的肌肉隱藏在襯衫之下，猶抱琵琶半遮面，引人口水直嘩啦。他就像黑色的大海，內裡蘊藏著無限力量，讓人心生嚮往……可惜，他不是我的；雖然我不知道自己要的是什麼樣的男人，但至少知道，他不是我的。

雲易風忽然抿了一下嘴角，像一個迷離的音符，天籟之音，「或許妳說得對，我們之所以無法在一起，是因為愛得不夠。」雲易風看著我，那雙鷹眸閃現出從未有過的流光溢彩，裡面似乎有什麼東西已在不知不覺間放下了。雲易風銳利的眉目，在暖黃陽光下開始變得柔軟，「如果我們有機會多相處，我想，最後我們是可以在一起的。只是，事情很少會朝著人們希望的方向發展。」我吁出一口氣，頓覺釋然：「這也算是人生的美妙之處。如果一眼就將自己的命運看到了頭，那也是很無趣的。」雲易風牽扯起嘴角，笑了。這麼一笑，眼角起了淡淡的紋路，瞬間將他的肅殺氣息消滅了不少。我忽然有種想掐掐他臉頰的衝動，但手才抬了一公分，便強迫自己放下——好不容易理清的關係，不想再混亂下去了。

雲易風似乎在喃喃自語：「我這次，算是為了兄弟情而放棄女人。」我好奇：「易歌是怎麼威脅你的？」雲易風閉上眼，遮住他極力隱藏的酸澀，那種酸澀只會因小乞丐而起，只會為他最愛的弟弟而起。雲易風的喉結緩緩滾動了一下，「他並沒有威脅我，甚至在聽到這個消息之後，他還祝福了我們。但是視訊畫面裡，他眼中的神情讓我很受不住，就像是我拿了一把刀親自捅入他的心臟一樣。」我靜靜地聽著，心中也有些枝蔓在生長——我一直將小乞丐的感情看得很輕。我以為，他不過是個小孩子，對我的愛也只是一種暫時的迷亂。但或許是我太自以為是了，小乞丐給予我的至少是他珍貴的感情，就像他那雙璀璨如鑽、晶瑩剔透的眼睛。當然小乞丐也並不是無理的孩子，他應該知道，我很可能會在他長大成人之前就找到了自己的良人；對此，他應該是有心理準備的，只是他從未想過，那個人會是他哥哥。他無法接受這一點。他會覺得，自己同時被我和雲易風背叛，那種痛是加劇的。

雲易風揚起頭來，蜜色的頸脖之下流動著男人的血液，「我原本以為，我能夠承受他的怨懟。但我錯了，我最不想傷害的人就是他。妳可能不相信，但是在他失蹤的那近半年裡，我沒有睡過一天的安穩覺，我害怕易歌出了什麼意外。他從小就把我當天神看待，可是我卻做了很多傷害他的事情……」我安慰道：「易歌會理解的。而且，易歌最愛的人也應該是你。如果在我和你之間，他必須放棄一個，那麼那個人鐵定是我。」這麼一說，不禁有些心酸。沒想到我和他們兩兄弟糾纏了這麼久，左看右看，還是被拋棄的分啊；如果他們兩兄弟之間是兄弟耽美的話，我就是那華麗麗的炮灰女配角啊。

雲易風睜開眼，將目光輕輕地移向我，「那麼，我們之間……就這麼完了？」我點點頭，「嗯。是該結束的時候了。」別說，以前雲易風強勢地纏著我時，我巴不得拿把菜刀衝到天上，逼著那月老把我和雲易風的爛紅線剪得個七零八落。但現在他放棄了我，我內心輕鬆之餘，還是有些惋惜；所以，人都是賤賤的動物啊。雲易風忽然握住了我的手，我瑟縮了一下，卻直覺意識到他並沒有什麼綺靡的意圖；就算有，也應該是他吃的虧比較大吧，我口水直滴答地想。但雲易風的意圖卻並不只是握握小手這麼單純。他將我拉進懷中，我的耳朵枕在他的胸膛上，這是我第一次這麼靠近他。他的胸肌堅硬，帶有彈性的柔軟。他的心跳沉穩、均勻，像海浪時不時拍打著岸邊。我想，這個舉動算是我們最後的紀念了。我和雲易風都不是那種分手了還可以做朋友的人，以後恐怕不會輕易見面了。我躺在他懷中，感覺到一股濃濃的安全感縈繞著全身，很舒適，很安心。如果我沒有遇上那麼多事情，或許我和雲易風是可以在一起的，只是……哪裡會有這麼多的如果呢？

雲易風道：「我想，以後我再也找不到像妳這麼有趣的女人了。」以我現在的姿勢聽來，他的聲音正在胸腔中低低轟鳴，震動得我耳膜一鼓一鼓的。我歎息一聲，「看吧，你果然還是把我當成一個玩具。」雲易風笑了，氣息在我髮絲之間流竄，「這應該算是我們第一次這麼安靜地共處吧。」「是啊。」我點點頭，隨著這個動作，耳廓摩挲著他的襯衫。我和雲易風似乎從認識那天開始，就在不停地打鬧。每次他遇見我，都是一場翻天覆地，鬼哭狼號，風雲變色，人仰馬翻。我們從來沒有這麼平靜地待在一起過。

雲易風忽然道：「給妳一個忠告。」我問：「什麼？」雲易風道：「小心妳身邊那隻笑面虎。」「嗯？」我想撐起身子看他，但雲易風卻伸手按住了我；他喜歡這姿勢，最後的姿勢。我只好繼續躺在他的胸前，輕聲問道：「爲什麼要這麼說？」我記得，我似乎沒告訴過他童遙的心思。「因爲，他對妳不懷好意。」雲易風每次提到童遙時，聲音都會陡然低個兩三度。我心裡「咦」了一聲，原來雲易風也發現了，看來我果然夠遲鈍。經過雲易風聲音裡的溫度持續降低著：「其實，是易歌先開口問我跟妳之間的關係，我才迫不得已告訴了他。經過調查，我發現這件事是那隻笑面虎告訴易歌的。」童遙告訴了小乞丐？童遙爲什麼……想到這，我猛然憶起上次去醫院時，我曾無意中告訴童遙，說我對雲易風的固執感到苦惱，當時他似乎說了句，別擔心，有我在。這下子，我總算懂他這句話的意思了——「從小乞丐下手，一舉剷除雲易風。」童遙不愧是奸商，果然知道戳人軟肋。雲易風頓了頓，道：「今後不管妳和誰在一起，我都會心懷大度地祝福，除了跟他。」我咋咋舌，這也難怪了，雲易風和童遙幾次交手，都是童遙勝利，雲易風能不惱火嗎？我回道：「今後不管你和誰在一起，我心裡都會酸酸的。」聞言，雲易風低低地笑了。我喜歡他笑，總能震得我皮膚麻麻的，非常舒服。

我和雲易風就這麼坐在車上，看著天色由蔚藍變成染著金邊的紅，最終成爲漆黑。山上的星子璀璨明豔，遍灑天際；夜風涼爽，輕吹臉頰。我們沒有再說一句話，只是這樣安靜地待著。之後想起來，我也頗有些不可思議。就這樣結束了，是的，就像我們的開始那樣，結束也出乎意料地迅速。雲易風是個好男人，我也十分慶幸自己生命中有過這樣的好男人，可惜他不是我命中注定的那個。

回到家後，我打開電腦，發現小乞丐早就在網路上等著我和他視訊通話。我決定儘快把話說清楚：「易歌，我和你哥不會在一起的。」聞言，小乞丐的臉上閃過一道複雜的情緒——先是訝然，之後是欣喜，接著是疑惑，而後帶著一種愧疚與懊喪；我佩服自己的眼睛啊，簡直就是高科技的情緒分析儀器。小乞丐垂頭，「是因爲我嗎？對不起，我只是一時沒控制好自己的情緒，我……不會再這樣了。食色，我會告訴我哥，我會眞心祝福你們的，眞的。」我道：「不關你的事。眞的，不關你的事，是我和你哥的感情並不到非要在一起的地步。」小乞丐面露擔憂，「那，我哥……他沒事吧。」我道：「你哥好得很。放心，男人失戀，最多不過三個月就好。再說，這次是我們互相甩了彼此，他根本也用不著嘔氣。」小乞丐試探地問道：「爲什麼會分手？食色，是因爲妳有了對的人嗎？」我對著鏡頭道：「還早得很。這種事，當事人怎能預知呢？」小乞丐斂眸，眼中射出一道堅定的光，「食色，我在這邊會努力的，我會努力長成妳喜歡的男人。到時候，才能獲得和那個人競爭的機會。」小乞丐的話實在讓我自信心暴漲，能在這喧囂紅塵中得到小乞丐這份純淨剔透的感情，還眞是三生有幸。我對他微笑，「易歌，好好努力……其實，你在我心中永遠都會占據一個重要位置的。」小乞丐聽了這話似乎挺高興的，「是嗎？」

我忽然想起了什麼，「對了，聽易風說，是童遙告訴你，我和你哥的事？」小乞丐急忙解釋：「食色，妳別怪童大哥，他不是故意的。童大哥是打電話來關心我，我纏著他問妳的事情，結果他不小心透露了些蛛絲馬跡，我就硬要他說出來。食色，眞的不關童大哥的事情，他還勸我，說千萬要祝福你們。」我看著小乞丐，眼含沉甸甸滿溢溢的同情。孩子啊孩子，你涉世未深，尚不知世人的險惡。童遙這種魑魅魍魎，哪裡是你能對付的等級。關心？不小心透露？勸你？小乞丐啊，你這是被童遙賣了，結果還幫他數錢啊。童遙這種奸商，連你哥都不是他的對手，更何況是你？但考慮到小乞丐的心智尚未發展完全，我害怕太早對他揭露世界的黑暗，人心的險惡，會對他的人生觀、價值觀產生惡劣的影響。因此，我就不扒掉童遙的僞善人皮了。我覷小乞丐一眼，「要我不怪他，可以。答應我一個條件。」小乞丐問：「什麼條件？」我咧嘴，把手放在下巴處淫笑著，「咱們來裸聊；當然，裸的是你，看的是我。」我居然因爲太過入戲，一滴口水不小心滴在鍵盤上。「砰」的一聲，小乞丐成了紅孩兒，臉頰，耳朵，脖子全似敷上了辣椒油，紅嫩嫩的，可愛極了。我繼續笑得淫賤無比，禽獸無比，一邊用眼睛扒著小乞丐的褲子。恰在這時，有人按門鈴。小乞丐如蒙大赦，拋下一句：「妳有客人來了，我先下線了。」然後，便關上了視訊。

我氣到不行，心裡暗暗咒罵按門鈴的那個人。我發誓，不管他是男是女，我都要把他／她姦成人乾。誰知門一打開，發現來的人是童遙，這麼一看，我洶洶的氣勢一下便消失得無影無蹤。我變成了一個霜打的茄子，一隻嚥氣的小雞，一灘軟趴趴的泥，只因，我面對的是童遙。以前我和童遙是盟友，從來不需要提防他，甚至可以說我忽視了他的能耐，但一般說來，童遙要做的事情，最後都是能做到的。而現在，我們是敵對關係了，童遙，他要對付我了；出於對他的這份認識，讓我不得不打起十二萬分精神來仔細打量他。就像雲易風形容的那樣，童遙他是隻笑面虎。在他身邊，你不會感覺到危險，然後就在他那讓人如沐春風的微笑中，你會神不知鬼不覺地被他吞下肚腹，連屍首也無法尋覓。這就是童遙。他的危險是隱蔽的，永遠不會透露出來，而當你認識到他的危險時，他的目的已經達到。權衡再三，我清楚，我和他的段數差得很遠，這想必也是我下意識就要逃跑的原因——我敵不過他。

童遙微笑，右邊嘴角總是抬得高些，笑意慵懶，「怎麼，不歡迎我？」我也笑，「怎麼會呢？」笑著笑著，忽然睜大眼，將手往他背後一指，大叫道：「你看！」我打的主意是，趁童遙轉身的當下，把門關上，我可不想放一隻老虎進屋。但童遙沒有回頭，他看著我，眼中有一種明淨的戲謔，「有什麼好看的？妳替我形容一下！」我的手還停在半空中，顫巍巍抖了兩下，接著道：「有灰機，灰過去了。」童遙微抬眉峰，與此同時，頭輕輕一側，那碎髮就這麼落在了額角上，像一片柔軟的花瓣落在湖心，在他臉上蕩漾起幽幽漣漪，讓他整張臉都鮮活了起來。嘴角的淺笑，眉宇的微抬，鼻梁的輕皺，童遙的每個小動作都是一陣微風，吹來無限遐思，落在人的心上。他那雙濃黑的眼裡，瞳仁便是一塊黑玉，一塊駐留在小溪中的黑玉；澄淨的溪水流淌時，受到了黑玉攔阻，便在它周圍流轉出無限光華……他整個人一向帶著一種不羈的帥氣，還有討人喜歡的壞。似乎察覺到了髮絲撫在面上的癢意，他舉起左手，用無名指去揩。童遙的指甲修剪得很乾淨，秀氣，帶著自然的光澤；漂亮之餘，那些偶爾堅硬的骨節也覆蓋著男人的氣息。他的嘴角總是帶著那種玩世不恭的、似乎什麼也不在乎的笑，那種笑，讓人心癢難耐。

我猛地從他那些小動作布置出的桃花陣中省悟過來；糟糕，差一點就著了道。既然不能智取，那只能用蠻力了。所以，在笑意大盛的當下，我忽然一陣猝不及防將門重重關上，但就在門即將關上之際，童遙用手擋住了門。他的力氣很大，我在裡面撅著屁股，縮緊菊花，咬碎大門牙，爆裂青筋，累得四肢抽搐，尿意大盛，依舊無法將門關上；更氣人的是，我在這邊累得吐舌頭，童遙卻只是一隻手擋著門，閒適地看著我，就像看著一個頑皮的孩子。「不歡迎我進去？我還以爲我們是朋友。」童遙慢悠悠地說出了這句話。算你狠。我被這句話所箝制所折服，只能放棄關門這個不可能達成的設想。我恢復鎮定，道：「嘿嘿，跟你開玩笑呢，我們當然是朋友。」帶著朋友的標籤，童遙進了屋子裡。「喝什麼？」我一邊問一邊來到廚房，偷偷拿出安眠藥準備加在他的飲料中，打算將他放倒。童遙卻道：「不用。」我極力鼓動著：「啊？不要客氣啊，到朋友家來怎麼連一杯水都不喝呢？太見外了呀！」不喝水，我怎麼下安眠藥呢？童遙來到廚房門口，對著我眨眨眼，用半開玩笑半認眞的語氣道：「我怕妳會下藥啊，怎麼敢喝呢？」我喉嚨裡像哽了一塊泥巴，憋死了。好半天，我才僵硬地笑著，「眞幽默，有前途，哈哈哈哈哈——」

童遙看了一眼我那還沒來得及關上的電腦，問道：「妳剛才在跟誰視訊通話？」我道：「小乞丐。」童遙那線條完美的唇開啓，「噢，他有跟妳說什麼嗎？」「從小乞丐口中，我得知，你這個和他並不太熟的童大哥忽然打電話過去，在一番黃鼠狼給雞拜年的問候中，假裝無意地透露了我和雲易風的事情。」說完之後，我看著童遙。童遙完全不加掩飾，他對著我輕輕一笑，道：「不用客氣。」我一愣。想想也是，童遙雖然動機不純，但也算是爲我解決了一個大麻煩；如果，他也能順便幫我把他自己解決掉，那就更好了。此刻，童遙的目光掃射在我的食指上。經過這些日子，我食指上的傷口已經完全癒合，只剩下一道淡粉色的傷痕。難不成，他又要舔？我心中立即警鈴大作，忙將自己的手放在屁股後，而且腦子正思考著，要不要現在趁機把手伸進自己的小菊花裡攪動一下，這樣一來，等會兒童遙即使抓住我的手，也親不下去啊。但童遙想必看穿了我的想法，也就不強求了。

他站到了屋子中央，眼中飄過一團濃重色彩，道：「這樣看來，現在，雲易風是退場了。」我乾笑，而且加重語氣道：「是啊，所有人都退場了。」童遙微笑，唇上花瓣般的光澤擴散到整張臉上，帶著一種宛轉，「所有？不是所有吧。」我故作不知，「啊？還有誰？」我的主意已經打定——如果童遙說是他自己，那麼我就大笑狂笑癲笑傻笑地說，我和你是朋友啊，怎麼還會有其他感情呢？哎呀，原來你打的是這個主意，實在太不純潔，太傷害我的感情了。不行、不行，在大錯尚未釀成之前，我們還是不要再見面了。可是，童遙如果會自投羅網，那就不是童遙了。他說的卻是：「那麼，溫撫寞呢？」我的心停頓了一下，隔了一會兒反問道：「溫撫寞？他怎麼了？」童遙笑意散漫，「妳和他，昨天見面了，是嗎？」「你怎麼知道？」問出這個問題之後，我擺擺手，示意他不用回答；這個問題不太有營養，童遙知道的事情豈只這一件？我大方承認：「是啊，我和他確實見面了。」童遙問：「感覺怎麼樣？」我模稜兩可地回答：「還好。」童遙繼續問：「他有對妳說什麼嗎？」我據實作答：「我問的是廢話，他說的也是廢話。」童遙安慰：「沒問題的，分開後第一次見面，總是會尷尬的。」我好奇：「你是在勸我們復合嗎？」童遙看著我，睫毛半斂，倒映在他黑玉般的眼眸中，成爲一絲絲柔嫩的草，「那不是我能控制的事情。面對他，我所能做的便是等待與努力。」童遙的話有些深意，我問：「什麼意思？」童遙笑笑，又恢復了平時那種優雅的痞子形象，「沒什麼。親愛的，我肚子餓了，賞點飯來吃怎麼樣？」面對一個大難不死撿回一條命的人，我能說「不」字嗎？不能，所以我只能又回到廚房，爲他弄飯。

話說，童遙才是眞正的小強。上次的車禍都傷重到醫生下了病危通知書，誰知休養了還不到一個月，又活蹦亂跳的。「笑面虎」加上「小強體質」，一想到要面對這樣的童遙，我的小心肝顫巍巍的。我準備替他炒一份魚香肉絲，從冰箱拿出肉，解凍後，放在砧板上切；切得正歡，卻忽然感覺背脊有股壓迫感，隨後一股淡淡的、熟悉的菸草氣息，像游絲鬼魅般進入了我的鼻端，接著童遙那近在咫尺的聲音響起：「準備替我做什麼菜？」我一個激靈，猛地回頭，卻看見童遙那張放大版的俊顏。他就在我背後，我們之間只剩下一道縫隙。我的呼吸一緊，手一滑，眼看就要再次劃到手指，實在是冤孽啊，上次也是如此；難不成，我手指的大姨媽又要來了？不過這次還好，童遙眼明手快，伸出雙手，幫我扶住了菜刀；這個動作，成功地避免我把自己的手指當肉割，但同時也曖昧了我們之間的氣氛。此刻的情況是，童遙的雙手環過我的腰，握住我的雙手，而他的下巴則輕輕抵在我的頭頂。曖昧，讓人受盡委屈，找不到相愛的證據——我的腦子裡又開起了演唱會。童遙輕聲問道：「沒事吧。」我敢肯定，他絕對是故意的，這聲音像肌膚之間的廝磨，帶著如蜜的柔軟，呼嘘著敏感與纏綿，童遙甚至有意無意地朝我耳朵裡吹氣，簡直就是極度誘惑。

我忙放下菜刀，蹲下身子，從他的胳膊下鑽了出去。一直跑到客廳中央，我才站定，喘口氣，平息下呼吸，接著道：「那個……看來今天不太適宜用菜刀，我們還是叫外賣吃吧。」說完，我打了電話到樓下的館子訂了餐。這時，童遙慢悠悠地從廚房走出來，眼眸微挑，「妳好像在怕我？」我乾乾地笑著，接著拿出萬能擋箭牌：「怎麼會呢？我們是朋友啊。」「那麼，來玩遊戲吧。」童遙說著，逕直來到電視機旁拿出遊戲機，開始安裝了起來。

看著他一副輕車熟路的樣子，我這才意識到，童遙好像知道我家所有東西的擺放位置。想必，連我的衛生棉放在哪，他也知道得一清二楚。

102 高手對決

我們玩的是賽車遊戲。童遙玩得挺盡興，但我卻心不在焉，因爲他靠得我很近。玩賽車時，身體會自動地偏移，而他就時常偏移到我這邊來；菸草氣息一絲絲擴散過來，還有身體有意無意的碰觸，一切都讓我不知所措。所以才玩沒多久，我就慘敗。我搖搖頭，雙手撐住地板，想站起，「你慢慢玩吧。」但童遙卻一把拉住我的手，一時沒能站穩，就被他拖進了懷中。躺在他的大腿上，他俯身看著我，房間靜謐成一團靡麗。童遙眸中的溪水狀似澄澈，實則有種別的意味，「爲什麼要跑，我們不是朋友嗎？」朋友朋友朋你個友，我生氣了，完全看出了童遙的計謀——打著朋友的旗號，大搖大擺地進入我家，開始對我行盡引誘之能事，從精神上摧毀我，從肉體上誘惑我，實在是太混蛋了。我寒食色，不能再這麼軟弱下去。所以，我將一雙眼氤氳成霧氣濛濛，媚氣縈繞；我的手指來到他的唇瓣上左右移動，摩挲著……你要玩？好，我就陪你玩。我的一隻手指還在童遙的唇上摩挲，另一隻手便出其不意揪住了他的領口，「刷」的一下將他拉到我面前。此刻，我的角色是女王，我要戰勝童遙！我伸出了傳說中的丁香小舌，舔舐了傳說中的櫻桃小嘴；我動用了一下傳說中的媚眼如絲，嘗試了一下傳說中的眼波流轉……在童遙水漾的眸中，我看見了假扮成妖孽的自己。

前戲完畢，開始進入正題。

我的雙手插入童遙的頭髮，胡亂地摩挲著，努力把他的髮型弄成雞窩似地摩挲著；我瞇著眼，咬著牙，做出野貓般的嘶鳴。我依葫蘆畫瓢，對著童遙的耳朵渡了口仙氣，「小寶貝，你這麼做是不對的。」但力氣似乎用得大了些，吹出了幾滴唾沫星子；不過沒關係，反正也不是吹在我耳朵裡。我的第一招，就是對童遙進行精神上的肆虐，「你這個可惡的小東西，你這個磨人的小東西，你這個殘忍的小東西，你究竟想要怎麼樣？」接著，我抓起他的領帶，將他一推。童遙就像傳說中那易推倒的小正太，被我推倒了。我則像隻母狼，一個俯衝撲上去，捧住他的臉頰死命地搓揉著。搓完了臉頰，我開始撕扯他的襯衫，他那 Armani 襯衫就這麼被我的爪子揉成了抹布。最後的最後，我的手滑到了童遙的腰間，用最豪放的姿態除下了他的皮帶。此刻，我壓在童遙的身上，女王的氣質展露無遺。我將皮帶折疊起，往地板上一甩，「啪」的一聲，ＳＭ氣息瞬間充盈了整個房間。我將皮帶伸到童遙的下巴處，輕輕一抬，眼睛一凜，紅唇微啓，道：「怎麼樣，還想要繼續嗎？」這一招對付普通男人，應該能嚇得他們屁滾尿流，爹媽不識；但問題是，童遙他不是普通男人，他是童遙，一個在花叢中修練了大半輩子的妖。所以即使我如此豪放，如此精神失常，他的面上依舊如水般平靜。他的眉梢，他的眼角，他的唇瓣，全都泛起了桃花瓣的光。我的心都還沒來得及「咯噔」一下，他就翻身將我反壓在地板上。再然後，他那迷離的、略帶邪氣的眼睛，開始在我臉上梭巡。他的手指勾畫著我唇畔的輪廓，指腹上那淡淡的、屬於男人的菸草氣息，持續闖進我的血液之中。他的眸子半闔，睫毛微捲，細緻溫熱妖豔的光華就這麼流露出來，瞬間，攫住了我的呼吸。

「當然，我的小貓。」童遙的聲音柔媚到了極致，帶著濃濃的寵溺，還有若有若無的情慾：「吾愛，我等著妳的繼續。」我靠！童遙你夠狠，叫得我肉都緊了，你居然還若無其事！我當然知道童遙同學是高人，但殺敵一千自損八百，我寒食色也做好了半身癱瘓的準備，換言之就是——我不退縮。於是乎，我的雙眼聚集了所有風情凝視著他，我的舌則像頑皮的蟲在紅唇上游移。勾引，誘惑，蠟燭，皮鞭……讓ＳＭ像暴風雨般席捲我們吧！我的雙手從童遙的頸部一直滑到他的胸口，然後抓住了小丘陵重重一掐！打鐵趁熱，既然已經蹂躪小丘陵了，那麼不弄弄小櫻桃，它們會怪我厚此薄彼的。所以我將童遙的小櫻桃夾在食指和中指之間，然後重重一個旋轉。我期待著童遙的吃痛聲，期待著童遙的怒氣，期待著童遙的投降；但最終我卻發現，我還是低估了他，是的，我低估了童遙。因爲當我這麼做了之後，童遙的眸子仍然氤氳著靡麗的煙氣，就這麼看著我。他那比女人還要完美性感的飽滿唇瓣更顯紅潤了，彷彿湧動著無限的情潮；最重要的是，從他潔白的牙齒中逸出了一聲呻吟，那呻吟才叫一個銷魂。不同於女人的嬌柔，童遙的呻吟聲陽剛些，卻更爲誘惑，像春水般融化了人心，又像毒蟻般啃噬著骨髓；那種感覺細細碎碎地侵入人的體內，讓人浮想聯翩，情潮澎湃。我的全身在聽到這聲呻吟後，瞬間融化成一灘水；而發射了這衝擊波後的童遙，卻完全無恙。

他繼續俯視著我，道：「怎麼樣，我的小心肝，還要繼續嗎？」我承認，此刻的我已是虎軀一震，菊花緊縮，汗出如漿，血液沸騰，內息散亂，毒氣入腦，眼前一黑，身形劇晃，已呈頹勢。但對手可是童遙啊，也就是說，我這是雖死猶榮。我面向大海，我還春暖花開；我咬碎著牙齒，膨脹著鼻孔，哆嗦著嘴唇，猙獰著面孔，卻擠出了最爲柔媚的話：「我的甜心，當然要繼續了。」話音剛落，我發揮著革命烈士不屈不撓的精神重新纏上了童遙，童遙再次被我壓在地上。我們一個像黑夜一個像白天，一個像熊市一個像牛市般地交疊著，互壓著；我用我的肥屁股坐在童遙的小腹上，務求把他的便便壓出來那樣地壓著。童遙的眼眸依舊滿是旖旎的朦朧。他的手撫上了我的嘴唇，撥弄著我柔滑的唇瓣。我帶著誘惑地張口，將他的手指吞進了嘴裡。我的舌輕輕沿著他的指腹舔舐，一點一點，帶著濃重的情慾色彩；而看童遙的模樣，這招似乎很管用。我眼睛一瞇，繼續用盡技巧，期盼能引誘得童遙失控；只要他失控，我就馬上一個巴掌搧去，用一雙硬憋出眼淚的盈盈美眸看著他，無比委屈地說道：「你怎麼可以對朋友做這種事情，你實在太無恥了！不可以，以後我們不能再見面了。」接著，拿出我前些年學習的跆拳道招數，狠打猛踢，將童遙重新弄到醫院去住。可是，我咬著他的手指，啃了許久，他也沒有什麼失控的跡象；啃到最後，我的嘴巴都瘆了，只能「噗」的一聲將童遙的爪子吐出來，放棄這一招。

童遙右嘴角微抬，頗有興味地說道：「怎麼，我的小餅乾，不來了？」不來？我的血量都已經平白無被消滅了一大半，不來，不是太可惜了？至少，我豁出了一身剮，說什麼也不能讓他完好無損。就在我聚精會神思考地下一步要做什麼時，卻忽然感覺到手指上傳來了一陣暖熱與濕潤。低頭一看，發現童遙居然剽竊了我的創意——他也學我剛才的樣子，將我的手指含在嘴中。一樣的動作，由不同的人做來，就是不一樣。童遙看著我，那眼神才叫一個魅惑與邪氣。他的唇本來就長得性感，而現在被我的手指微微一壓，更添落花般的嬌柔；再配上那一直緊盯著我的、染滿春水的眸子，我的骨頭頓時酥軟了大半。但這對童遙而言還不夠，遠遠不夠。我的手指被他輕輕含在嘴中，那舌細細地舔舐著，不放過任何一個地方。高壓電流順著手指，直接擊中我的神經中樞。他像在舔舐世間最美味的食物那般，一點一點慢慢蠶食。每當他的舌滑過我的手指邊緣時，我的身子就會不由自主顫抖；在酥麻的海洋中，我感覺到深深的恐懼——不過是一個舔舐手指的動作，童遙便能勾了我的魂，攝了我的魄，那要是進行其他更激烈的動作，我豈不是只有挨宰的分？不可以，絕對不可以。我努力地將自己神智拉回，接著深吸口氣，輕輕地告訴童遙一個毀滅性的消息：「親愛的，不好意思，忘記告訴你，剛才我的小菊花有點癢，所以我就用你現在舔得津津有味的這根手指，深入地摳了摳。你仔細聞一聞，是不是聞得到食物經過一整套完整消化流程後成爲殘渣的味道？」說完之後，我嘴角一咧，一道米粒般大小的精光在牙齒上淫淫地閃爍著。童遙同學，我就不信我噁心不死你！有句話我似乎說了很多遍，但此刻還是要再說一遍，那就是——童遙，他不是凡人，他是妖。聞言，他並沒有臉色蒼白，也沒有緊閉嘴唇做嘔吐狀。他很平靜。他平靜地對我一笑，道：「小寶貝，我也忘記告訴妳，今天我上大號時，手機不小心掉進馬桶裡。妳平常不是總要我節儉嗎？所以今天，我就不顧噁心地把手機撿了起來。雖然事後我仔細洗了手，但指甲縫裡還是不可避免地留下了排洩出的食物殘渣，而剛才就被妳全舔了去……寶貝，別擔心，那是妳最喜歡的牛肉變成的殘渣，妳可以瞑目了。」這次，我的臉「刷」的一下白了。一種巨大的危機感襲遍了我的全身，我發覺，這次我要糟糕了！論風流，我比不過童遙，我忍；可是，而今眼下，我居然連猥瑣也比不上他。童遙啊童遙，你到底是何方神聖？童遙繼續肉麻著：「我的心肝小寶貝，妳，眞的還想繼續嗎？」我仔細查看了一下我的剩餘血量，嗯，還剩下最後一格，所以我決定和童遙這廝拚了！我要使出我的必殺技——猴子摘桃！想當初，我寒食色就是藉著這一招稱霸武林，揚名天下，多少男性同胞的小弟弟都被我用這一招毒害過。用謙虛的說法來講，我一使出這招，那簡直天地變色，鬼哭狼嚎，風雲變幻，時間倒流，該穿越的都穿越，該女尊的都女尊；總而言之，可說是相當厲害。所以我眼睛一瞇，接著我的手伸入了童遙那早就被我被扒拉下皮帶的褲子裡，朝小童遙握去。我承認，在我的私心裡，我是滿懷期待的，畢竟所有曾出現在我生命中男性同胞的小弟弟們，我全都公平地摧殘了一遍，就只剩下這位小童遙了。我曾發過多少毒誓，決定這輩子一定要將小童遙完完整整、從肉體到心靈、從海綿體到血管都肆虐一遍，而這一刻終於來臨了！我的口水如湖水般搖啊搖浪打浪，三寸，兩寸，一寸，眼見手將要握住小童遙時，我霎時停住了，因爲——有隻手正放在我的私密花園外，那隻手並沒有碰觸到我的第三點，但那一處的敏感卻令我的冷汗如冷澈泉水般死命地往外冒。

我將目光一寸一寸地移到了童遙臉上。只見他英俊的臉上，邪氣越盛。我問：「你想做什麼？」童遙氣定神閒，完全看不出是個小弟弟危在旦夕的男人，「我說過，妳如果想看我的下面，那麼妳就必須先給我看妳的上面。現在也是一樣，如果妳想摸我的下面，那麼我也會以其人之道還治其人之身……不，我不僅會摸，我還會青出於藍而勝於藍，我要……插進去。」童遙的話說得很慢，很柔，很緩，但其中的寒意卻凍得我眼睫毛都結成了冰；我只能說，童遙這廝夠狠，夠毒，夠辣，夠色情。我眼睛瞇緊，「不，你不敢的。」童遙微笑，笑得人畜無害，「那麼，妳可以試試。不過我敢肯定，在妳摸我之前，我的手指就已經先進入了妳的體內。」我的冷汗在背脊上慢慢流淌著，但我的嘴還是硬的：「我不信。」童遙繼續微笑，眼眸中閃爍著流光溢彩，「那麼，妳大可以試試。」好，我就試試。我咬咬牙，抬手往童遙的小弟弟處接近，但才剛移動了一公分，我全身就開始僵硬；因爲，與此同時，童遙的手指碰觸了我的敏感點，他那修長的手指有意無意地滑過我大腿內側，引發一陣悸動，令我倒吸了一口冷氣。童遙的臉上寫著不羈的邪氣，「親愛的，怎麼不敢動了？」我當然不敢動，這一動，可是我吃虧比較大啊！看著童遙的閒適，我咬牙切齒，恨意蔓延。怎麼辦？究竟該怎麼辦？現在的我和童遙，彷彿在《紫禁城之巔》裡決戰的葉孤城和西門吹雪。高手過招，不需要耍花哨，只要一個動作便能夠決定生死，而現在，我和童遙就在斟酌著這個動作——我的手，放在他的重要位置；他的手，放在我的重要位置。童遙的小弟弟，我渴慕了許久的那位小弟弟就在咫尺之間。它，到底是大號，中號，還是小號；到底是長，中，還是短；到底是如鉛筆般細，還是似香蕉般粗。我的好奇心達到了極致，可是我不能去碰，因爲一旦碰了，他的手指就會進入我的體內，這麼一來，豈不是被他吃了大豆腐？我現在處於兩難的局面，到底是豁出去，直接抓；還是就此認輸，放棄了？我平生最恨的，便是做選擇題。

此刻我看著童遙，他的眸子是一泓平靜的水。水邊，三月桃花盛開，倒映在湖面上，影影綽綽，媚絲無邊；睹此情狀，我的狼性瞬間膨脹——童遙是個花花公子，花花公子的小弟弟肯定不是一般貨色。我寒食色這輩子倘若不能摸到，寧願抹脖子自盡！在心中發下此番狠話之後，我深吸口氣，手便下意識往那根我心念了許久、用盡方法、絞盡腦汁、使遍計謀從未能得見的小童遙伸去。晶瑩的口水從我的牙齒縫中流出，亮燦燦的淫光從我的眼中迸出，激動的粗氣從我非常搶鏡頭的鼻孔中噴出。我不顧一切，我喪盡天良，我毀滅人性，我慾望薰心，我心理扭曲……我就這麼將罪惡的手伸向了那罪惡之源。此刻，我的手已經碰觸到小童遙的身體，我甚至感覺到它的熱度，想像到它的形狀。可是就在這時，我的小內內，邊緣被一隻手指掀開了，那手指染著閒適的情緒，不慌不忙，極度有自信，它就在邊緣徘徊，它在傳達著一個明確的訊息——只要我再敢進一步，它就會長驅直入，進入我的私密花園，我的蓬門即將被強行打開。我的身體，瞬間像被點了穴道似的僵硬了。童遙的嘴角浮出帥氣的痞，性感的邪，悠然的自得，他道：「我的心肝寶貝，看來妳是不相信我的話。」我相信，我不得不信。童遙，一個海綿體都能折斷的強人，他還有什麼廉恥，還有什麼道德，還有什麼兔子不吃窩邊草的原則。所以他鐵定會進入的，是的，他一定會進入的。而我的血量已經在警戒線之下，按照老院長的話法就是——「寒食色同志，妳個倒楣的仙人板板今天要遭洗白的個。」是的，我要完蛋了，我和童遙根本就不是同一個水平線上的人，不能硬攻，只能智取。所以，我歎了很長很長很長的一口氣，道：「算了，不來了，大家都是朋友，玩得太瘋會傷和氣的。」童遙微笑，「沒錯。」「把手拿開，我要起來了。」說這話之前，我已經以身作則把手從童遙的褲襠掏了出來。童遙依舊微笑，接著依言照做，「好！」我將雙手撐在地面，做出借力撐起身子的模樣，接著就在此刻，我故意軟了一下手臂，如此一來，我那堅硬的手肘就直愣愣地朝童遙的小弟弟砸去。我眼裡冒著森森的寒氣，我臉上滿覆著涼薄的笑，我內心的聲音狠毒清冷，「童遙啊童遙，今天倘若我就這麼和你打平，傳出去，還怎麼在江湖上混呢？所以，莫怪我狠心了。」我寒食色在摧殘男性同胞小弟弟這件事上，似乎特別有天分。基本上，沒有人的小弟弟能在我手中逃脫，而這次也是一樣。我腦海中開始想像童遙的私處被我砸了之後，他面紅耳赤，一躍而起，抱著小童遙跳腳的狼狽樣……

可是夜路走多了是會遇見鬼的，而今天我遇到的，就是比鬼更可怕的妖。在我那堅硬的手肘即將砸到童遙脆弱的小弟弟時，童遙的身體忽然輕巧地移動了。他的動作是瀟灑的，移動幅度並不大，只是正好讓我的手砸到了地面。我承認自己不厚道，我是抱著要讓童遙斷子絕孫的念頭準備砸小童遙的，所以說使出的力氣是非常驚人的，幾乎達到了毀天滅地的程度。而力，是相互的，也就是說，當我的手砸在堅硬無比的地板上時，那痛的程度同樣是毀天滅地的。我的眼淚頓時像音樂噴泉般飆了出來，不僅是眼淚，那痛也瞬間在我手肘上爆發開來。所以，我的手肘軟了下來；而身體沒了支撐，臉便自然以飛快的速度朝地面撞去。接下來，發生了一件好事及一件壞事。好事就是，我的臉並沒有撞到地面；壞事就是，我的臉撞到了童遙的下襠，好死不死，我的嘴正好撞到那令我朝思暮想的小童遙身上；更確切地說，是我的嘴吻上了小童遙。但這並不是我想要的。用手抓和用嘴親，完全是不同的概念，前者代表童遙被我調戲了，後者則是我被童遙調戲了。正在我頭腦一片空白的當下，童遙帶著旖旎曖昧的戲謔聲音，在我頭頂響起：「親愛的，妳就這麼迫不及待？」我的怒火頓時像火山一樣爆發了！實在虧到家了，流了這麼多的汗水，這麼多的淚水，這麼多的血，可是從頭至尾我都被童遙耍得團團轉，被他調戲了個夠本，沒天理，沒人倫。氣憤之下，我的理智出了竅，飛到了天邊，我咬牙切齒地發誓，今天一定要把童遙的褲子扒拉下來，一定、一定！我的眼睛已經成了血一般的紅色，我磨著牙齒朝童遙的下檔撲去。

已經被一連串調戲與反調戲弄得瀕臨瘋狂邊緣的我，開始在屋子裡追逐著童遙。一邊追，我一邊河東獅子吼：「給我站住，我今天一定要把你的褲子扒下來！」我的腳以怒火做爲燃料，瞬間速度提升，不一會兒便將童遙逼到了牆角。我搓著手，咧著嘴，淌著口水，閃著淫光，一步步地逼近童遙：「這次，我看你還想往哪裡跑？」「妳要做什麼？」童遙的臉上忽然閃現出恐懼的神色，聲線也有些發抖，在空氣中如游絲般飄逸；他的眼裡盈著碎碎的晶光，看上去眞的像個被母色狼逼迫到牆角的無辜美男。我的笑聲禽獸無比，淫蕩無比，「做什麼？當然是……要幹你了！」童遙看上去楚楚可憐，居然讓人生出了疼惜的渴望，「求求妳不要亂來。請看在我們是多年好友的分上，放了我。」我的舌頭在自己嘴唇上緩慢地轉動了一圈，眼中精光暴漲，一字一字地將他的希望熄滅：「放了你？不可能！今天，我一定要脫下你的褲子。我要看看，你家小童遙究竟長得是圓是扁！」說完，我將童遙重重一推，讓他靠在牆上。接著，我欺身上前，不給他逃脫的機會，雙手開始奮力地抓住他的褲子，死命地往下拉。童遙的聲音哀哀欲泣，充滿了無辜，盈滿了無助：「爲什麼？這麼多年了……爲什麼妳總是不放棄看我下面的念頭？」我像個採花大盜那樣仰天長笑，笑得邪氣無比，討打無比，「因爲，我的人生目標，就是扒下每一個看見過的男人的褲子，好好觀賞一下他們的小弟弟，形狀完好的就割下來保存，形狀不好的就割下來給狗吃！」「噢。」童遙輕輕應了這麼一聲，他的這一聲「噢」應得可是千迴百轉，盪氣迴腸，頗有深意。我的腦子瞬間清明了些許，不對，童遙怎麼可能會怕我呢？莫非……

我轉頭，看見了門口提著外賣餐盒的送餐小弟。我確實不知道門是何時打開的，也不知道那小弟是何時來的，更不知道那小弟聽見了多少。我只看見那小弟提著餐盒，呆若木雞地看著我們，臉色慘白，嘴唇哆嗦，雙腳發顫。我的冷汗如蚯蚓般彎彎曲曲地流淌著，完蛋了，他似乎聽到了很多。我定定神，將一張臉笑得像朵菊花，慢慢地移動腳步，用天底下最溫和的詞語告訴他：「小朋友啊……」小朋友啊，你別見怪，阿姨和叔叔正在排練話劇呢——我原本是想這麼說的，但我才剛朝那送餐小弟靠近一步時，他便像看見鬼似的淒厲慘叫一聲，然後他呼哧呼哧地喘著氣，眼睛驚恐地睜得滴溜溜圓，牙齒上下打著顫。「不要割我！」送餐小弟狂叫一聲，接著將餐盒一扔，快速地跑下樓去。我看著餐盒在空中轉了個完美的圓圈，然後，裡面那些色澤鮮豔的湯湯水水全都灑了出來，在地上鋪成一片絢爛的地圖，香味在空氣中彌漫，而我則呆呆地看著這一切。只見一旁的童遙若無其事，氣定神閒，無比優雅地整整衣服，輕飄飄地說道：「眞可惜，看來，我們還是得出去吃了。」故意的，童遙是故意的！他早就看見送餐小弟站在門外，他誘惑著我說出了心裡話，他破壞了我的形象——他，是，故，意，的！

從那天起，只要我一出現在社區裡，眾人就對我指指點點，議論不休。樓下的館子更形成了默契，不再做我的生意，因爲害怕送餐的員工小弟有去無回。居委會的大媽們每次看見我，都會拉著我語重心長兼喋喋不休地規勸我，大意就是：「小妹妹啊，今天的天氣是多麼晴朗，我們的生活是多麼美好，生活在這樣的環境裡是應該感恩的，要放下屠龍刀，立地成佛。要是實在忍不住，就去買那長得像男性生殖器的象拔蚌來砍著玩吧，別眞砍人。」甚至，就連社區那幾隻原本牛逼哄哄見人吼人、見鬼咬鬼的小公狗，見了我也是縮著尾巴，繞道而行。我辛苦多年建立起來的淑女形象，就這麼毀於一旦了。

我再一次地，敗給了童遙！

103 久違的王子

經過了這一役，我明白自己和童遙的段數，實在相差太遠；我的意思是，我是地，童遙是天。

而且昨天的事情，細想起來，我總覺得有點那個。我都不知道，自己怎麼會忽然和童遙做出這麼親密的動作，而且是在他表明自己心意之後。這實在不應該。我現在的目標是努力和童遙做回朋友，但我卻差點和他進行了更親密的接觸。不該、不該，實在不該。想到這一層，我決定反省一下，暫時停止和童遙見面，我要認眞地想一想，今後該怎麼和童遙相處。

但其實，童遙只是我苦惱的一方面，另一方面則是分手多年後回國的溫撫寞。雖然我已經和他見過面，已經邁出了最困難的一步，但並不代表我們之間就一切釋然，可以握手言歡，共話過去未來了。我覺得老情人便是老情人，分手後，別做敵人，但也別想著做朋友。我做不到這麼心無塵埃，所以，我認爲和溫撫寞還是少見面的好。

然而有些人卻不這麼想，例如我們彼此的父母……現在，我正看著頭頂那璀璨如鑽的吊燈，看著面前那一盤盤色香味俱全的佳餚，看著對面那四張類似菊花的老臉，以及……我身邊的溫撫寞。我慨然長歎。爲什麼他們就是不放過我們呢？我爸媽，還有溫撫寞的爸媽似乎都有個共識——我和溫撫寞的分手是兒戲，並未經過深思熟慮，沒有經過組織同意；換言之，他們是不會承認的。於是，這四位退休的、悠閒的、無所事事的老人，吃飽了沒事幹，決定重新撮合我和溫撫寞，而我今天就是被騙來的，想必我身邊的溫撫寞也是。我和溫撫寞被他們安排坐在一起，看著他們唱戲——

我媽說，哎呀，這兩個孩子都長這麼大了，難怪我們會老……（以下省略一千字）。對了，我們家食色還沒有男朋友呢。溫媽媽說，就是啊，光陰飛逝，歲月如梭，時間就像我昨天麻將桌上放炮的那張二筒一樣，收都收不回來了……（以下省略一千字）。眞巧啊，我們家撫寞也沒有女朋友呢。我媽說，看著人家子孫繞膝，我心痛如絞，連逛街都沒興致了。溫媽媽點頭贊同，說，我也是，在撫寞結婚之前，我連打麻將的心情也沒了。最後，她們兩人拿出幽幽的眼神一起看向我們；意思就是，倘若我們不在一起，就是不孝，是會被天打雷劈的。我則神色自若，裝看不見。

而我爸和溫撫寞他爸也沒有手下留情。雖然他們的話題並沒有針對我們，卻成功地將我和溫撫寞雷得內臟俱焦。溫爸爸說，老寒啊，你們剛才怎麼遲到了？是塞車嗎？我爸嘿嘿一笑，說，今天的交通倒挺順暢的，只是我和孩子她媽出門前在家辦事，耽擱了點時間。溫爸爸眨眨眼，說，是在床上耽擱的？我爸大驚，說，你怎麼猜到的？溫爸爸努嘴指指我爸的頭髮，說，頭髮亂糟糟的，一看就知道你在下面。我爸摸摸頭髮，笑道，慚愧、慚愧，年紀大了，就懶了，總喜歡在下面。溫爸爸笑得一臉和諧，說，沒事、沒事，兄弟，我也和你一樣……天雷滾滾啊，我和溫撫寞再不閃，眞的會羽化登仙了。所以我們立即起身，說，吃飽了，想去餐廳附近走走，成功脫逃。

雖然逃脫了天雷四人組，我卻發現自己陷入了新的危機。這餐廳所在地距離我家只有三條街，以前唸高中時，溫撫寞每天送我回家都會經過這裡。所以，這裡的每一寸地方都灑落了我們許多的回憶。現在，我和溫撫寞舊地重遊，確實不是好主意。兩人默默無言地走了一段路後，我決定還是早點把話挑明。我道：「乾脆，我們今晚還是各自向父母解釋清楚吧。」我的眼睛看著腳下，踢著一粒小石子。我沒有看溫撫寞，但他的聲音在我右耳響起：「解釋什麼？」我將自己的意思更進一步解釋清楚：「我想，我們還是儘早告訴他們，說我們是眞的沒有關係了，請他們不要再白費功夫，免得浪費時間精力，而且還帶給我們困擾。」說完之後，我繼續踢著小石子前進。小石子有著尖銳的角，像個倔強的孩子，每次被我踢了之後便會努力地站定，而地上的水漬則是它不服輸的淚水。

溫撫寞一直沒有說話。我停下腳步，抬頭看向他，約定道：「這樣吧，我們今晚八點一起向父母說清楚，說完之後再打電話報告戰況，怎麼樣？」溫撫寞一直看著我。我有沒有說過，他像一個柔冰做成的人。這個城市的這個季節，陽光是非常充沛的。而在這充沛的陽光之下，他的皮膚帶著一種玉石的潤澤，沒有一絲雜質，有的是一種微薄的、冷的白皙。暖黃的陽光穿過他的睫毛，映在他眼底的肌膚上，形成了幽靜的陰影。

他開口喚我：「食色。」他的嘴唇是一種接近冰白的顏色，不管周圍的世界有多喧嘩，他，總是那處最引人注目的沉靜溫潤所在。我問：「什麼？」他問：「妳現在……身邊有人嗎？」我的心無端牽扯了一下，與此同時，我的唇也牽扯了一下：「為什麼要問這個？」溫撫寞沒有回答，只是安靜地看著我。

他的皮膚在陽光下幾乎是透明的，可是他這個人，我卻看不清。我不知道他要做什麼。

溫撫寞的臉，是一種溫潤的、略帶蒼白透明的精緻。雖然褪下了男孩般的稚氣，但他的氣質還是十足的王子。我忽然很佩服過去的那個自己，因為我曾經追到了一個王子，當然也被那些荊棘割破了手腳，也被王子的劍無意中捅穿了胸腔。但至少，我曾經追到了他，以一個灰姑娘的身分。

104 欺騙，刨冰，怒斥

以前的寒食色確實是膽大妄爲，想來，也是因爲沒有受過傷的緣故。也只有沒有痛過的人，才敢橫衝直撞，而現在的我，就失卻了這樣的膽量。

溫撫寞微微地垂下眸子，他的眼瞼很薄，眼尾的弧度很漂亮，純淨的淡薄。他張口，想說什麼，可是就在這時，手機鈴聲響起。我的眼角一瞟，看見了螢幕上的來電顯示，是那個熟悉的名字——安馨。火辣辣的日頭下，我的嘴角顯出一絲無聲的冷笑，是對自己而笑。剛才聽見溫撫寞問那句話時，我還產生了一些不應該的聯想，還以爲……想來確實有些可笑。正這麼想著的當下，溫撫寞接起電話，輕聲說了兩句，便掛上。我笑問：「安馨？」溫撫寞愣了一下，接著輕輕地點點頭。「其實你們應該在一起的。」——我才剛想這麼說，但話到嘴邊還是嚥下。他們倆以後會怎樣，已經不關我的事了。我繼續踢著小石子，可憐的小石子。

正午的陽光，舊時的街道，舊時的情人。我感覺自己正處於一個迷茫的夢中，混混沌沌，但心裡卻很清楚這不是眞實的。在靜謐的長街上，很多回憶開始蔓延伸展……高中的每年暑假都會補課，下午放學後，溫撫寞就會陪我一起回家。那時，這條街上有許多的小吃冷飲攤。我記得，那時最愛吃某一家的刨冰，細細碎碎的冰渣上放滿了五顏六色的堅果，糖汁，非常漂亮。那一家賣冰的小攤生意很好，攤子前每次都排著很長的隊伍，而溫撫寞則每次都不顧擁擠，幫我買刨冰回來，從無怨言。抬眼，打量四周，這條街重新修過一遍，那些小販都沒再擺攤了，當然，刨冰也不見蹤跡。溫撫寞問：「在找刨冰攤子？」我點點頭，「這裡變了好多……很多東西，都不見了。」就像，我和溫撫寞，我和他之間的很多東西也都不見了。地上的水漬，反射著陽光，有些刺眼。我闔了一下眼，眼內還殘留有光的印記。我再一次說道：「就這樣說定了，好嗎？儘早向父母說明。」溫撫寞沒有回應。我瞇縫著眼看向他，迷離的視線中，他毫無雜質的臉龐上流動著一種說不清道不明的沉澱。我們沒有再說什麼，之後我便找個藉口離開了。

回家後，我立即打電話向老爸老媽將話挑明。我賭咒發誓兼跺腳撞豆腐，說自己不可能再和溫撫寞在一起。不過效果甚微。他們兩個早習慣了一意孤行，我說的話似乎沒什麼效果。但我該做的事已經做完，我決定，今後很長一段時間都不會再和他們一起吃飯了。

這邊才剛發下狠話，電話又響了，接起來一聽，我的小心肝又顫動了一下——是童遙。我像隻看見老虎的貓，全身的毛都豎了起來。我打起十二萬分的精神，準備與他展開一場艱難的血腥戰役，「有何指教？」童遙問：「想請妳吃飯，賞臉嗎？」「我已經吃過了。」就算還沒吃，我這隻雞也不會傻到送上門去免費讓他那隻黃鼠狼吃。童遙慢悠悠地問著：「吃了什麼？」我道：「川菜。」他問：「好吃嗎？」我道：「不錯。」童遙問：「吃了些什麼菜？」這個問題有深度，有內涵，我喜歡：「有宮保雞丁，水煮牛肉，魚香肉絲，豆瓣魚，麻婆豆腐……」童遙忽然發問，速度加快：「和誰一起吃的？」我下意識地也跟他的語速一致：「溫撫寞一家。」話說出口後，空氣沉默了。我倒吸一口冷氣，似乎，好像，也許，那個，我又被算計了。童遙自是知道我對美食的狂熱，因此他故意拿吃的話題來分散我的注意，降低我的警覺，再趁機快速提問，讓我完全沒有思考的時間，便將真話說了出來。不過仔細想想，我和溫撫寞吃飯，也沒有對不起誰。童遙那邊沉默了。我的眼睛滴溜溜地轉了一圈，或許這是個機會，或許只要讓童遙誤認為我和溫撫寞復合，那麼他就會死了那條不該有的賊心也說不定。

打定主意，我便開始向童遙發動進攻：「忘記告訴你，我和溫撫寞今天中午一起吃飯，後來又一起逛了一下街……童遙，你在想什麼？」我期待童遙能用挫敗的、萬念俱灰的語氣說一句：「原來如此。恭喜你們，今後，我不會再打擾妳了。」如此一來，我就能成功地擺脫童遙危機。但童遙一直沒有說話，所以我迫不及待地催促道：「童遙，你在想什麼？」說吧，說吧，說你恨我吧。就在我強壓著心中的激動之時，童遙回答了我的問題：「我在……想妳。」那聲音盪氣迴腸，情意綿綿，如蜜親昵，癡癡迷迷，愛意橫溢……聽得我的骨頭都酥麻了。我感覺，他的聲音像一股如蘭氣息，正朝我的耳朵裡吹氣。我忙將電話掛上，惹不起，我躲得起。從此以後，我要視童遙爲一坨金玉其外敗絮其中的大便，盡量遠離他。我打定主意，從此之後只要是童遙的電話，能不接聽就盡量不聽；畢竟，童遙的段數實在太高。

沒想到，就在我忙著躲避童遙的時候，發生了一件大事——柴柴逃走了！不知道是去日本，還是法國，或是烏拉圭，但她確實逃走了。由此可知喬幫主的能力是多麼強大，因爲我猜柴柴是被他「日」走的。喬幫主自然不會善罷甘休，柴柴前腳一跑，他馬上利用自己的偵查資源，在全球對柴柴進行查找，親自追去了。如此一來，我就沒地方蹭飯，只能每天苦哈哈地自己做飯。這天下班後，一如往常去到超市採購，居然發現火腿腸有優惠活動，我忙拿出當年老媽身懷六甲還不忘搶皮衣的精神，投入跟一群大媽等級的婦女搶火腿腸的爭鬥中。雖然頭髮被扯散了，鞋子被踩掉了，衣服被扯皺了，但我成功地搶到了最後兩包火腿腸，實在是祖上積德，三生有幸。

正喜孜孜地笑得合不攏嘴時，我卻無意間從超市的玻璃門，看見了對面咖啡館坐著一對男女。男的氣質高雅清冷，相貌清秀，安靜地坐在那裡便是全場焦點；女的則像一朵蘭花，在濁濁塵世間散發著幽幽的香氣。這兩人是很般配的，我在很多年以前就這麼認爲了。溫撫寞和安馨，兩人眞的很般配，他們周圍似乎有著幽藍的光圈，任何人都進不去。他們喝著咖啡，時不時交談著，時不時向對方露出淺笑。怔怔地看了許久，我收回目光，拿著購買的東西，排隊結帳。我忽然想起，那次在巧克力火鍋店中，溫撫寞沒有說完的那句話——

「她……」她也回來了，是的，安馨也回來了。

提著塑膠袋，我一晃一晃地垂著頭往家裡走，心裡也不知怎麼的，有點壓抑；所以，這代表我還不夠釋然。回到家裡，看著空落落的房間，忽然覺得有些寂寞，沒什麼心情弄飯，「啪」的一下，便呈大字型躺倒在床上，接著長吁口氣。躺著躺著，我的手便開始不由自主地摸向電話；回過神來時，居然發現自己翻到了童遙的號碼，只差一點點就要按下通話鍵了。手上的電話瞬間變成烙鐵，灼燙著我的手，我忙丟開它。寒食色，妳要死啊，居然想自掘墳墓？我趕緊抹去一頭冷汗，一定是沒吃飯的緣故，肚子餓，腦子就會發暈，一定是這樣。想到這，我忙走到廚房快速弄起了飯菜。吃飽喝足之後，我一邊唱著「我不寂寞，我不寂寞」，一邊打著遊戲。窗外的天色漸漸暗淡了下來。正當我打怪獸打得正歡時，有人敲門。我掐指算算時間，覺得是居委會大媽來收這個月的清潔費，便拿著皮包開了門。可是，門外卻是一位不速之客——溫撫寞。我此刻的心情，比看見那金玉其外敗絮其中的大便童遙出現在我面前，還要震驚。我努力地扯回神智，問道：「你……怎麼來了？」溫撫寞笑笑，舉起手中的東西，道：「妳不是說想吃這個嗎？」我這才看清，他的手上提著一個盒子，裡面裝的是一碗刨冰；那顏色，還有上面灑的東西，和當年我時常吃的那種一樣。「原來，那個小販並沒有收山，只是搬到另一間小學的門口去賣了。」溫撫寞的笑容是清雅的，他清秀的輪廓彷彿罩著一層白色的柔光。他將刨冰拿到了桌上，「妳嘗嘗，是不是還是原先那個味道？」

他手的顏色，和碗中的冰很形似。我不知道他要做什麼，我不知道他刻地買來這刨冰是想證明什麼。刨冰上的東西都是我喜歡吃的，葡萄乾，果仁，西瓜汁，都是我以前每次會讓老闆加的東西。溫撫寞都記得，他爲什麼會記得，他爲什麼要記得。我問：「你這是做什麼？」溫撫寞沒有回答。基本上他可以算是個寡言的人，很多話，他這輩子都不會說出口。以前談戀愛時，我都會猜測他的心意，並樂此不疲，但現在，我沒有這個耐心了。我垂下眸子看著那碗碎碎的冰，道：「對了，剛才我打電話給你媽媽，想找你，但是你不在家，去哪裡了？」我並沒有打過電話，我只是在試探，只是想得出一個答案。但溫撫寞給予我的，卻不是我想要的。他的眼神微微閃躲了一下，接著道：「我……出去辦了一下工作上的事……妳找我，有事嗎？」我搖搖頭，「沒有。」而且，再也不會有。溫撫寞道：「來吃吧，冰都化了。」我拿起小勺，舀了一點刨冰，但是並沒有放入口中。我喚他：「溫撫寞，你知道的，我這個人一向臉皮很厚，你這麼做，會讓我以爲你在追我。」溫撫寞沉默了，屋子裡也是沉默的，就連我手上的冰也在沉默地融化。良久，溫撫寞的聲音傳來，聽在我耳裡卻很遙遠：「我可以嗎？食色，我們可以……重新開始嗎？」

我一直垂眸看著手上的刨冰，冰的溫度一直傳遞到我的眼睛裡，傳遞到我的嘴角，傳遞到我的聲音裡。我抬起頭，字字清晰地問道：「剛才，你不是和安馨在一起嗎？爲什麼又要騙我？」聞言，溫撫寞的臉上動盪了一圈漣漪。我用一雙蘊藏著隱隱怒火的眸子看著溫撫寞，「你想告訴我什麼？你和安馨之間已經什麼事情都沒有了？是嗎，這就是你想告訴我的？事隔多年，你腦海中忽然精光一現，認爲和那位女神在一起沒了意思，想要重新回來吃吃我這樣的小鹹菜，是嗎？溫撫寞，你認爲我是女金剛，可以任由你傷害了一次又一次，是嗎？」溫撫寞的眼睛裡閃過濃濃的哀傷，但是他沒有辯白，沒有解釋，沒有回答。而我的怒火卻在他的沉默之中越燒越烈，我沉聲道：「溫撫寞，不要以爲你自己是神，不要以爲無論你走多遠，無論你走多久，我都還會在原地等你！從分手的那天起，我們就不可能在一起了，永遠也不可能。」溫撫寞還是那樣地看著我，以一種哀傷的神色。去他娘的哀傷！我拿起那碗刨冰，直接扔進了垃圾桶。

我轉過頭來看著溫撫寞，厲聲道：「接下來的話，你聽了一定會很自豪——在你離開後，我哭了半年，每天醒來，枕套都是濕透的。那段時間，我瘦成了人乾，連鏡子都不敢照。那段時間，我的心每天都是痛的，就像有人拿著鈍刀在不停劃拉一樣。我不怪你，是我自己識人不清，這是上天給我的教訓，是我應有的懲罰。我不怪你，但並不意味你可以肆無忌憚地、一次又一次地傷害我！溫撫寞，滾回你的安馨身邊去，我沒有這麼多閒暇時間成爲你們之間的調味品！如果你是個男人，就應該認清自己喜歡的人，盡最大努力去爭取，而不是在這裡戚戚悲悲。溫撫寞，從來沒有一個人像你這樣讓我感到噁心！」我的聲音，到最後幾乎成了一種嘶吼。他悲傷？我才覺得悲傷。難道我長的是一張包子臉，好啃，所以溫撫寞就肆無忌憚地來咬我？第一次這樣，第二次也是這樣？他明明還和安馨在一起，爲什麼還想來招惹我？他還以爲，我仍然是從前那個仰望他的平凡女生？錯了，一切都不一樣了！我深吸口氣，指指門口，用最平靜的聲音告訴他：「門在那邊，請你離開……從今以後，請不要再來打擾我。」溫撫寞一直沒有辯白，就這麼沉默地離開了。他的背影是蒼白的，單薄的，彷彿輕輕一碰就會碎裂；可是那與我無關，與我再也沒有任何關係。我重重地將門關上，將過去的一切都抵擋在門外。屋子裡，只剩下垃圾桶的那碗刨冰正以細微的聲音融化著。

我想，我和溫撫寞的事情，應該是結束了。

但是我沒想到，安馨會找來。

她是在我工作時間來的，當時我剛冷眼打量完一名患者的下體，抬起頭來，卻看見了她。尷尬。我在安馨面前總是有一種天生的自卑感，或許她就是那種讓身邊的女性都感到自卑的女人。每時每刻，她都是優雅而高貴的；我想，在自卑之餘，我還有些嫉妒她。我一輩子也成爲不了安馨這樣的女人，我和她唯一的相似處就是頭髮，但就是這一頭黑髮讓我吃盡了苦頭。安馨說，想找我談談。我請她先到醫院旁的冷飲店，我一會兒就來。安馨依言照做。收拾東西時，我不停地猜測著，她究竟想對我說什麼——向我示威，說，溫撫寞是她的？不，安馨不會這麼做，太失格了。還是說，她是來求我把一直纏著她的溫撫寞帶走？這也不太可能，他們看來感情挺好的。

懷著諸多的猜疑，我來到了冷飲店，坐在安馨的面前。

105 久違的真相

雖然我很嫉妒，但我還是得說，安馨是位大美女。她總是穿著適宜的衣服，化著適宜的妝，說著適宜的話。皮膚吹彈可破，眉眼如煙雲一般，身上總散發著淡雅的香氣。她的一頭黑髮漆黑如緞，披散在肩上；我則不一樣，我的髮綁成了馬尾。

我看著她，等待她開口。其實，我倒不擔心安馨會說什麼刻薄話，她不是那樣的人，或者說，她不需要用這些伎倆就已經將我踩在腳底。安馨看著我，對我淡淡一笑。陽光之下，她清麗的面容上彷彿有著透明的光澤；我不一樣，我的皮膚上有汗水，毛孔，還有黑頭粉刺。越想，我越覺得自己就要低到塵埃中了……嗯，得趕緊改變思考角度，應該說，安馨想要黑頭粉刺還生不出來呢。不錯、不錯，這麼想，心裡便舒坦一些了。

她喚我的名字：「食色，我可以這麼叫妳嗎？」我愣了一下，接著點點頭，「當然。」看來，安馨是打算以禮相待了。我不動聲色，繼續等待她往下說。安馨看我一眼，接著垂下眸子，看著自己的手。

她的雙手平放在玻璃桌面上，十指纖纖，水靈得很，像白玉一般；連手指都這麼美，老天不公平。我發誓，當壽終正寢到下面去後，我一定要好好地威脅閻羅王，如果他下次不肯給我投個美人胎，我一定當著牛頭馬面的面在閻王殿上當場把他給日了。安馨問：「妳和撫寞，應該見過面了吧。」她的聲音柔和清澈，軟綿綿的，十分好聽。我點頭，「嗯。」同時，腰肢挺起，身體開始進入自動警覺狀態。看來，是要到正題了。安馨問：「食色，妳和撫寞吵架了嗎？」聞言，我的心裡自然而然生出一種厭煩。安馨似乎在努力試探著什麼，而我討厭這樣的試探。何必呢？她根本就穩操勝券，何必還要這麼問。所以，我的語氣不自覺便有些硬硬的：

「是嗎？他告訴妳的？」安馨輕聲道：「妳也知道，撫寞是那種什麼事都悶在心裡的人。他什麼也沒說，只是喝醉了。」我淡淡地應了一聲：「噢。」語氣平淡，沒什麼感情；我覺得，我不需要再對一個想要傷害我的人有什麼感情。安馨道：「他從來沒有喝醉過。」她的聲音中有些遲疑，有些欲言又止。

我靈臺瞬間清明了——原來，安馨是想問我昨晚究竟發生了什麼事，爲什麼那個從來都不喝酒的乖乖牌溫撫寞，在和我談了話之後回去就喝得爛醉如泥。我覺得好笑，爲什麼他們談戀愛，要把我夾在中間？當調味品是嗎？即使我是一粒小小的鹽，也有鹽的尊嚴。我沒這麼多美國時間和他們混攪一團。也因此，我的口氣更不客氣了：「不用試探了。我告訴妳，昨晚，他來我家說了些莫名其妙的話。他問我，我們是不是可以重新開始。不瞞妳說，我有自知之明，知道他不是眞心的，所以我叫他滾，永遠都不要再出現在我面前。事情就是這麼簡單。想必從來沒有人這麼罵過他，他一時想不開，所以就去喝酒了。」我回答得輕描淡寫，但事實上，心裡某處有些舊傷在隱隱作痛。

安馨抬眸，看著我。她的眼睛很美，不同於柴柴那種令人驚豔的美眸，而是一種淡雅。初見不過如此，但越看，你會越驚訝於那雙眼睛的美麗。就在那雙眸子中，事實的花朵在裡面盛開與凋謝，「食色，妳眞的認爲撫寞是這樣的人嗎？妳就這麼看低他嗎？妳就這麼不信任他嗎？」安馨的三個疑問一下下撞擊在我心上。某一處傷口重新綳裂了，血液，慢慢流出。血腥的、窒悶的氣息包圍著我，點燃了我的怒火。我笑了，笑得冰冷，「爲什麼不信任他？因爲我不敢了，我不是沒有信任過。六年之前，我全心全意地愛著他，信任他，可是換來的卻是一個差點毀滅我的眞相——我不過是妳的替身！我心中認爲他是什麼樣的人？我曾經認爲他是世界上最好的男人，我認爲他對我承諾過的話都會實現，可是那天晚上我在冷飲店門前等了一夜，他卻毀了諾言，是爲了陪妳！對，我是看低他，因爲他現在明明和妳在一起，爲什麼還要來攪亂我的生活，爲什麼他就是不肯放過我！」我想我的情緒失控了，因爲我不知不覺便站了起來；我想我的聲音很大，因爲周圍的人都在看我；我想我哭了，因爲我的臉頰上有一行涼涼的東西，緩慢地朝下巴蠕動。我失態了，我知道。

嘶吼出心中掩埋最深的話之後，我不顧一切衝出了冷飲店。背後，安馨似乎在叫著我的名字，她在追趕我，我的腳步卻絲毫不停歇。我不想見溫撫寞，不想見安馨，我不想回憶起那件事。時至今日，我的心還是痛的。並不是無法忘懷那份感情，並不是無法放下那個人，而是不解，而是不甘。我不明白爲什麼會是我，爲什麼要選中我當替身，爲什麼偏偏是我遇到這種事情。我不懂，真的不懂。

我在奔跑著，在灑滿炙熱陽光的街道上奔跑著。熱熱的風，窒悶著我的口鼻，我的耳邊開始有嗡嗡的響聲。我奔跑著，直到腳上所有的氣力都用盡，才停了下來，手拉著公路邊的欄杆，大口大口喘著氣。我跑了很長的路，以爲自己已經將安馨甩掉。但僅僅隔了一會兒，一輛計程車便在我面前停下，安馨從裡面走了出來。

我苦笑連連，看，人家多聰明，大熱的天，誰像妳一樣跟傻子似地跑？我的血液中也有倔強的成分存在，所以我轉身朝巷子跑去；我就不信，妳那計程車是變形金剛，能夠追進巷子裡。但就在我轉身的當下，安馨一把抓住了我的手，她急切地說道：「食色，給我時間解釋！」我努力地想要掙脫她，「沒有必要！」就在這時，我終於發現了自己比安馨強的一點——我的力氣比她大。所以，安馨根本就拉不住我。眼見我就要逃脫，安馨急了，她大聲道：「食色，撫寞喜歡的是妳……是我在中間搗亂，你們才會變成現在這樣的！妳該看低的人，妳不該信任的人，是我！」她的話，在陽光下慢慢蒸發，迴旋到天際。我的手，緩緩地、緩緩地放了下來。我跟著安馨來到她家，聽她告訴了我很多我不知道的事情——

她和溫撫寞，從小在一個大院子中長大，感情很好。安馨一直將溫撫寞當成一個漂亮的弟弟，每次小孩子們玩在一起時，她都會習慣性地照顧他。上學之後，她又擔任起爲溫撫寞課輔的工作。「漸漸地，我發覺，撫寞看我的目光有些不一樣，我也隱約明白了是怎麼回事。不過，我並沒有將他的感情放在心上，因爲對我而言，撫寞不過是個小孩子。」安馨高中畢業後，便遵照父親的意思去了美國唸大學。在那裡，安馨遇見一位華裔青年，雙方門當戶對，便開始交往。但安馨的表妹林菲雲告訴安馨，說，溫撫寞一直在等她。安馨不想耽誤溫撫寞，便要林菲雲將自己和男友的親密照片拿給溫撫寞看。之後，她也和溫撫寞慢慢斷了聯繫。幾年後，安馨大學畢業，未婚夫要她放棄工作嫁給他，當個家庭主婦。安馨自然不願意，兩人因此發生爭吵，一氣之下解除了婚約。安馨回家，看見了幾年未見的溫撫寞。「他長大了，長成了一個男人。那時候，他似乎和妳吵架了，整天躲在家裡，悶悶不樂的。我便拉著他，一起出去解悶，結果那天回家，就撞見了妳。之後，撫寞送妳回家，回來之後，臉色更加愁鬱。我問了菲雲，才知道你們之間的問題，本來想找妳解釋一下，但怕越解釋越糟，就放棄了這個念頭。」幾天後，美國的朋友告訴安馨，說她未婚夫重新交了女朋友。安馨心情鬱悶，便來到酒吧喝酒，醉了，便要林菲雲來接她。結果我也料到了，林菲雲叫來了溫撫寞，之後又叫來我看戲。我看見，醉酒後的安馨靠在溫撫寞懷中痛哭的樣子。之後，我打了電話，做了最後一場賭注，我要溫撫寞離開安馨，來接我。如果他這麼做了，我會獲得和他重新在一起的信心，可是他沒有。「因為，那天在接完妳的電話後不久，我的腹部忽然劇痛，而且下身開始不停地流血，撫寞趕緊將我送到醫院……是子宮外孕，輸卵管破裂，大出血。當時的情況眞的很危急，可是在暈過去之前，我拜託撫寞，千萬不要通知我的家人。」安馨的父親是一位中文系教授，爲人古板，思想老舊，是無法接受這種事情的。溫撫寞不能告訴任何人，所以他必須獨自在手術室外守護著。

安馨說，溫撫寞當時打了無數通電話給我，但是我關機了。當安馨脫離生命危險時，已經是第二天上午，溫撫寞趕緊跑去那間冷飲店門前，可是我已經離開了。他又趕緊跑去我家，同樣地，那時我已經坐在前往雲南的飛機上。「那段日子，他一邊要照顧我，一邊要尋找妳，每天連睡覺的時間也沒有。」之後，我回來了。君既無心，我便休，當時的我就是這麼決絕，我和溫撫寞分手了。這些事情都是安馨之後才知道的。待她身體休養得稍微好些之後，便回到了美國。沒多久，溫撫寞也來了。「那時，我以爲，他是追隨著我來的。不知爲什麼，那個時候我對他的感覺已經不一樣了。他不再是那個內向漂亮的鄰家小弟弟——撫寞，他是個男人了。我開始漸漸地喜歡上他，可是……很多事情都變了，撫寞的眼睛裡已經沒有了我的身影。」安馨看著我，像朵幽冷的蘭花，「如果說，曾經有段日子妳是我的替身，那麼，在這六年之中我便是妳的替身。」聽到這裡，我開口，蒼白地問道：「爲什麼，六年了，爲什麼他沒有聯絡過我？」爲什麼，在那段時間裡，在我痛不欲生的時候，溫撫寞沒有一點表示？安馨道：「他寫了很多封信給妳。」我矢口否認：「不可能。我從來沒有收到過。」

安馨閉上眼，再睜開時，裡面覆滿了一種複雜的、黑色的情緒，「因爲，那些信都被我給收了，並沒有寄出去……當時他對美國的一切還不太熟悉，便拜託我幫他寄信。可是我沒有這麼做，我是卑鄙的，我想讓他留在我身邊。每天一封，撫寞寫了兩個月，六十二封信；我都悄悄看過，寫的全是回憶，回憶了和妳在一起做的每一件事，妳的每一個表情，妳說的每一句話，他都記得。到了第六十三天時，他放棄了，因爲……我將那些信剪碎，放在盒子裡，動了手腳，僞裝成是妳寄來的樣子。」安馨說，她永遠記得當看見那盒「我寄來」的東西時，溫撫寞的表情——

他的眸子裡，有什麼東西熄滅了，永遠也沒有再點燃過。

牛皮糖般的愛情

我一直在尋找自己生命中的王子。我攀懸崖，我砍荊棘，我斬巨龍，我受傷，我痛苦，我休克，我一直在不斷尋找，只為找到對的那個人。

106 放棄逃避

安馨說，這些年來，她和溫撫寞並沒有在一起過。

安馨苦笑，「很諷刺是嗎？當撫寞愛我時，我把他當成弟弟；而當我愛撫寞時，他卻當我是姐姐。」我道：「我們大家……都以爲你們這些年在一起。」聲音是直白的，積塞了太多的感情，出口的只能是直白。安馨道：「不，我曾經努力過，但已經沒有位置了，他的心裡已經沒有留給我的位置了。」安馨說，後來，她父親被檢查出了癌症，已經是末期，他希望去世之前能看著女兒有所依託。爲了讓自己父親安心地去，安馨請溫撫寞幫忙，辦了場假的訂婚宴。過沒多久，安馨的父親便去世了。安馨說：「那時，我心中還是殘存了一點小小的希望——或許，我和撫寞這次能夠假戲眞做。可是，當他畢業之後，還是決定回來。我想，他還是放不下妳。」我的聲音很輕：「怎麼可能？怎麼可能？」

安馨陪著溫撫寞回來了，無論如何，她想親眼看見事情的進展。回國之後，溫撫寞變得很忙碌，沒再和安馨見面。昨天，許久沒見到溫撫寞，安馨便約他到咖啡館聊聊。溫撫寞來了，看上去很開心，安馨靜靜說道：「我問他原因，他說，他終於找到了那家刨冰鋪子。後來我才從伯母口中得知，溫撫寞這個星期天天不在家，就是爲了尋找以前學校附近街上的一家刨冰鋪子……我想，他是爲了妳。」而那天，溫撫寞拿著刨冰來到了我家，卻被我厲聲罵了出去，接著他去到酒吧，大醉。酒保從溫撫寞的衣袋中找到手機，叫來安馨接他。安馨的臉上，一種荒漠的微笑一閃而過，「我去的時候，他正趴在吧檯上，把頭埋在手臂裡，閉著眼，在喃喃說著什麼。我將耳朵湊近，聽見他不停地在叫妳的名字，食色，食色，食色……一遍又一遍。在那瞬間，我徹底明白，我和撫寞是不可能的。我知道自己的行爲令人不齒，我並不想爲自己辯解什麼，我只是想向妳說清事情的經過。食色，我對不起妳和撫寞。」安馨看著我，聲音像絲縷般緩緩飄來。安馨說，她幾天後便會離開，希望我能愼重地重新考慮和溫撫寞之間的關係。

我的耳朵裡裝著她的話，像個失魂的人偶回到了家。我連自己究竟是走路，還是坐車回的家，都不記得了。我的神智渙散，所有動作完全是身體憑著過去的記憶做出的——開門，脫鞋，放包，進廚房，倒水，喝下。涼水順著喉嚨灌入，那溫度漸漸擴散到全身。我逐漸回過神來，眼角瞥見了一個影子，緩緩地轉頭，看見了床邊沙發上坐著的童遙。他看著我，右邊嘴角挑起，「怎麼了？撞鬼了？」他那張俏臉，在我視線中卻是模模糊糊的，像水中的倒影，不太眞實。如果是平時我會尖叫，我會略帶生氣地質問他爲什麼要嚇人；我會告訴童遙，說我被他嚇死了很多很多細胞，他得脫褲子讓我看一下小弟弟來壓壓驚。但今天我什麼都沒有做，只是目不斜視地走到床邊，「趴」的一聲倒在上面。

我的眼睛看著天花板，那種沉寂的白色占據了我全部的視線。童遙問：「妳怎麼了？」聲音裡已經沒了那種輕鬆的戲謔。此刻，我的思緒聚集成一團，不停地膨脹，壓縮。隔了許久，我才慢悠悠地開口：「童遙，剛才，安馨講了很多關於溫撫寞的事情給我聽。」我看不見童遙的表情，就連他的聲音也暫時失蹤了。但這樣的失蹤沒有持續多久，童遙繼續問道：「她說了些什麼？」「她說，當年的那個晚上溫撫寞並不是刻意不來見我。她說，她和溫撫寞之間並沒有什麼。她說，在這六年之中溫撫寞一直想著我。」童遙沉默了。我卻沒有沉默的打算：「童遙，關於這些，你都知道嗎？」我記得，溫撫寞離開之後，童遙尋到機會便問我，想知道溫撫寞的近況嗎。難道，這些他都知道？不過，即使知道又怎麼樣？因爲每次面對這個問題時，我總是逃避，是我自己錯過了這個答案。我只是在想，如果當時我就知道了這個情況，我和溫撫寞之間會怎樣發展？

然而，童遙的回答卻出乎我的意料：「我不知道……我和他，從幾年前起，就沒有再聯絡了。」我問：

「什麼？」童遙道：「當你們在一起時，我告訴自己，妳是我最好朋友的女友，即使對妳有感情也要埋在心裡，所以我什麼也沒說，誰也看不出我一直在注視著妳。而當妳和撫寞鬧翻之後，我告訴自己，妳是我最好朋友的女友，我不能趁虛而入，所以我強拉著妳去見撫寞。但最終，你們沒有和好。當聽見你們分手消息的那一刻起，我告訴自己，從此妳是自由的，我也是自由的了；我知道，在友情和愛情之間我只能選一個……我沒有選撫寞，所以我主動和他斷了聯繫。」童遙的發音是清晰的，音量也不小，但我卻聽不懂。「那為什麼，你一直表現出知道溫撫寞消息的樣子？」童遙的聲音幽幽傳來：「因為我清楚，妳還不敢知道他的情況，妳還沒放下他。一次又一次的詢問，妳總是逃避……妳還是記得他。」我無法消化這麼多的消息。安馨的話，童遙的話，在我腦子裡擠成一團；我無法思考了，思緒，成為混沌的一團，找不到頭尾。

而在這混亂的一刻，童遙直接問道：「知道溫撫寞並沒有忘記妳，那接下來妳打算怎麼辦？妳……要重新給他機會嗎？」這個問題像根冰冷的針刺入我的腦子，將混沌捅出了一絲光明。是的，我和溫撫寞之間究竟該如何發展，這就是擺在我面前的問題。我閉上眼，但薄薄的眼瞼遮不住光線進入，我似乎看見許多模糊的影子不停地晃動著。我也曾經設想過，溫撫寞有天忽然回來，說，他還想著我……但每次我都會用力搖頭，將這個問題甩出腦外。因為我認為那不可能發生，那種想像中的難題我可以逃避；然而現在，這道難題成了現實，我無法逃避，我無法思考，我就這麼靜靜地躺著。許多的東西在我腦子裡翻滾著，令我的每根神經變得沉重，我就這麼安靜地躺著。

時間從我和童遙的呼吸之間緩緩流逝，黑暗一點一點潛入屋子。我覺得時間彷彿過了很久，我的腦子已經被那些思緒撕裂。當眼瞼之中再也沒有光線透入時，我睜開了眼睛。果然，外面，天色已經成為墨藍，點綴著一兩顆星辰，明天，是晴天。我忽地坐起身子，是的，我不能逃避。我下床，朝門口走去，我要去見溫撫寞。但在經過床頭的沙發時，童遙拉住了我的手。我低頭，看向他。童遙坐在沙發上，我看不清他的臉，只看見了他的鼻梁，是種秀氣的高挺。他問：「妳要去見溫撫寞？」聲音中帶有一種黑色的沉寂。我答：「是，我要去見他。」「別去。」童遙抬起頭來，他的眸子是一塊黑玉，沉靜的黑玉，「別去。」我搖搖頭，「童遙……」接著我用力，想把手從童遙手中掙脫出來。但才動了一下，童遙忽然站起將我推倒在床上，然後他壓了上來。他的身體緊緊壓著我，我們之間沒有一絲縫隙，令我感到沉重與壓抑。

沒有任何停頓，童遙的唇湊了上來，我忙閉上眼，將頭偏向一旁。我原以爲，他會繼續強吻我，但是童遙沒有，而是將臉埋在我的頸窩中，那暖熱的呼吸眞實地噴在我赤裸的肌膚上。他的聲音帶著一種訕笑：「原來到最後，還是這樣的結果。」我的身子因爲這樣的親密而僵硬了。童遙的聲音是回憶的絲帶，在屋子中飄逸：「食色，妳知道嗎？在妳封閉妳自己，思念溫撫寞時，我告訴自己：『不急，妳會走出來的。』當新的男人在妳生命中出現時，我告訴自己：『不急，現在的妳還是銅牆鐵壁，他們是撞不進妳心裡的。』當溫撫寞回來時，我告訴自己：『不急，因爲我已經等了這麼久，已經……習慣了。』可是現在，已經到最後了，已經沒有不急的機會。我輸了，無論我怎麼算計，終究還是輸了。」說完之後，童遙深深地呼吸一口，像在記憶著我的氣息。接著他起身，沒有回頭，就這麼離開了。

我呆呆地躺在床上。童遙的氣息似乎還在灼燙著我的皮膚，熟悉的菸草味還在房間中翻捲。我一口一口將那些氣息吸入腹中，然後，起身出門。

107 六年，流年

時間已經很晚了，夜幕沉沉，偶爾有幾個行人走過，都用探究的眼神看著我。因爲，我正坐在飲料店前的臺階上，還是那個飲料店，還是六年前的那個位置；那天晚上，溫撫寞沒有來，可是今晚，他會來的。

我將手肘撐在膝蓋上，雙手枕著下巴，頭微微揚起，看著那幽幽的月。都市不滅的燈光下，那月色淡薄，模糊……我就這麼安靜地看著，思緒的微塵漸漸落地。月亮還是一樣，似乎永遠都這麼無慾無念地俯視著地面，永遠都像天空哽著的一滴幽幽的淚。忽然想起了小時候。那時候，最傷心的事不過是口袋裡的糖丟失了一顆，那樣就可以哭，痛痛快快地、有充分理由地大哭。然後一旦人長大了，眼淚便成爲自己的敵人，只有等心疼得受不了時，才能淌下。

月色輕輕籠罩著我的眼，而在這時我聽見了腳步聲。急促中帶著點遲疑，我知道，我要等的人到了。收回脖子，我看見了面前的溫撫寞。這一條街的商家都已經關門歇業，燈火不再，有些黝黯。溫撫寞的模樣我看不太清晰，但他溫潤秀氣的輪廓在黑暗中還是勾勒著俊秀，而他的眼睛也有種溫柔的光。我指指身邊的位置，道：「你來了。坐吧，剛剛用紙擦過了，很乾淨的。」溫撫寞依言照做，在我的旁邊坐下，他輕緩動作中捲起的風，帶著一種清雅。我還是將手肘擺在膝蓋上，我想，膝蓋上一定印出了兩個紅色的圓圈。我們的面前便是馬路，偶爾會有一兩輛車經過，呼嘯著離去，輪胎在地面發出綿長的「嘩嘩」聲響。我覺得這一切都很熟悉，和六年前一樣，只不過，我身邊多了一個人。

我們之間是沉默的，唯一的響動就是彼此的呼吸聲。

「安馨將一切都告訴我了。」我道，眼睛還是看著前方。話音似乎在我們之間迴盪了一下，接著，忽然被從我們面前經過的那輛摩托車放送的歌聲打斷：「你是我的玫瑰，你是我的花……」太喧嘩，影響氣氛。飲料店樓上的住戶幫我報仇，他打開窗戶，罵道：「龐龍，日你個仙人板板！」原唱龐龍，甚無辜。摩托車帶著〈你是我的玫瑰花〉呼嘯而去，頗有些不以物喜不以己悲的恆定淡定心態。而樓上那位穿著大四角內褲的住戶也關上窗子，繼續睡覺。我正猶豫著，是不是應該重新將自己剛才那句話重複一遍。這時，溫撫寞開口了：「下午，安馨也告訴了我一些事情。」我們似乎在打啞謎，我有點無力，不知道該怎麼說。溫撫寞接了下去：「對不起。」對不起，他說了對不起，戀人之間，最怕的就是這個詞語。可是男女之間的感情，不就是你欠我，我欠你嗎？

我深吸口氣，緩緩說道：「你確實對不起我，你不應該抱著尋找替身的想法和我交往；你確實對不起我，你不應該在我誤會之後，一句話也不解釋，就這麼懦弱地退卻；你確實對不起我，你不應該在這六年來讓自己和我陷入痛苦。」我原本以為自己的情緒會很激動，以為自己會揪住溫撫寞的領子狠狠揍他一拳。但是我沒有。我有的只是一種無力感，對時間，對錯過的無力感。我道：「溫撫寞，老老實實地回答我，是從什麼時候開始，你才沒有把我當替身的？」低頭看著自己的掌心，上面的幾條線是那麼神祕地存在著；我一直相信，人的命運是注定的。溫撫寞的聲音幽幽的，染著回憶的月影光華：「應該是從很早的時候。和妳交往之後，我清楚地認識到，妳和她是完全不同的兩個人……而和妳在一起，我是快樂的。」我繼續問，一雙眼睛還是注視著自己的掌心：「為什麼不解釋？為什麼當時不向我解釋？」溫撫寞沉默了，他的呼吸裡有種淺淺的無奈。隔了許久，他說道：「我想，無論如何妳都不會原諒我的。食色，妳有自己的驕傲，妳有自己的原則，妳是無法原諒我做的事情的。」

溫撫寞的話是正確的。

即使六年前那一晚溫撫寞打通了我的電話，即使他告訴我，安馨因爲子宮外孕正在動手術，他無法離開……我，一樣不會原諒他；更陰暗地說，即使溫撫寞打電話來告訴我，安馨因爲出車禍死了，他必須留在那裡……我，依舊不會原諒。我希望的是純粹。我希望我愛的人，只愛我；我希望的是，不管天崩或地裂，溫撫寞都能不顧一切地來到我面前，只因爲我在等他，只因爲他心中只有一個我。我是自私的，戀愛中的男女都是自私的。我想，我和盛悠傑一樣，一樣需要純粹的感情。所以，即使盛悠傑有讀心術，知道我最愛的人是他，他還是會離開；即使，他因爲太愛我而留下，那份愛也會在猜忌和自虐中慢慢消逝。我和溫撫寞也是一樣，即使我知道他愛的是我，但我曾經做爲安馨替身的這個事實，將無止盡地折磨著我的神經。

我開口，問道：「爲什麼這六年來沒有聯絡過我？我是指，如果你在想著我的話，爲什麼不聯絡我？」我的視線跟著掌心的紋路一起遊走著。難道，我就這麼不值得他爭取嗎？溫撫寞沉默著，而我則等待著，像過往早已習慣地那樣等待著。是的，這就是我們以前的相處模式，永遠都是我說，而溫撫寞負責聽。可是今天，我要他說，我要聽他說。等待了許久許久，溫撫寞的聲音傳來：「因爲，我認爲妳不會再要我……妳說過，妳會尋找一個眞正屬於妳的男人，妳會和他生活得很幸福。我認爲，我已經沒有回到妳身邊的資格。在妳剛開始工作那年，我回來過，我在妳的診間外，悄悄看著妳，當時妳和一名女同事在說話，妳……笑得很開心。那一刻我在想，沒有我，或許妳眞的會快樂很多。」

夜更加深了，空氣變得冷冽。

我深深吸口氣：「那麼，爲什麼你現在要回來？」溫撫寞沒有再說話。我幫他回答了：「因爲，你知道了我那幾段不成功的愛情；你知道，我還沒有找到眞正屬於自己的男人，所以你想，或許自己還是有機會的。」周圍的空氣沉浸著溫撫寞的默認。掌心上的那三條線，漸漸在我眼前移動。我猝然轉過身，用力搧了溫撫寞一個巴掌，我用了很大的力氣，甚至將他的臉打偏了。溫撫寞就這麼保持著被打偏的姿勢，他用自己的側臉對著我。他的輪廓有著朦朧的、絢麗的光華，秀氣的眉梢眼角蘊著一種淡淡的哀傷。他的嘴角被牙齒碰到，溢出了血，少量的血絲像極了黑暗中最華麗的花瓣，讓人的心不由自主感到疼痛。此刻，手掌上的麻木漸漸化爲疼痛，傳入我的神經中樞，「六年前，我說，我不怪你將我當成安馨的替身，那是假的。我是騙你的，同時，也是騙自己。這一巴掌，就是你欺騙我的懲罰。」我將手握成拳頭，讓那些麻木、那些疼痛都漸漸消融在掌紋中，消融在我的生命中。是的，我在乎，我很在乎，這是我的一個夢魘。我不懂爲什麼溫撫寞要選上我，我感覺到不公平——我不過是因爲愛上了他，所以就要遭受這樣痛苦的折磨嗎？

溫撫寞一直保持著那個側著臉的姿勢。我想，即使我要將他搧成豬頭，他還是會站在原地，任由我發洩自己的怒火。

我用平生最平靜的語氣問道：「溫撫寞，你愛過我，對嗎？」溫撫寞緩緩地閉上眼，重重地點頭，「不是愛過，不只是愛過，我一直……一直，都愛著妳。」我猛地伸手捧住他的臉頰，將他轉向我，然後我吻上了他。那是個非常清澈的吻，只是嘴唇碰觸嘴唇。一瞬間，彷彿又回到了過去，那些純淨的時光，那些無憂的往事，他的唇瓣下湧動的是血色的回憶。「那就好。」我沒有離開他的唇，我的嘴，每次說話的開闔都會和他的唇進行一次摩挲，那些悸動快速地傳遞著。「撫寞，原來，不只是我一個人在愛，你也付出了感情的。我們的這段愛情至少是值得的，至少不是蒼白。」我感覺到一滴涼涼的東西滑到了我們的嘴角，那是我的淚，「謝謝你告訴我——在我愛你的時候，你也愛著我，這樣就好，這樣就好。」

當聽見溫撫寞的那句話，當聽見他親口承認當時愛著我的時候，一直壓在我心上六年的東西，漸漸地消失了，我的心輕了許多。之所以一直對溫撫寞介懷，並不單單因爲他是初戀，並不單單因爲求不得，並不單單因爲他是我的失敗，其中還含藏著一種空洞與蒼白——只要回想起，和他在一起的那幾年之中，我只是一個替身，只是一個玩偶，只是一個唱獨角戲的角色，我便會不由自主生出這種空洞與蒼白的覆滅感。這樣一來不單單否定了我，還否定了我和溫撫寞那三年的感情。那三年，若只是一場幻影，這是我最無法承受的。而現在我釋然了，那三年之中，我們的感情是眞眞實實存在過的，那裡面有我對溫撫寞的愛，也有溫撫寞對我的愛。我們相處時，那些無法言喻的快樂都是眞實的，不是虛假，它們眞眞切切地存在過。

淚，滴在臺階上，在這靜謐的夜裡發出微小的響聲。溫撫寞開口了，他的聲音含著一種淒清：「食色，我們永遠地結束了……是嗎？」我沒有說話，但是我點頭了，用一個動作剪斷了我們之間的那條線，或許，那條線早就已經斷了。我和溫撫寞的感情開始是錯誤，過程則是美麗與哀傷，結局則是雙方的解脫。誰對誰錯，在此刻，在這麼多年之後，都已經不再重要了。

我不能怪他的沉默與退縮，因爲他從出現在我生命中的那一刻起，就是這樣，而我愛上的，就是這樣的他。從來都是由我猜測他的心思，我喜歡嘰哩呱啦地說個不停，而他則喜歡微笑著傾聽——這就是我和溫撫寞的相處模式，我們習以爲常，但後來發生的所有誤會也都因這樣的模式引起。或者是我們雙方的錯，或者錯不在任何人，並不是愛得不夠深，只是愛的方式並不適合對方。溫撫寞需要的，是一個徹底相信他、理解他、不顧一切往前衝的女人。而我需要的是一個不顧一切壓住我的男人，能忍受我的猥瑣，能忍受我的小使性，能忍受我的發神經，能忍受我偶爾上身的悲秋傷春；最重要的是，能在我們的感情遇到暗礁時像塊牛皮糖般纏著我，說，寒食色，妳不聽我解釋，我就不讓妳上廁所！

我和溫撫寞並不適合對方，原來，如此。

我的手摸著臺階邊緣，那個位置還留著我當年寫的字——「撫寞，你快來吧。」這次，撫寞已經來了，而我，則要走了。指腹所觸，是凹凸的感覺，但時間已將一切都磨平。我的心，在這一刻比什麼都要遼闊，沒有什麼好遺憾的了。溫撫寞帶給了我無盡的疼痛，但也給了我無限的快樂。我的那三年，人生中最重要的三年，因爲他而精彩，因爲他而滿是粉色。我不後悔。人生，就是由一個個的故事組成；有些故事或許結局不盡人意，卻豐富了我整個人生，我因此而成長，因此而懂得更多。

我最後一次，吻了溫撫寞。我們的開始是一個吻，我們的結束也是一個吻。

「撫寞，謝謝你。」我這麼說，然後起身，沒有再看他一眼。我抬頭挺胸收腹，貓步向前走著。是的，謝謝他，謝謝他給予我的那些快樂。我想，這次我是眞的將溫撫寞放下了。永別了，溫撫寞；永別了，我的青春年少；永別了，我最初的愛。我的面頰上依舊滿是淚水，但嘴角卻揚起了最眞實的笑容，而高跟鞋踏出的則是精彩自信輕鬆釋然的音符。

是的，我，會活得很好。

寒食色，她會活得很好。

108 沒有歸期的出走

從我所在的診間窗邊望出去，正好看得見醫院中庭那顆桑葚樹。入夏了，桑葚也成熟了，沉甸甸的紅紫果實，在陽光照拂下顯得晶亮。充滿回憶氣息的暖黃陽光，氤氳著夏日香氣的薰風，裹著濃豔色澤的桑葚——看上去，應該是一幅如畫的美景，我是指，如果沒有那兩位拿著晾衣杆假裝少男少女、試圖打下桑葚來吃的老院長和掃廁所大嬸的話。

他們兩位自入夏以來，黃昏之戀的情慾開始更加高漲，彷彿要抓住更年期前最後一次浪漫似的，時常在桑葚樹下模仿中國大陸山寨偶像劇中男女主角，拿著一根晾衣杆不停地打下桑葚來吃，而那刻意發出的銀鈴般笑聲，活像生鏽鏈條被扯動的聲音。可惡的是，他們居然每次都在我午睡時玩這種郎情妾意的遊戲，聽得我雞皮疙瘩有如那春天的麥田一樣隨風飄揚。我非常想衝到他們面前，脫下高跟鞋，用凶器式的鞋跟將老院長的腦袋鑿出一個大洞來。

受苦的不只我一人，還有醫院裡所有的醫生、護士，這兩位愛得雷死人的老人家激起了眾怒。終於在某天早上，老院長按照習慣左手拿報紙，右手拿茶杯，悠悠閒閒地進入廁所準備大蹲時，卻發現所有的馬桶都被人為地堵塞了。那天早上，所有人都看見我們可憐的老院長，臉漲得通紅，縮緊菊花，邁著小碎步，眼中飽含痛苦的淚水，像隻無頭蒼蠅似地在醫院裡亂晃。報應，確確實實的報應。這件事，就發生在溫撫寞離開後一個月。溫撫寞走了，另外，還有一個人也消失了——童遙。

自從和溫撫寞徹底完結之後，我還是按照老方法在家裡大睡了三天。之後，拋開一切，回到醫院上班，重新領略各位男性同胞小鳥們的不同之處。可是漸漸地，我發覺了一點不對勁，心裡有種小小的空落。那種感覺很難形容，就像某種你在生活中一直習慣著的東西，忽然之間不見了。我開始拿著放大鏡，銜著菸斗，仔細偵查問題究竟出在哪裡——忘記儲存衛生棉？不會啊，上次超市舉辦優惠活動，我一次搬回家一大車，就算現在我每天都流兩百毫升的血，也夠用一年的。食物沒有了？不會啊，冰箱裡堆得滿滿的，雖然全是冷凍食品，但只要不餓死人，那就好。水電費沒繳？不會啊，每次只要那位查電錶的帥哥把電費單貼在我門上，我第二天就會屁顛屁顛地跑去繳。那麼，究竟是哪裡不對勁呢？這個問題的難度，和那個「究竟是先有蛋，還是先有雞」問題的難度有得拚。但聰慧如我，終於悟出了——之所以這麼不習慣，是因爲童遙同學似乎已經很久都沒有來找我了。我扳著小豬蹄算了算，自從那天離開我家之後，童遙已經消失整整半個月了。無聲無息，連通電話也沒有打來。想必他是放棄了，這，應該是我期盼的結果，只是，他就這麼和我絕交了？我心甚戚戚。

就在戚戚的當下，童遙那位袖珍型小祕書前來找我。她說，童遙離開這裡了，他把公司交給表弟打理，獨自去旅行了，不知何時才會回來，或許，永遠也不會回來。聞言，我心更戚戚——童遙比我更決絕，我失戀通常都是趕別人離開，他失戀卻是趕自己離開。小祕書眉宇間醞釀了一陣猶豫，最終，她拿出一封信遞給我。我展開，看清後，心，卻涼了半截。信紙上有著幾滴血，褐色的、乾枯的血把信紙弄得縐縐的。小祕書說，半個月前，童遙不知道受了什麼刺激，晚上一個人在辦公室裡喝酒，一邊喝，一邊寫信。童遙喝了很多，加上前段日子腸胃本來就不好，竟然胃出血，暈倒在地，還是値夜班的保全人員發現，及時將他送入醫院，才沒什麼大礙。在醫院休養三天之後，童遙似乎澈悟了，便有了要離開這座城市的想法。他將所有事情交代清楚，便頭也不回地踏上了飛機。他只交代小祕書在他離開後，簡單告知我這件事，但小祕書猶豫許久，還是決定親自來向我說清楚。

我看著那封信，上面只有寥寥幾字——「食色：我　　」就這麼幾個字，下面的空白上便是血跡，但這麼幾個字卻表達了很多東西。小祕書咬咬下唇，斟酌許久，終於道：「寒小姐，其實，童總真的對妳很好。」我沒有回應，但我心裡有個聲音：「我知道。」

——「每到一定時期，他都親自去商場替妳選購化妝品、保養品。」原來那些所謂的贈品，都是童遙花了心思買的。

——「他還時常推掉重要的生意飯局陪妳。」原來，我每次找他蹭的飯，後面都有無數的生意訂單。

——「另外，他還請來那個吳子淇假裝纏著他，希望妳會因此稍稍嫉妒一下。」可是我並沒有產生嫉妒，那時童遙還只是我的朋友。

小祕書一件件地說著，而我則一件件地回憶著。是的，童遙爲我做了很多事情，很多我習以爲常的事情背後都有他的心血，而現在，他走了，沒有歸期地離開了。

送走小祕書之後，我坐在地板上展開那封信，茫然地看著。走了也好，我就不用再思考怎麼擺脫他的糾纏；走了也好，或許他能夠在旅程中遇見自己的眞命天女；走了也好，走了……也好。溫撫寞，盛悠傑，小乞丐，雲易風，喬幫主，柴柴，還有童遙，都離開了。世界彷彿只剩下我一個人。每天獨自上班，下班，吃飯，睡覺。自得其樂。然而心中卻有種說不出的感覺，反正就是不對勁，或許是寂寞了吧，我這麼想。

老媽消息靈通，沒多久就知道了溫撫寞和我徹底分手的事情。她老人家掐指一算，發現我年齡也不小了，已經進入晚婚晚育的階段。所以她開始廣撒人際關係網，像召喚七龍珠般召喚了七大姑六大婆，爲我介紹對象。別說，雖然我條件不怎麼樣，但我媽派頭還挺大的，居然將所有的對象都進行一次初選，選出了十個人，接著分別和那十個人見面。會面時，我媽採取的是毛主席的軍事思想；「避敵主力」——將對方同樣厲害的家長，找藉口攆走；「誘敵深入」——用老辣技法讓對方完完全全落入自己的掌控，獨自一人面對她的考察；「集中優勢力量，各個擊破敵人」——我媽總是先胡扯一大篇，在對方昏昏欲睡時猛地問出關鍵問題，比如說結婚後薪資是否願意上繳交給另一半；曾經交過幾個女朋友；如果另一半和他老媽一起掉入井裡，會先救誰等等。對方冷不防便會被擊打得落花流水，落荒而逃。在一連串的折騰之後，我媽終於選出了一個合適人選，而且發了張那男人的照片給我。我一看，相貌還不錯啊，五官端正，看上去挺好的；反正沒事兼無聊，便打扮打扮，去了。

第一次見面，雙方父母都在場。那男的，叫葉好。我坐下後，故作嬌羞地低頭五分鐘，聽著我媽和葉好他媽，從明天想必會下雨一直聊到超市的小白菜又漲了三毛。五分鐘後，脖子痠了，我熬不住了，便抬起頭緩緩地、緩緩地朝葉好看去，這一看，我的小菊花慢慢地、慢慢地縮緊了。倒楣的仙人板板噢，葉好那張照片絕對是修過圖的！坐在我面前的葉好，一張臉簡直就像超大尺寸寬螢幕全平面電視，「一馬平川」外加「廣袤無邊」。我禁不住感歎，photoshop果然是萬能的！禁不住感歎後，我又禁不住臉紅——寒食色，妳個以貌取人的淺薄女人，以爲自己是李嘉欣嗎，好意思挑人家。再深入地想，先前交往的幾個男人都太帥了，所以我才會沒有好下場，這次或許能和這個叫葉好的男人修成正果也不一定。當下我便決定，我要好好地透過葉好貧瘠的外表，觀察到他豐富的內心。

因此，我決定和他見第二次面。第二次約會的流程是這樣的——我們一起搭公車去吃館子，然後散了一會兒步，接著他送我回家。我不太記得清楚葉好說了些什麼，我只察覺到，我的錢包癟了。我開始仔細回憶……中午葉好來接我時，提議搭公車前往館子；節儉是好美德，我同意。但上公車時，他摸摸錢包，說沒帶零錢；我正好有，就付了。之後來到館子裡，吃飽喝足後，他又拍拍褲子，說錢包剛才在公車上被偷了，我立即表示同情，當即拿出錢包付了帳。再然後，我們散步回家，路過超市時，我要他陪我進去買一包速食麵。誰知，葉好居然趁我選速食麵時，自顧自地拿了一車的東西，當然，最後是我這個錢包沒丟的人付帳，而葉好則提著兩大包由我付帳的東西，揮揮手，回自己家了。這……有點蹊蹺了，難道我遇上了一個白吃白喝的傢伙？才剛冒出這個想法，我就開始用力地唾棄自己。寒食色，妳以爲每個人都像妳這麼愛財如命？

接下來，我和葉好開始了第三次約會。這次回到家後，我終於確定了——倒楣的仙人板板噢，果然遇上一個白吃白喝的傢伙了！這次約會時，葉好居然騎了一輛老舊得稍微一碰就會解體的腳踏車來接我。我咬咬牙，豁出去，上了。迎著馬路上灰撲撲的風，迎著路人好奇的目光，我慷慨就義。來到館子裡，點了菜，我開始細嚼慢嚥，並打定主意這次死都不掏錢。但這個葉好，心才叫毒啊！吃到半途，他道聲抱歉，說是去洗手間，但這麼一去就如黃鶴般不復返了，只打來一通電話，說是公司臨時有事，先走了，下次再聯絡。我只能咬碎牙齒，付帳。

我一顆小心肝擰得緊緊的，我靠，想不到我寒食色活了這麼大，居然遇到對手了！人家養的是小白臉，我養的居然是寬螢幕全平面臉。這麼一想，我瞬間爆發出打了雞血、混合鴨血，最後混合毛血旺一樣的激動。我決定，我要和這葉好鬥個天昏地暗，鬥個你死我活，鬥個寡廉鮮恥，鬥個男盜女娼。

第四次約會，我事先就表明，我沒帶錢包。然後，葉好笑笑，說今天我們吃點風味小吃。他帶著腳踏八吋高跟鞋的我走了十條街，終於來到一家酸辣粉鋪子前，要了兩碗酸辣粉。不過是一碗一塊五的酸辣粉，他硬逼著老闆加了三大勺蠶豆，還偷拿了一整盒桌上的餐巾紙。可憐的老闆，心疼得老淚縱橫。但我吃得才叫一個歡，雖然只是便宜的酸辣粉，但我至少吃回來了；這一仗，我勝利！

我和葉好就這麼交往了。我們之間完全沒有感情，每天思量的就是如何鬥智鬥法，務求約會時能夠不出錢，盡可能地占對方便宜。我們的約會地點多選在超市的試吃區，免費吃到飽；到後來，超市的保全人員一看見我們，便立即低下頭朝對講機道：「各單位注意，目標人物出現，目標人物出現，趕緊收攤，趕緊收攤！」試吃區的人員立刻以迅雷不及掩耳之勢將食物藏好，只要我們不走，他們就不擺出來。我敢說，即使是賓拉登來，他們都不可能這麼嚴陣以待。而每次約會結束，葉好都會送我回家，我則站在陽臺上「脈脈含情」地目送他離開，口中卻咬牙切齒地發著誓：「葉吝嗇，明天，我一定要讓你出血！」

葉好離開之後，看著社區的綠草坪，忽然之間，我的心中都會出現一種空落。每次，我都會想起一個場景，是我爲雲易風的事情所苦、童遙接我去飆車那天晚上。他就站在樓下抬頭看著我，柔柔的燈光光暈裡，他的眉目分明……我這才回憶起，那時，他的眼神中寫著淡淡的繾綣。

只是，他已經離開了，毫無歸期地離開了。

109 老媽百裡挑一

我不曉得自己爲什麼總想起那個場景，或者說，我不曉得自己爲什麼總是想起童遙。這代表著什麼？每當想到這裡時，我都不願意再繼續深入思考，或者說，我不敢再繼續思考。「一定是因爲不習慣沒有他！」我這麼告訴著自己。是的，一定是因爲不習慣。

就這樣，日子在我偶爾思念童遙，以及和葉好的鬥法之中緩緩流淌。時間像歡愛時分男人最後一個解放步驟般，「嗖」的一聲就射過去了。晃眼，到了我的生日。我提前告訴葉好，葉好拍拍胸口，豪爽地一揮手，道：「我請妳去吃麥當勞。」那姿勢豪情萬丈，彷彿秦始皇說——「朕賞妳半壁江山！」我一聽，感動得淚水像重感冒中的鼻涕那樣，直刷刷地往下淌。我的個媽啊，平時他請客，通常都是去那種廁所旁邊無照經營小攤子，吃一塊五以下、四面圍繞無數嗡嗡嗡蒼蠅的涼粉一類，想不到他今天腦子進水，居然大手筆地請我去吃麥當勞。我敢說，有人送我一顆大鑽石我都沒這麼激動。

就這樣，我屁顛屁顛地跟著他進了麥當勞。坐定後，我一雙眼睛眨巴眨巴看著葉好那張寬螢幕全平面臉，意思就是——「摳門哥，快去幫我點餐吧。」誰知，我的摳門哥和我頻率不合，沒理解我的意思，繼續端坐在位子上吹冷氣。面對葉好，我認爲自己的臉皮即使像地殼一樣厚，也是情有可原的。所以，我拋棄了小學時在思想品德課堂學到的所有東西，直接開口：「那個……我肚子餓了，可以點餐嗎？」話音剛落，我就看見葉好的雙眼發出豺狼般的光；然後，他鬼鬼祟祟地從自己隨身攜帶的公事包，拿出兩個空的麥當勞咖啡杯；再然後，他拿他那張黃淮平原般的臉靠近我，用興奮的語氣悄聲道：「聽說麥當勞的咖啡可以免費續杯，昨天我拜託同事把喝完的杯子送給我，這樣，一毛錢也不用花，就可以喝到咖啡了。放心，杯子我洗得乾乾淨淨的，妳等一會兒，我替妳盛咖啡去。」說完，他雄赳赳氣昂昂地拿著那兩個別人喝過的咖啡杯去續咖啡了。我呆立在原地，身上的每一寸肌膚都開始龜裂，掉落……不愧是強大的葉好！沒多久，葉好拿著咖啡回來了，我僵笑著，將他的心意推到一旁。摳門哥葉好灰常客氣殷勤地道：「喝吧，別客氣，喝完了我再去續。」我挑起我的小手絹默默垂淚。葉好喝完了一杯咖啡，然後打個飽嗝，拍拍肚子，道：「對了，我替妳準備了一份生日禮物。」聞言，我這個已經成爲灰燼的人，頓時又重新燃燒起生命的火花。因爲，葉好從衣袋中拿出一個黑色的絲絨盒子，就是偶像劇裡裝求婚戒指用的那種盒子。我那一顆小心肝頓時「噗通噗通」地跳個不停。能讓摳門哥葉好如此破費，我實是三生有幸，祖上燒了高香啊。

緊接著，葉好將盒子打開，拿出裡面的東西，輕柔地套在我的手指上，那張寬螢幕全平面臉鑲嵌著的雙眼，閃著得意的光，「怎麼樣，喜歡嗎？」我看著自己手指上那在日光燈下不停閃爍的東西，繼續咬著小手絹，號啕大哭——我的手指上，是一個無比華麗無比銷魂無比光耀門楣無比山寨的易，開，罐，拉，環。在我晶瑩的淚花之中，葉好順手將那黑色絲絨盒子重新收回自己的公事包，解釋道：「這是我向同事借的，等會兒要還。」劈里啪啦，天雷滾滾，我被雷得捶胸頓足，無限悲泣，屁股炸裂，屎尿橫飛。葉好，你果然是新一代開山怪！

每個人一生中都會遇到無法戰勝的人，葉好就是我生命中的那個人，我的血量已經不足，無法經受他日復一日的折磨。於是，在麥當勞速食店中，在我二十五歲生日這一天，我和一名強大的男人，分手了。聽見我的分手宣言，葉好張大了嘴，一臉驚詫。如此一來，那張寬螢幕全平面臉又無端延伸了兩倍，實在慘不忍睹。爲了安慰葉好受傷的心靈，我請他吃了漢堡、雞翅；這麼一來，葉好頓時眉開眼笑，完全像沒事人一般。

回家的路上，我幽怨著，原來我還不如漢堡雞翅呢。不過，他這種行爲挺熟悉的，因爲我就這麼做過。我是指，以前無數次蹭著童遙白吃白喝的時候，我不也表現出他還不如一塊牛肉的樣子？那時，童遙的心情又是如何呢？我不得而知。但和葉好分手的刹那，我的心瞬間空了。我靈臺尚清明，當然知道這並不是因爲我忽然意識到自己已經默默愛上了葉好，而是因爲在放棄和葉好鬥法之後，我的全副精力想必會用來思念童遙。

眞的很難理解，爲什麼自從童遙離開後，我就一天天想他更多。難道是那句老話「人性本賤」？人在身邊時，從來不會珍惜，而當人走了，才會想念。是的，我一直在想念童遙，而且連我自己也開始分不清，我爲何而想念他——是做爲朋友，還是做爲一個被他暗戀的女人？先前童遙在我身邊時，我忙於應付他的狂轟亂炸，沒有精力思考這些問題。而現在他離開了，所有的情愫開始慢慢浮上心頭。我隱隱發現，或許我對童遙的感情，有些是連自己也看不清楚的。只是，現在想這些還有什麼用？他已經走了，不是嗎？

我長歎口氣，繼續朝家中走去。正走在社區的石子路上時，忽然覺得有些不對勁，是一種熟悉的不對勁。這些日子以來，我總覺得有時走在社區裡背脊會毛毛的，好像有人在暗中盯著我。我寒食色奉公守法，是對國家社會毫無危害的善良老百姓，所以國家安全局和警察叔叔絕不會幹這種事。我寒食色的提款卡裡面也沒幾個閒錢，所以那些綁架勒索犯也犯不著這麼費勁。我寒食色的相貌離美若天仙還差得遠，另外，就算那些圖謀不軌的色情犯想對我這樣那樣，想必到頭來反而會被我這樣那樣。以上幾個最常見的可能都不成立，那麼，是眞的有人盯著我，還是我多疑了？

我拿著一雙雷達眼四下一望，很快就找到了嫌犯。那個穿著白襯衫、牽著拉布拉多犬的帥哥肖常，他正在偷眼望我。我三步併兩步猛地衝了上去，大吼一聲：「你和我明明有相同的性取向，幹嘛還沒事偷看我？」想必是被我的大嗓門嚇到，肖常隔了許久才回過神來，道：「沒有，我不過就是剛才看了妳一眼。」我死都不信：「這些日子以來，我總覺得有人在偷窺我，這個社區除了你，沒人會有這種可能性。說，你是不是愛上我了？」我這麼一番沒臉沒皮的質問，再加上凶神惡煞面目猙獰，成功地將帥哥肖常嚇得靈魂出竅。他忙解釋：

「才不是呢，社區中還有其他人可能會偷窺妳！」我的雙眼睜成瞳鈴一般大，怒氣沖沖地問：「是誰！」肖常湊近我耳邊，嘰哩呱啦地說了一番話。然後，我的眼睛慢慢地、慢慢地闔了起來……

晚上十一點，夜深人靜，實在是偷漢子紅杏出牆的好時機。喬幫主家的門此刻悄悄打開了，接著，一個高挺的人影從裡面走了出來。他悄無聲息地經過走廊，朝電梯走去。然而就在轉角處，那人停住了腳步，因爲他看見，我正背靠牆壁，雙手環在胸前，嘴裡銜著一根棒棒糖，眼尾對著他一掃，輕哼一聲，「童遙，你好啊。」是的，那人，就是童遙。今天下午，肖常告訴我，這段日子裡，他經常看見自己曾看上的那位左撇子帥哥，在這個社區出沒；當然，都是在夜晚時分。左撇子帥哥，那不就是……童遙。

原來，童遙一直悄無聲息地潛伏在我身邊！

略一思量，這個社區裡他最可能藏身的地方，就是空置許久的喬幫主家。所以，我深更半夜在此埋伏，果然將正要出門買東西的童遙抓了個正著。

110 萬惡的電梯

此刻，我腳踩著黑色長筒流蘇靴，套著小馬褲，頭戴一頂時髦的牛仔帽，非常山寨地模仿了柴柴的御姊形象；不容易，爲了渲染氣氛，那牛仔帽還是搭計程車去商場買的。本來想銜根稻草什麼的，但考慮到樓下社區草坪裡的草，想必都被那些個帶把不帶把的狗狗澆上了化肥，所以最終還是只買了根棒棒糖銜著。氣場瞬間弱了許多，不過，聊勝於無嘛。

我眼皮懶懶一抬，「怎麼，現在有話可說嗎？」童遙看著我，慢慢地閉闔了一下眼睛。然後，他慢慢地將手舉到我眼前，大大地彈了個清脆的手指——「幻覺，生命只是一場幻覺，妳現在所看見的我同樣是幻覺。」他這麼催眠著。幻你個頭！我怒氣勃發，將棒棒糖一扔，上前一步揪住童遙的衣領，質問道：「你居然騙我，你居然敢騙我說什麼去國外旅行，說什麼沒有歸期，害我……」我的這番話完全沒經過大腦就從嘴中迸出，但話說到這，我像被怪叔叔倏地摸了一下屁股似地全身一顫，接著雙唇緊閉。

聞言，童遙的眸子「刷」的一聲射來一道精光，「害妳怎樣？」害我思念了這麼久——我剛才想說的就是這個，但這句話我是不可能說出口的，所以我選擇噤聲。童遙不放過我，步步緊逼，「害妳怎樣？」我的腦子快速運轉著，想說些什麼話來搪塞。但這是件困難的事，此刻腦子不小心缺氧了，根本想不出什麼話。童遙的眸子鎖著我，裡面是繁華的黑色。我的手雖然揪著他的衣領，但他卻逼迫著我步步後退。童遙那完美到極致、性感到極致的水潤嘴唇緩緩開闔，誘惑的詞句從裡面飄逸而出，像華麗的、沾著蜜汁的絲線牢牢將我纏住：「食色，告訴我，我害妳怎樣？」

我記得我說過，童遙是一隻功力深厚的妖。他如妖魅般的眸子裡放著一塊黑玉，那是最純粹的黑色，彷彿能將世間萬物都吸入。柔白的光從後方打來，映著他的眉目如畫。他的舌若隱若現，時不時舔舐著如花的唇瓣，而嘴角一勾，最妖豔華麗的花便綻放了。他是千年的妖，我是道行尚淺的僧，如此便被他誘了去，誘得心猿意馬，誘得動彈不得，誘得思了凡塵。我眼見他那張俊臉緩緩朝我靠近，眼見他的氣息噴在我的腮邊，眼見他故意往我耳朵裡吹著誘惑的暖氣，「色，告訴我……告訴我。」我的個心肝脾肺腎啊！聞言，我的骨頭像被放入了岩漿之中，瞬間融化得一乾二淨，連一點渣渣都不剩。童遙身上那淡淡的菸草氣息，那時不時碰觸著我耳邊小小軟骨的高挺鼻梁，那染滿情絲的聲音……全部，都是誘惑。我感覺自己的腳開始發軟，是眞的軟了。童遙眼明手快扶住了我的腰，同時趁機讓我們的身體彼此靠近，近得不留一絲縫隙。他將唇湊近我的臉頰邊，柔聲道：「食色，妳應該告訴我的，妳會告訴我的，是嗎？乖，告訴我，聽話。」他的氣息吹動著我的青絲，而我的情絲也同樣被牽動。他的態度含藏著一種寵溺，我的一顆小心肝瞬間軟成了鼻涕蟲，扶都扶不起來。那滋味怎一個銷魂了得。

我的腦袋暈沉沉的，嘴也不受控制地張開：「你，害我……害我……」童遙繼續詢問著，寵溺而耐心地問著：「嗯……我害妳如何？」他的那一聲「嗯」旖旎無比，染滿了慾望的馥郁香氣。而與此同時，童遙的唇也在向我靠近。慢慢地，慢慢地，慢慢地……就在我們的唇瓣要接觸之際，我像被開水燙了一樣猛地省悟過來。我的媽啊，差點就要淪陷了！來不及多想，我下意識便豎起食指和中指，朝童遙的眼睛插去。童遙身手不錯，一下便躲開了。雖然沒有對他造成實質傷害，但至少將他逼退了兩步。我趁機轉身，按下按鈕，打開電梯，像隻被人追趕的老鼠般「嗖」的一聲便鑽進去了。本打算快速關門，但電梯，那萬惡的電梯從來不會讓你如願；我的意思是，在電梯門即將關上的瞬間，一隻手輕巧地隔在中間，所以電梯門重新打開了，所以千年妖孽童遙進來了。我趕緊縮在電梯角落，戒備地看著他：「你想做什麼？」

童遙沒有說話，只是非常優雅地朝我走來。他剛才進行的一連串邪魅行徑威力依然不減，我的腳依舊有點酥麻，只能背部緊貼電梯壁面，以免滑到地上。但如此一來，我便只能坐以待斃了。童遙的右邊嘴角還是習慣性地抬高，痞子，壞心的痞子！他在我面前站定，接著忽然伸出雙手撐在我身體兩側，完完全全將我環在中間，這個動作，實在是……太曖昧了。我腦部僵硬，只能緊張地呑嚥著唾沫。電梯裡的燈光將童遙的臉部輪廓襯得更加鮮明，那雙眼睛黑得更加深邃，但同時又媚得要化爲水，「乖乖告訴我，我的離開，爲妳帶來痛苦了嗎？」我感覺自己的每一寸皮膚都快要脫離身體，朝他的眼眸飛去，如果能在那裡面沉溺，也是好的；我很沒出息地這麼想著。

或許是迷極必醒，我猛地意識到，這態勢好像反了吧！

我明明是來興師問罪的，爲什麼反倒被童遙追問？想到這，我的腰也挺直了，倏地將下巴一抬，質問道：「說，你沒事躲在這裡，安的是什麼心？」童遙的臉慢慢湊近我，那聲音帶著地獄的黑暗和墮落的快感：「我的心，妳應該是知道的。」混蛋，禽獸，我咬牙切齒。童遙知道我色慾薰天，抵抗力低下，所以他每每都用這招擾亂我的心智，誘惑我的情慾，淪陷我的全部。夠狠，夠絕，夠有技術性。我伸出手抵住他的胸膛，阻止他繼續向我靠近，「這麼說來，那些什麼胃出血、寫了一半的信，還有小祕書告訴我的事情全是假的了？」想到這，我開始磨著鋒利的牙齒，準備一口把他的腦袋咬下來，就像母螳螂吃公螳螂一樣；但等等，人家是交配之後才吃的，那我要不要先姦了童遙之後再吃他？算了，越想越離譜。我回過神來，氣勢洶洶地道：「童遙，原來一切都是假的，你這個騙子！」

童遙並沒有激動地爲自己辯解，只是手不知何時來到了我的頸脖邊緣，若有若無地觸碰著：「有些是眞，有些是假。胃出血是眞，寫了一半的信是眞，住院也是眞。只是離開這件事是假，因爲……我不會離開，我已經守候了這麼久，如果要離開，我早就走了。」童遙的手在我的頸脖上滑動著，他修長乾淨的手指觸碰我皮膚的每一下，都引起了綺麗的漣漪，從那一處傳遞到全身。我問：「那麼，如果我和溫撫寞眞的復合了呢？如果是這樣，你會離開嗎？」我的呼吸，因他的舉動而有瞬間的停滯。童遙的聲音很柔很輕，卻很堅定：「不會。雖然這麼做可能不太光明磊落，但既然你們能分開一次，說不定就會分開第二次，那時我就會趁虛而入，把妳奪過來。」聞言，我的心，不知爲何忽然有種癢意以及暖熱。

童遙解釋：「至於我的祕書說了什麼，我完全不知道。他們是眞的認爲我離開了，爲了讓這場戲演得更加逼眞，我決定連他們一起欺騙。」看來，這起詐騙案的受害者人數又急速上升了。我懷疑：「那爲什麼小祕書要幫你講話？」童遙妖魅地一笑，「因爲，我的心思，她平時都看在眼裡。」這麼說來也對，小祕書整天跟著童遙，知道他的心思也不奇怪。那麼，小祕書那番話是眞的？我的心，又在瞬間動了那麼一咪咪。「但是，爲什麼你要騙我，這樣很好玩嗎？」我瞪他。童遙的手繼續在我頸脖上緩緩移動，每一下都引發了小小的敏感，在我的皮膚上跳躍著：「因爲，我在給妳時間看清自己的心。」聞言，我腳趾猛地一縮——看清自己的心！那麼，這樣日子以來我對他的想念，都是看清了自己心的結果？我不敢置信，趕緊搖頭，不可能、不可能，我只是不習慣而已。童遙看著我，嘴角微挑，那種壞壞的帥氣又開始在他臉上蔓延，「看來，我也不是沒有機會的。食色，妳說呢？」我呑口唾沫，緊張地看著他。又來了，又來了，又來了，童遙又要開始吱吱吱吱地放電了！果然，他的眼眸頓時柔成一泓春水要將我沉溺，同時又妖媚無邊，勾魂攝魄。我剛剛才凝固成型的骨頭，又開始融化了。

眼見童遙一點一點地朝我靠近，眼見我就要慘遭毒手，眼見事情就要不可逆轉，我急中生智，大叫道：「童遙，我警告你不要過來，不然、不然……我就放個屁給你聞！」這一招說出來，連我自己都佩服自己。平時，我的生化武器即使在空氣流通的開闊地形之下，也能造成無窮殺傷力；而現在，在如此狹小的空間裡，此屁一出，豈不是生物全無？我原本以爲童遙會被我這番話嚇得躲到電梯角落，開玩笑，我寒食色的屁誰敢小看？但童遙臉上絲毫不見驚慌神色，只見他微微一笑，接著冒出一句讓我冷汗直淌的話：「好啊，反正我也有想放的感覺了，大家就一起吧。」我的個心肝脾肺腎啊，我的個乖乖隆里咚啊，我的個穿破紅四角大內褲的閻羅王啊，居然遇到高手了！平時一聽我要放屁，大家都是思想有多遠，就趕緊跑多遠。可是這童遙卻氣定神閒，臉不紅心不跳地說出了「乾脆陪我一起放屁」的話，果然是隻妖孽！

當我仍在無比驚詫之際，童遙的臉繼續朝我靠近。我手不能動，口不能說，腦子不能思考，屁也不能放，只能眼睜睜地看著童遙的俊臉向我襲來。就在大錯即將釀成、我晚節即將不保時，電梯忽然一暗，隨後緊急照明燈自動點亮。看來，是停電了，所以我剛才進來的那一刻就說了，萬惡的電梯，這個萬惡的電梯！我一向有輕微的電梯恐懼症，非常擔心有一天電梯會急速下降，把裡面的我活活摔死，所以此刻，我開始出現臉色蒼白，呼吸困難，心跳紊亂的現象。而當童遙透過電梯通話按鈕向有關人員求助後，轉過身來，看見的就是這樣的我。他走過來挨在我身邊，安慰道：「別擔心，這裡安全得很。」我瞪他：「才不安全！一切都是你惹出來的，等會兒我要是摔成肉醬，我一定保持那樣的形狀嚇你！」童遙笑著摸摸我的頭，「眞乖，都到那時候了，還是想著我。」我不得不承認，童遙的臉皮有時確實比我還厚。但是我已經沒有空去理會他，我緊張萬分地靠著壁面，拚命地喘著氣，太恐怖了！

我突然想起童遙曾經告訴過我——「如果遇到這種情況，一定要在電梯著陸的前一刻跳起來，就可以減少對身體的損害。」「如果我不小心跳早了呢？」「放心吧，那時我一定會給妳買個名牌花圈。」而現在看來，想必是柴柴得幫我們兩個買名牌花圈了。正當我緊張得渾身僵硬之際，童遙忽然一把將我打橫抱起。我大驚出聲：「你做……做什麼？」童遙低頭，看著我，痞痞一笑，「這樣，即使電梯往下掉，有我抱著，妳的身體也會少受一些損害。」我吶吶道：「那你豈不是很慘？」童遙輕鬆地回答：「放心，我會在它落地前一秒跳起來的。」我好奇：「你就這麼有自信？」童遙這麼說：「畢竟，妳在我懷裡不是嗎？」不知爲何，那一刻我忽然覺得，這男人還眞爺們。

不過，童遙用不著跳起來，因爲電梯並沒有往下掉，三分鐘之後電便來了。我趕緊從他懷中跳下，打開電梯門，衝了出去，接著靠在牆壁直喘氣；終於，腳踏著實地了。童遙走過來拍撫著我的背，「沒事吧。」沒事？只要有你就有事。我調整好呼吸，接著抬起頭，扶了扶牛仔帽，道：「好了，你回自己家去吧。」童遙勾勾嘴角，「爲什麼？我最近住在這裡啊。」我將牛仔帽脫下，當蒲扇搧著風，「你沒事住這裡幹嘛？我說，你該做什麼就做什麼去，回去繼續蓋房子，賣高價，當你的不法建商去。」童遙黑玉般的眸子裡滾動著濃重的墨色，「妳是在害怕什麼嗎？」「怎麼可能？我爲什麼要害怕？我害怕做什麼？你有什麼好怕的？」我連問四句，充分證明了自己……確實是在害怕。

這不知道還好，現在眞相大白，一想起自己樓下住著童遙這顆定時炸彈，我全身就像有螞蟻在爬似的。

看來，我確實是在害怕。

111 纏功一流段數高

經過童遙這麼一弄，我對我們倆的關係感到困惑了。是朋友，還是曖昧男女？這確實是個大問題。友達以上，戀人未滿，這就是我對童遙的感覺。

以前，我們是完完全全的朋友，但在他離開這段時間，我瞭解到童遙過去默默對我的付出，同時也感覺到某些以前深埋著的、沒有察覺到的東西。我想就像童遙說的，我自己也意識到，我和他是有機會朝狗男女關係道路發展的。可是當了這麼多年的好友，如果忽然間就跟他跳躍成爲男女朋友，這個跨度簡直比長江大橋還長，我無法現在就答應童遙和他交往。可是，如果接下來很長一段時間，我都一直無法將與童遙的關係昇華成愛情，那麼又該怎麼辦？實在是兩難呀。

我對童遙動之以情曉之以理：「既然你已經給了我一段自由的時間和空間，爲什麼就不能好人做到底再給我一些自由呢，讓我好好思考一下可以嗎？」我擰了擰自己大腿內側，少量眼淚因爲痛覺而湧上眼眶，試圖營造出盈盈淚光下的楚楚可人，或者自認爲楚楚可人的表情：「拜託了。」可惜，就連穿破紅四角大內褲的天殺閻羅王也拿他莫可奈何的這童遙，居然完全不爲所動：「我給妳的空間和時間已經足夠了，風箏飛得再遠，也必須要有一條線牽著不是嗎？」童遙微微闔眼，一雙瞳仁如最華麗的黑玉，流轉著動人的光華，「再說，妳所謂的思考不就是吞下幾顆安眠藥，接著便昏睡，不理世事，只顧逃避？」果然是童遙，夠瞭解我，這確實是我的打算。

但是，我怒了，「你這麼做，完全是一種監視！」童遙聳聳肩，「妳也可以反監視啊。」我將牛仔帽

「啪」的一聲罩在他臉上，道：「我才沒你這麼變態。我管不了你的行爲，但是不准你來煩我！」說完，我踏著靴子「噔噔噔噔噔」地跑回家了。我知道，既然被我發現了，童遙一定會使出渾身解數來誘惑我，那麼我一定要像抵抗資本主義糖衣炮彈那樣，抵抗他的柔情美色攻勢。我一定要忽視他，讓自己的心變得寧靜，只有在寧靜的狀態下，我才能思考和他之間的關係究竟該怎樣發展才是正確的。可是不想，在童遙面前，我一向都是慘敗的分！

第二天早上，我揉著雞窩頭，打著哈欠，開門取報紙，卻看見童遙就站在我家門口，手上端著爲我買的早餐。我這才知道，這人早上六點就起床，買了早餐守在我家門口，也不敲門，就等著我自然醒。我忽視，我再忽視，我再再再忽視，我再鐵石心腸也忽視不了了。你想想，一個帥哥，每天天還沒亮就端著熱氣騰騰的早餐站在你家門口，怕吵醒你，還不敢按門鈴，就這麼直愣愣地站著，直到你自然醒。只要想到門外站著這樣一個人，我哪裡還睡得著。但每次勸他不要再這麼做，童遙都會灰常灰常灰常文藝地說一句：「愛妳，是我自己的事情，和妳無關。」我的個心肝脾肺腎啊，我的個穿紙尿褲的玉皇大帝啊，我的個和觀音發展辦公室戀情的如來佛啊，他乾脆學徐志摩，飽含深情地說一句：「色色，許我一個未來吧。」沒錯，送不送早餐是他自己的事情，我無法干涉，但是每天害得我無法偷懶多睡一點覺，就是我的事了。沒辦法，無奈之下，只能將那把先前曾經從他身上搶回來的鑰匙，重新還給了童遙。我允許他，每天早上可以自行進入我家，把早餐放在桌上，不用再站在門口等待了。

然而我萬萬想不到，這是噩夢開始的第一步！

本來平時我都習慣裸睡，現在爲了不被他平白看了去，我只能穿上睡衣睡覺，多不舒服啊。更要命的是，童遙每天開門進來把早餐放在桌上後，並不立即離開，而是跑到床前看我的睡相。我時常做夢，夢見鹹蛋超人奧特曼從眼睛射出光波來刺殺我……而每次驚醒，便看見童遙蹲在床邊，用那雙風流無限的眼睛看著我。我很無奈。因爲這麼一來我就會被猛地驚嚇到，而我被猛地驚嚇到之後，膀胱一縮，有時便控制不住外加不由自主地灑出來兩三滴，於是當天晚上我就得像地下游擊隊似的，悄悄清洗自己的床單。終於有一天，我洗床單洗得癲狂了，便對著童遙一陣發飆，命令他今後不准沒事蹲在床邊看我。我也奇怪了，早上剛睡醒時滿臉油光，眼屎堆積，臉部浮腫，不知道有什麼好看的？童遙當時是答應了。可是第二天當我醒來時，卻發現——他居然躺在我身邊！我忙從床上一蹦而起，檢查自己的衣服，嗯，好像沒有被脫過的痕跡；檢查自己的胸口，嗯，好像沒有草莓印；仔細將注意力移到下體，嗯，好像沒有做過的跡象，當然，如果童遙是牙籤的話就另當別論了。看來，自己那不怎麼清白的清白暫時沒有被奪。

我痛心疾首地質問著：「童遙，你怎麼可以比我還禽獸，居然趁我睡覺時揩我的油！」「對不起，」童遙道歉，可是眼神卻不是那麼回事，因爲接著他便說道：「爲了補償，今晚妳就來睡我吧。」我的個心肝脾肺腎啊，我的個選用杜蕾斯螺旋紋款增加快感的王母娘娘啊，這童遙究竟是什麼人啊！

112 和氏璧和絕世寶劍

因爲童遙逾矩的舉動，我決定沒收他的鑰匙。

童遙乖乖將鑰匙交了出來，沒有一絲反抗的痕跡。可是第二天一早，當我睡意朦朧地打開大門時，卻看見童遙又開始端著清香的豆漿，提著油亮的油條，站在門口。睹此情狀，我那因打哈欠而張大的嘴居然忘了合上，直接導致那堪比臭雞蛋的口氣，彎彎曲曲飄了出去。

此時天氣漸熱，雖是早晨，但童遙的額上還是布滿了汗珠。髮絲緊緊貼在他的臉頰上，不狼狽，卻讓人無端生出一絲憐惜，而且他那端著滾燙豆漿的左手已經起了紅印。可是童遙依然擺出一副完全沒有怨言的樣子，含情脈脈地看著我，意思就是，沒關係，盡情地蹂躪我，折磨我，ＳＭ我，我能抗得住！您老能抗得住，我可扛不住啊！沒辦法，我只能挫敗地再度將鑰匙交還給他。管他娘的，我在睡夢中不僅毛孔刷刷地往外冒油，而且還會磨牙，流口水，童遙要是能將這樣的我吃下去，也算是他的本事！

童遙沒有飢不擇食，他每天只是躺在我身邊看著我，偶爾會伸手在我的皮膚上滑動。每當這時，還在半夢半醒中的我，就會淡定而準確地朝他的方向哈出一口氣，接著便聽見重物從床上翻滾而下，傳來墜地的聲音。這時，我的嘴角就會綻放出一個油膩膩的笑。童遙啊童遙，要是每次都被你欺負了去，我還配叫寒食色嗎？每次一想起，還是挺自豪的——我寒食色，那可是智慧型無污染免安裝電池的生化武器，上下兩個洞都可以全天候發射毒氣，眞是佩服自己一個。當然，馬也會失前蹄，有時候睡到半夜，無端被臭醒，仔細掀開被子一嗅，發現那鮮活的味道竟出自自己；但從這一點便可以看出，我的生化武器是多麼高階。

雖然時常遭受這樣威力無窮的毒氣襲擊，童遙依然樂此不疲地出入我家。俗話說，夜路走多了，是會遇見鬼的；同理可證，進我家進多了，也是會撞見好東西的。這天傍晚，我在浴缸中泡澡泡得正歡，一雙因整日豎起偷聽樓上小倆口叫床聲、而變得靈敏無比的耳朵，此時，卻聽見了熟悉的鑰匙開門聲。還用說嗎？就是那個天殺的童遙。仙人板板噢，現在他不僅白天來，連晚上都要來了。我趕緊從浴缸中起身，拿著浴巾裹住自己赤裸的身子。誰知地板上有水，我沒注意，一腳踩上去，頓時摔了個四腳朝天，與此同時，還發出了「啊」的一聲慘叫。童遙循聲打開浴室門，問道：「發生什麼事了？」「沒事、沒事，我隨意高歌一曲。」我不好意思說自己摔倒，只能以其他理由搪塞。揉著屁股從地上爬起，卻忽然察覺童遙好像一直沒有做聲。疑惑地抬頭，卻發現他正壞壞地看著我，眸子裡的曖昧緩緩蔓延……

我順著他的視線往自己胸前一看，頓時像被火燒了屁股。仙人板板噢，剛才那一摔，我右邊的那個大白饅頭居然就這麼滑出了浴巾之外。我寒食色，成功地露點了！不，豈只是露點，是整個西半球都一起露了。童遙吹了聲口哨，右邊嘴角抬起，壞壞一笑，道：「終於見到廬山眞面目了，不錯，比我想像中還要豐滿。」這是調戲，赤裸裸的調戲。我瞬間覺得自己像穿越回了古代，被童遙這個紈袴子弟當街攔住，掐了把小臉，「小娘子眞嫩啊，隨爺回府吧，保證妳吃香的喝辣的。」於是我深吸口氣，淡定地握住露在外面的那個西半球，將它往浴巾裡一塞；然後我雙手扶著胸前的兩坨，調整了一下位置；接著我抬起頭，一字一句地說道：「既然你都看光了我的半球，那麼爲了公平起見，也必須把你的小弟弟給我看二分之一，當然，是有頭頭的那二分之一。」說完，我便衝上去，準備脫下童遙的褲子。

只見小娘子一把握住紈袴子弟的腰帶，笑得比紈袴子弟還要紈袴，「公子，跟奴家回去吧，奴家家裡不僅有我還有十個猛男，保證公子不管是前面還是後面都不會寂寞的。春宵那個苦短，公子就不要羞澀了。」童遙自然不會站在原地任由我這個女色魔脫褲子，他轉身就走。既然早就是女色魔了，我怎麼可能平白吃虧。於是我快步上前，將他的衣領揪住，接著把童遙按在牆壁上。我的眼睛半瞇著，門牙上「嗖嗖嗖」地閃著淫光，眼裡「霍霍霍」地冒著慾火，「你，是要自己脫，還是我幫你脫。」童遙這麼回答：「我記得我曾經說過，除非妳給我看了上面，我才會給妳看我的下面。」我磨著牙齒威脅：「我的上面已經給你看了啊！你剛才明明看得眼珠子都快掉下來了，別抵賴！」「但是，我只看見一半，誰知道妳另一半長得什麼樣？再說，有那種只播了預告片、就要人買全票的電影院嗎？」童遙同學言辭優雅，語速不急不緩，臉部表情平和，像是晴天的晴，像是晴天的天。他的語氣和神態，會讓任何人都相信這番歪理就是眞理。

但我寒食色不管，欠債還錢，殺人償命，上車買票，上館子付帳，偷人老公割咪咪，搶人老婆割小雞雞……這都是天經地義的事情。同理可證，看了別人的私密處，就必須讓對方看自己的私密處，這是再天經地義不過的事情。我像混黑道的大姐大似的，就差叼一根菸說：「反正兩邊差不了多少！難不成你小雞雞兩邊的睪丸一個像彈珠一個像乒乓球嗎？廢話少說，給我把命根子掏出來！」童遙完全沒有被我的氣勢嚇到，他依舊氣定神閒，呼吸平靜，眉梢眼角全是繁華的從容。所以我說，應該到社區樓下草坪撬一塊紅磚的。這種時候，就可以直接掄起紅磚往童遙頭上一砸，等他暈過去之後，別說是要看他的命根子，就是要剁下他命根子放進泡菜缸裡醃製，他想必也沒有反抗能力。

童遙鬆了口：「妳要看，也不是不可以。」「眞的？」我激動萬分，順便口水澎湃，熱血沸騰，小腹灼熱，尿意膨脹。終於，我終於可以看見小童遙了；等了這麼久，盼了這麼久，終於可以見到小童遙的廬山眞面目了。我那個歡欣，那個雀躍，那個喜不自勝，那個欣喜若狂，差點就去找居委會大媽們借腰鼓和紅彩帶來跳民俗舞蹈了。此刻的我彷彿站上了珠穆朗瑪峰之巔，但童遙的下一句話卻讓我瞬間跌落到死海。他說：「我的那裡，一掏出來，就要使用的……只要妳願意使用一次它，那麼妳想看多久，我就讓妳看多久。」倒楣的仙人板板噢，那個偷拍嫦娥裸體照片給玉帝看的吳剛都沒這麼卑鄙。敢情我看一眼小童遙，就要被大童遙日一次？

這個算盤算得可真是精，難怪大家都說房地產建商是最奸詐的，我今天總算見識了！

「怎麼樣？」童遙微微揚起嘴角，笑得曖昧橫溢，風流無限；那眉梢，那眼角寫滿了壞壞的意思，就像一種華麗的黑暗，一種墮落，讓人的心都癢了。我冷哼一聲，不屑地道：「你以爲自己的小弟弟是二十四K純金鑲鑽嗎？」「不，我認爲自己的小弟弟是絕世寶劍，一出鞘，就必得噬血而歸。」童遙說這話時，臉不紅心不跳氣不喘的，臉皮果然夠厚。我哭笑不得，「你那裡是絕世寶劍？那我上面兩坨還是和氏璧呢！」童遙微微一笑，那笑意從嘴角慢慢擴散到整張臉，有種低調的動人光華在他臉部輪廓上游移，「那不是很般配嗎？寶劍配美玉，我們可以來做做實驗，看它們合不合。」與此同時，那雙黑玉般的眸子漸漸釋放出一股勾魂攝魄的魔力，牽動著人心。即使是早已習慣被勾引的我，此刻也開始心猿意馬，神思不定了……

童遙開始使用激將法，「怎麼樣？有膽量試試嗎？」

113 世上沒有白捅的小菊花

我的手撫上了他的嘴唇，指腹沿著那水潤與性感的所在來回移動。

童遙的唇是確確實實的漂亮，不是銳利的薄，也不是憨厚的厚實，而是恰到好處的性感，那種肉色彷彿有股妖孽的力量在裡面湧動，讓人心神搖曳。我湊近他的耳朵，用最輕的聲音道：「你想得美。」

當我寒食色沒腦？如果我獸性大發，實在想看小弟弟，只要坐在診間裡，那些病人就會爭先恐後地脫褲子；當然，品質想必比不上小童遙，但病人們可是交錢來讓我看的，光想就爽到了。

說完，我將童遙往門外推，準備將這隻笑面虎趕出去。可是童遙身形一個虛晃，居然反將我壓在牆上。

我皺眉，「你想幹嘛？」「咱們都這麼熟了，還沒正式啵一個，想來實在太見外可不是？」童遙笑得十分之無害，此刻的眼神看上去才叫一個純真，彷彿誰不相信他這番話就是內心陰暗的人似的。仙人板板噢，我怎麼就撞上這個人了，一會兒像地獄最黑暗最魅惑最耀眼的曼珠沙華，一會兒又像世上最乾淨最清澈從未受過污染的小溪；童遙的道行之高，實在令人難以想像。

「來嘛、來嘛，一回生二回就熟了。」童遙繼續鼓動，像個孩子似地彷彿在撒嬌。我的個鎚子噢，他這麼一撥弄，我這顆一向憧憬吃嫩草的心又開始活動了。敢情，這童遙是把我的弱點全拿紙記下來了是吧？那麼我今後豈不是要被他吃得死死的？這麼一想，腦海中頓時警鈴大作，我將放在身側的手握成拳頭，一雙眼睛開始在童遙那張俊顏上來回移動，尋找著下手點。算了，看在朋友一場的分上，只要把他的鼻血打出來就好。主意打好，我氣沉丹田，深吸口氣，準備直接對準他的鼻子揍去；臺詞都想好了，總共三句：「我叫你長這麼妖孽，我叫你誘惑我，我叫你不給我看命根子！」仔細想來，我確實是有黑道大姐的氣勢。然而，人生的痛苦和快樂就在於，你永遠猜不到下一秒鐘會發生什麼。我，確實沒猜到。

我的手還舉在半途中，下一秒，大門「咚」的一聲就被人大力打開。而此刻，好死不死正在門後大玩曖昧的我和童遙，就像拖鞋底下的小強一樣，被拍扁了。簡單說來，事情是這樣的，童遙直接被門撞到，接著他又直直向我撞來。這麼做的結果是，我們眞的啵了一個，確實是很不浪漫的一個吻啊——因爲是被門給拍的，所以更像是嘴唇撞嘴唇，牙齒碰牙齒。我懷疑，童遙這孩子從小缺愛不缺鈣，那牙齒才叫一個剛硬啊，我被撞得淚花朵朵飆。我的個仙人板板噢，是誰這麼缺德，居然直接撞門！我拭去淚水，推開門，看見面前站著的兩個人——柴柴，以及喬幫主。

這對冤家回國了！

經過一陣兵荒馬亂，飛沙走石，雞飛狗跳之後，大夥安靜了下來。我一邊嗑瓜子，一邊瞭解兩人失蹤這段期間的情況——

柴柴拿出我家那個裝飾用的地球儀，開始從東半球指到西半球，詳細說明她爲了躲避喬幫主跨國追蹤而走的路線。路途之長，行程之艱辛，豔遇之多，實在出乎人想像。結果，最後的最後，在一個什麼什麼什麼斯坦的地方，喬幫主終於找到了柴柴。那時，柴柴正在和一個小偷集團搏鬥，喬幫主上前去幫她。一個用拳頭，一個用磚頭，這對夫妻檔就這麼把那個據說是當地最大的盜竊集團打趴了。在那次的打鬥中，喬幫主幫柴柴擋了一鐵鏟，負了傷；柴柴心懷愧疚，打算等到把喬幫主照顧得痊癒之後再跑。也不知，是因爲照顧之中迸出的溫情脈脈，還是打鬥之中建立起的革命情感，或是柴柴想念喬幫主的強硬胸膛……總之，兩人就這麼好上了。更重要的是，在那個什麼什麼什麼斯坦的地方，柴柴算錯了安全期，居然珠胎暗結——什麼！柴柴懷孕了！我驚訝得喘不過氣來，所以兩人回來準備補辦婚禮。

我實在不敢相信，這進度也未免發展得太快了吧。我這邊才剛和童遙同學啵了一下，柴柴和喬幫主那愛的結晶受精卵就開始成長了？感歎完之後，我想到了一件事，忽然心跳加速，眉梢跳躍，狂喜起來。既然主人回來了，也就是說，童遙不可能再住在喬幫主家了，那麼，我終於可以就此擺脫他火力強大的糾纏了！想到這，我立刻奔到喬幫主面前，握住他的手，激動得說不出話來，只顧著眼淚嘩嘩直滴。

喬幫主看著我，長歎口氣，然後抽出手，在我肩膀上拍了兩下，安慰道：「食色，妳是個好女孩，但是感情的事情是不能勉強的。對不起，我一直想要的，就只有柴柴。不過，我們局裡的小張好像挺喜歡妳的，要不要我幫你們牽牽線？」我差點沒被噎得翻白眼。喬幫主居然認爲我喜歡他？怎麼可能，我只是喜歡他的裸體而已啊！我深吸口氣，接著問道：「小張是哪一位？是那個留著門簾頭的白淨帥哥嗎？」話音剛落，背後便飄來一個聲音：「食色啊，才給我看了半個胸部，才被我啵了一口，妳就開始找新對象了？」童遙！我手握成拳，歎口氣，怎麼就忘記還有一個道行高深的童遙在呢？

我趕緊岔開話題：「對了，人家屋主回來了，從今天起你就回家去吧。」童遙又擺出了那種無害的笑容，「現在天色太晚，我一個單身男子怕有危險，還請收留我住一宿吧。」我狠心道：「不會的，不就是菊花不保嗎？說不定你眞的會喜歡那種非一般的感覺呢！童遙啊，男人的前列腺如果不用，白長著不是浪費了嗎？」童遙微笑著靠近我的耳邊，燈光將他臉部的輪廓蒙上了一層柔光，如此魅惑，如同他的聲音：「親愛的，人家的後面可是要留給妳的。」我的臉「砰」的一聲紅了個透，血壓「嗖」的一聲就飆高了上去。仙人板板，天殺的仙人板板啊，童遙怎麼會知道我心心念念想捅人小菊花呢？這麼說來，如果我和他在一起，眞的可以想捅就捅？我興奮得接近癲狂。童遙接著又道：「不過，那得在妳伺候好我之後。」這句話讓我稍稍冷靜了一下。果然，天下沒有免費的午餐，世上更沒有白捅的小菊花！

「今天確實晚了，還是讓童遙住一晚再走吧。」想必柴柴是因爲有了身孕，母性大發，居然展現出人性的光輝。但我也不可能隨便被吃豆腐，「好。不過，今晚柴柴妳和我睡，童遙和喬幫主睡。」喬幫主對此安排非常不滿，但熬不住我和柴柴的雙向夾擊，最後只能悻悻同意。他們離開時，我對著童遙小聲道：「小心喬幫主今晚獸性大發，把你當成柴柴的替身，無情地蹂躪，糟蹋，ＳＭ啊。」童遙微微一笑，柔聲道：「到時，我一定會因爲遭受不了這樣的打擊，而神經錯亂，將某人抓來千萬倍地無情蹂躪，糟蹋，ＳＭ。」看著他遠去的修長高挺背影，我不禁豎起大拇指，童遙，算你狠。

晚上，和柴柴躺在床上，我開始問她爲什麼會看上喬幫主。柴柴一臉愛慕地說，她覺得喬幫主被那個什麼什麼什麼斯坦的小偷用鐵鏟拍頭時，有一種不可思議的帥。我動用了自己全部的想像力，卻只能看見一幅畫面——晴天之下，異國的街上滿是黃沙，一個拿著鐵鏟、蓄著山羊鬍的男人，還有一個被扁得翻白眼的喬幫主；我對柴柴佩服得五體投地，這……怎麼可能愛上呢？原本以爲被平底鍋扁已經夠丟臉了，現在喬幫主居然被鐵鏟扁，更重要的是柴柴還因此愛上了他！地球實在太瘋狂，我開始考慮自己是不是要買票返回火星。

沒有了童遙的打擾，我一覺睡到大天亮。在浴室中刷牙時，忽然想到一件事——童遙似乎每天早上醒來都會洗澡。昨天被他白看了半邊胸實在不爽，今天說什麼我也要看回來！所以，我拿了喬幫主家的鑰匙，準備看美男出浴。

114 濕花飛不起

我的猜測是正確的，浴室裡果然有嘩啦嘩啦的水聲。

於是，我笑得嘴都要裂到太陽穴，笑得大牙上的蛀洞都露了出來，笑得扁桃腺都在顫抖。我一雙充滿慾望的眼就這麼閃著幽幽的光，一雙母狼爪子兼豬蹄子也放在浴室門把手上，快速一轉，猝然將門一推，狂喜地大叫道：「童遙，交出你的命根子！」然而，當眼前的霧氣消散之後，我才猛地察覺——浴室裡那個正在洗澡的人——是喬幫主！我的嘴，張大得快要能吞下自己的拳頭，而清亮晶瑩的口水也開始從牙齒縫淌了出來。

仙人板板噢，喬幫主的那個東西果然很不一般人，那長度，那粗細度，還有那茂盛的毛，果然是男人中的男人，命根子中的戰鬥機啊！我一邊淌著口水，一邊笑得一臉花癡，完全不顧喬幫主那張像中了世間第一奇毒而變得黑漆漆的臉。柴柴，果眞是普天之下第一性福的女人啊。按照喬幫主的命根子看來，柴柴能這麼快懷孕絕對是理所當然，這傢伙簡直堪稱美軍那款 M1A2 TUSK 主力戰車嘛，彈無虛發。我敢打包票，別說是算錯安全期，就算是套兩層杜蕾斯，喬幫主的子彈也能穿透無數防備直接和卵子妹妹會合，爲咱們社會主義物質文明建設和精神文明建設添磚加瓦啊。

正當我目瞪口呆無比驚詫之際，一個聲音在我耳邊響起：「其實，我的和他的差不了多少。」童遙的聲音像柔紗般帶著點高貴的淫靡，輕易地糾纏住我的肢體，讓我心癢難耐。但我的眼睛，依舊望著喬幫主那掩埋在草叢中的寶貝，嘴上不自覺地問道：「此話當眞？撒謊的男人，可是會一輩子無法勃起的。」「我從來不撒謊，我家的和他的，就像雙胞胎……怎麼樣，想看嗎？」童遙的眼睛也看著喬幫主那，而聲音則更加魅惑，讓人聞到一股曖昧的薰香；那是種古典的慾念——「解香囊，分羅帶，鵝黃襦裙落地，玉肌呈現」，一切的好都在那曖昧之上，這就是童遙那千年妖法給予我的震撼。

面對我和童遙這對看著他家命根來進行對話的狗男女，喬幫主此刻化身為挖煤的工人，黑漆漆的臉上只剩下兩隻眼睛，裡面燃燒著熊熊怒火。接下來，童遙被趕回了家，而我則被罰半年內不准到喬幫主家蹭飯。狠心，這喬幫主實在太沒有人性了，為什麼就不能把自己那裡當成大蘿蔔，大大方方地給我們看呢？我和童遙又不是難民，難道會撲上去把它給啃了，用得著這麼小氣嗎？

原本以為，童遙離開之後我可以輕鬆一點，至少不會整日整日地被他纏著。可惜，童遙纏人的功夫真不是蓋的。儘管他沒再和我住在一起，但每天中午和晚上他都會守在醫院門口等我下班。無論我是從正門走還是後門走，甚至有一次從廁所的窗戶爬出去，總是會被童遙攔住。我懷疑，他是開了天眼，而每次被童遙抓住，我都無比挫敗。

這天，我從窗口翻爬出來，滾到醫院的草坪上時，不幸目睹了老院長和掃廁所大嬸在花叢中嘿咻。正午的陽光下，老院長那光滑白皙得能反光的赤裸屁股，瞬間刺瞎了我一雙純潔孩子般的眼睛。仙人板板噢，難怪最近中午我在診間睡覺時，總感覺有強光從外面射入，在牆面忽上忽下，忽下忽上。先前不明真相，還以為有人在拿鏡子射我，搞惡作劇。誰知，原來那發光體或是折射體，居然是老院長這兩瓣與年齡完全不符的光屁股。想到那幾個不能安睡的中午，我瞬間紫漲了臉，額邊的血管像大青蟲般突突地蠕動著，一雙眼睛則亮得像滴了明目眼藥水後的成果。因此，我衝上前去，鼓動著鼻孔，甩動著舌頭，搖曳著頭髮，抬起玉足，對準老院長那光溜溜的、像安裝了小馬達正抽動中的屁股，狠狠踢了三下。前兩下，成功地將老院長那白淨的兩個屁股瓣分別印上了黑黑的鞋印；而最後一下，也是最嚴重的一下，我那八吋的細鞋跟，就這麼捅入了老院長的老菊花。只聽見一聲無比淒厲的嚎叫，老院長瞬間從地面跳起了一公尺高。我趕緊捂住自己的臉，快速逃離犯罪現場。

這一剛跑出草坪，就看見童遙那孩子站在樹蔭下，身體倚著樹幹，右邊嘴角抬起，就這麼看著我。一些遺落的光暈慢慢地從他臉龐滑下，從眉梢到眼角一點一點滑落出無盡的迷離桃色。一朵白色的花慢悠悠地飄到他頭上，就這麼停留下，濕花飛不起。那微捲的花瓣映著他的漆黑髮絲，帶著清雅的風韻，熨著青煙的飄渺，染著暖日的繾綣；童遙的面容，在那一刻有些模糊，彷若被煙雲籠罩，讓人沉醉的夏風，從他所在的方向朝我襲來。我們並未相視太久，因爲童遙很快便朝我走了過來。這麼一動，那花瓣就滑下了他的髮絲，遺落在暖暖的夏風之中。魔法瞬間破除。我走上前去，猛地握住童遙的手，激動地說道：「我破了咱們老院長後面的處了！」多麼激動人心的事情，整個世界都會因此而震動。聞言，童遙的臉色彩斑斕了！我開始將事情添油加醋，手舞足蹈，噴著唾沫星子、唯恐天下不亂地對他講了一遍……之後，童遙的臉總算恢復了正常。他微笑著告訴我：「親愛的，咱們去重新買一雙鞋吧。」我看看自己腳上這雙才穿沒幾天的高跟鞋，咕噥道：「爲什麼？這雙很好看啊。」童遙繼續微笑，「可是，妳的鞋跟上可是沾了某人的體液啊。」聞言，我的雞皮疙瘩開始像雨後春筍般，刷刷刷地直往外冒。

我忙拖著童遙來到商場中的女鞋區。眼睛一晃，我看中了一雙尖頭高跟鞋，造型頗性感，全黑的顏色增添了一絲沉穩的神祕，更重要的是，那鞋跟細長堅硬，絕對能將人的腳掌踩穿。凶器，絕對的凶器；既然我沒有三十六E的胸，那麼我一定要有對能戳穿人體的鞋跟。專櫃小姐拿來了適合的尺碼後，我坐在皮凳上，翹起腳，正準備試鞋，誰知，一旁的童遙忽然蹲下身子幫我脫鞋！我承認自己內心陰暗，因爲我的第一個反應是——童遙這孩子一定是想趁機偷看我裙底風光，所以趕緊夾緊雙腿，戒備地看著他。童遙好奇：「妳這是做什麼？尿急了？」我實話實說：「我怕你看我內褲。」童遙目不斜視，「又不是沒看過。」他這麼一說，我倒記起來了……

高二時，我穿著長度及膝的裙子在教室外的走廊狂奔，一不小心，跌了個狗吃屎。偷偷往四下一看，發現周圍沒什麼人，正在撫胸慶幸，誰知眼角卻瞥見角落裡的童遙——他的表情是戲謔，但眼神卻黑得曖昧。順著他的目光看去，我發現自己那條本來很安全的及膝裙已經翻開了，裡面那裝可愛用的 Hello Kitty 粉紅小內褲，就這麼暴露在空氣之中。我眼睛半瞇，一個翻身從地上躍起，朝童遙衝去，嘴中叫囂著要把他的褲子扒下來。我緊追不捨，童遙則輕鬆地跑著，兩人就這麼在走廊上瘋打，直到溫撫寞喚我。聽見溫撫寞的聲音，我頓時縮起利爪，變身成一隻溫順的小貓，朝他走去。記得，當時無意間回頭，看見的就是童遙略帶寂寥的身影，而此刻我回過神來，看見的是蹲在地上的童遙。

我一直覺得，童遙是個很奇特的存在。

有時他會如淡淡的煙，疏疏的雨，帶著哀哀的愁；有時他會如三月的絢爛煙花，如滿山欲燃的繁花，湧來熾烈的情感；而更多時候，黑色的壞意會環繞著他全身，甚至進入他的髮絲之中，讓他整個人都彌漫著一種繁華的黑色；而有時，比如現在，他又像隋堤旁的楊柳，如春日的飛絮，溫柔得不像話。

115 珍珠粉，燕窩；虎鞭，鹿鞭

童遙垂著頭，單膝著地，將我的腳放在他的膝蓋上。

他穿著一套黑色西裝，沒繫領帶，裡面襯衫最上面三顆鈕扣鬆開，隱隱約約能看見那起伏的胸膛。些許的不羈，些許的散漫，些許的蠱惑，眞他王母娘娘的誘人。他額前的髮漆黑柔順，輕輕拂動著，像是簾子，擋住了那雙黑玉般的眼睛……很不要臉地說，此刻的童遙有那麼一點童話故事中拿著水晶鞋的王子氣質，但可惜的是，我不是灰姑娘，我是灰姑娘那邪惡的繼姐——因爲，擺弄了許久，童遙抬起頭來，輕輕對我說了一句：「妳的腳太大了，穿不下。」前一秒我正躺在夢幻的公主床上做著粉紅色的夢，下一秒童遙忽然一腳把門踹開，拿著滅火器到處噴灑白色泡沫——這就是此刻我從美夢中被驚醒的感覺。

低頭一看，果不其然，我的小豬蹄居然眞的塞不進那雙鞋。旁邊的櫃檯小姐憋笑憋得滿臉通紅，忙解釋這一款鞋的尺碼普遍比較小，於是又替我拿了大一號的，但我的臉已經丟得一點不剩。

買完鞋後，我忙想拉著童遙出去，誰知他卻反拉著我來到保健食品專櫃。看著他選了一大堆珍珠粉，燕窩，我開始有點好奇；緊接著，當他選了一連串的虎鞭，鹿鞭之後，我的身子頓時涼了半截。憑著這麼多年的默契，我敢確定童遙手上這些東西，絕對是要買給我家那兩個老而不尊的爸媽！我趕緊想腳底抹油逃走，但童遙卻一把攬過我的肩膀，道：「乖，這件事早晚也是要發生的。」

就用了這樣的邏輯，童遙暗中使力，便將我拉到了爸媽家。果然，我媽看見那些養顏品，笑得合不攏嘴；我爸看見那些壯陽品，則笑得要多猥瑣就有多猥瑣。我捂住臉，不忍再視。雖然我和童遙是多年好友，但爲了安全起見，我從沒讓老爸老媽見過他。老媽用她那雙笑意中射著精光的眼睛，將童遙從髮絲到腳趾，從言談舉止到屁股挺翹弧度，全都上上下下仔細觀察了一番後，最後確定——此人大有前途。所以，她老人家開門見山，道：「食色啊，這位是……」那個「是」字，被她故意拖得綿長不休，嫋嫋繞繞，意思很明顯，就是要童遙自報家門。童遙同學很上道，當即彬彬有禮、風度翩翩地說道：「伯父伯母好，我叫童遙，今天是來報備的。我在寒食色同學身邊潛伏多年，最近目標暴露，於是準備一不做二不休，加強火力將她拿下，還請二老幫忙。」話說最近的我，在老爸老媽面前已然成了滯銷貨，沒想到，現在居然有個帥不拉嘰的優質男人跑來說要追我，他們二老的老心肝激動得顫巍巍的；更重要的是，居然拿我換到了珍珠粉燕窩鹿鞭虎鞭，這太讓人滿意了，讓總是叫囂「生妳還不如生一個西瓜，至少還可以吃吃」的二老感到無比欣慰。我萬萬沒想到，他們就因爲這幾樣東西出賣了我！

接著，老媽說她做菜油煙大，就把我和童遙趕到了房間裡，還帶上了門。被趕進房裡後，我猛地發覺了不對勁。因爲，床上攤放著彩色色情雜誌，沒多久，房裡的影碟播放機忽然自動打開，一個嬌滴滴的、混著呻吟和痛苦的「呀咩嗲」聲音就這麼響了起來，電視螢幕上則放映著兩個人在做愛做的事情。房間裡的氣氛一下綺靡了起來。我忙不迭去開門，卻悲哀地發現房門已從外面被鎖得死死的，根本就打不開。我捶打著門，淒厲地大喊：「放我出去！」誰知老媽拿著菜刀在門上砍了三下，道：「生米沒煮成熟飯之前，不准出來。放心，我和妳爸現在出去散步，三個小時後才回來，抓緊機會吧。」老爸補充道：「未來的女婿啊，看在我們幫你的分上，下次來的時候記住多帶些虎鞭。」賣女求虎鞭！我的眼淚四下狂飆，仙人板板噢，我怎麼就遇上了這樣的父母！

狂飆了一陣之後，我又猛地察覺到一件重要的事情——危險就在我背後啊。把脖子咯咯地轉過去一看，發現童遙果然就站在僅一步之遙的我背後，那雙眼睛黑得凜冽，黑得曖昧。我閉了一下眼，深吸口氣，蹲下身子，倏地拿起高跟鞋，將那細長的、堪比凶器的鞋跟舉在面前，嚴聲警告道：「你不要過來，你如果過來，我就把你的腦袋敲出一個洞！」童遙笑笑，那笑容帶著一點小小的惡意，「沒想到，原來寒食色是個膽小鬼！」激將法？想讓我把鞋一扔，衣服一扯，胸部一露，豪放地說道：「誰說的？不信你來嘗一嘗！」如果打的是這個算盤，那童遙就錯了。我寒食色的性格就像優質男人的小弟弟——要伸就伸，要縮就縮。所以我依舊將高跟鞋橫在胸前，繞過他，衝到電視機旁對準螢幕一砸，無辜的電視機就這麼報銷了。想必我的老父老母會心疼得捶胸頓足，嘔血三升；不過，正合我意。終於，房間裡的綺靡氣息，被我施展的這一暴力動作，沖淡了些許。接著，我又順便將那本兒童不宜的色情雜誌從窗戶扔了下去。

做完這一切之後，我稍稍放下了心。但細看童遙的眼神，卻滿是燕草如碧絲，秦桑低綠枝；滿是一樹春風千萬枝，嫩於金色軟於絲；滿是江碧鳥逾白，山青花欲燃；換句話說，我的個王母娘娘咧，那才叫一個春意盎然啊。他那眼神，就和我們社區裡那隻一年四季都在叫春的小野貓沒什麼分別。那雙眼睛是勾魂攝魄的，彷彿裡面有個只用紗巾擋住下體的波斯舞男在跳著蠱惑的舞；這波斯舞男媚眼如絲，身形妖嬈，十指伸出在碧綠的眼珠前搖晃，濃濃的誘惑氣息撲面而來。我感覺有條無形的線正從童遙的眼眸中伸出，慢慢地、一重一重地纏住我的身子，纏住我的理智。我像一隻被蜘蛛網纏住的小蟲，只能認命地看著童遙這隻蜘蛛精朝我走來。

漸漸地，漸漸地，他來到了我的面前。此刻，童遙的臉頰像天際的浮雲，聚與散全是沉靜，沒有挑眉，沒有勾嘴，沒有微笑。但他那雙眸子開闔之間卻像滿園桃花開放，最是華麗。我的腳開始因爲他的靠近而發軟，開始一步步地後退著。寒食色，果然是膽小鬼一個。我在後退，童遙則在靠近。忽然，我的腳碰到了床沿，身子一晃，一不留意躺倒在床上，童遙則順勢撲了上來，壓在我身上。我的一顆心頓時被緊張脹滿，雙手開始在空中亂晃，並尖叫著：「不要啊！不要碰我，我沒有洗澡，身上還有汗味。對了，我忘記刮毛了，會刺得你很痛的。童遙，如果你還想對女人存有幻想，就不要碰我！」

丟臉地喚了許久，我才發覺童遙好像並沒有下一步動作。偷偷睜開眼，發現童遙正看著我，笑得一臉壞意。我不明所以，只能直愣愣地瞪著他。良久，童遙的眼神慢慢變得像春日鵝黃柳絮般柔和，他伸手在我臉頰上一點，輕聲道：「放心，我是逗妳的。除非妳願意，否則我不會強迫妳。畢竟……我已經等了這麼久，已經習慣了。」說完，童遙低下頭，在我的額上留下一吻。他的嘴唇潤滑，清澈，柔軟，讓我漸漸迷失。吻完之後，他在我的身邊躺下。我們的呼吸相互交織著，匯集成和諧的曲調。

我們就這麼躺了三個小時。

老爸老媽本來一心想看見噴香的米飯，誰知開門一看，水和米根本還是兩清。老爸拍拍童遙的肩膀，歎息道：「未來的賢婿啊，虎鞭、鹿鞭別總想著送人，也要自己留一些才是。」童遙笑笑，沒說什麼。但我卻熬不住了，直接拉著童遙衝了出去。我發誓，以後死也不回那個魔窟了！

116 再見物理課本

既然，童遙已經表明不會違背我的意願對我做出什麼事，我也就暗暗鬆了一口氣。可是，隨之而來的便是一個疑問——我對童遙的態度究竟是什麼？

對我來說，童遙是特殊的。而我對他的這種感覺，也是從所未有的。經過這些日子以來的曖昧，我覺得自己跟他也是可以發展成狗男女關係的。可是，一旦童遙眞正地靠近我，一旦他想將我們的關係往前更進一步發展時，我就會下意識地後退、逃避。就連我自己也不知道爲什麼要這麼做。難不成是內心那個邪惡淫蕩的我，在玩欲擒故縱的把戲？應該不會，我寒食色一向是有新鮮的肉體送上門就不客氣的傢伙。童遙同學的肉體光用看的也知道是一等一的好，既然他都說喜歡我，願意給我使用了，照理說我應該會迫不及待地硬撲上去，將他的骨髓吮吸得一乾二淨才是。爲什麼直到現在，居然還像個未經人事的純情小女生呢？詭異啊詭異，實在是詭異，我將這個問題拋給了柴柴。

柴柴自從懷孕之後，便住在喬幫主家。喬幫主果然是個好老公，天天變換菜色替柴柴弄好吃的，那香味根本直接穿透他們家天花板跑到我家來了，引誘得我的胃差點蹦出來。而柴柴每天的工作就是大吃海喝，沒事就把腿伸出來讓喬幫主揉。每次看見她這副女王模樣，我就在心中哀歎：「爲什麼懷了喬幫主孩子的，就不是我呢？」

此刻，柴柴一邊啃著鴨脖子，一邊說出了自己的看法：「我想，應該是妳還不太相信童遙愛妳這件事吧。」我否認：「不會吧，看童遙的樣子，這件事應該是眞的，否則他的演技也未免太一流了。」「我的意思是，妳只是理智上相信了童遙愛妳，但妳的內心深處仍然有點懷疑。」柴柴津津有味地吸吮著手指，完全破壞了她高貴的形象。我沉默了，柴柴的話似乎有那麼點道理。童遙一直將他對我的這份心意埋藏在心底，所以這些年來誰也沒有發覺，包括我這個當事人在內。而現在，他卻突然將這份感情吐露而出。對童遙而言，感情自然是一直存在的，他所做的不過是將那層紗揭開；可是對我而言，卻像劈頭朝我蓋上一床厚厚的棉被，弄得我眼前發黑，呼吸不順兼暈頭轉向。我內心深處，還是有那麼一點點疑惑。夜深人靜之時，我還是會問自己：「是真的嗎？童遙，他這些年真的一直在默默喜歡我？」不確定的感情，造成了不確定的舉動，我想這就是我們之間問題的所在吧，畢竟他暗戀我的那些歲月，對我而言是很陌生的。

正說著，喬幫主又端著一盤滷雞爪過來了，隨口問道：「在說什麼呢？」「她和童遙之間的關係還是沒有進展，正在發愁呢。」柴柴左手拿著鴨脖子，右手又去拿滷雞爪。我看得眼熱，也想拿一隻來啃啃。但手才剛碰到雞爪，喬幫主便用那威嚴的目光瞪我一眼，我只能悻悻地收回爪子，淚眼汪汪吸吮著手上不小心沾染的鮮美可口滷汁。看著柴柴啃得起勁的模樣，我心裡那個酸水像噴泉一樣不停往外湧。真想把喬幫主拖進屋子裡，把他給日了，懷了他的孩子，就可以無止無盡地吃這些美食了。喬幫主自然不知道我腦海中這些邪惡的計畫，所以他還是熱心地為我出主意：「霸王硬上弓不就行了，記住，量變引起質變，看看我們現在幸福的樣子就知道了。」是啊，質變出了一個胎兒。柴柴非常慷慨，「對，用磚頭吧。我們家有，特製的，可硬了。一磚頭下去，童遙處於昏迷中，妳也就可以隨心所欲。只要做了，妳自然而然就不會覺得尷尬了。」想必，從這兩人口中也問不出什麼好主意，我只能帶著滷雞爪的香氣離開。

火球般的太陽整日在城市上空肆虐，安了心似地要將人烤成肉乾。一到夏天，我的原則就是——除非屋子失火，否則絕不出門。但這個星期天我卻必須出一次門，去一回母校。

大學聯考考完了，暑假也到了，有些老師也要退休了，其中包括那位長得非常像安西教練的物理班導。

再怎麼說「一日爲師，終身爲父」，所以以前班上的同學便決定在學校辦個聚會，展現一下僅存的人性。我，柴柴，童遙應邀前往。聚會也就那麼幾個流程——活躍點的同學發些感慨，回憶一下過往，歌頌一下老師的功績，也就差不多了。這算是畢業之後第二次回來。上次是和盛悠傑一起，這次則是和童遙，感覺確實不同，因爲心中已經把某個人、某件事放下了。所以這次回來看見舊的事物，更多的是感慨時間的逝去。但我對物理班導以前對我的蔑視還是有些在意，所以見到他也只是客套地叫了聲「老師」，便遠離。這物理班導幾年沒見，身材更圓更鼓了，而且也許是年齡增加了，他居然變得慈眉善目起來。只見他拍拍我和柴柴的肩膀，道：「來，幫老師個忙。」我覺得老師想必改邪歸正了，也不好意思拒絕，只得和柴柴一道跟著他走。

我們搭電梯一起坐到地下一樓的地下室。一進門，便有股微微發霉的氣息，按下房間電燈開關，那日光燈撲閃幾下後，亮了，而我的心，卻涼了。原來這裡是間儲藏室，雜七雜八的東西堆得滿屋都是。「這間儲藏室，三年前校長便交給我，希望我有空時整理一下，結果老師年紀大了，記性不好，一時就忘了。還好今天有妳們，那麼就麻煩慢慢整理一下，然後把所有東西的數量、名稱都記在這本子上。我先去休息一下，喝點飲料，妳們慢慢弄，今天弄不完，明天再來也可以。」物理班導笑嘻嘻地說出了這番話。我那個氣啊，剛才眞是瞎了眼，這個臭老頭果然還是和以前一樣。眞想把他迷昏，用板車把他送到我那醫院的老院長床上；這兩人，果眞是烏龜配王八，天生一對。

物理班導說完便走。柴柴是孕婦，當然無法幹重活，所以她便坐在一旁看雜誌，我則掄起袖子開始熱火朝天地忙了起來。東西可眞多，什麼教具，運動器具，報廢的電視機，缺了桌腳的書桌，還有老師們歷年來沒收的CD，漫畫，小說，以及過了期的零食。翻著翻著，忽然在角落中看見一堆課本，參考書，還有作業本；仔細看了看，發現封面上的名字都不相同，而且科目也不同。想了想，總算恍然大悟——過去我們這些學生打打鬧鬧時，總喜歡把對方的課本等東西從教室窗戶往外扔，那些東西就落在這間地下室外的空地上，所以這些堆積起來的小山，應該就是多年來清潔工們從地上撿起的吧。

反正也整理得累了，我便坐在地上，想看看這堆書本的主人有沒有我認識的。第三本是李成義的數學課本，這人可是我們班的好學生，後來考上了清華；翻開一看，人家的書上全都以蠅頭小楷工工整整地抄寫著筆記，這麼用功，怪不得成績好。第二十四本的主人也是我認識的，是我們班陳冉冉的國文參考書，上面貼滿了偶像明星的照片，還有好多肉麻寫不完的示愛。接著繼續翻，第九十六本是物理課本，我在封面上看見了一個再熟悉不過的名字——童遙。

忽然記起，那個中午，那個他唯一一次和我翻臉的中午，就是因爲我要看這本物理課本，童遙死活都不給，我想用計搶，情急之下他居然把課本扔下了樓。究竟裡面有什麼呢？我趕緊翻看了起來。我說過，童遙雖然成績不錯，但他一向不愛唸書，所以書頁上通常都很乾淨。我大致翻看了一下，沒發現什麼東西，但最後一頁卻寫了個「婆」字。想直接丟開，但又不死心——如果眞沒什麼，童遙不可能這麼緊張的，所以我又開始認眞翻看了第二遍。這次有了發現，有些頁面的字被黑筆勾畫了起來，但那些字單看也沒什麼意義，難不成是密碼？我好奇，於是拿了張紙，把那些字一個個記了下來。

——第十二頁上，勾畫了個「顏色」的「色」。

——第二十五頁上，勾畫了個「我們」的「我」。

——第二十九頁上，勾畫了個「老師」的「老」。

——第三十七頁上，勾畫了個「是否」的「是」。

——第五十三頁上，勾畫了個「寒冷」的「寒」。

——第六十九頁上，勾畫了個「他的」的「的」。

——第八十九頁上，勾畫了個「食物」的「食」。

我把筆放下，拿起那張紙，輕輕在心中唸著「色我老是寒的食」，一遍遍地唸著「色我老是寒的食」。腦海中，那些字開始慢慢分解，重新排序……好像，有我的名字「寒食色」；將我的名字抽出來，再繼續喃喃唸著剩下的字——「我老是的」。排列順序似乎是「我的老是寒食色」，然後我將書翻到最後一頁，上面那個字寫得小小的，輕輕的，淺淺的，是——「婆」。

我的老婆是寒食色。我的老婆是寒食色。我的老婆是寒食色。

我的臉突然一下子紅得透了明，心臟則噗噗地跳個不停，像是一瞬間回到了那段青蔥歲月，像是一瞬間我又成了那個少女，一個被暗戀著的、懵懂無知的少女。

117 你，等很久了嗎？

我彷彿看見，夏風吹動著教室的窗簾，陽光一點一點灑入，像揉進了金色。一個眉目分明的少年溫柔地看著熟睡中的我，嘴角微彎，然後在自己的物理課本上勾畫著心中那句話——「我的老婆是寒食色」，那句他無法告訴我的話。我的一顆心被那句話烘烤著，慢慢地變爲一泓春水。臉不可抑止地紅燙著，即使已經成年，即使已經遠離那個純潔的歲月許多年，即使生命中已經歷了許多事，但現在的我，就像第一次收到情書的少女。身體裡彷彿有股衝動，但那衝動是什麼，我也不清楚。

柴柴發覺了我的不對勁，問著：「妳怎麼了？」我輕咬住下唇，道：「沒什麼……沒什麼。」就連自己也沒有察覺，此刻的聲音有如朗誦情詩般的呢喃。我不知道自己是怎麼做到的，在看完那本物理課本上的字之後，我還是耐心整理著地下室的東西。正整理著，門便被人打開，原來是因爲不放心孩子的媽，喬幫主來了，要接柴柴回去。我讓柴柴先走，自己留下，繼續清點著。等全部弄好之後，看看手錶，發現已經是下午四點。走出地下室，關好門，上了樓，口袋中的手機忽然響了起來。螢幕上，還是那個熟悉得讓我軟化的名字——童遙。「妳在哪？到處找妳，手機也沒訊號。」我接起電話，那邊傳來童遙的詢問。我道：「剛剛被老師叫到地下室幫忙，我們約在學校後門見好了。」和前門的繁華不同，後門這裡的街道比較偏僻，再加上今天是星期天，來往的行人更少。

當我走到那兒，看見童遙靠在牆壁上，左手夾著一根菸；夕陽下，高挺的身形，頗爲出塵。白色的煙嫋嫋繞繞上升，將他的臉包圍著，但那隱隱約約的輪廓依舊有著無盡風采。我慢慢走到他面前，高跟鞋在水泥地上敲出清脆的聲響。在他面前站定，我發現，穿了高跟鞋的我正好能及他的耳垂。好像有誰說過，當你開心時，踮腳，能將下巴放在他的肩膀上；當你生氣時，抬起膝蓋，恰好能踢中他的小弟弟，那麼，這個男人的身高便是和你最搭的。而童遙，就是這樣一個男人。

他道：「來了。」我轉轉頭，四處望望，道：「很熟悉的地方呢！」童遙揚眉做詢問狀，「嗯？」我眨眼做促狹狀，「某人曾經在這裡吻了校花。」依舊記得，那次，他在這裡發揮自己的風流，俘虜了高傲的校花姐姐。童遙的嘴角勾起一個很淡的弧度，他將菸滅掉，低頭輕聲道：「可是，某人看見了也只是在旁邊張嘴傻笑，之後還像兄弟似地拍我的肩膀，要我教她強吻的訣竅，好去對付她當時的男友。」童遙說話的同時，正好將最後一口煙從嘴中噴出，眉梢眼角被暈染得有些淡薄。這麼一聽，我心裡毛刺刺的。因爲我想起來了，童遙口中的某人正是不才在下我——這麼說來，他是故意吻給我看，想要試探我？可惜，當時我對溫撫寞是一心一意，而且還一心一意了好多年。穿過童遙的身子，我看向他背後的圍牆。我記得這圍牆是我們高一時新修的，當時是全白的，光潔乾淨。而現在，卻已經斑駁了，一塊塊石灰像枯葉般蜷曲著，欲墜不墜，上面還用粉筆寫滿、用小石子劃滿大膽而稚氣的話語——「某某某是我兒子」「某某某喜歡某某某」「我愛某某某一生一世」，全是時間留下的痕跡。

這堵圍牆豎立了將近十年，而童遙也默默等待了我十年，愛了我十年。他爲了和我在一起，故意考砸，以求和我分到同一個班。他明明知道，我心中只有一個溫撫寞，卻還是爲我唱歌，爲我買零食，陪我練跑步。他將心中的話寫在物理課本上，可是那份心意卻只能被他親手從窗戶扔下，因爲那是見不得光的，因爲當時我和他的好友在相愛。即便我和溫撫寞分手，但他知道，我心中還是留有溫撫寞的位置，所以他靜靜等待著，等待著我眞正釋懷的那一瞬；不，童遙是在等待他自己眞正釋懷的那一刻。溫撫寞，是我們兩人的劫數，我放不下他，童遙也同樣放不下他。他將我和溫撫寞之間的故事看得一清二楚，他親自參與其中，他知道那份感情有多熾烈，因此才會退縮，才會將自己的心意久久掩埋。如果不是那次嚴重車禍，不是那次死裡逃生，他還會打著朋友的幌子繼續隱瞞下去。那時童遙告訴我，說他膽小，他害怕，他懦弱，所以他看著我繼續在情海中沉浮，卻什麼也不敢表露……對此，我一直半信半疑，因為在我心中，童遙是個什麼也不怕、什麼都能解決的人。可是現在我相信了，我相信那個在課本上寫著「寒食色是我老婆」的少年，我記得那個少年被我奪走物理課本時那一瞬間的恐慌，顴骨上甚至還有一絲暗紅。所以他什麼也不說，只是推掉生意陪我吃飯；所以他什麼也不說，只是每隔一段時間便買些小禮物逗我開心；所以他什麼也不說，只是在我最無助的時候拉著我。是的，在面對感情時，童遙是懦弱的，我是懦弱的；童遙是矯情的，我是矯情的；我和他，都是不完美的。十年的時間可以讓一面新牆變得斑駁，可以讓我們經歷許多故事，可以讓我們的心變得傷痕累累，進而更加堅強。十年，可以改變很多事，但有件事一直沒變，那就是，有個人一直在我身邊，童遙，他一直在我身邊。

夕陽的光，讓空氣裡也揉進了金色，美得像是幻境。我看著童遙，輕聲道：「等很久了嗎？」童遙看看手錶，不在意地搖搖頭，道：「還好。」我的嘴角拈起一朵微笑的花，再次道：「我是說，你……等很久了嗎？」童遙忽然抬頭，看著我，那眸子漆黑得近乎純淨。然後，他張口，微笑，發自內心的微笑，「還好……只等了十年。」在這揉了金的陽光中，我走向童遙，雙手環住他的頸脖，踮起腳尖，吻上了他，生平第一次主動吻了他。

我一直在尋找，尋找著自己生命中的王子。我攀懸崖，我砍荊棘，我斬巨龍，我受傷，我痛苦，我休克，我一直在不斷尋找，只為找到對的那個人。兜兜轉轉這麼久，驀然回首，卻發現我要找的那個人一直就在自己身邊。他不是王子，他是童遙。

我吻著他，閉著眼，輕輕地吻著童遙，原來你在這裡，原來你就在這裡。

118 嬌羞的、純純的愛

我居然成了童遙的女朋友，實在是件從來想不到的事情。不過，還挺不賴，至少現在，我每天的嘴角都是上揚的。

打開衣櫃，不斷拿出連身裙試穿。這件顏色太花，這件款式太舊，這件不夠露。我毫不厭煩地挑選著約會要穿的裙子，那雀躍的心情像彷彿從沒約過會似的。柴柴則在一旁看著我忙碌，她一勺勺地舀著霜淇淋，忽然問道：「你們發展到哪一步了？」我想了想，誠實作答：「接吻了。」柴柴道：「只接了吻？不像你們倆的風格啊。」我不在意地回道：「慢慢來嘛，心急吃不了熱豆腐，難不成我還會放過他那塊鮮肉？」「我挺想看你們進行到第八個字母——H，」柴柴一邊舔霜淇淋，一邊笑得桃花怒放，「想想看，你們倆都是遊戲人間的高手高手高高手，我想若讓你們倆一挨到床，那絕對是彗星撞地球，硝煙漫天，子彈亂飛，肉慾橫流，就像古裝片裡那些高人決鬥，一出手，整片湖水就像被水雷炸了那樣，轟隆隆的，什麼蝦兵蟹將都被炸上了天……欸，妳幹嘛不說話？」我低頭，雙手扭著衣角，嬌滴滴地道：「人家在害羞。」柴柴投給我一個鄙視的眼神，「我的孩子差點被妳給嚇出來了。」柴柴的話也不無道理啊，我和童遙同學都不是啥善男信女，大家床上的功力也都不是蓋的，這要是湊在一起豈不嗨翻了天。

腦海中一直播放著自己和童遙的十八禁畫面，眼冒桃花的我，依約來到了童遙的公司。這是我首次以童遙女友的身分來到他公司，門口的小祕書看見我，笑得賊開心。我眯縫起眼睛，看來該給這孩子找個婆家了。話說，耳釘弟弟就不錯，嗯，哪天給他們倆餵點不良藥物，關在小黑屋裡，等生米煮成熟飯算了。一邊想，我一邊悄悄打開辦公室門，一眼就看見童遙那孩子正坐在辦公桌後方，聚精會神地看資料。話說，認眞的男人可眞是帥。童遙的西裝外套還是隨便地擱在椅後，也不怕壓皺。他微蹙著眉，左手中指則按壓著眉心，指甲非常乾淨，飽滿，一眼望去讓人心生好感。此刻的童遙，褪去了平日那層平和戲謔，全身籠罩上一層責任心和男人氣息，整個人的輪廓也堅挺不少。他的唇微張著，完美性感的唇瓣時不時翕動一下，似乎在默唸資料上的某一句文字。每當他這麼做時，平靜的臉頰總會浮動出一層漣漪，配合著陽光，彷若瑟瑟紅豔的江水，閃著粼粼波光，耀了人的眼，動了人的心。這就是童遙，帶著亂花的柔媚迷了人眼，又混合著劍波的鋒利凜了人心，兩種特質混合在一起，成爲他獨特的風流。我靠著門，手抱在胸前，靜靜地看著，非常想……衝上去生吞了他。

口腔裡因爲這樣的慾念而不斷分泌著唾液，看來，我這條母狼又要開始摧殘草地了。不過，不可大意，童遙同學功力深厚，誰摧殘誰，還不一定呢。正這麼想著時，童遙的聲音響起：「過來。」那聲音挺輕柔的，似落下的芳菲，有種獨特魅力，所以我依言走到了辦公桌前，將椅子推出來些許，調整著姿勢，想要坐下。但童遙卻制止了我，他抬起頭，拍拍自己的大腿，道：「過來，坐這裡。」算了，童遙這孩子早就看盡了我的醜樣，我還是省去裝矜持的過程吧。所以我走到他面前，將兩瓣屁股不客氣地放在他的大腿上；別說，童遙的大腿，坐起來還挺舒服的。

童遙單手環住我的腰，摟著我，那花眼柳眉就這麼對著我，手則輕撫我的額頭，問道：「外面熱不熱？」我道：「還好，坐車來的，一路有冷氣吹，不是很熱。」童遙靠坐在椅背上，眼中水波縈迴，道：「反正也沒外人，熱的話，就脫幾件衣服吧。」我寒食色今天總共就穿了一件連身裙，外加內衣褲，連小安全褲都沒有穿，還能脫幾件衣服？童遙啊童遙，果眞是居心不良。不過嘛，我偏過頭去，笑得像隻貓——這樣的居心不良，我喜歡。我眼波灼灼，反問道：「你穿得比我多，爲什麼你不脫？」童遙眨眨眼，三月春風迎面而來，「妳身材比我好，有看頭。」我瞇瞇眼，桃花紛紛落下，「你太謙虛了，你的身材也是一等一的。」童遙湊近我，將溫熱的唇貼在我赤裸的手臂上：「那麼，就一起脫吧。」彗星撞地球，硝煙漫天，子彈亂飛，肉慾橫流——我腦海中忽然回憶起柴柴的形容。然後，我雙手扭著裙子，嬌滴滴地道：「不要啦……」童遙故意歎口氣，然後將唇移開，開始正襟危坐，柳下惠上身，「不願意啊，那算了。」我日你個仙人板板噢。

炎炎夏日，衣料又少，再加上身處辦公室這個ＡＶ影片時常選用的拍攝地點，不做點什麼，豈不是太辜負韶華了；不，應該是太辜負我的小食色和他的小童遙了。我說過，童遙對我的性格是知根知柢的，曉得我和淑女沾不上邊。所以，我非常勇猛地從他大腿上起身，坐在辦公桌上，準備低低身子，露露調整型內衣製造出來的乳溝，然後抬起玉足，摩擦童遙的大腿，再使出媚眼勾魂一招，讓戰爭在這裡爆發。可惜啊可惜，想像總是美好的；我的意思是，現實總是殘酷的——當我將屁股移到辦公桌上的瞬間，一股尖銳的疼痛從我的屁股縫中爆發出來。「啊！」我疼得尖叫出聲，像蚱蜢般一蹦三尺高。跳下辦公桌，摸著屁股，定睛一看，發現罪魁禍首是一隻沒蓋上筆蓋的鋼筆。我的個娘親啊，差一點點，我後面的第一次就奉獻給這枝鋼筆了！我都開始懷疑這枝鋼筆是不是被老院長施了法，以報復我拿鞋跟奪了他後面的第一次。

童遙走上前來，伸手撫摸著我的屁股，輕揉微搓。他將唇靠近我的耳邊，輕聲道：「哪裡疼，這裡？這裡？還是這裡？」童遙一邊說，那雙手差不多把我的兩瓣屁股都摸遍了。他奶奶個胸啊，趁機吃我豆腐，反了你了！我深吸口氣，然後學著電視劇裡的慓悍女人，伸出雙手，一劃拉，將桌上的東西全掃到地上。做完這個動作後，我心中暗叫一聲「好」，果然有氣勢！然後，我重新一屁股——也就是倆屁股瓣坐在那光溜溜的辦公桌上，雙手撐住身子，腳則伸入童遙的雙腿間輕輕遊走，學了個媚眼如絲，「刷刷刷」地朝童遙射去，勾引他。但童遙的眼睛卻看著地上，順著他的目光看去，這才發現原本好好放在桌上的筆記型電腦，也被激動的我掃到地上去，螢幕被摔得一片死黑。我的臉笑得僵僵的，「別告訴我，那裡面有什麼重要東西。」童遙緩緩說道：「那裡面，有明天必須列印出來的合約資料檔案。」因爲我的那一掃，童遙和小祕書，以及外面的員工們忙了大半天，終於將文件修復。果然，辦公室不是開戰的好地方，我恨恨地想。

回家後，我挫敗地將這件事告訴柴柴。

柴柴一邊啃著喬幫主為她做的可樂雞翅，一邊傳授著經驗：「你們倆的第一次，最好在床上那種正規的地方開戰，雖然少了點情趣，但贏在舒適，這樣一來才會對對方的身體留下好印象。」我像取到經一般地虔誠點頭，「說得有理，最安全的地方就是最舒適的地方，應該循序漸進才是。」柴柴吮吸著手指，繼續道：「而且，最好在他家進行。」我不恥下問：「為什麼？難道童遙家的床比較舒適？」柴柴放下雞翅，拿起優酪乳，悠悠說道：「不，我身體最近是特殊情況，不能做床上運動。如果妳帶童遙在自己家翻雲覆雨，鐵定會影響到孩子他爸，到時他想必會拿槍射擊天花板，傷到你們就不好了。」

聞言，我的身子不停顫抖……好可怕的喬幫主！

119 大嫂初登場

但柴柴的話還是挺有道理的，所以我聽著，也記在了心中。

床戲，果然還是要在床上進行啊。我這邊在絞盡腦汁思考著該怎麼成功地完成床戲，但童遙看上去卻不怎麼著急。我就納悶了，前些日子他不是一看見我就一副灰太狼看見喜羊羊的神色，恨不能一口將我吞下腹中嗎？但自從和他確定了關係，這廝居然修身養性起來。難道，是因爲得到了就不稀奇了？想到這，我恨得牙癢癢的。這個挨千刀的童遙，怎麼身上就有這麼多人類的劣根性呢？現在才交往多久啊，就這麼不把我當回事，往後可怎麼得了噢！我長歎口氣。一旁開車的童遙，抽出一隻手掐了掐我的臉頰，「怎麼了？」我無精打采地垂下眼，「沒事。」「是不是餓了？我買了蛋塔，吃兩個塡塡肚子吧。」這時是下班時間，路上又塞車了，童遙便探過身子，從後座將蛋塔遞到我手上。打開盒子，我拿出一塊，張嘴正想咬一口，卻發現沒什麼心情吃，於是將蛋塔重新放回盒子裡，而且還附贈歎了第二口氣。「怎麼了？」童遙第二次問。算了，磨磨蹭蹭的，到最後也是浪費時間，我決定開門見山：「童遙，你是不是和我確定關係之後，就發覺其實自己也沒想像中那麼想和我在一起？如果是這樣，那你就直說好了，這也不是你的錯，我可以理解的，大家好聚好散，再見還是朋友。」我這也不算是客套，畢竟男女之間談戀愛就像買新鞋；看上去挺好的，但眞正試穿之後，才發現不合腳。那怎麼辦？總不可能委屈自己吧，只好將腳從鞋子裡伸出，忍痛放棄，畢竟，這可是要穿一輩子的鞋啊。所以，如果童遙眞的認爲我們不適合，那我也不能苛責他，只不過有點傷心和遺憾就是了。

童遙的手放在我的大腿上，掐了掐，道：「怎麼，妳認爲我們之間的關係出問題了嗎？」我吶吶道：「我覺得，你好像……很悠閒啊。」童遙問：「什麼意思？」我雙手扭動著，扯著衣角在一邊支支吾吾半天，也沒能說出個所以然來；苦惱地抬頭，卻從車窗玻璃上看見了自己那扭扭捏捏的彆扭樣，一股無名怒火就這麼燒進了我的腦子。我把心一横，把牙一咬，把括約肌一縮，把話挑明：「如果沒問題，你幹嘛不想和我上床？到底問題出在哪裡？是嫌棄我胸不夠大，屁股不夠翹，腿不夠細？還是……你覺得跟我當哥們比較快樂？」童遙看著我，那雙眼睛黑得深邃，像閒窗緊鎖的小閣，裡面藏著無盡的幽靜春色。他的皮膚光潔，呈健康色，在碎碎的陽光下像一層蟬翼。他的鼻梁是流暢的，弧度自然高挺，似最俊秀的山巒。而他的唇，最性感的唇，綻開著一朵盛世桃花，錦繡無邊的春意在上面綻放。更重要的是，童遙的手，那隻一直放在我大腿上的手，居然慢悠悠地來到我的私密花園；那手指染著風情，蘊著風流，就這麼隔著布料摩挲染指我最敏感的所在。我咬緊嘴唇，瞪著他，有些訝異。童遙將身子湊近我，那姿勢才叫一個蠱惑，「相信我，我比妳更想做那件事。」童遙的手並沒有離開，而是繼續在那處地方肆虐。我的呼吸不自覺地有些急促，「那為什麼，你看上去很輕鬆呢？」童遙身上淡淡的菸草氣息一絲絲飄到我身上，像隻無形的、妖嬈的手撩撥著我的心，「因為，在那之前，我還有事情要做。」我盡量平靜自己的呼吸，但童遙那隻不規矩的手卻在挑戰著我的忍耐力，想讓我的理智決堤，「是……什麼……事？」我的私密花園因他的挑逗而產生了一重又一重的酥麻，像無數隻沾染著春藥的小蜘蛛在我全身的血管中遊走，不斷地遊走。仙人板板噢，我眞想現在就在車上把童遙給上了！

幸好在這時，後面的車開始按喇叭催促我們。原來當我們沉浸在姦情的迷霧時，交警叔叔已經成功疏通了道路，我和童遙趕緊擺出正經模樣繼續開車。原本，童遙說要帶我去吃飯，誰知卻將我帶到KTV包廂去見他那群狐朋狗友。走進包廂前，我刻意將手伸入內衣中，撥弄了好一頓，將周圍的肉全部揉到內衣裡，採取地方支援中央原則，務求能讓胸部壯觀。不然，這群小子又會誹謗我去做了假奶；實在是一群沒見識的紈袴子弟，假胸的觸感能這麼軟Q嗎？正準備推開門，卻看見耳釘弟弟從那邊的走廊興奮跑來，大老遠便在叫：「童哥，你總算來了，兄弟們一聽說你今天要帶老婆來，全都到齊了，都迫不及待想見識一下大嫂的魅力。話說，能將童哥套牢的女人，一定是傾國傾城等級啊。」耳釘弟弟說完後，看見我，忙打招呼：「寒姐也來了，也是來看大嫂的嗎？」聽了耳釘弟弟的話，我才明白童遙今天的計畫——原來，他是想把我正式介紹給他的兄弟。還沒等我和耳釘弟弟反應過來，童遙便推開門，攬過我的肩膀，走了進去，向裡面那群坐定的紈袴弟弟們介紹道：「各位久等了。喏，重新介紹一下，寒食色，我老婆。」包括耳釘弟弟在內，所有人的嘴都張大得能塞進一個鴨蛋，甚至有幾個連扁桃腺都露了出來。我心裡的淚像小河一樣，嘩啦啦地流淌著，我居然讓這群孩子幻滅了，實在是罪過啊。還是耳釘弟弟最搶鏡，他的手哆哆嗦嗦地指向我，話也說得結結巴巴的：「這，這不是寒姐嗎？什麼時候，寒姐又變成童哥的老婆了？」童遙拉著我來到長沙發坐下，寵溺地將我環在懷中，嘴裡雖然答著話，但一雙眼睛卻看著我，「她，一直都是。」這樣一來，我心裡像是打破了一大罐蜂蜜，那黃燦燦的液體就這麼流啊流的，想必我現在往外面一站，全市的蜜蜂立刻都要「嗡嗡嗡」地飛來我身上趴著，我心上那個甜蜜蜜啊。剛才，本來還被這群紈袴弟弟不經意間流露出的蔑視，傷了一下小心肝，但現在看來，他們不鳥我就算了，只要童遙看重我就行，於是我將身子往童遙懷中蹭了蹭。

耳釘弟弟不愧是經常被我扁的孩子，立刻反應過來，馬上拍手道：「我就說，第一次看見寒姐的時候，就發現妳和童哥是絕配，也只有這樣性格的妳，才能配得上我們同樣性格的童哥。當時，我還爲你們只是純友誼而可惜呢！誰知老天轉個身，配了副老花眼鏡，終於看清世情，把你們倆湊在了一塊兒。寒姐，不，大嫂，小弟敬妳一杯。」既然耳釘弟弟對我的評價不錯，那我也不好意思推讓，便接過他手上的洋酒，一仰脖子，灌下了喉嚨。話說，反正我是沒那個淑女命了，乾脆撕開假皮，豪爽個一把。誰知豪爽出問題了，睹此情狀，那些個紈袴弟弟們也都端起酒杯，起哄道：「大嫂，可不能厚此薄彼哪，大家都是童哥的兄弟，妳也得跟我們喝。俗話說『感情深，一口悶，感情淺，舔一舔』，來來來，讓咱們的革命友情在這酒肉中堅固地建立吧！」暗中一數，我的個沒奶的奶娘咧，現場將近有十個人，那就是滿滿的十杯酒啊，這麼灌下去，我鐵定要醉的。放眼望去，這些個紈袴弟弟長得倒還算端正，我醉了之後，理智一決堤，肯定會撲上去脫他們的褲子，拽他們的小雞雞，咬他們的小屁屁；而且，我醉了之後，力氣還挺大的，想必三個童遙也拉不住我。到時候，黑暗的包廂中只見我這隻母狼流著口水，雙眼冒著綠光，甩著舌頭，縮著括約肌，而紈袴弟弟們則噴著眼淚，鬼哭狼號地拽住小褲子，拚命護住自己的清白……那情景確實挺誘人。

不過，這爬牆嘛，要等和童遙結婚之後爬才有趣。我和童遙連第八個字母H都還沒進行到呢，現在就爬，太不給他面子了。我這邊正在為難，童遙卻不動聲色地站起，護花般地擋在我面前，笑道：「我找老婆是用來疼的，可不是來陪你們喝酒的。要喝是吧，來來來，我替我老婆喝。」說完，童遙拿起一杯，爽快地喝下。童遙喝得頗急，一滴酒就這麼靜悄悄地順著他的嘴角滑下，然後再靜悄悄地從他漂亮的下巴滴下，接著滑過性感的喉結，慢悠悠地、挑逗地進入了襯衫之中。晶亮的酒，健康色的光滑肌膚，我發誓要不是這群礙事的紈袴弟弟們在場，我絕對會衝上去直接生姦了童遙！紈袴一號道：「童哥你要代大嫂喝也行，不過，那就要加倍，我們每個人敬你兩杯。」他的這一缺德提議，居然受到紈袴二號至紈袴十號的贊成。於是乎，童遙便和他們喝上了。按照這種喝法，我敢肯定，童遙今晚睡覺絕對會尿床。

但耳釘弟弟卻沒和他們一起鬧，而是悄悄坐到我旁邊。他拿著一碟芒果沙拉遞給我，討好道：「姐，不，大嫂，來，妳最愛吃的。」我喜孜孜地接過，放了一塊在嘴中，忽然想到有點不對勁：「欸，你怎麼知道我喜歡吃這個？」耳釘弟弟笑得賊兮兮的，「妳猜我是怎麼知道的，給妳三次機會。」我跟著他一起笑得賊兮兮的，然後道：「我給你三秒鐘時間，再不說我就拳頭伺候。」耳釘弟弟是嘗試過我拳頭的，忙道：「我也是猜的，童哥以前只要一喝醉，就會指著某樣東西說『這是我老婆最喜歡吃的』或是『這是我老婆最討厭吃的』，久而久之，我也就將童哥神祕老婆的喜好記在心裡了。沒想到，果然是妳。」我再放了一塊芒果在嘴中，輕聲道：「其實，我也沒想到是我。」耳釘弟弟好奇：「大嫂，爲什麼童哥要說妳在國外，而且你們幹嘛要這麼神祕啊？」這兩個問題我確實沒有答案，不過我又不是外交部發言人，幹嘛沒事回答耳釘弟弟的問題！我趁著童遙在那邊被灌酒，趕緊抓住時間問耳釘弟弟：「欸，童遙他還說過什麼關於他老婆，也就是……我的事啊。我是說，除了我喜歡和討厭吃的東西之外，他還有沒有說過我什麼啊？」耳釘弟弟摸著鼻子想了想，道：「其實，童哥在我面前喝醉的次數也有限，我記得的好像就只有食物……對了，還有一次！」我連忙豎起耳朵，「什麼？」耳釘弟弟回憶道：「那是三年前的事情了吧，就是在這裡，童哥喝醉了，躺在沙發上小睡一會兒。我無意間聽見他在嘀咕些什麼，人都有好奇心嘛，所以我就湊上前去仔細聽。我記得，當時童哥說的是『老婆，妳的心，什麼時候才會回來？』聽上去，童哥似乎還挺傷懷的……大嫂，當時你們發生什麼事了？」我還是沒有回答耳釘弟弟，但我卻知道這個問題的答案。當時，並沒有發生什麼事情，只是當時我的心在國外，還在溫撫寞的身上。當時，童遙陪伴的只是一具行屍走肉。但他還是陪伴著我，每天痞兮兮地對我笑，陪我吃飯，和我打鬧……

這時，童遙喝完酒，過來了。他在我旁邊坐下，手自然而然地環上我的肩膀，道：「在聊什麼呢？」我道：「我在向耳釘弟弟打探你究竟有多少銀子，好全部奪過來之後，將你一腳踹開。」童遙微微一笑，然後靠近我的耳邊柔聲道：「乖，別踹，留我當個小白臉可以嗎？我任妳蹂躪，好不好？」我輕咬下唇，沒有做聲。童遙喝多了，有點醉了，也沒等我回答，便將頭靠在我肩上，閉上眼休息。聽著他均勻的呼吸聲，感受著肩上那柔軟的重量，嗅著他特有的氣息，我的心像鋪上了一層柔絲。童遙，我的心已經回來了，而且，已經完完全全給了你。所以我垂下眼，看著童遙的俊顏，不停地吸著口水……童遙，你就乖乖交上你的肉體吧。

我寒食色，一定要讓你精盡人亡！

120 悲劇的一分鐘

話說，要讓人精盡人亡，那可是需要高超技術的。不過，我寒食色是個說到做到的傢伙，擇日不如撞日，我當即決定，今晚就要正式和小童遙坦誠相見，但唯一的阻礙就是——童遙醉了。也難怪，那些個紈袴一號到十號個個都唯恐天下不亂，硬要童遙喝光他們手上的酒，一滴都不能剩。這，壞人姻緣可是要遭天譴的，這群混蛋壞了我們的好事，我詛咒他們一個個不舉！

雖然床上大業暫時遭到了阻礙，但我完全沒有放棄的念頭。我，寒食色，就是橫了心，今晚一定要做！

聚會結束後，童遙已經喝得酩酊大醉，腳步都快站不穩了，我和耳釘弟弟齊心協力將他送回家去。這耳釘弟弟確實會看眼色，等安頓好童遙之後，連空氣都不敢吸一口，便離開了。童遙的家是高級大廈型住宅，裝潢得挺有後現代簡約風格，舒適而幹練。此刻，童遙躺在床上，因剛才被我和耳釘弟弟的一番攙扶，衣衫略顯凌亂，酒氣浮上了他的臉頰，將那嘴唇蒸得更爲飽滿紅潤，像在邀請我去食用他——其實，此刻的我，即使看到童遙同學剛上完大號、在廁所裡擦屁股，也會認爲他這是在勾引我。

所以我將頭上的髮簪一抽，接著一頭秀髮就這麼傾斜而下，遮掩了整個背脊。我咬著下唇，眯起眼睛，擺出風流女色鬼的媚態，朝床上那醉得不省人事的書生走去。我要採陽補陰！雖然我架式擺得不錯，但眞正湊近童遙時，我的一顆心還是有點小擔心。但一看見童遙那有著緊實肌肉的胸部，看見那滾動的、性感的喉結，看見童遙因酒醉口渴而不自覺舔舐嘴唇的舌，一切的禮義廉恥、正確三觀，瞬間都被我踹到了天安門廣場。童遙，把你的陽獻給我吧！一邊這麼想著，我一邊面目猙獰，口水滴答地撲到了童遙身上。

想必是饑渴了太久，我完全不顧形象地直接坐在童遙身上，像餓了三百年的猴子看見一根飽滿粗壯的香蕉，迫不及待開始扒拉他的皮。童遙身上那可憐的襯衫，簡直被我的母狼爪子撕成了碎片——他的上身赤裸了，那實在是一副非常優質的上身，肌肉結實又不過分賁張，肌膚呈健康色，光滑柔膩，而且沒有噁心的、像毛衣一樣茂盛的胸毛，實在是尤物一個啊。雖然眼前的東西鮮美可口，但我的理智尚清醒，我明白，我今天真正需要的是下半身，是小童遙！所以，沒有任何停頓，我的手立即朝他的皮帶伸去。這次運氣不錯，沒有發生火災，沒有淹大水，煤氣也沒有漏，蟑螂沒有來搗亂，那些個居委會大媽之類的路人甲也沒有來叫暫停；我的意思是，我異常成功地脫下了童遙的褲子，不只是外褲，還有那神聖而礙事的內褲。

當看見小童遙的那一刻，我激動得直喘氣，一顆小心肝差點把肋骨給撞斷。我的鼻孔撐大得像塞了鋼珠似的，若從四十五度角往上看，絕對能看見我的腦花；我的眼睛睜得像瞳鈴那麼大，有人敢拿盤子接著，我那倆眼珠就敢掉下來。賺到了，賺到了，賺到了！我心心念念多年的小童遙，果然沒有辜負我的期望——摸一摸，表面光滑粉嫩嫩；量一量，長短剛剛好；圈一圈，小童遙身材有夠壯；折一折……呃，居然不小心把主人童遙給折醒了。

正當我得意忘形之際，猛地發現，不知何時，童遙已經睜開眼，看著我。我只能咧嘴，僵笑道：「兄臺的鳥兒，養得不錯嘛。」童遙還是看著我，不笑不哭不鬧不叫，一雙眼睛像泛著薄雲。我歎口氣，自動將上衣一掀，豪氣地抬起他的手，按到我那雪白白粉嫩嫩的胸部上，道：「我不占你便宜，掐回來吧。」童遙並沒有掐我，他的眼睛裡閃過一道暗光，然後長腿將我一夾，接著我就被他這座大山給壓倒了。

童遙的身體因盛滿了美酒而灼燙不已。他的皮膚帶著醉人的魔力，我們相觸的地方都被他灌得軟化。他的氣息，淡淡的菸味中挾帶著酒液的醇厚，那種純男人的氣息強勢鑽入了我的鼻孔中，我的體內像有隻手在不停地抓撓，旖旎而銷魂。他的眸子帶著一種迷離，蒙著淡薄的霧氣，但那霧氣後方卻有種堅定的意念。他說：

「老婆，我要妳。」聲音有著水的柔情，有著火的灼燙。聞言，我激動得熱淚盈眶，鼻涕橫飛。童遙，俺也正想要你啊！這才是眞正的情投意合。童遙俯下身子，想要吻我，但我卻將頭一偏，將鼻孔一擴張，接著道：「別搞那些沒用的，時間寶貴，直接幹正事！」說完，我非常配合地將自己三下五除二脫了個精光，然後往床上一躺，用大義凜然的語氣道：「來，向我開炮！」即使童遙喝醉了，聽見這話，脊梁骨還是軟了軟。我意識到這種行爲太過女王，萬一把小童遙嚇縮了回去，再拔出來肯定會浪費時間。所以我決定要妖孽一點。我將眼睛半眯，鳳眼柔媚，接著將手放在自己的胸部，從上至下，從左到右，誘惑地撫摸著。這一招不錯，我的眼角掃到小童遙開始高昂了。我那紅潤的、帶點亮度的嘴，開始得意地淫笑。童遙遵照了我的意思，他的身子重新壓上了我，然後小童遙觸到了我的蓬門。我閉上眼，故作淡定，但心中卻有隻母狼在嚎叫：「鳥兒，你盡情地向我飛來吧，溫暖的巢穴在等待著你！」雖然我沒親眼看見，但到了這種時候，身體的每一個細胞自然都是敏感的，所以我感覺得到，童遙正單手扶著小童遙，準備放入我的體內。我激動得血液像小米粥一樣不斷地沸騰著，一個衝刺之後，童遙從體內發出一陣滿足而壓抑的呻吟。與此同時，我的身體被充盈了，換句話說，小童遙進來了。

那種感覺還眞是無可比擬的美好，我身體的每根骨頭都像被灌醉了，酥麻得很。我的雙手攀上了童遙的脖子，緊緊地環抱著，準備和他一起好好地來一次巫山遊。也許是喝了酒，童遙的動作帶著一點粗暴，但這樣的粗暴卻讓我們的激情更加熾熱。我咬住下唇，雙手指甲在他的背脊上亂抓。不能怪我，那滋味實在是銷魂！童遙每衝刺一次，我的體內都像是融化了一顆興奮劑，那種藥效讓我的身心都開始迷亂。我的腦子裡開始有個女高音盡情地唱著民歌：「山丹丹開花紅豔豔，那麼嘿做嘿做嘿做做……」突然，歌聲停止了。接著，世界寂靜了。然後，童遙從我身上下來了。我以爲他是去拿自己珍藏的情趣用品，來爲我們的第一次增加美好的回憶。可是沒有，童遙同學在我身邊躺下，然後……睡著了。僵硬了半個小時，我才悲哀而震驚地意識到——童遙，做完了。雖然在做的過程中我處於迷亂狀態，但有鑑於床頭櫃上就有一個鬧鐘，所以我清楚，我確信，我敢以自己的屁股保證，童遙，剛才，只堅持了一分鐘！

一分鐘，那是什麼概念。我寒食色平常上個小號，加上擦屁股穿褲子，都要五分鐘才能搞定。一分鐘，撒個尿都撒不盡興，童遙居然用一分鐘就把我給解決了！難道，我寒食色遇見了傳說中的一夜七次郎，一次一分鐘！我仰望蒼天，簌簌落淚，鼻涕流到了嘴唇，都沒空去擦。報應，是報應。

我寒食色看盡天下鳥兒，到頭來，我家童遙的鳥兒卻是這樣中看不中用。叫我情何以堪，情何以堪！我不停地拿自己的頭撞櫃子，死吧死吧，老天祢就收了我吧！

我愛妳很久了！

寒食色對他已不再只是純友誼看待，所以童遙繼續努力著；他化身為藤蔓植物，開始了攀爬過程，他伸出自己的枝條，一點一點纏住了寒食色的心……

121 柏拉圖式的愛情

一分鐘。一分鐘。一分鐘。

在那一分鐘的銷魂時刻後，我睜著眼睛，看著天花板，看了整整一宿。我忽然回想起小時候喜歡玩的水槍遊戲。那時我腦袋不靈光，總喜歡拿最漂亮的那支水槍，但每次比賽我都會輸得慘不忍睹，全身被淋得濕透，剛萌芽的小饅頭全都露點了。多年之後想起，我總算找到了原因，那就是——我找的那把水槍，雖然模樣好看，但盛水量卻小得可憐，按著按鈕，差不多一分鐘水就流光光了。

而命運就是如此諷刺，我家童遙，就是那支模樣好看、卻堅持不了一分鐘的水槍。

天花板是乳白色的，沉甸甸地朝著我壓來。我的腦子攪成了一鍋粥，裡面有無數的芝麻，花生，碎堅果；總之，亂成一團。我躺在床上，一動不動，一直保持著剛才被童遙日過的姿勢，也沒穿衣服，就這麼裸露著。去商場買衣服，買回來之後發現不喜歡，七天之內可以無條件退換。但男人卻不一樣，我總不能將童遙給退貨吧。是啊，童遙是個好男人，他長得帥，他多金，最重要的是他等了我這麼久。我安慰著自己：「寒食色，沒關係，童遙又不是不能做，他只不過是無法堅持到一分鐘；他只不過是挑起了妳的慾望，在還沒滿足妳的時候，就軟了。妳只不過是今後會過著慾求不滿的生活，妳只不過是爬牆的機率高了許多，妳只不過是……」想著想著，我翻轉個身，開始拿枕頭捂住臉，號啕大哭。我明明叫寒食色，爲什麼又不給我色，爲什麼，爲什麼，這究竟是爲什麼！就這樣，我失魂落魄地躺著，一會兒捶牆，一會兒撞頭，一會兒拔頭髮，一會兒挖眼睛；簡單地說，我已經瘋了。

當清晨第一縷陽光進入房間時，我的心瞬間安靜下來，靜得連灰塵渣渣落地聲音都聽得見。就像童遙同學的口頭禪——這一切都是命啊。我命中注定，名字和命運形成強烈反差，這就是我寒食色的人生。是的，童遙沒有嫌棄我不愛洗腳，沒有嫌棄我滿嘴髒話，沒有嫌棄我不夠漂亮，也沒有嫌棄我身材不波霸，所以我也不能嫌棄他的鳥兒無法高飛。沒關係，既然童遙同學不能滿足我，那麼我就自己滿足自己——高科技等級的有按摩棒，綠色無污染一類的有黃瓜，實在是沒有選擇就用自己的手指。我擦乾眼淚，前面，是光明的大道，滿足女人，並不一定非要鳥兒。

童遙，俺不會拋棄你的！

懷著一種近乎壯烈的心情，我起身穿好衣服，收拾好形象出門，去超市買食物做早餐。我是個悲觀主義者，所以我懷疑昨晚那次一分鐘甚至很有可能是童遙的超水準表現，說不定我已經壓榨乾淨他全部的精力，所以早餐一定要做得豐盛些。買了火腿腸，雞蛋，果醬，麵包，豆漿等傳統早餐內容後，我又來到賣肉的地方選了一塊瘦肉，準備替童遙熬粥。原本以爲我已經想通了，可是一抬頭看見冰櫃上鉤子處掛的東西後，我的眼淚就像看見吳彥祖裸體時的口水那樣，嘩啦啦落了下來。那上面掛著一排牛鞭，一個個雖然被閹割，但還是威風十足地排列著，向人們無聲訴說著自己過去的雄風。想起昨晚的一分鐘，我觸景傷情，頓時哭得不能自已，趕緊推著購物車，抹著眼淚跑走了。就這樣，我跑回了童遙家。

開門，發現床上只剩凌亂的床單，顯示出我們昨晚那次說成功也成功、說不成功也不成功的歡愛。而童遙，就這麼不見了。我四下一望，猛地發現，陽臺的落地窗居然是打開的。風吹動著窗簾，不停地飄動。

難道……童遙因爲一早起來沒看見我，以爲我嫌棄他昨晚的表現，一時想不開，就這麼自殺了？「童遙！」我高喊著撲向陽臺，剛擦乾的淚又開始狂飆了。我的君啊，你死得這麼快，賓士都不留一台！咦，不對，人家留了台奧迪R８。正當我又往前跨三步，背後卻傳來童遙的聲音：「妳回來了？」我停步，我僵硬，我轉身，我看見童遙剛從浴室裡出來，全身水氣騰騰。

昨晚一夜沒睡，直接導致我這腦袋更加不靈光。當時，我似乎感覺童遙是死裡逃生，因此趕緊三步併兩步撲了上去，大哭道：「我的遙啊，你千萬不能想不開，我不會嫌棄你的，世界上有多少男人的鳥兒連舉都舉不起來，但你的鳥兒不僅能舉起，而且還能堅持一分鐘，那已經很難得了。而且就算到最後，你的鳥兒確實飛不起來了，我們也可以進行柏拉圖式的戀愛啊，眞的，相信我，我不會介意的。」我至今仍記得，這番話說得有多麼誠懇。

然而童遙並不領情，他握住我的肩膀，將我推開半公尺，接著笑咪咪地看著我，像怪叔叔哄騙蘿莉塔那樣，語氣柔和地問著：「妳，在說什麼？」我疼惜地撫摸了一下童遙的臉頰，道：「放心，我不會告訴任何人的。看你瘦的，雖然昨晚你只日了我一分鐘，但一分鐘的日也是日啊。來，我替你做好吃的。」聞言，童遙僵硬了。而我則轉身走到廚房，開始劈里啪啦忙碌起來。在鍋裡盛滿水，剛打開火，解凍後的童遙來到了我背後，貼近我，用舌頭舔舐著我的耳廓，一陣酥軟立即像螞蟻一樣在我全身攀爬，我的淚眼差點把倆眼珠都沖出來了。童遙啊，你個仙人板板噢，你說你個只能堅持一分鐘的，幹嘛還整天撩撥我呢？我開始左右閃躲，不欲重溫昨夜的慘狀。但童遙靠我很近，我的屁股被抵在他的小童遙上，我的屁股左右閃躲之下，居然摩挲得小童遙又起了反應。我靠，這廝堅持不久，反應倒挺快，要是我沒做過，說不定還以爲他天賦異稟呢。

童遙靠近我的耳邊，嘴裡像含著一顆甜棗，話語略帶模糊，卻是濃情密意：「妳剛才，說，什麼一分鐘？」我不想再往他的傷口上撒砒霜，便顧左右而言其他：「沒什麼、沒什麼，我沒事亂動舌頭。對了，你想吃什麼？我什麼都買了。」誰知，童遙的手從我的腰部伸入我的衣服，慢慢向上，來到我的小丘陵上，輕緩地搓揉著，道：「我想吃妳。」我繼續默默垂淚，童遙啊童遙，不是我小看你，只是你那一分鐘的胃口能吃得下誰呢？喝醉了，做完便能倒頭大睡，但現在可是日上三竿，你還有什麼藉口能躲避這一分鐘過後的沉默，你還有什麼臉面對我那失望的眼神！我的淚水，如滔滔江水滾滾而流。原本以爲，他這個身經百戰的，和我這個身經百戰的，兩個合二爲一，會是一場世界大戰，會是原子彈爆發。誰知，我們的動靜就像泡澡時放的一個小屁，在浴缸水面冒個泡泡也就不見了。

我在這邊自憐著，童遙的手居然已在不知不覺間穿過了我的內衣，直接和那兩坨白肉進行質感的接觸。他的食指和拇指搓掐著我的小櫻桃，那手指沾染著一種邪性及魔性，一下子就點燃了我的慾望之火。仙人板板噢，我咬緊牙在心中暗罵道：「這廝，只負責點火，不管滅火！」經過昨晚的失眠，加上慾求不滿，再加上對今後性生活的絕望，我徹底怒了。童遙掐得正嗨，我卻猛地轉過頭來，拿著一把鋥光拔亮的菜刀，咧開嘴唇，門牙畢露，大叫道：「你再摸，再摸，再摸……再摸老娘就把你那堅持不了一分鐘的雞雞割掉！」

但童遙並沒有被那把鋥光拔亮的菜刀嚇住，他趨近身子正視著我，問道：「爲什麼不讓我摸？」因爲你摸了又不能做，您那叫白摸，還不如我自摸。我心裡是這麼想，但不想打擊童遙的自尊，便噤聲。童遙繼續問：「雖然我喝醉了，但還是記得，昨晚，我們是做過的，對嗎？」我點頭。童遙那泛著柔光的嘴唇微抿，「這麼說，我的表現沒讓妳滿意？」豈只是不滿意啊，簡直就是很不滿意。見我不回答，童遙抬起我的下巴，眼睛半闔地問著：「說，一分鐘，究竟是什麼意思？」

122 強大的手指

我能說嗎？說男人的命根子品質不好，那簡直就是要了他們的命啊。

於是，我很善良地用手托住童遙的臉頰，道：「遙啊，沒事，什麼都沒發生過。來，我替你做飯。」說完，我想轉身繼續完成早餐，但腰上忽然一重，接著，身子一輕，我被童遙抱到流理臺上坐著了。現在的姿勢，說曖昧都太侮辱曖昧這個詞語了——我的雙腳被迫張開，小內褲露了出來，而童遙則將身子擠了進來，看著我，看著我，一直看著我。我被他看得心裡毛毛的，就怕他一個神經錯亂把我給那什麼了。童遙靠我很近，那眼神越來越黑，越來越深邃，到最後成了一道精光，「妳的意思是……昨晚，我只讓妳享受了一分鐘的高潮？」我差點把自己的心肝脾肺腎吐了出來，童遙啊童遙，你讓我說你什麼好。你個小米加步槍，你還眞有臉冒充美國最新型反導彈戰車！我是眞的怒了，我好心替童遙鋪了個下臺階，他卻完全不領情，還高潮一分鐘哩，到現在還在給我吹牛！既然他不謙虛，那麼我也不用給他面子了。

我仰頭，鼓動鼻孔，深吸口氣，然後將手放在童遙的肩膀上，用世界上最柔和的語氣，完全沒有半分責怪、字字清晰地說道：「童遙啊，其實呢，那不過是件小事，所有男人都會遇上的，沒什麼大不了，很稀鬆平常。而且，我一向是個清心寡慾的人，對床上的事情看得很淡，完全是可有可無的態度，所以呢，你根本不用放在心上……」童遙將手指放在我的唇上，制止了我的喋喋不休：「究竟，昨晚我們在床上發生了什麼事情？」反正心理建設已經做過了，我便以最爲輕描淡寫的語氣道：「其實沒什麼別的，就是你做不到一分鐘就完了……嘿嘿嘿，別管這些小事了，說，你要吃什麼？」

說完，我便想從流理臺下來，但那已經是不可能完成的任務，因爲童遙就擋在我面前，不讓我下來。他看著我，眸光半斂，盡量收住了裡面那種黑色的情緒，但敏感如我還是察覺出了一些些不對勁——童遙，似乎，要爆發了。意識到這點，我忙屏氣斂息，連剛才那個有點想放又有點不想放的屁，也硬生生收回了肚子。童遙穿著浴衣，胸膛半裸，春光無限，我的眼珠子都差點要掉到他衣服裡了。他的雙手撐在我的身子兩側，微微低頭，這樣一來，我們的臉，便高度相同。一股強烈的壓迫感襲來，我那坐在流理臺上的屁股開始慢慢摩擦後退，但童遙卻見勢將手放在我的屁股上，止住了我的去向。他的臉近得離我只有一公分，我們開始鼻尖對鼻尖。「食色。」他喚我的名字，聽聲音還算平穩，但誰知道那是不是暴風雨前的晴空呢？我只得輕飄飄膽顫顫地應了一聲。童遙的眼神才叫一個認眞，「昨晚，我確實是醉得不省人事，因此只堅持了一分鐘的那次，完全屬於重大失誤。」我捧住他的臉頰，以同樣認眞的神情，道：「遙啊……不是一分鐘，是五十六秒。」事後，我想了許多種說法來形容童遙此刻的臉色，但最貼切的一種就是——在那瞬間，他彷彿像聞到我那在腸子裡憋了三天三夜、歷經了所有食物殘渣、最後沾著一點大便氣息成功出世的，臭屁。

童遙的下顎綳得緊緊的，嘴中迸出的聲音也是緊綳的：「寶貝，我再說一次，昨晚那種事情是意外，也是唯一一場意外。」聞言，我將臉埋在他的胸口，用顫抖的、要死不活的聲音問道：「難道，你的意思是……平時的你，甚至堅持不了五十六秒？」話音剛落，童遙沒有什麼反應。我抬頭，猛地被嚇了一跳——童遙的額角上爬著一條蚯蚓，看錯了，是鼓起的青筋。童遙不愧是笑面虎，在遭遇這樣的質疑後，儘管青筋暴起，但他那張小臉還是笑得讓人想狠狠掐一把。他再次無比認眞地道：「我的意思是，我認爲自己的床上功夫還是在中上水準的……換言之，我可以堅持很多很多個五十六秒。」我伸出雙手，隔著衣服揪了揪他胸前的兩顆小櫻桃，道：「嗯嗯嗯，我相信你。」我的表情，是一種類似虔誠與仰望的信任，可是我的小心肝卻在「劈啪劈啪」地滴著血。唉，想必老院長都比童遙同學還要堅持得久，生平第一次，我居然對掃廁所大嬸產生了嫉妒之情。童遙仔細看著我的眼睛，可惜沒有從中發現任何一點叫做信任的東西：「妳不相信？」「我，當然相信。」我的語氣斬釘截鐵，但臉部表情卻浮著一種絕望的淒傷。然後，我和他就這麼對視著，停頓了大概十秒鐘。童遙繼續對著我微笑，「看來妳並不相信，那麼……我還是用實際行動證明吧。」

童遙這次的笑容才叫一個春風和熙，才叫一個柔潤萬物，才叫一個嚇死人不償命。沒等我反應過來，他的手便滑到了我的大腿上，慢慢向上接近我的敏感地帶。我說過，此刻我的雙腿是被迫大開的，所以童遙的手如入無人守衛的空城，輕而易舉便來到我大腿內側最薄最嫩的那處皮膚之上，有節奏地撫摸著。他的動作像按下了一個按鈕，令我全身開始繃緊。仙人板板噢，又開始點火了。說實話，我確實挺享受床上那種運動，但一想到小童遙所能堅持的時間，我就淚盈於睫——我才剛開始要爽，他那邊就完了，簡直就是對我的無限折磨啊。

於是，我意志堅定地想推開他，但手剛挨到他的胸膛時，我便驚呼出聲。因爲，在那一刻，童遙的手指居然招呼也不打，就穿過我那遮羞布進入了我的私密處。異物的入侵，讓我本能地收縮，這樣一來，童遙的手指便被緊緊夾在我的體內。這可不好辦了，我想用力排出，但害怕力道不對，不小心排出什麼不良液體或固體，那就太傷害我和童遙的感情了。

我這邊還在苦惱，而童遙的手指也沒閒著，它居然在裡面勾動，而且是勾動著我的敏感點。他的動作絕不粗暴，節奏掌握得很好，而且每次碰的都是正確到不能再正確的位置。我的耳朵瞬間就被慾火燒得透了明，我的么兒乖乖咧，童遙的手指果然是件神器，老話是怎麼說的——當老天爲你關上一道門時，一定會提前爲你打開一扇窗。各位男性同胞們，不要再爲自己的雄風不再而鬱鬱寡歡了，伸出你們那靈活的雙手，用它們來改變世界吧！我總算明白了，過去幾年來，我一直將注意力放在小童遙身上，這眞是大錯特錯啊；殊不知，小童遙不過是個幌子，眞正厲害的就是這雙我見過無數次的手。

童遙的手繼續在我身體內肆虐著，他的每一下動作都不是白動的，都成功地讓激情在我私密花園中爆發。

無數的慾望之蟲自他手指上誕生，從我的下體直達我全身的每一根神經，每一根骨頭，每一根頭髮。童遙的動作是優雅的，沒有一點急躁，就像在自信地完成一項工作。而我卻被他這強大的、技術高超的撩撥，弄得神魂游移。我的眼眶中開始有盈盈淚光閃爍，我的臉頰上開始泛起不正常的誘人紅潤，我的腳尖開始繃緊成一條線。我的身體已經全部融化成一灘水，只有將手環在童遙的頸脖上才不致滑落下去。我難受而愉悅地喘息著，我將頭埋在童遙的胸膛上，不自覺咬著他那緊實滑膩的肌肉。我，在享受著。

然而就在這銷魂得不能再銷魂的時刻，童遙忽然將手從我體內拔了出來，一種空虛瞬間襲來，我皺眉，迷茫地看著他。這時，童遙忽然脫下自己的衣服，接著露出自己的小童遙，並對準了我的蓬門。我推抵著他的胸膛，哀哀地懇求道：「不要！手指，換成手指吧！」我承認我這麼說不厚道，非常傷害小童遙，但小童遙的功力比起手指來，實在是遜了許多啊。

聞言，童遙的眸子內閃爍著某種輕渺的光，「看來，妳還是不太相信我。」「我當然不是這個意思，」我忙否認，接著偷眼觀看他的神色，小聲道：「那個……可以先用手指來一次，再使用你的正常工具，可以嗎？」就算要我承受那不滿一分鐘的煎熬，至少也要先讓我爽一次才公平啊！

123 大戰N回合也不厭倦

童遙就這麼看著我，嘴角的笑紋越來越深，越來越深，越來越深。當我還沒來得及反應的時候，他忽然一個衝刺——小童遙第二次進入了我。當然，小童遙比起手指，在體積、外形方面還是占有很大優勢，但是，技不如人啊。

我只能強力壓抑住體內四處亂竄的慾望，默默唸叨著：「心靜如水，色字頭上一把刀，不能有希望，希望之後便是絕望。」所以我咬住牙齒，憋住氣，開始忍耐這短暫又漫長的一分鐘。一秒，二秒，三秒……二十秒……童遙不緊不慢地律動著，模樣帶著痞氣與悠閒，以及性感。我則帶著一種悲劇英雄的神態，看著他，「童遙同學啊，你就算裝得再淡定，你個小能量方塊也無法成為變形金剛擎天柱啊。這時，我已經數到了五十秒；五十一秒，五十二秒，五十三秒，五十四秒，五十五秒，五十六秒……唉，終於結束了。我懷著一種酷刑完結、外加意猶未盡的落寞感，這麼想著。我時刻準備著，等待著他將小童遙拔出去，但是五十七秒，五十八秒，五十九秒，六十秒……童遙撐過了六十秒！我目瞪口呆，無比驚詫。今天，他絕對是超水準發揮，這簡直是歷史性的一刻啊！

我激動得雙手顫巍巍，雙腳緊繃繃。紀錄一直被他打破著，時間一點一點過去，但小童遙完全沒有要軟趴趴的跡象。此刻的我已經完全放棄了身體上的享受，而是睜大眼睛、聚精會神地觀察著童遙何時會結束。誰知，他越戰越猛，像變身成一隻野獸在我體內奔馳著。一股無可比擬的旖旎感在我全身爆炸開來，我的腳背因為這種感覺而繃成了一直線。我想攀欄杆，撕床單，想大吼出聲，或許我是真的叫出了聲，但這時，我的神智已處於混沌狀態，眼前一片霧濛濛，腦海一片空白，耳邊嗡嗡嗡的全是愉快的小蜜蜂在環繞。

爽。

這個略為低俗、卻能將我此刻感覺表達得淋漓盡致的字眼，瞬間出現在我腦海中。應該說，此刻的童遙讓我徹底感受到做為一個女人的純粹樂趣。我就像飛上了雲霄般，雙腳離開地面，懸浮在半空之中，穿梭在雲海上；那種感覺，美不可言。當激情一絲絲褪去之後，我睜開眼，等待眼前那墮落愉悅的黑暗慢慢散開，然後我看清了眼前的童遙。他的右邊嘴角依然一貫地上揚，壞壞地笑問道：「怎麼樣？」我抬起手，這才發覺身體的力氣還沒有恢復過來，於是只能將手環住童遙的脖子，將下巴放在他的肩膀上，低低地喘著氣。等歇息夠了之後，我拍拍他的後背，道：「童遙啊，雖然這樣的感覺是很好，但……吃藥對身體有害，今後還是不要這樣了……對了，小聲問一句，你這藥是什麼牌子的，在哪裡買的，藥效還眞不錯。」話音剛落，童遙的肌肉瞬間僵硬。我嚇得毛孔一縮，這藥是不是有副作用啊，小弟弟硬完，他又開始硬肌肉了，再隔些時間會不會連童遙的腦子也硬化了？我就這麼趴在他的肩膀上，也不敢輕舉妄動。隔了一會兒，我感覺到童遙的唇放在我的頭頂，輕輕一吻。他的聲音順著我的頭皮傳來，酥酥麻麻的：「食色，有時候話說多了，是會後悔的。」我正想問他這是什麼意思，童遙便用行動來表示了。

經過剛才那一場超水準發揮的歡愛，我的衣裙已經半褪，而這時，童遙問也沒問，便揪住我的衣服往兩邊一扯；只聽「刷」的一聲，裙子就被撕成了兩半。「你個敗家子！」我怒紅著眼睛，死命掐著童遙的脖子。你個死男人，這件裙子是我存了好幾個月的錢買的，現在居然就這麼被你毀掉了！童遙俯下身子，將唇貼在我的胸前摩挲，輕聲道：「我不僅要賠妳衣服，我整個人都要賠給妳。」童遙的唇是滾燙的，泛著潤澤柔光的唇瓣之下有著慾望的湧動。他的手在不知不覺間便已將我的內衣解開，脫下。他環住我的腰，唇舌在我的胸部流連，潔白邪氣的牙齒開始啃咬著我的小紅點，吮吸，拉扯。童遙的舌是靈巧的，以前我沒事就會給他一顆櫻桃，讓他在嘴中將櫻桃梗打個結，而現在，我終於驗收了自己的訓練成果。童遙的舌頭在我的小紅點上盤旋，一圈圈像在跳著最優雅的芭蕾，但產生的誘惑卻如豔舞般蕩漾著春意。這麼一來，我才剛退去的慾念又開始蠢蠢欲動了。童遙是赤裸的，他那健康色的肌肉緊實而有彈性。他的胸膛布滿了水珠，每一顆都蘊藏著晶瑩的纏綿糾纏。童遙的大手開始在我背脊上遊走，力度恰到好處，在我那一大片赤裸的皮膚上灑下蠱惑的火，漸漸燃成一片。我感覺自己彷彿又慢慢升上了天空，可是這次我想要人陪伴，我想要童遙的陪伴。所以，我的手也從他的腰際伸入，撫摸上童遙的背脊，接著向下來到他的挺翹屁股，重重一掐。我的娘親咧，這手感才叫一個好，絕對比那五花肉強。我的這個調戲動作，在童遙看來是一種誘惑，所以他也加大了攻勢。他開始吻我，那密集的吻像漫天的桃花雨朝著我襲來。他的唇齒間帶著一股淡淡的菸草氣息，並不讓人反感，反而讓我感到一種熟悉的安心，像是，這個人從一開始就陪在我身邊，在他身邊，我可以自由呼吸，可以放鬆自己，可以做一切無法無天的事情。

在吻得七葷八素之際，小童遙又一次進入了我的體內，當時，我只有一個念頭——以後這廚房，是做不得飯了。童遙用手托著我的臀部，一次次地衝刺著。清晨的陽光從廚房窗戶灑入，覆蓋在我們身上，將皮膚上的絨毛鍍成了金色的光。童遙有如龍捲風一般席捲了我的所有，靈與肉；而我則敞開自己的所有，任由他掠奪。唇舌的纏綿，肢體的交纏，最神聖之地的相觸，慾望的喘息，滾燙的肌膚，流動的血液，奔馳的激情全部混雜在一起，像染滿春意的水，將我們包裹，而我則心甘情願在裡面徜徉，直至永遠。人們常說，男人在床上說的話是信不得的；但我要補充一點，那就是，女人在床上說的話也是信不得的。

……

二十四個小時之前，童遙為了證明自己並沒有吃壯陽藥，和我進行了第二次歡愛；當時，我在意亂情迷之下，說什麼什麼想永遠和他徜徉在那染滿春意的水中。我後悔了，真的後悔了。如果上天再給我一次機會，即使讓我一輩子不能和人愛愛，我也不會說出那樣的話。我的意思是，在那第二次歡愛之後，童遙並沒有放開我！廚房結束之後，他將我抱到了浴室中。我疲倦地躺在浴缸裡，任由他幫我清洗身體，可是洗著洗著，他的手又開始不規矩，在我那珍貴的三點處來回摩挲，接著擦槍走了火。事後，我趴在浴缸邊緣上，用僅存的力氣告訴他：「我要睡覺。」童遙滿口答應，將我從浴缸中撈起，幫我擦拭身體，可是擦著擦著，那拿著浴巾的手又在我的敏感點上不停地按掐，接著擦槍再次走了火。這次完成之時，我已經連睜眼的力氣都沒有了，只能躺在童遙的懷中，用一種瀕臨死亡的聲音道：「我要睡覺……放我睡覺。」童遙答應了，然後將我放在床上。他的床確實舒服，又軟又大，我的腦袋才剛挨上去，就睡熟了。可是睡夢之中，卻感覺到一個軟軟的暖暖的濕濕的略顯粗糙的東西，在我的下體中進出。我用盡全力睜開了眼，卻看見童遙的腦袋正在我的雙腿之間。你個天殺的童遙咧，連我睡覺時你都不放過，你是不是人啊！我實在很想一夾雙腿，夾碎他的腦袋，但我全部的力氣都被他採陰補陽採了去，於是只能任由他將我的身體當成充氣娃娃不停地做做做。

原本以爲，只要睡著了，就可以當童遙不存在。可是，他雖然動得比較多，但我也沒閒著，於是我這顆小白菜沒多久就被童遙這隻公豬拱得不成樣了。我身體僅存的能量被消耗得一乾二淨，當餓得醒來時，居然發現童遙這廝還在撅著屁股拱我。怒火瞬間燒遍了我的全身，我張開嘴，用盡全身力氣，發出了一聲微弱的呻吟：

「我……餓。」

童遙還算稍稍有點人性，他打電話叫來外賣。因爲害怕眞的被他拱成了白菜乾，我便趁他開門取外賣之際，穿好衣服，朝打開的門衝去。可惜，我這顆昨天還水不溜丟的白菜，已經成了乾癟癟的白菜乾，才剛跑幾步就跌倒在地，再也沒有爬起來的力氣了。因此，童遙同學根本懶得理會我，他慢悠悠地付完帳，慢悠悠地關上門，慢悠悠地將外賣放在桌上裝盤擺好，接著再慢悠悠地走過來，翻轉過我的身子，就在地板上再度完成了又一次凌辱。凌辱結束之後，我這顆小白菜是徹底歇菜了。拱完之後，童遙將我抱到了餐桌邊。一看見那滿桌的豐盛食物，我瞬間復活，立即拿起筷子席捲著桌上的東西。酒足飯飽之後，我稍稍恢復了一點生命力，坐在對面的童遙微笑著問道：「怎麼樣，吃飽了嗎？」我剛想回答說吃飽了，但抬眼，看見童遙眼中那一直沒消下去的狼光，心中頓時警鈴大作。腳下正準備開溜，童遙卻提前站起，將桌上的東西一掃，然後將我推到飯桌上。這次，輪到他吃我了……

經過了無數次蹂躪，我的腳已經發軟，連走路都成了○型腿。好不容易倚著沙發補了一會兒眠，童遙又恢復了精力，朝我靠近。睹此情狀，我的一泡眼淚「刷」的一聲就落了下來：「童遙，就算你家小弟弟安裝了馬達，但我家小妹妹的彈性也不是永遠能保持的啊！」童遙在我身邊坐下，用手指幫我拭去淚水，接著輕聲而清晰地問道：「其實，我也不忍心讓妳受苦，只是，是妳不相信我的能力在先，我只有用實際行動來證明了。」瀕死的我，在這句話中準確地嗅到了重點，忙道：「沒有、沒有，我完全相信你！童遙，你是絕世金槍，你是金剛鑽，你是擎天柱，你是鹹蛋超人奧特曼，不，我的意思是，你的床上功夫是前無古人後無來者，你是新一代的開山怪，是舊一代的穿山甲。你是男人中的男人，是人類中的人類，你……拜託你饒了我吧！」說完，我再次「哇」的一聲哭了出來。我可憐的小食色啊，妳都快被他那金剛鑽弄破皮了。童遙微笑著將我摟在懷裡，聲音染著一股低調而黑暗蠱惑的笑意，「既然妳相信了，那今天我們就到這裡爲止吧。乖，睡覺吧。」得到聖旨，我連忙閉眼倒在他懷中，毫無形象地睡了。

迷迷糊糊之中，似乎有一隻手在幫我拭去眼角的淚水，動作很輕，像在擦拭著珍貴的物器。在進入夢鄉之前，我終於相信——「小童遙的功夫，果然不是蓋的。」雖然下面還是腫脹著，但我的嘴角依舊噙著一朵淫光閃爍的花，今後，我寒食色絕對是性福無限了！

124 公車廣告

「咚」的一聲巨響，我一腳踢開了喬幫主家的門。

正在啃雞腿的柴柴抬起頭來，看見我頭髮凌亂，眼睛冒光，鼻孔猛撐，舌頭亂飆，手指顫抖，立刻反應了過來。柴柴問：「看來，妳和童遙的世界大戰，終於完成了？」我倒在她身邊，大口大口地喘著氣，「雖然過程是艱辛而曲折的，但結果卻是完美的。」柴柴很感興趣地問：「做了幾次？」我滿足地咂咂嘴，像一隻剛吃飽的貓兒，「無數次。」柴柴揚揚眉毛，「童遙真的就這麼厲害？」我靠倒在沙發背上，眼睛瞇成了一條縫，「千真萬確，我感覺自己像中了頭獎一樣幸運。」柴柴摸摸自己的大肚子，警告我：「小心真的中獎了。」對啊，那麼多次的運動，童遙好像也不是每次都戴了套套的。想到這，我瞬間冷汗狂飆，完蛋了，該不會真的中獎吧。不過隔了一會兒，我又冷靜了下來——懷了，就生下唄。我也對自己的這個想法感到奇怪，就像非常確信我和童遙之間的感情已經到了可以結婚生孩子的地步。天知道，我和他也不過是上了一回床；錯了，那一回床中，還分成了N次。想到這，我的口水又開始不停地分泌分泌分泌泌。

柴柴道：「對了，兩個星期後，我要結婚。」我睜大眼看她的肚子，「結婚？現在結婚，妳怎麼穿得下婚紗？」柴柴繼續啃著雞腿，「沒辦法，被雙方父母知道了，說是必須在這幾天辦婚宴，不能讓這孩子名不正言不順地出生。」說也奇怪了，這人一整天吃這麼多，居然沒怎麼長肉，只是肚子變大，果然是適合生孩子的體質。我問：「對了，知道是兒子還是女兒了嗎？」柴柴一臉無所謂，「暫時還不知道，不過都一樣，只要是個人就行。」她根本就把全部注意力都放在食物上。我覺得，如果她生下的是一塊牛肉，她鐵定會興高采烈地讓喬幫主拿去做牛排。我摸摸柴柴的肚子，別說，還挺圓的；別人都說，懷孕的時候，肚子圓懷的是女兒，肚子尖就表示懷的是兒子，現在看來，柴柴十之八九懷的是女兒啊，想到這，我有點擔憂：「慘了，如果懷的是兒子倒好說，畢竟如果男孩遺傳了妳的容貌，那也是一枚清秀帥哥啊。但如果是女兒，而且還遺傳了喬幫主那種相貌，那可怎麼嫁得出去啊。」喬幫主是帥，但他那是粗獷型的帥，如果女兒長成他那樣，豈不是會嚇哭幼稚園裡的小朋友？老媽曾經告誡我，絕對不能背著人講人壞話，聰明的作法應該是，背著人給他一記悶棍，只要一記悶棍，那人就歇菜了，就算被扁得鼻青臉腫，也不知道下手的人是誰。但背著人講人壞話，那人很可能就在你背後——就像喬幫主現在這樣。

我嚴重懷疑喬幫主的腳下踩著滑板，不然為什麼無聲無息地就跑到我背後了呢？另外，我還嚴重懷疑喬幫主心底深處也藏著我剛才道出的那種擔憂，否則為什麼他看起來活像個大冰箱，那冷氣冒得嗖嗖嗖直颼。我歎口氣，誠懇地對喬幫主說道：「不是我喜歡說不吉利的話，但是喬幫主啊，你真的覺得自己扮成女裝好看嗎？」我不該說實話的，因為這話一出口，喬幫主的冷氣電力又增強了。看來是惹了不該惹的人，我見情勢不對，便腳底抹油，準備灰溜溜地跑走。但在經過喬幫主身邊時，我忽然想起一件值得普天同慶的消息，便對喬幫主幸福地笑笑，大方道：「喬幫主，我們家童遙的小弟弟，果然和你是同一型的，改天我把童遙約來，你們認個兄弟吧。」話音剛落，喬幫主的臉像被烏賊噴了，黑得嚇人。走出門之際，我聽見喬幫主略顯無奈地沉聲對柴柴道：「婚禮的時候，有她就沒我。」聞言，我才叫一個傷心啊。我說喬幫主，你太過分了，居然這麼傷害我真摯的感情，不就是不小心脫過你的褲子，不就是不小心看了一下你的小雞雞，何必這麼動怒。要是實在不服氣，改天我把童遙的褲子脫給你看，不就得了！

悻悻地走出喬幫主家，我搭上一輛公車，準備去看看童遙。話說，最近我對咱們家童遙可是一日不見，如隔三秋。想到這，我捂住臉頰，好害羞呀。而公車上的電視播放新聞時，通常會穿插一些比較地方性的廣告，而我則在螢幕上看見了熟悉的人——那稀落的鬍碴子，那綠豆般的小眼睛，那很明顯是腎虧的消瘦臉頰，那根根豎起的銀髮，是老院長。我們老院長在宣傳我們醫院時，總是不遺餘力。最近，醫院的病人有流失的跡象，老院長咬緊牙，花費鉅資，投入了廣告費，在各個公車上的電視節目穿插播放我們醫院的廣告。本來是想找一個三流的女歌星，但老院長嫌人家代言費過高，便湊合湊合，自己上場了。廣告中，老院長的唾沫直接從他那牙齒裂縫中飆出，像子彈似的到處噴灑。他努力睜大眼睛，用非常不標準的普通話，無比認眞地催眠道：「○○醫院，是大家的好醫院；大家的好醫院，是○○醫院；什麼是好醫院，就是我們○○醫院；我們的○○醫院，就是好醫院；大家要看傳說中的好醫院，就來我們○○醫院；來了我們○○醫院，大家就可以看見傳說中的好醫院；爲什麼要來我們○○醫院，因爲只有我們才是好醫院；爲什麼只有我們才是好醫院，因爲我們是○○醫院。」老院長用最大的音量將這段話彆扭地說了出來，那簡直是最高級數的噪音折磨。最可怕的是，每隔三分鐘，這段廣告就會不厭其煩地循環播出。我看見，車上所有人的手背都開始青筋直冒，而我的胃也開始劇烈地抽搐。不過，就像《包青天》裡白玉堂楊子哥哥說過的——「善惡終有報，天道往輪迴；不信抬頭看，蒼天饒過誰？」正在這時，我忽然看見前面的公車站牌底下，老院長摟著掃廁所大嬸，兩人正親親熱熱地啃著一根五毛錢的冰棍。

我寒食色一向是個壞心的傢伙，要是模樣再長得好看點，絕對可以飾演白雪公主她後母。所以，我打開窗戶，對著前面高喊：「老院長，上這輛車，我幫你付車錢！」老院長是個小氣鬼，這點從他那條以手指摳屁股摳出了無數個洞洞、卻還是捨不得扔掉的大紅內褲，就可以看出來。所以一聽見我這話，他立刻雙眼放光，拉著大嬸跳上了車，我忙諂媚或貌似諂媚地跑到車頭，掏腰包將兩人的車資投進了箱子裡，還把座位讓給他們坐。老院長簡直就是受寵若驚——畢竟，我這個靠走後門的傢伙從一進醫院開始就跟他對著幹，現在終於想通了，懂得討好上司了。受寵若驚之後，老院長便開始得意忘形，忽略了周圍人漸漸聚集的目光。恰在這時，公車電視上又出現了老院長的廣告，他老人家又開始重複著重複了無數次的臺詞：「○○醫院，是大家的好醫院；大家的好醫院，是○○醫院……」我似乎聽見，車上無數隻拳頭掐得「咯咯」作響的聲音。但老院長對那些仇恨的目光渾然未覺，他沾沾自喜地指著電視螢幕對大嬸道：「看到沒得？我拍這條廣告的時候，連機子都沒有N一下，導演說我嘿有天分，早曉得嘛，我們應該去做明星的撒。」大嬸則像隻嬌羞的老貓，窩在我們院長的肩窩上，道：「你是最棒的。」「咯咯咯咯」——車上那無數隻拳頭，掐得更大聲了。老院長果然神經大條，依然沒有感覺到危險的靠近。他摸摸下巴，看著螢幕，若有所思地說出他一生中最後悔的話：「嗯，看來播放次數還是不夠密集，下個月要多加點廣告費，每天多播幾遍。」話音剛落，一名壯漢將手一舉，振臂起義，擺出革命先驅般的姿勢，道：「是人，就給我扁他！」

於是所有人一哄而上，在光天化日朗朗乾坤之下，圍毆一個討打的人。每個人扁人的方式都不一樣，有的用手中的礦泉水瓶砸，有的用拳頭直接揍，有的用尖利的指甲掐，有的脫下鞋子直接拍，有的用手指插他眼睛。總之，可憐的老院長就這麼被夾在中間，挨扁得慘叫連連，即使是上次被我用高跟鞋爆菊那次也沒叫得這麼歡。我撲上去，高喊道：「不要打、不要打，不要打我敬愛的院長！」當然，在高喊之際，我也不忘趁機踹幾下老院長的臉；踹了三腳之後，我發現到站了，便整理了一下頭髮，最後看一眼尚在被圍毆中的老院長，沒有任何留戀地下了車。

下了車，沒走多久，便來到了童遙的公司。我輕車熟路地走進去，推開門，看見童遙正在沙發上午睡。剛才聽小祕書說，童遙昨晚因爲做一個合作計畫熬了夜，直到剛剛才有時間補補眠。我躡手躡腳地走到沙發前，乾脆席地而坐靠在他身邊，觀察著童遙。

睡夢中的他，眼底有隱隱的青色，一縷髮滑到他光滑的額角，像墨色的絲。他的呼吸均勻平和，整個人褪去了痞氣和性感，只剩下最純粹的質樸，像個毫無心機的孩子。我輕輕拿起西裝外套蓋在他身上，然後背靠著沙發，坐在地上，隨手拿過一本雜誌看了起來。辦公室內的空調幽幽地散發著冷氣，天地之間只剩下我和童遙的呼吸聲，很寂靜，很舒適，很安心，就像花瓣落滿了靜謐的水池，又似庭戶無聲，柳煙輕揚。看著看著，雜誌上的字彷彿飄在水面上，一個個都浮動了起來，我的眼睛慢慢閉上了……

正睡得半夢半醒之際，背後傳來微微的響動，我一個激靈，醒了過來。

睡醒後，我總喜歡發一會兒愣，於是也沒回頭查看，就這麼看著前方。雖然神智有些迷茫，但感覺還是挺敏銳的。即使沒回頭看，但我知道童遙醒了，而且坐了起來，還用雙腿夾住了我的身子。就這樣，我被圍在他的兩條長腿和沙發之間。良久，他捧住我的頭，輕輕讓我的頭往後仰，然後俯下身子，吻上了我的額。童遙同學想必也因爲剛睡醒，惡魔本性還沒有暴露出來，所以這個吻在我看來居然有股溫馨的味道。

他就這麼一直吻著，閉著眼吻著。但這個姿勢對我而言，可是帶著點高難度，我的頭仰得痠麻，便掙脫開他的手，重新低下了頭，但童遙的雙腳還是將我夾得緊緊的。我搖動著身子，輕聲道：「你不熱啊，快放開。」「不放。」童遙因爲剛睡醒，聲音染著一絲沙啞，還挺誘人的。我翻動了一頁雜誌，忽然轉身，張大嘴，作勢要咬他的小弟弟。童遙吃定了我不會眞咬，也不躲，只是低聲笑道：「眞咬掉了，妳今後要用什麼？」我惡狠狠地說道：「切下來，冷凍保存，要用時就拿出來用。」童遙湊近我耳邊，輕聲道：「可是，還是新鮮的比較好。而且，我會好好爲妳服務的。」

125 午睡後的運動

我也將身子湊近童遙，口水滴答地問：「那麼，你要怎麼服務我呢？」童遙眼眸半斂，內裡淨是風流，「妳要怎樣，我就怎樣，可乎？」聞言，我搓著手，笑得賊兮兮的，「口說無憑，我可是要親自驗收的。」童遙嘴角微彎，性感的唇染出最誘人的色澤，「任憑女王處置！」既然人家都叫我女王了，那我寒食色肯定不能不合作，是吧。

因此，我深吸口氣，一把抓起童遙的衣領，將他拖到辦公桌邊。在進行此動作之前，我已事先將辦公桌上一些貴重物品收好；收好後，才學著電視劇那樣，瀟灑地將那些無用的資料夾一把掃到地上；確定沒有鋼筆之類容易誤傷臀部的凶器後，這才將我家童遙推到了桌子上。我也隨即壓在他身上，一雙手不規矩地在他的胸膛游移，流著口水道：「美人，這次你可是逃不了了。」童遙面帶嬌羞地說道：「公子，請輕些，奴家後面……還是處呢。」看這美人滿身桃花，我腎上腺素激增，立刻三下五除二撕開童遙的襯衫。看著那片赤裸而光滑的肌膚，我忍耐不住，仰天「嗷唔」一聲，接著便撲上去，像懷孕的柴柴啃雞爪那樣狂啃我家童遙的胸肌。沒多久，童遙的胸膛就布滿了曖昧的小草莓，還沾染了我那晶晶亮的唾液。不知為什麼，一旦童遙脫下了衣服，露出他性感到極點的身材，我體內的黑暗特質就會瞬間激發，非常想盡情地蹂躪他，就像現在這樣——我張大了嘴，張口含住他的小櫻桃，拚命地啃咬著；算是報復吧，平時他都是這麼對我家那兩個旺仔小饅頭的。

沒多久，童遙的小櫻桃就堅硬了，我成就感十足，一雙手從他的腰部向後，伸向他挺翹的屁股。當然，我寒食色從來都不是個純潔的孩子，所以我的目的地也絕不是童遙那十分有彈性的屁屁，而是他屁屁上的那朵小菊花。這可是他說的什麼自己後面是處，那不是逼著我去破嗎？而我要是不破，豈不太對不起他？所以，我的一隻手就這麼在他的屁股和桌子間移動，想找到他的菊花入口。還好國中的生理課學得還不錯，很快，我便找到了目的地，正準備伸出一陽指戳一戳，誰知童遙卻在自己的屁股處加強了力度，猛地一壓，我那可憐的手指瞬間就成了夾心餅乾。情急之下，我只能把手從他的屁股中抽出來，怒目瞪著他，「童遙，你不厚道，你明明說會任由我對你身體爲所欲爲的！」童遙看著我，眉眼中帶著一種蠱惑，「我整個人都是妳的，當然會任由妳爲所欲爲，就算妳把我給吃了，我也心甘情願。只是，我覺得比起剛才妳做的事情，我的服務應該更能讓妳感覺愉快。」我不滿地挑眉，「噢，是嗎？」童遙什麼也沒說，只是一個翻身將我壓在桌上。我推他，皺眉道：「你好重。快去減肥！」童遙道：「好巧啊，我正準備做減肥的運動。」說完，童遙俯下身子，吻住了我。反正大家已經這麼熟悉了，因此便不再客氣……

童遙的舌直接追逐著我口腔內的嬌美，略帶霸道地糾纏著，彷彿要征服我的所有。他的舌在我口中流連，不斷汲取著那傳說中的芬芳蜜汁，席捲了我全部的氧氣。他的身體緊緊壓著我，他的氣息牢牢縈繞著我，他的體溫灼灼燃燒著我。那灼熱的、令人顫慄的吻，讓我無法呼吸。童遙的嘴吻著我，但他的手也沒閒著，手指正不動聲色地一顆顆解開我上衣的扣子。我低頭，看見自己那兩坨被黑色蕾絲內衣緊緊包裹住的白嫩嬌柔，眼神中淨是滿意；不錯不錯呢，有點讓人血脈賁張的魔力。童遙修長的手來到我的背脊，一個動作便將內衣暗扣鬆開，那最後的布料已經失去了遮蔽的功用。然後，童遙掀開我的內衣，那嬌小挺翹的雙峰就這麼暴露在空氣中。童遙同學果然是個滑頭，一看見有好東西，立刻饒過我的小舌，開始朝我胸前進攻。他低下頭，用舌頭舔舐著我的殷紅，一下一下，那舌尖的摩擦有著小小的阻滯，卻帶來極大的悸動；小小的嬌柔硬挺著，洩露出我身體的感覺。童遙張開嘴含住我的豐盈，他吸吮著，撩撥著，彷彿要讓我女性的所在永遠刻下他的印跡。不多時，我白嫩的柔軟之上便沾染了他晶亮的液體，散發出柔靡的氣息。

童遙的一連串動作，無不爲了準備在我身體上灑下灼人的火花。我的肌膚吸收著他的溫度，一點一點滲入了細胞和血液，積聚成一團火焰在我體內焚燒。殷紅的蓓蕾在他的肆虐下挺立，不自覺地綻放，彷彿一種無聲的、帶著背叛的回應。那硬硬的殷紅被他的舌尖摩擦著，帶來了原始的慾望味道。悄悄地，童遙的手來到了我的私密處。他開始揉拈我的花蕊，突然的刺激讓那裡流出了晶亮的、滑膩的液體，他的手指也伸入我緊窒的甬道中探索著，緩緩進出著。我如遭電擊，但那種感覺卻是從未有過的美好，於是我只能咬住嘴唇，身子繃得緊緊的，強忍住體內情慾的驚濤駭浪。這對我而言是種折磨，我艱難地忍受著這舉動帶來的刺激，我咬住唇，臉頰染滿情慾的櫻紅，心中暗暗期待童遙慾望的進入……

童遙從我的胸前抬起頭來，將唇放在我的耳邊，低啞的聲音不停震動著我的耳膜：「怎麼樣，這樣的服務還滿意嗎？」此刻的我已然氣息不穩，「你的服務……也太不到位了吧。」連最後一步都沒有完成，這讓一向認眞的我，怎麼打分數呢？

126 淡淡的幸福

童遙同學果然是個實戰派，我這邊話音剛落，他便將他的堅挺送入了我的甬道中。那突然的充盈，讓我打從心底感覺到一種滿足，那些虛無縹緲的空虛全都一掃而空。我抱住他強勁有力的腰，享受著童遙盡心的服務，身體內溢滿了春意的小泡泡。

上次替童遙做的爆炒腰花果然有用，下次應該多做點——一邊想著，我那撫在童遙腰部的手開始慢慢往下，來到他那有如小馬達般不停律動的小屁屁上。話說我們家童遙的小屁屁，那可是百裡挑一的挺翹滑嫩，就連蒼蠅的六隻腳來到上面都直打滑。我的手，抓住他的兩個屁股瓣重重一掐。童遙似乎受到了刺激，只見他身子一緊，抽插頻率更快了。我的媽媽噢，這樣的動作是猛烈的，滋味是銷魂的，結果是顯而易見的，我險些就要被體內的慾望沖刷得驚呼出聲了。可是我寒食色的意志是鋼鐵鑄成的，在這樣強大的攻勢之下，我並沒有迷失方向，我依舊清楚，自己的目標是童遙那未經人事的小菊花。

因此，我的手指慢慢來到了目的地上，正準備就地鑽洞，童遙卻眼明手快地制止住我的手。而此刻，我們的運動並沒有完成，他家小童遙還在我的身體裡，因此童遙的話音中帶著一絲慾望的、忍耐的沙啞：「親愛的，妳好像很不專心。」我哀哀懇求：「因為我對你的後庭實在非常感興趣，拜託，你都進入我這麼多次了，這回換我進入你一次吧。放心，我保證會讓你很舒服很舒服很舒服的。而且有過經驗的男人都說，那種滋味可是前所未有的美好，保證你還會想要第二次。」童遙眼眸微轉，「妳就不怕我會愛上這種從後面進入的感覺，然後徹底改變性取向，拋棄妳，轉而投入男人的懷抱？」我一聽，愣了，也有道理；而且倘若做慣了，童遙忽然發現後面比較舒服，那我豈不是慘了？「所以囉，親愛的，我可是在爲妳的性福著想啊。」童遙的舌舔舐著我的頸脖，那種微微的肌膚摩挲，讓我的骨頭酥麻，頓時傾倒了全部心神。而小童遙還繼續在我體內不知疲倦地馳騁著，一步步將我帶入最美最墮落的感官世界。

午睡之後運動一番，保證大家的身體加倍棒，吃飯加倍香，外加神清氣爽，腰不瘦，腿不疼；只不過，腎可能會虧損個一兩下。我和童遙在辦公桌上激戰完畢，雙雙躺在沙發上，喘息片刻。沙發窄了點，童遙便抱著我休息，我則將頭枕在他的胸膛，聆聽他的心跳。此刻，辦公室內充盈著綺靡的氣息，地上到處散落著我們的衣服，還有無數的文件資料……果真是華麗麗的姦情氣息。

我一邊喘著粗氣，一邊回味剛才的美好滋味，腦海中卻猛地想起一件事：「我們做過的那幾次，你都戴套套沒？」童遙閉目回答：「當然戴了。」反正我的嘴邊就是他的小櫻桃，便順勢一咬，下嘴還挺重的。童遙吃痛，「唷，重新長牙了，癢了？」我問：「幹嘛戴？你就這麼嫌棄我，不願意讓我懷你的孩子？」童遙補充：「其實，有幾次也是沒戴的。」聞言，我再次咬上他另一顆櫻桃，這次下口和上次一樣重。童遙吸了口冷氣，「怎麼了？」我責怪道：「幹嘛不戴，你有沒有責任感，一點也不保護我的安全。要是我懷孕了，不知情，跑去喝酒吃藥怎麼辦？」知道我是故意裝怪，童遙也不再解釋，只是挺起胸膛任我品嘗。我伸手討要工具，「套套還有嗎，給我一個！」童遙拿了個套套遞給我，「可別吃下去，不消化。」我撕開包裝袋，將套套在手指上，「放心，我只是想感受一下你們男人裝塡子彈時的感覺。」童遙問：「什麼感覺？」我偷笑，「不太舒服。原來你們的小弟弟在爽之前還是會先不爽一下，挺公平的。」童遙的手無意識撫摸著我的背脊，一下一下，不重不輕，「知道就好。」我往前趴一步，一口咬住他的下巴，用舌頭舔了一下。童遙睜開眼，問道：「幹嘛？」我瞇起眼睛，像加菲貓一樣地笑，「你……還有力氣嗎？」聞言，童遙的臉上浮動起妖媚的色澤。

兩個色魔遇在一起，多餘的話就不用說了——童遙立即翻身，將我壓住，剛剛才激戰完畢，根本還來不及穿衣服，所以再做起來也挺方便的。雖然才剛做過一次，但人家童遙同學可沒有圖方便省事地直接進入，而是很講究浪漫地又開始了前戲，親吻起我的脖子。但我卻沒有這麼浪漫，反倒瞅準了時機，將那戴著套套的手指直接捅進童遙的菊花。童遙的身體因我這個動作而劇烈顫抖了一下，接著便僵硬成大理石。我看著他的臉，滿足地歎息一聲：「遙啊，你的後面，好……緊。」此刻，童遙頭頂上的黑線，想必下到鍋子裡，舀起來都足足有一碗了。其實，我的手指倒沒有什麼爽快的感覺，只是那種滿足感還是挺讓我感到幸福的，所以我決定繼續抽插。但才剛動了一下，童遙的手居然瞬間就移動到我的屁屁上，而且還瞬間進入了我家的小菊花。那個痛啊，我眼淚狂飆，差點罵娘。「親愛的，既然妳對我這麼好，我也不好意思獨享，可不是？從現在開始，妳怎麼對我，我就怎麼對妳。」童遙微笑著，說出了這番黑色的話。雖然我很痛，但身體上的一點點傷害是沒有關係的，我不願放棄，而是咬著牙，手指往內一插；就在同一時刻，童遙也和我做了同樣的動作。那個痛啊，我都聽見自己額上的青筋開始一根根爆裂了。我現在才知道，當初自己威脅說要用狼牙棒捅別人菊花的這種酷刑，是多麼多麼多麼的殘忍，是多麼多麼多麼的沒有天良。但是，我閉上眼，再睜開時，裡面已經充滿了堅定的、無產階級革命者的光芒——老娘要跟你拚了！說完，我開始快速地在童遙的後面抽插著，與此同時，也開始被童遙在我自己的後面抽插著；實在是，痛並快樂著。等這場惡戰停下來之後，童遙倒沒怎麼樣，但我已經被折磨得脫了人形。激戰的惡果是，我感覺自己便祕了一星期。從那之後，我寒食色對童遙的後面再也沒有了感情，而且還得出一個結論——珍惜生命，遠離菊花。

轉眼，便到了兩個星期之後，柴柴和喬幫主辦婚宴了。因為柴柴的父母迷信，要算命找的黃道吉日居然是星期二，所以我只能請假去參加婚宴。老院長本來就對我上回在公車上陷害他的事耿耿於懷，所以便瞅準這個機會扣了我半個月的獎金。我捶胸頓足，嘔得都出血了，但由於個性太過軟弱，也只能任由院長為所欲為。不過，在離開醫院前，我潛入了男廁，將老院長正在裡頭陶醉蹲大號的那間廁所，從外面牢牢鎖死；接著端起一盆水，站在隔壁間的馬桶上迎頭朝老院長潑了下去。又是一聲淒厲的慘叫在廁所中響起，而我則步履輕鬆地前往了柴柴的婚禮。

柴柴本來想找我當伴娘，但因爲我之前發表的關於他們女兒容貌的言論，嚴重打擊了喬幫主，因此他另外找了一個不是很能分辨得出雌雄的朋友，當了柴柴的伴娘。不過這樣也好，我樂得清閒，只需要和童遙兩個一起坐著等開飯就行。柴柴穿的婚紗款式比較寬鬆，根本就看不出已經懷孕，看起來還是一樣靚麗。由於喬幫主人緣好，很多朋友都來義務幫忙，婚禮進行得很順利，唯一的緊急情況就是柴柴啃雞翅時，不小心把油沾到婚紗上，幸好最後經過大家的努力，終於將油漬清理乾淨。儀式照舊是中西合璧，新郎新娘穿著西式禮服，給父母敬完茶，拿了紅包，再由主持人充當牧師，問一些你願不願意娶她以及妳願不願意嫁他的問題。以前已經參加過好多次這樣的婚禮，全都大同小異，所以覺得這過程有點枯燥。更重要的是，咱們這群來參加婚禮的人，大多抱著大吃大喝的心態而來，想必三天以來都沒吃飯，因此現在面對滿桌豐盛的菜肴，誰有心情聽新郎新娘講他們的肉麻愛情史。而且，不幸的我，還得爲了場面好看，不得不裝做興高采烈的樣子跑去搶新娘捧花。柴柴比較有義氣，捧花是朝我這方向扔的，我才剛要接，那名雌雄莫辨的伴娘卻猛地俯衝過來，撞得我後退三步，而捧花則落在她手中。鬱悶啊。

我只得悻悻地回到座席上，拿起筷子開始猛吃。吃了大概六分飽，我忽然想起什麼，問起我身邊的童遙：「你包了多少禮金？」童遙勾起手指，劃了一下我的臉頰，「妳確定要知道？」我拍拍胸口，自豪得很，「別這麼瞧不起人，我可是包了三個月的薪資，多講情義。」這次我可是大失血了。說完之後，我低頭吃了口菜，接著又想起一件事，「對了，我記得你曾經說過，要是我結婚，就把公司送給我，是不是眞的？」童遙擦擦嘴，接著將手放在桌上，故作認眞地看著我，微笑道：「沒錯。但是因爲妳不擅長經營，所以公司還是交給妳老公我來管理比較好。」我搖搖頭，「童遙同學，你的臉皮眞是比我的腳皮還厚。老公，還聖誕老公公哩！」

童遙不說話，只是微笑。反正都包了三個月薪資的禮金，再怎麼樣也得把零頭吃回來是不是，所以我就放開肚子，恨不能將整張桌子都啃下去。但這麼一來可就慘了，我的肚子到最後居然撐得比柴柴的肚子還大！這下可好了，本來還想參加婚宴後大夥的娛樂活動打打麻將，現在卻只能讓童遙扶著我，出去散步消化一下。我的肚子，加上童遙扶我的姿勢，八個路人當中有七個認爲我這是懷了五個月的身孕，而剩下的那個則是小吃部的老闆，他在我點名要吃助消化的山楂片時，笑著說道：「都要生了，怎麼還會孕吐啊？」我直接被打擊得想繼續回去吃飯，撐死自己算了。幸好童遙不離不棄，扶著我逛了大概兩個小時之後，我的肚子，終於癟下去了。

而這時，我已經被童遙領得逛迷了路，便搖搖他，道：「回去吧，我想打麻將了。」童遙道：「再逛逛吧。」我抿嘴，「逛去哪裡啊？」童遙保證：「反正又不會把妳賣了。」我一聽也有理，便讓他牽著我的手，自己則瞇起眼睛任他帶著我走。陽光暖洋洋的，灑在皮膚上有種讓人舒適的癢意，我想此刻我的臉上映著淡淡的、愉悅的光。童遙的手大大的，暖暖的，好有安全感。走沒多久，童遙就停下了。「怎麼了？」我睜眼，卻看見我們站在民政局前，我又問：「幹嘛？」童遙握住我的手，舉起，往民政局方向一指，道：「反正沒事，咱們今天就把婚結了吧。」我「嗤」一聲笑出來，看來童遙也和我一樣，吃撐了。童遙掐掐我的手心，「怎麼樣？」我笑著拉他走，「少來，回去打麻將才是正經。」童遙向我的手指努努嘴，「來吧。看，妳戒指都戴上了，還想抵賴。」我低頭一看，竟然發現自己的無名指上戴了一枚鑽戒。

原來，在不知不覺間，童遙已經將我套牢了，就像過去的十年那樣，他用無形的絲線一點一點將我拉在身邊，到最後我已經離不開他。我口氣鬆了些，道：「東西都沒帶呢。」童遙道：「帶了，全都在裡面，我託工作人員幫我們收著。」我還想說什麼，但一抬頭卻看見此刻的童遙——陽光下，他整個人都泛著一種暖黃，眼角眉梢都是分明的俊逸；而最重要的是，我知道，這個男人愛著我，就像我愛著他。還要怎麼樣呢？我問自己，這樣的男人還要要求他怎麼樣呢？我只知道，在這一刻，我真的很想嫁給童遙。所以，我握住童遙的手，和他一起走進了民政局。照相，交錢，填表，領證，一切都快得不可思議；從裡面走出來後，看著外面的世界，我有種恍如隔世的感覺——我寒食色，是已婚婦女了。

身體裡湧動著一種情緒，是什麼樣的情緒我說不出來，但唯一能肯定的是，我不後悔，我很快樂。低頭看著手中的結婚證，手則被童遙牽著，我不用看路，因爲他在帶著我走。現在，他是我的丈夫，他會護著我，寵著我，愛著我。童遙問：「童太太，還有什麼問題嗎？比如說妳想不想知道，我是何時計畫這一切的？」我想了想，覺得沒這個必要，我們已經結婚了，這比什麼都重要。我問：「你呢？童先生，你有什麼問題嗎？」童遙沒有止步，仍然拉著我往前走，但他的聲音卻輕輕飄來：「我的問題就是……老婆，妳什麼時候才肯叫我老公？」這是一句很平常的話，但聞言，我的眼睛卻一熱，眼前所有東西都模糊了起來。童遙他……等待許久了，我忽然停住腳步，拉住了他。然後我上前一步，將臉貼在童遙的背脊上，用很輕的、只有我們兩人才能聽見的聲音道：「老公……老婆回來了，再也不走了。」我看不見童遙的臉，但我知道，他在笑，是很純粹的那種笑，溢滿了整個人的身體……和我一樣。

愛情的道路上有許多岔路，即使我們用盡全力還是會受傷，但每次的傷口都教會我們成長，教會我們堅強。倘若停止不前，你永遠也不知道前方有怎樣珍貴的風景在等著你。只要不放棄，痛哭之後，包紮好傷口，吃飽喝足，繼續上路，最後的最後，我們總會找到那個對的人。

暖黃的陽光下，我拿著結婚證，握著童遙的手，隨著他的腳步一起往前方走去。只要邁動腳步，前方便是一路璀璨，直至永遠，永遠。

127 番外：婚後生活

寒食色成了童遙的太太，她有了個新的身分——童太太。她結婚了，糊裡糊塗就和童遙結婚了。後來每當柴柴問她關於這件事時，寒食色也是一頭霧水。確實很奇怪啊，那天，她不過是因爲肚子脹，才會想去外面散散步，可是誰知道，散個步回來，居然就成了童遙的太太！

結婚之後，寒食色搬去和童遙一起住，畢竟他的房子確實要大上許多。他們兩人的婚姻生活，就這麼開始了……

「食」

寒食色的名字，很精確地詮釋了人生的兩大樂事——「吃，還有做愛。」吃，是夫妻之間一件重要的事。多少夫妻，就因爲吃的問題沒有解決而鬧起了離婚。寒食色和童遙的做菜手藝都不是很好，但兩人的思想很一致，那就是——去外面吃。爲此，兩人時常找各式各樣的理由上館子。比如說，這天是他們相識的第十一年零三個月零七天，值得慶祝；再比如說，這天超市促銷，寒食色免費獲得了一包洗衣粉，值得慶祝；更比如說，這天是寒食色的大姨媽走後頭一天，晚上他們可以盡情愛愛，值得慶祝……總之，慶祝的理由千奇百怪，只是爲了有正當理由可以在外面吃東西。

到後來，外面的東西吃膩了，兩人便不遠千里、每天不辭辛苦地跑去喬幫主家蹭飯吃。每次看見他們，喬幫主的臉就會變得像大便一樣臭。因爲童遙夫妻每次都不請自來，好幾次都打斷了喬幫主和柴柴的好事。終於有一天，當寒食色和童遙推門而入時，再次看見了喬幫主的裸體。寒食色說：「老公，我忽然發覺，你的好像比喬幫主的大了那麼一點點。」童遙道：「聽妳這麼說我雖然很高興，但我覺得做人必須誠實一點——老婆，我覺得自己的沒什麼變化啊！」寒食色道：「那麼，就是喬幫主的變小了？」童遙以妻為尊：「我也是這麼想。」寒食色從中總結了經驗和教訓：「沒錯，想必是這樣。我猜，是因為柴柴最近剛生完孩子，喬幫主忍耐了好幾個月的獸慾終於得到充分發洩，而在不停地做做做做、做做做做做之下，喬幫主的鐵杵就磨成針了。老公，以後咱們一定要適度啊，我可不希望你的下面像喬幫主一樣變成繡花針。」童遙道：「老婆，放心好了，我的品質比較好，沒這麼容易磨損。」喬幫主：「……」

自此，喬幫主換了門鎖，再也不准童遙夫妻來家中吃飯。於是，這對夫妻只能每天又開始絞盡腦汁，想著出去吃飯的理由。

「色」

寒食色的名字，很精確地詮釋了人生的兩大樂事——「吃，還有做愛。」做愛，是夫妻之間一件重要的事。寒食色，女色魔，曾親手摧殘無數男性同胞的小弟弟，以及他們的小菊花，受害人數之多，難以統計。童遙，男種馬，曾因暗戀不遂而流連花叢，修得一身功力。這兩人都是江湖上赫赫有名的人物，因此真「色」起來，簡直就是一個天搖地動。

最先，兩人是純情的，採用了最普通的姿勢；之後，兩人開始嘗試各種各樣的姿勢；再然後，兩人開始嘗試最高難度的姿勢；最後的最後，兩人開始角色扮演，搬出道具玩得不亦樂乎。雖說兩人之間的這檔事總體來說挺和諧的，但也還是有不那麼和諧的地方。比如說，由於生理構造的關係，小童遙每天早上起床都會升國旗。但寒食色可是個天生愛睡覺的懶蟲，每次睡得正舒服，便會突然感覺自己被拱了。你說拱就悄悄地拱吧，但童遙卻還是想要兩人互動，便硬生生地把寒食色吵醒。這樣的事情發生兩三次之後，寒食色開始不耐煩了。

因而每當童遙從後面開始拱她時，寒食色的身子就往前竄一點。童遙沒拱成功，也不放棄，身子也跟著上前，繼續拱；就這樣，兩人開始在床上像蚯蚓般地移動。而由於不想墜落到地板上，每次寒食色的身子逼近床沿時，就會轉個方向，順時針在床上旋轉。不用說，童遙自然也跟著轉，因此兩人就像時針和分針，在床上開始走著。往往在轉了三四圈之後，童遙便會忍不住，直接抓住寒食色的腿將她往自己懷中一拖，緊接著，為所欲為。完事之後，童遙總是神清氣爽，而寒食色則成為睡著的白菜乾。

但奇怪的是，每天早上經歷這樣的晨間運動之後，寒食色醒來都會笑得一臉春意。童遙認為是自己的晨間技術比平時更勝一籌，但他還是想從寒食色口中得到證實，便故意問道：「老婆，為什麼妳會笑得這麼開心呢，難道剛才有什麼很爽的事情發生嗎？」寒食色笑得更加春意蕩漾，「每天早上，在迷迷糊糊之中，我都會夢見自己被超帥的男明星追趕，接著我就隨便欲拒還迎一下，再接下來我和他就做成好事了，昨天是吳彥祖，今天是胡軍，真是回味無窮啊。」童遙：「……」

從此以後，童遙再也不趁寒食色睡得迷迷糊糊的時候做了，他可不希望，自己的成績都被算在那些男明星身上。

「睡覺」

床，對寒食色來說是非常重要的，因為她每天起碼有八個小時要在上面度過。在她人生的頭二十多年之中，寒食色大多是自己睡覺的，但結婚之後，她得開始習慣和枕邊人同蓋一床被。當然，這也是有很多好處的；比如說，冬天的時候，寒食色就可以抱著童遙，把他當成全自動智慧型暖壺；比如說，當她踢被子時，童遙會輕輕地重新替她蓋好被；比如說，當看了恐怖片之後，寒食色可以躺在童遙的懷中，安心地睡覺——因為看的是女鬼片，照理應該會先吸陽氣，這麼一來，若女鬼眞的來了，寒食色也還有時間逃跑。

雖然同蓋一床被有這麼多好處，但兩人睡在一起還是有些不太好的地方。像是，寒食色一向喜歡在被子裡放屁，放完之後，再捂住鼻子，被子一掀，然後自己跑到角落，等氣味散了再回去。但結婚之後，寒食色便只能靜悄悄的玫瑰靜悄悄地開，靜悄悄的小屁靜悄悄地放。往往，當童遙靜靜看著書時，鼻翼會忽然動一下，因爲他聞到了那種臭臭的味道。然後，他會放下書，往一旁裝作若無其事的寒食色看去：「妳又放了？」寒食色瞇起眼睛，嘿嘿嘿地傻笑。童遙揚眉，「上次妳是怎麼答應我的？」寒食色掰掰自己的手指，道：「要放……就去洗手間放。」童遙繼續問：「那妳現在是怎麼放的？」寒食色想了想，終於下定決心將被子一掀，濃烈的氣息就這麼朝童遙襲來，薰得他頭昏眼花。寒食色放出狠話：「下次再敢囉嗦，就薰死你！」

又一個晚上，童遙又一次地在看書，他又一次聞到了那種臭臭的味道。童遙嘴角微微一勾，接著他一把掀起被子，以迅雷不及掩耳之勢蒙住了寒食色的頭。自作孽的寒食色，就這麼被牢牢困在被子之中，聞著自己的臭屁，差一點就命喪黃泉。

從那之後，寒食色再也不敢在被窩裡放屁了。

「學開車」

雖然寒食色先前曾經胡亂地將黑道老大雲易風的車開下山，但卻是無照駕駛。因此童遙答應，只要寒食色好好地學會開車，考到駕照，他就會買一輛車送她。爲了這個目標，寒食色開始認眞地學起開車來。她每天不僅認眞地學習理論知識，還認眞地學習實踐知識。寒食色敢拍胸脯大聲說，就算是當年的大學考試，她也沒有這麼認眞。

尤其在道路考試前幾天，就連吃飯時，寒食色也在背誦著教練教的要訣，她已經瀕臨走火入魔了……這天睡到半夜，童遙忽然醒了，因爲他感覺寒食色的手正在他的小腹上移動，看情形是要繼續向下。難道，老婆是想幫他用手解決一次？童遙放鬆身體，任由寒食色撫摸著。只見，寒食色的手慢慢地、慢慢地來到了小童遙處，然後緩緩地、緩緩地握住。小童遙，昂首挺胸了。

童遙深吸了一口氣，準備享受這銷魂的午夜。然而就在這時，寒食色握住小童遙，殘忍地往後一拉。童遙倒吸一口冷氣，冷汗直冒，正準備詢問寒食色爲何要謀害親夫，卻聽見她夢囈般地說道：「換檔，換檔，快換檔！」

原來，是把小童遙當成排檔桿了。童遙默默垂淚。

「柴柴的小孩」

後來，柴柴平安地生下了一個小女孩。孩子才剛出生，又因爲泡了太久的羊水，所以差不多都長得一個樣——皺皺的，像隻小猴子。而喬幫主生平第一次做父親，高興得很，於是便將過去的恩恩怨怨全部放下，准許童遙和寒食色這對與自己不對盤的夫妻，來看小孩。

童遙夫妻很大方，買了大約半屋子的嬰兒用品送來。看見人家對自己的女兒這麼好，喬幫主有些赧顏，他忽然覺得，自己過去對這對夫妻似乎太過分了點。正當喬幫主準備爲客人削水果時，寒食色和童遙來到了嬰兒床邊觀看。看著看著，寒食色道：「哇，喬幫主，這孩子和你好像啊，實在是太好了！」聽見別人說孩子像自己，做父親的心裡當然開心，喬幫主笑得喜孜孜的。寒食色斬釘截鐵地說：「我敢保證，這孩子以後長大了，絕對會非常有出息！」聽見這話，喬幫主笑得嘴都合不攏了。這個寒食色，眞看不出還有點人性啊。寒食色道：「個頭還眞不小。我看啊，這孩子長大了，個頭絕對比他爸爸還壯！」喬幫主皺眉，心想，這……女孩子長得這麼壯，也不太好吧。「來來來，衣服掀開給乾媽看看……哎呀，喬幫主，不得了了、不得了了，你家兒子的小雞雞不見了！」寒食色花容失色地喊著。一旁的童遙輕飄飄地說道：「老婆，人家生的是女兒。」寒食色哀號：「什麼，女兒？女兒長得像喬幫主，天啊，這眞是一場悲劇啊！這孩子長大了怎麼嫁得出去噢！」

喬幫主：「……」

「懷孕」

夜路走多了，總是會遇見鬼的；同理可證，愛做多了，精子弟弟和卵子妹妹也是會撞在一起的。

寒食色和童遙達成了一個共識，等結婚五年之後才要生小孩，因爲那時，愛也做得差不多了，是時候歇歇了。所以這五年之內，他們要做的事，就是避孕。但由於有了柴柴這樣的前車之鑑，他們決定捨棄計算安全期這個不太安全的方法，於是老老實實地戴套套，而也的確一直相安無事。

後來有段時間，喬幫主和柴柴的工作比較忙，寒食色就負責幫他們帶小孩。喬幫主的小孩，小名叫林林，兩歲半，是個胖乎乎柔軟軟的小丫頭。這天，寒食色正在廚房切水果給林林吃，卻忽然發現這孩子鬼鬼祟祟地進了他們的臥室。寒食色察覺到不對，忙跟著去查看，卻發現林林居然翻出他們放在床頭櫃抽屜的安全套，而且還拿著一根針猛戳洞洞。天啊，這可是會眞正搞出人命的！寒食色臉色蒼白，忙抓住林林，問道：「告訴乾媽，這是妳第一次做這種事！告訴我，告訴我，告訴我！妳第一次做這種事情就被我抓到了，對不對！」但林林卻笑嘻嘻地搖頭，然後伸出四根胖乎乎的手指，口齒不清地說道：「四……四。」寒食色當場就要暈倒。這是林林第四次做這種事，那麼也就是說，之前戴的套套都是有洞洞的！也就是說，說不定她肚子裡已經有孩子了！怎麼辦？怎麼辦？怎麼辦？

當天晚上，童遙回家，照舊脫了外套，道：「老婆，來吧，我任妳蹂躪！」誰知卻看見寒食色坐在馬桶上，號啕大哭。童遙忙問：「怎麼了？」寒食色哭著將事情全部說了出來。寒食色抽泣道：「我買了驗孕棒，但是不敢驗。」童遙安慰道：「沒事，有老公在。小孩子也是很可愛的，不要怕，我一定會和妳一起照顧小孩的。」寒食色繼續哭，「我不是擔心這個。」童遙繼續安慰：「放心，我絕對不會趁著妳懷孕出去鬼混的。」寒食色還在哭，「我也不是擔心這個。」童遙還在安慰：「我不會嫌妳胖的。」寒食色的眼淚一直不止息，「不是、不是，不是這個！」童遙問：「那……妳是在哭什麼？」寒食色繼續抽泣，「我是在哭，如果有了的話，今晚我們就不能做了……哇哇哇哇哇，禁慾的日子好慘啊！」童遙：「……」

「孕期，寒食色的痛苦」

因爲林林的惡作劇，寒食色，眞的，懷孕了。

依照童遙和寒食色兩人床上運動的激烈程度來看，如果繼續做這種運動，將對胎兒產生不好的影響，所以兩人做出了一個痛苦的決定，那就是——禁慾。寒食色懨懨地問道：「那我們躺在床上要做什麼？」童遙回答：「聊天，睡覺。」寒食色長歎口氣，「連愛都不能做，婚姻生活還眞無聊。」童遙安慰道：「忍耐幾天，等孩子生下來就好了。」寒食色瞇縫起眼睛，「那……你該不會趁著我大肚子，自己跑去外面偷吃吧？」童遙許下諾言：「放心，我會餓著肚子等待妳這份大餐的。」

在禁慾的過程中，所有不良影片、不良道具通通都被束之高閣。爲了不讓自己骯髒的思想氾濫，寒食色買來了許多童話書籍，每天捧著看，努力想昇華自己的思想。但是——在看《美人魚》故事時，寒食色會眼冒精光地想，要是王子和小美人魚在一起，那豈不是人獸交？在看《灰姑娘》故事時，寒食色會鼻孔鼓脹地想，那個王子一定是戀腳癖，他和灰姑娘的新婚之夜想必是先從腳開始。在看《青蛙王子》故事時，寒食色會無比邪惡地笑，想著，其實公主何須如此介懷，青蛙的舌頭也是很好用的啊。在看《白雪公主》故事時，寒食色會口水滴答地想，要是自己是那個比較腦殘的白雪公主，而其中一個小矮人是湯姆克魯斯，第二個小矮人是強尼戴普，第三個小矮人是奧蘭多布魯，第四個小矮人是《越獄風雲》男主角溫沃斯米勒，第五個小矮人是喬治克隆尼，第六個小矮人是基努李維，第七個小矮人是裘德洛……那，他們一定可以一起在森林中玩得很快樂。

就這樣，無比純潔的童話故事，被寒食色腦袋裡充滿顏色的思想給生生玷污了。寒食色就這麼艱辛地忍耐著，爲了肚裡的孩子，她必須泯滅……不，是犧牲天性。

「孕期，童遙的痛苦」

寒食色認爲，夫妻之間有福就要共享，有難就要同當。也就是說，寒食色因爲懷孕的關係身子不能爽，那麼，童遙也一樣不可以爽。

寒食色倒不太擔心童遙會出去鬼混——除非童遙願意第二天清早起來發現，他的小童遙已經在泡菜缸子裡醃著。但令寒食色感到不平的是，童遙有個天生的小老婆——他的左手。即使沒有女人，童遙也可以自力更生，豐衣足食。因此，寒食色開始了查勤工作。每到夜裡，只要童遙悄悄地潛入浴室，準備釋放男人的能量時，寒食色就會破門而入，大喊道：「不准私自打手槍，不然就沒收你的做案工具！」

這麼兩三次之後，童遙提出意見了：「老婆啊，適當的釋放是有好處的，我如果憋壞了，今後就不能好好伺候妳了。」寒食色也學著童遙的語氣安慰道：「老公，沒關係，我相信你小弟弟的品質，它絕對不會這麼容易壞。其實，我也是爲了咱們的幸福生活著想啊，你想想，如果你餓著肚子來吃我這顆大白菜，那一定是無比香甜。所以，只好麻煩你忍耐囉，忍耐幾天，等孩子生下來就好了。」

就這樣，童遙也開始了忍耐的生活。據稱，寒食色懷孕那段時間，童遙的眼睛每天都是赤紅的……

「萬惡的荷爾蒙」

由於荷爾蒙的變化，孕婦的情緒往往不穩定；這一點，在寒食色身上的變化特別明顯，她會動不動就哭，嚇壞周遭的人。

有一天，柴柴來看她，誰知剛坐下，寒食色就「哇」的一聲哭出來，原因是：「爲什麼妳的肚子這麼平，我的小腹卻像水桶？」柴柴（內心戲）：「拜託，大姐，妳懷孕了。」又有一天，寒食色去柴柴家玩，看見喬幫主，又「哇」的一聲哭了出來，原因是：「爲什麼你要生女兒，爲什麼你女兒要長得像你啊？」喬幫主（內心戲）：「關妳屁事！」

而最深受其害的，則是寒食色的枕邊人，童遙。有一天，童遙比平時晚回家，寒食色「哇」的一聲哭了出來，「你一定是和別的女人鬼混去了！」童遙忙解釋：「不是，我是和客戶談生意，都是一群男的。」這不說還好，一說，寒食色哭得更大聲，「原來，你趁我懷孕時，變成萬能插頭了！」童遙：「……」

「孩子出生了」

熬了好幾個月，兩人終於盼到了曙光的到來，寒食色臨盆了！生產時，童遙一直在旁邊握著寒食色的手，爲她加油鼓勵。在產房折騰了兩個小時後，寒食色在清晨生出了一個兒子。護士將孩子清理一番後便抱來給這對新手父母看，並想像著一幅無比溫馨的畫面。然而寒食色和童遙的第一眼並沒有看孩子，而是看著對方，深情款款並異口同聲地說了句：「終於，可以愛愛了。」「哐噹」——全體護士、醫生倒地不起。

產後，寒食色坐月子，減肥，補身體，終於熬滿三個月後，醫生明確地告訴她可以重拾夫妻生活時，寒食色激動得涕淚縱橫。那天晚上，寒食色穿了自己最性感的睡衣，躺在床上，露出大腿，半裸酥胸，準備和童遙大戰三百回合。而童遙，也餓了大半年以上，饑腸轆轆，看見這陣仗哪裡忍得住。寒食色是加了汽油的乾柴，而童遙則是熊熊烈火，兩人像猛獸一樣開始在床上翻滾著。

然而，就在即將進入正題時，旁邊嬰兒床上的兒子哭了；哭聲震天，像有人掐了他屁股似的。寒食色和童遙忙過去查看，沒發現什麼異狀，於是他們將孩子哄睡著後，又悄悄去到床上繼續開始運動。誰知，剛要進入正題，孩子又哭了，這次哭得像有人要奪去他童貞似的。寒食色和童遙趕緊分開，說也奇怪，兩人剛一分開，孩子就不哭了。等了五分鐘，童遙又慢慢地將身子壓在寒食色身上，可是才剛這麼做，孩子又哭了。就這樣，不管孩子上一秒睡得多麼安寧，只要兩人準備開始運動，他就會哇哇大哭。

於是，寒食色和童遙只能哭泣著，純潔地睡過了一晚。

「替孩子取名」

生了孩子，就要取名字。這取名，可是門大學問，馬虎不得，於是乎，寒食色和童遙動員所有認識的人幫自己兒子取名。

第一個問的是幫主。喬幫主冷冷說道：「叫童陽熙吧。」寒食色喃喃唸著：「童陽熙，童陽熙，童陽熙……童養媳，啊，喬幫主，你太不厚道了，怎麼能讓我兒子叫童養媳呢？」喬幫主繼續冷冷地道：「那妳還說我女兒長得是場悲劇呢！」寒食色吶吶道：「但……我說的是實話啊。」說完，趕緊趁著喬幫主拔槍的當兒逃走了。

第二個問的是柴柴。柴柴想了想，道：「乾脆，叫童童吧，叫起來挺順口的。」寒食色搖頭，「太簡單了吧。」柴柴聳聳肩，「反正我已經正式幫我女兒報戶口了，就叫林林，多簡單。何必把時間浪費在取名字上呢，還不如睡覺。」寒食色歎氣兼搖頭，「妳女兒長大後，一定會恨妳。」

第三個和第四個問的是寒食色的父母。丁敏君道：「乾脆叫童子吧，童遙的兒子嘛，意義多深遠啊。」寒食色打個寒噤，「那要是生個女兒，豈不是要叫童女？」寒竹有自己的看法：「別聽妳媽胡說，有人這麼取名字的嗎？這可是我們的外孫，名字一定要大氣，要震懾得住人，要讓別人一聽就永遠記得住……所以我的意思是，乾脆就叫童貞。」這次，是寒食色懷中的兒子打了個寒噤。自那天之後，只要寒食色一說要去外公外婆家，兒子就會哇哇大哭，活像要把他帶去狼堆似的。

最後，還是只能由寒食色和童遙來想。「童方不敗？」「童顏不老？」「童湯姆？」「還童瑪麗呢！」每聽自己的父母提出一個名字，嬰兒床裡的孩子就要抖上三抖。思考了一個月，兩人最終還是決定採用最簡單的方法——取父母的姓。所以，他們的兒子，就叫童寒。

「餵母乳」

爲了兒子的健康，寒食色決定要餵養母乳；兒子的胃口不錯，每次都能喝下許多。而每當寒食色餵食之際，童遙便會在旁觀看這一幅聖潔畫面，臉上滿是溫馨的笑。但這天，當他正就定位準備觀看時，寒食色打破了這份聖潔，因爲她說：「要不要親自感受一下？」「好啊。」童遙痞痞一笑，接著走到她身邊，俯下身子，作勢親了一口，然後咂咂嘴，道：「味道還不錯。」話音剛落，兩人相視而笑。但笑著笑著，卻忽然發現一道目光。

轉頭，他們看見了兒子那雙黑葡萄般的眼睛，正靜靜地盯著自己。童遙道：「他……好像在責怪我搶了他的食物。」寒食色勸老公安心：「怎麼可能！他的腦袋還不如我的巴掌大，哪裡懂這麼多？」但接下來，童寒就開始做出了一連串怪異的舉動。每當童遙帶兒子撒尿時，童寒的袖珍小雞雞就會非常準確地把尿撒在他身上。每當童遙逗弄兒子的臉頰時，童寒便會轉頭，咬住老爸的手指頭。每當童遙抱起兒子哄著睡覺時，童寒就會非常合作地把奶吐在老爸的衣服上。每當寒食色將兒子抱在懷中，準備掀開衣服餵奶，童寒一邊含著老媽的胸部，一雙黑眼睛便警戒地盯著旁邊的老爸。睹此情狀，寒食色終於歎口氣，「好吧，我相信了，他果然是在報復你先前搶了他的食物。」童遙：「……」

從此以後，只要童寒在喝奶，童遙便不敢靠近。

「童寒」

陳冰冰是愛兒幼稚園中班的老師，今天是開學第一天，來了一群新學生，陳冰冰一眼就發現其中有個長得最漂亮的小男生——童寒。那吹彈可破的肌膚，黑葡萄般的眼睛，長而濃翹的睫毛，挺挺的小鼻梁，紅潤的小嘴唇，還有一頭略帶自然鬈的頭髮，看上去才叫一個招人疼惜。

正偷偷打量著，陳冰冰忽然發現，班上另一個大塊頭的孩子汪書函走到童寒身邊，猝然出手，將童寒推倒在地。陳冰冰差點驚叫出聲，忙上前維護正義。汪書函一看老師來了，立刻拔動兩隻小胖腿，一溜煙跑掉。陳冰冰忙扶起童寒，迭聲問道：「寒寒沒事吧，哪裡痛，快告訴老師！」童寒輕輕搖頭，咬著嘴唇，眼裡的淚水幾乎就要奪眶而出。睹此情狀，陳冰冰的心都要碎了，她一把將忍耐著的童寒抱在懷中，道：「乖，沒事了，老師等會兒去罵罵汪書函。」「謝謝老師。」童寒聲音嫩嫩的，讓陳冰冰的心都軟了。

這天放學時分，寒食色來接兒子，聽見陳冰冰說起這事，眼中有種不可思議的神情——她的兒子會被欺負？他不欺負別人就不錯了吧！走在回家的路上，才正想著這件事，寒食色便看見一個大塊頭的小孩堵在他們面前，指著自己的兒子道：「姓寒的，都四五歲的人了，還要向老師告狀，你丟死人了。有本事，你和我打一架！」寒食色非常鬱悶，這位沒文化的小朋友啊，我兒子明明姓童！童寒根本像沒聽見同學說的話一般，繼續拉著老媽往前走。汪書函氣得小臉通紅，在童寒經過自己時，忽然伸拳想要揍他。但童寒非常淡定，在拳頭來臨之際一推，接著汪書函就倒在地上，像顆小肉球般咕嚕咕嚕地滾走了。然後，童寒繼續淡定地拉著目瞪口呆的老媽回了家。

晚上，寒食色將這件事情告訴童遙。童遙走到正坐在沙發上觀看《喜羊羊和灰太狼》的兒子身邊，問道：「今天，你讓那個同學把你推倒了？」童寒點頭。童遙繼續問：「是爲了讓老師可憐你？」童寒繼續點頭。「這樣一來，你就可以撲進老師懷裡，測量你們老師的胸部？」知子莫若父，童寒還是點點頭。然後，童寒轉過頭來，對童遙說道：「爸爸，老師的胸部是D罩杯呢。」童遙若有所思地點點頭，「比你媽媽足足大了兩個等級。」——「乓乓」兩聲悶響，沙發上的父子倆被平底鍋重重拍了後腦勺。

「今晚，你們自己去找那個D罩杯的老師，替你們做飯吧！」寒食色說完，施施然轉身，自己吃飯去了，留下童遙和童寒這對父子檔：「……」

「青梅竹馬」

林林和童寒是青梅竹馬，但是這兩人的感情似乎不那麼好。原因是，兩人的父母時常在背後，向孩子灌輸著自己的思想。

喬幫主時常背著寒食色，對女兒林林道：「女兒啊，那個童寒，簡直就是集合了他父母的不正常，是個小不正常，妳和他在一起待久了，肯定也會不正常。所以啊，聽爸爸的話，遠離他們那一家子不正常。」寒食色也時常背著喬幫主，對兒子童寒道：「兒子啊，林林現在雖然長得可愛，但是你不覺得她的臉越來越像她爸爸了嗎？如果你現在對她產生了感情，那長大之後，你就要和一個長得像林叔叔的女孩子睡覺，那多恐怖啊！」因此，在各自父母的催眠之下，兩個小孩互看對方不順眼。

有一次，兩家在聚會時，兩個小朋友必須待在一起玩。林林上上下下將童寒打量了一番，鄙夷道：

「瘦猴子。」童寒輕輕掃了林林一眼，道：「女金剛。」「你是風火輪！」「妳是灰太狼！」「你是鹹蛋超人！」……吵著吵著，林林開始使出老媽的殺手鐧，從花壇中掏出一塊磚頭準備砸童寒。童寒也使出了老爸的殺手鐧，一次又一次地將林林推倒。就這樣，兩人廝打著，最後打瘋了，開始扭在一起，在房間的地板上翻滾著。過程中，兩人不斷攻擊對方脆弱的地方；意思就是，上面兩點和下面一點。

最後，當大人發現他們時，兩個小孩的衣服已經被對方撕得精光。三點全露。雖然，一個八歲，一個五歲，也沒什麼看頭。但這件事做為緋聞，就這麼永遠地流傳了下去，並造成了很大的影響……

「制服誘惑」

童遙曾經對寒食色說：「妳整天穿著白袍上班，簡直就是制服誘惑。」寒食色原本以為童遙只是開開玩笑，但今年的生日禮物，童遙居然就想要制服誘惑，他的原話是——「我還沒有在妳的診間做過呢。」寒食色一拍胸口，道：「今天中午到我的診間來，我讓你如願以償。」童遙如約而至，果然看見寒食色穿著白袍，坐在桌上等待著自己。雖然外面罩的是白袍，但寒食色裡面穿的可是性感內衣，加上黑色絲襪，還加上黑色細跟高跟鞋。

最近，童寒很喜歡沒事挨著兩人睡覺，不得已，他們的床上運動次數減少了許多，因此童遙一看見這陣仗，立刻飛撲上前，將寒食色壓倒。兩人的激情，差點將診間燃燒了起來。寒食色一邊熱吻，一邊問道：「怎麼樣？……今年的……生……生日禮物……還，還滿意嗎？」童遙迫不及待地對寒食色上下其手，「當然，老婆……妳的身材……越來越好了。」寒食色聽著挺開心的，當即也就放開尺度，開始進一步展開誘惑。誰知，正當兩人要進入正題時，突然響起了「乒乒乒」的敲門聲。寒食色一驚，「誰啊？」「我。」居然是老院長的聲音。「院長，有什麼事嗎？等會兒我過去你辦公室吧。」寒食色可不敢讓老院長知道童遙在這，否則他一定會以上班時間幽會等藉口扣她獎金，不僅如此，說不定還要全院通報。

寒食色現在後悔了，她千不該萬不該在幾天前把老院長和掃廁所大嬸的激情戲碼偷錄下來，四處販賣。這不，老院長來抓她的小辮子報復了。老院長敲門敲得更大聲了，「寒食色，妳究竟在做爪子（做什麼）？診間可是救死扶傷的神聖之地，豈容妳在裡面偷偷摸摸做些不良勾當？快開門！」寒食色急中生智，狡辯道：「我沒有！我是在替人看病，我就是在做救死扶傷的事情！」老院長豈是這麼容易就能打發：「那好，如果是正大光明的事情，妳鬥把門給我打開，讓我看哈子（一下）！」寒食色莫可奈何，只能將童遙拉到屏風後方的手術床躺著，而自己則整理了一下衣服，然後不情不願地把門打開。老院長一進門，趕緊奔到屏風後，指著童遙道：「寒食色同志，這明明鬥是妳老公啊！」寒食色理直氣壯地回道：「我老公也是人，他也會生病，也可以成為我的病人啊！」老院長眼珠子滴溜溜一轉，立刻又道：「那，他啷個（為什麼）沒有掛號？啷個（為什麼）沒有病歷？寒食色同志，妳假公濟私所？」寒食色將腰一叉，道：「你還不是一樣，掃廁所大嬸的三表叔的姐姐的兒子來我們醫院做手術，你大筆一揮就說免費，那這位還是我老公呢，更該免費了！」老院長被噎住，差點喘不過氣來，過了許久，他忽然眼睛一亮，道：「寒食色同志，妳老公是來做爪子（做什麼）的？」寒食色道：「割包皮。」老院長笑得像隻黃鼠狼，「那好、那好，我今天就坐在這裡看妳割，妳要是不割……呵呵呵呵，我就全院通報！」聞言，寒食色每個毛孔都在冒冷汗。

全院通報，全院通報，全院通報。她那本來就不太好的名聲絕對禁不起這樣的玷污。於是，寒食色的眼中泛起一道寒光——童遙，只好委屈你了。接著，她「刷」的一下扒開了自己老公的褲子。「啊！」一道慘叫，在午間的封士男科醫院中響起，哪裡是一個慘字能夠道盡噢。

128 童遙番外：老婆❶

烈日炎炎，蟬聲呱噪，偶爾吹來一陣風，像層層厚重的紗，覆蓋在口鼻之上，讓人窒息。

這天氣一熱，人的脾氣也就暴躁。洪教官抹了把頭上的汗珠，按了按乾涸得快要冒煙的喉嚨，忍不住暗暗罵了聲娘。他奶奶個胸，每年都是這樣，總是選在最熱的時候訓練這群中學生。洪教官走到一旁，從口袋拿出香菸，靠著大樹，抽了起來。一邊抽，他一邊冷眼看著蹲在地上休息的這群九月就要升入高中的小兔崽子們。

一群人之中，最顯眼的就是那個叫童遙的，這小子長得端正，嘴巴會說話，特別出風頭。這不，他不過才下令休息一會兒，這小崽子身邊就圍了三個女孩，小崽子不知講了什麼笑話給她們聽，逗得那幾個女孩笑得稀里嘩啦的。洪教官正煩，聽見這些笑聲，心裡一股無名火上升，他眉頭一皺，把菸往地上一扔，用腳狠狠踩滅。然後他抬手，指著童遙，沉聲道：「你，就是你，給我過來。」童遙慢慢從地上站起，拍拍屁股，走到洪教官面前，笑道：「教官有事？」洪教官仔細打量了一下面前這個小崽子。長得確實是挺端正的，雖然才十六歲，但已經和自己差不多高了，眉毛濃濃的，眼睛黑黑的，而那嘴笑得……有點囂張。洪教官哼了一聲：「很得意是吧？怎麼，才剛入學就想當大情聖是不是？」童遙不辯解，只是笑。洪教官指著烈日下的操場，命令道：「嗯，架子挺大，看來，是沒運動夠。去，給我跑個十圈，少跑半圈今晚就別吃飯！」童遙還是什麼也沒說，只是脫下了外套繫在腰上，然後將軍帽調轉一圈，帽簷朝後。洪教官再度罵了聲娘，你媽媽個吻噢，小崽子到現在還想耍帥。

童遙邁動腳步，跑入了操場中，毒辣辣的太陽底下，他一圈圈地跑著，全班所有人的目光都聚集在他身上。光線強烈，灑在身上像著了火般，但童遙還是瀟灑地跑著，一圈，兩圈，三圈，四圈，五圈，六圈，七圈，八圈，九圈，十圈。當跑完十圈後，童遙來到洪教官面前，微微彎下腰，雙手撐在大腿上，喘著氣。他額上的汗珠像雨似的，每一顆都有豆子般大，滴落在沙地上就是一個坑。洪教官有點擔心這崽子會不會暈倒休克。但是沒有，童遙抬起頭，對著洪教官一笑，右邊嘴角抬起，還是一樣的痞氣，「教官，今天晚上，我想我還是可以吃晚餐的。」在汗水的洗禮下，他的一張臉似乎吸收了太陽的光輝，亮得耀了人的眼。洪教官雖然有氣，但這下也沒處可發了，他清清嗓子，道：「再休息十分鐘，該上廁所的去上廁所，等會兒練習兩個小時的踢正步！」說完，洪教官也趁機離開，回到辦公室裡休息吹冷氣。他不想再面對童遙。那小崽子雖然一直在笑，但每次見他看著自己，心裡居然會有點毛毛的。連他自己也不懂爲什麼，不還就是個毛還沒長齊的小子嗎，幹嘛怕他？

走進辦公室，洪教官的好友陳教官遞給他一瓶冰凍礦泉水，問道：「幹嘛，臉都黑了。」「剛才教訓了一下我們班那個叫童遙的小子，罰他在大太陽下跑了十圈。算那小子骨頭硬，還沒倒。」洪教官想拿過礦泉水，卻怎麼也拽不過來，他疑惑地抬頭，卻發現陳教官嘴張得大大的，一臉見鬼的樣子。洪教官問：「怎麼了？」陳教官好不容易才合上嘴，「你膽子也太肥了吧，那個童遙，你也敢惹？」洪教官心裡一抖，「怎麼了，難不成他有什麼背景？」陳教官急了，「不知道，反正連咱們營長看見他都笑咪咪的，聽說他外公和我們軍長可是稱兄道弟，你還罰他跑十圈。現在的小孩子，一個個屁股都拽到天上了，你看他不整死你才怪！」聞言，洪教官身子抖了三抖。洪教官原本以爲自己這次死定了，但是直到軍訓結束，也沒見上面的找自己談話，就像什麼事也沒發生過似的。直到一年之後，洪教官平安升官，一顆心才算放了下來。直到那時，他才覺得，童遙那小崽子不是個容易記仇的孩子；當然，這也是後話了。

當時，洪教官一離開，幾個女生立刻圍到童遙身邊，殷勤關心外加稱讚不已——「童遙啊，你沒事吧？要不要坐下來休息一下?」「哇，你也太厲害了吧，我跑個一圈就會倒了。」童遙撩起衣服擦了擦額上的汗珠，咧嘴一笑，「小意思，不就是十圈嘛，我常跑。」這時，溫撫寞走來，輕聲對三名女生道：「可以麻煩妳們幫他買瓶水嗎?」帥哥發話，豈敢不從，三名女生忙撒腿朝小吃部跑去。溫撫寞提醒：「她們走了。」見美女離開，童遙瞬間洩了氣，一張臉皺成痛苦模樣，「快——扶——我——去——那——邊——休——息，我——的——腳——都——快——斷——了——」溫撫寞扶著好友來到樹蔭下，「誰叫你要逞強。」童遙仰面躺在草坪上，感覺全身都快散了，「沒辦法，總不能在這些女生面前漏氣啊。」溫撫寞笑著搖搖頭，也在他身邊躺下。童遙爲了避嫌，連忙半坐起身子，「喂，你這樣會讓別人以爲我們在搞同性戀，那些女生豈不是要傷碎了心!」身體突然坐起，讓他一陣發昏，樹蔭和光暈在他眼前打轉。童遙忙閉上眼，隔了一會兒，等頭不暈了，才慢慢再睜開眼。而這時他敏感地察覺了一道目光，循著目光望去，童遙看見對面樹蔭下有個女生。就在兩人目光對視的同時，那名女生不動聲色地將目光移開，並沒有出現偷看別人被逮住而臉紅的那種羞澀。反正沒事，童遙便乾脆打量起那個女生。

怎麼說呢，五官並不出眾，可以說，挺普通的。眉毛不濃不淡，眼睛不大不小，鼻子不塌不挺，嘴唇不厚不薄。但整個五官組合起來，看上去挺舒服的，屬於耐看那一型。她就這麼安靜地坐在樹蔭底下，也不怎麼和人說話，身上有股文靜的氣質，還……挺不錯的。童遙努力搜索著那個女生的名字，終於記起，她好像叫……寒食色。寒食色，童遙默唸著這個名字，挺別致的。剛才，她是在看自己?童遙嘴角一勾，哎，看來他又成功引誘一名了青春少女，實在是罪過、罪過。

正想著，洪教官回來了，開始爲他們重新安排踢正步的隊形——男生站前面兩排，女生站後面兩排。溫撫寞站在童遙前面，童遙一看，挺樂的；再習慣性地往後一望，乖乖，還眞巧，他背後的女生，就是那個叫寒食色的。嗯，不錯不錯，近看，這女生看上去似乎比剛才更舒服了些。但由於踢正步時不可以交談，因此這一整個下午童遙也沒找到機會搭訕。可是他卻開始注意到，這個叫寒食色的女生似乎總有意無意地看著自己，吃飯時，解散時，集合時，甚至連上廁所的時候也是。童遙伸手撩撩頭髮，低調地想著，人太帥，沒辦法。

到了第三天，正在踢正步時，洪教官有事要離開一下，便讓他們原地休息。機會來了，童遙仔細想了兩三句開場白，正準備回頭搭訕一下，誰知，自己的肩膀卻先被搭了——那寒食色用手拍了拍他的肩膀，然後道：「同學，麻煩讓讓，你那長著俊美非凡臉龐的礙事腦袋，正好擋住了我的視線。」童遙愣了三秒，終於反應過來——原來，這個寒食色的目標，是溫撫寞。這倒沒怎麼傷害到童遙的自尊，畢竟天涯何處無芳草，他的目標也不只有她；而且，在童遙心中，溫撫寞的魅力和他自己不相上下，女孩子喜歡他也是很有可能的。童遙只是對自己的誤解感到有點好笑，同時也對寒食色留下了深刻印象——原來，她不像外表那麼文靜啊。接下來，童遙發現，寒食色果然一直將目光鎖定在溫撫寞身上，只不過因爲他時常和溫撫寞在一起，所以誤以爲她在看自己。誤會解開也就算了，童遙可沒興致去追喜歡自己好朋友的女生，再加上後來樹林中一男一女在做活塞運動時被教官發現，男生女生由此被分開訓練，童遙也將寒食色拋到了腦後。本想告訴溫撫寞，說那個叫寒食色的女生喜歡他，但後來也不知怎麼的，就忘記了。

軍訓結束後不久，便開學了。這時，童遙發現，那個寒食色已經成了柴柴的好朋友，而且還坐在溫撫寞前面；看來，還眞是緣分。童遙開始默默觀察寒食色，想看看她究竟何時才會對溫撫寞下手。但寒食色在班上表現得似乎挺正常的，沒什麼花癡跡象，讓童遙不禁開始懷疑，那個要自己別擋住她觀看帥哥視線的寒食色，是不是因爲當時曬暈了頭、靈魂出竅，才會說出那番話。但後來發生的事情，終於讓童遙確定——寒食色，她是內騷型的。某個星期二的美術課，老師要全班帶著畫板出去寫生。童遙承認自己對畫畫沒有天賦，因此也就胡亂畫了朵花交差。畫完之後沒事做，便拿著一雙眼睛四處張望，這時，他瞄到操場的階梯上，寒食色正獨自坐在上面。她穿著一條及膝裙，披著頭髮，拿著畫架，臉色沉靜；別說，遠遠望去，還挺有文藝美少女的氣質。但定睛一看，童遙發現，寒食色的眼睛裡含著亮得嚇人的精光，最重要的是，她正不時掃視著花壇邊的溫撫寞。難道，她在偷畫溫撫寞？童遙有點得意，總算又找到她暗戀別人的跡象了，於是他輕手輕腳走到寒食色背後，偷看她的作品。這一看，童遙再一次愣住了，他預料得沒錯，寒食色確實是在畫溫撫寞，但他沒料到的是，寒食色畫的居然是裸體的溫撫寞！而且那筆法簡直就是專家等級的，尤其是腰部以下，大小真的和溫撫寞的實物差不了多少。童遙開始懷疑，這得暗暗觀察多少次，才能畫得這麼寫實；當然，他指的是溫撫寞腰部以下的傢伙。

童遙自從發現了寒食色的這項天賦，便開始覺得這女生還挺有趣的，從此，童遙便時不時要寒食色幫他畫色情圖片。一開始，寒食色故意張大了嘴，擺出驚詫的樣子，意思是——我怎麼可能會畫這種低俗的圖片呢？但後來實在拗不過童遙的糾纏，寒食色悄悄爲他畫了好幾張。雖然比起溫撫寞那張還差了點，但整體看來已經很不錯了。就在求畫和贈畫的過程中，童遙和寒食色漸漸熟悉了。童遙覺得，和寒食色在一起什麼話題都可以聊，根本不用忌諱，而且，寒食色脾氣不錯，喜歡笑，不容易生氣；總之，和她在一起，感覺挺舒服的。當然，童遙一直都將寒食色對溫撫寞的暗戀之情看在眼裡，這一次，他沒有忘記，但卻不太想讓溫撫寞知道這件事，或許，他是害怕幫倒忙吧，童遙這麼告訴自己。

高一下學期開學，童遙進入學校籃球隊，因爲實力不錯，一進去就成了主將。期中考試之後，各個高中籃球隊開始了聯賽，每次比賽，柴柴，溫撫寞，還有寒食色都會到場爲他加油。童遙知道，寒食色之所以會來不過是爲了和溫撫寞在一起，不過，來了就好。和二十九中的某一場比賽，童遙一上場就發揮得很不錯，一直在得分，遠遠將二十九中甩在後面。二十九中的籃球隊隊長，因爲自己心儀的女生對童遙有意思，所以一直對童遙很不滿，比賽中童遙又好幾次蓋了他的火鍋，讓他狼狽得很。新仇舊恨之下，這位隊長內心陰暗了，便故意趁童遙傳球時絆倒他。童遙本來在奔跑著，這麼一倒，膝蓋重重撞擊在地，頓時痛得站不起來。但裁判卻偏袒二十九中，並沒有判那名隊長犯規。童遙因傷，不得不下場休息。主將下場，十三中不敵二十九中，分數漸漸被超過，童遙只能坐在休息區看著那名隊長得意。最終，二十九中以三分取勝，進入了半決賽，而十三中則失去了繼續往下比賽的資格。童遙的心情糟糕透了。這時，他的腳已經不那麼痛了，便站起身，一瘸一拐地獨自走出了籃球場。身影，有些蕭索。

才走沒幾步，童遙便聽見一陣腳步聲朝他跑來，接著有隻手拍了拍他的肩膀。這感覺很熟悉，童遙不用回頭就知道來人是寒食色，所以他沒回頭。寒食色也不見怪，伸手扶住他的胳膊，不停地安慰著：「別氣了，明年咱們打他個落花流水，鼻青臉腫。」「那種人太噁心，太賤了，咱們不屑跟他打。」「如果你實在不能消恨，那，那……那我和柴柴找群女的，把他拖進草叢裡輪了他。」——如果再不阻止，還不知道這寒食色會說出什麼話來，所以童遙只能岔開話題：「柴柴和撫寞呢？」寒食色解釋：「比賽開始沒幾分鐘，他們就接到通知，說老師有事要他們幫忙，就先走了。」「我沒事了，我們倆的家又不順路，妳自己回去吧。」童遙笑笑，看上去確實是沒事的樣子，但仔細聽，聲音中還是有些失落。寒食色知道，童遙對籃球挺熱愛的，做夢都想得到第一名，這次的打擊對他而言確實不小。

兩人正說著，背後卻傳來一個得意的聲音：「唷，童遙，怎麼，痛到要女人來扶了？」童遙回頭，見是二十九中的隊長領著全體隊員朝自己走來。那名隊長用一根手指轉著籃球，挑著眉，咧著嘴，模樣才叫一個囂張：「真是抱歉了，你們沒辦法進決賽，不過沒關係，可以來看我們贏冠軍嘛。看在相識的分上，我可以把冠軍獎盃借你看幾天，哈哈哈哈……我們走。」侮辱完畢後，二十九中的隊長便帶著隊員越過他們，離開。童遙不欲和他在這裡爭執，打算忍下這口氣。但就在這時，他的眼角忽然瞥見一道白色身影飛快地朝那隊長奔去，抓住他那鬆鬆的球褲便往下扯。瞬間，隊長的球褲就這麼褪到了腳踝處，露出了裡面的三角內褲，而且那內褲還是……大紅色的！脫完人家隊長的褲子後，寒食色站起來，飛快地退回童遙身邊，指著隊長的內褲，用全校都聽得見的聲音大叫道：「哇，居然穿大紅色的內褲，你本命年犯太歲啊！」即使是同隊的人，看見這一場景也都笑得直不起腰。那隊長的臉紅得像被油漆迎頭潑下，他快速拉起褲子，指著童遙道：「弄他！」寒食色一聽，忙拉著童遙往校門跑去，並飛快地攔下一輛計程車，推著童遙趕緊上車。

兩人趴在後座上，看著那群氣急敗壞來追他們的人漸漸落後，忍不住大笑了出來。這麼一笑，童遙覺得心裡被堵住的地方瞬間疏通了。他呼出一口氣，看著寒食色，問道：「妳怎麼會想到要脫他褲子的？」她居然回答：「其實每次看你們打籃球，我都在想，如果脫下你們的球褲那一定很好玩，今天我終於有機會實驗一下了。」說著，又滿意地彈了個手指：「果然很不錯！」童遙躺在椅背上，拿手肘碰碰寒食色的手肘，輕聲道：「謝謝囉。」寒食色對著童遙的胸口輕捶了一拳，咬唇笑道：「朋友之間，說什麼謝謝，下次請我吃東西就好啦。」說完，她也靠在椅背上。

車窗玻璃是打開的，風輕吹，拂起了寒食色的頭髮，偶爾幾縷飄在童遙的胸前。不知爲什麼，童遙覺得，那被寒食色頭髮碰觸的地方忽然有些癢癢的，一股說不清、道不明的癢意。

129 童遙番外：老婆❷

感情，就像藤蔓植物，在不知不覺間滋長，而當意識到時，你往往已經被綁縛得緊緊的，再也沒有逃脫的可能。童遙就是這樣，不知從何時開始，他的目光慢慢聚在寒食色的身上。

其實，童遙的身邊從來不乏漂亮的女生，但那些女孩都不如寒食色那麼吸引他。寒食色並不漂亮，只是看上去很順眼、很舒服；寒食色並不善良，她總是喜歡看別人笑話；寒食色並不樂於助人，除非那人是自己的朋友；寒食色並不會拾金不昧，她可是愛財如命；寒食色有很多很多缺點，童遙很清楚，可是他不在意。童遙知道，自己並不只是把寒食色當成普通朋友，因爲很多時候，當她無意中碰觸到他時，童遙的心跳總會快上那麼幾下。有時候，童遙心想，自己是不是喜歡上她了。

童遙一向認爲自己收服女孩的功力高強，但這一次不知怎麼回事，他開始看不起自己。他不敢說出口，或許是，他不知該怎麼向一個眼睛裡只裝著自己好友的女生表白。其實，寒食色對溫撫寞的戀慕並不太明顯，一般人很難發現。但童遙卻看得一清二楚，因爲當你心裡裝著一個人時，她的一舉一動都會刻在你的心裡。很多時候，童遙都會當著寒食色的面，故意問柴柴：「妳是不是喜歡上溫撫寞了？」這算是一種自虐，因爲每一次他都會看見，一旁的寒食色眼中那種躲閃的目光。童遙的心總是感到很不舒服。可是他阻止不了這樣的自虐，他希望這僅僅只是寒食色的一段毫無結果的青澀暗戀。

很快地，便來到了高一的期末，學校將舉行分班考試，不僅提前進行了文理分科，另外還要在文理科之中分別選出一個重點班。重點班的各科老師自然都是最優秀的師資安排，所以每個學生無不削尖了腦袋拚命往裡鑽。寒食色也是一樣，她卯足了勁復習。考試時，寒食色就坐在童遙的前面，童遙看見，後面的幾道大題寒食色作答的答案都是錯的。算算分數，這次的考試她是和重點班無緣了。幾乎沒有任何猶豫，童遙立時拿起筆，將自己試卷那最後幾大道已經寫好正確答案的題目，全部塗黑——因為，他想和寒食色分在同一班；童遙沒有多想，他的心裡只有這麼一個願望。

考試結束後，童遙和溫撫寞一起回家。走著走著，溫撫寞忽然問道：「你覺得寒食色怎麼樣？」聞言，童遙的心猛地一跳，像被人抓到什麼把柄似的，臉頰居然有點微微發燙。但很快他就恢復過來，若無其事地回答：「她啊，像個男人。」溫撫寞聽了，只是笑笑。童遙雖努力地想結束這個話題，但他實在忍不住了，於是在走了一條街之後，童遙裝作很好奇地問道：「咦，你怎麼忽然間想問這個？」溫撫寞淡淡一笑，隔了一會兒又像在自言自語地說道：「沒什麼。只是覺得，她……挺有趣，挺可愛的。」之後，兩人繼續在長街上走著，但後來又說了些什麼，童遙已經記不太清晰。他只知道，自己的心裡有一種隱隱的慌亂，似乎有些他一直以來都不願看見的事情就要發生了……

暑假，酷刑完畢，四人相約到處玩耍。這天晚上，他們來到ＫＴＶ唱歌，唱到後來，大家肚子餓了，便派柴柴和童遙到樓下超市買零食。柴柴和童遙各拿一個購物籃，分開拿東西，等付帳時，柴柴往童遙的籃子一看，不經意地說道：「洋芋片，果凍，泡鳳爪，牛肉乾……也太巧了，你拿的全是食色喜歡吃的。」童遙低頭，這才發現果真如此，他購物籃裡的每一樣東西都是寒食色喜歡吃的。柴柴的神經比較大條，說完，也就將這件事拋在腦後，再沒多想，但童遙的一顆心卻平靜不下來——原來他已經將寒食色的喜好都記在心中，原來他已經這麼喜歡她了。買完東西之後，兩人回去，推開包廂的門，童遙立即發現寒食色和溫撫寞之間的異樣。兩人的眼睛裡都有著躍動的喜悅，即使在暗淡的光線下，也可以看見他們的面頰隱隱有著羞澀的緋紅。童遙當即明白發生了什麼，他的身體忽然間變得很沉很沉。當晚接下來的時間，童遙霸占了麥克風不停唱著歌，直到喉嚨沙啞。也就是在那天，童遙發現自己的演技還是很不錯的，至少，他可以笑得很開心。從那天之後，溫撫寞和寒食色在一起了，他們成了公開的戀人。那個暑假是童遙一生中最痛苦的夏天，因爲他整天都得戴著一副面具。在手牽著手的溫撫寞和寒食色二人面前，他必須像過去一樣笑著。窒悶的陽光，疲軟的嘴角，破碎的心——這是童遙對那個夏天僅存的記憶。

高二開學，童遙發現他讓自己陷入了一個難堪的境地。他和寒食色分在同一班，而溫撫寞則毫無意外地去了重點班。因此，童遙必須常常幫二人傳話，或是傳遞東西，而且在此過程中，童遙還不能表現出什麼異樣。有時放學，三人走在一起，溫撫寞和寒食色便會牽著手，一臉幸福。而童遙卻在後面默默觀看著，偶爾看得苦了，便抬頭，眼睛始終望不穿那片密林。有時候，童遙也會控制不住地做些很幼稚的事情，例如有天放學，他故意當著寒食色的面，在學校後門親吻了校花，親吻的同時，他的眼睛卻瞄著寒食色。他想從她的表情中，看出任何一絲他自己所希望有的東西；可是沒有，寒食色居然還跑來問他強吻的訣竅，說是要拿去對付溫撫寞。童遙只能苦笑，他想，自己應該再無法堅持下去。他決定轉學，便要父母爲他聯絡新加坡的學校，準備去那邊就讀，只因他想換個地方，換個看不見寒食色的地方。而當事情進行了差不多七八成之時，童遙清清淡淡地告訴了寒食色這個消息。

那是一個中午，他們倆剛上完體育課，便相約去吃飯，吃到一半時，童遙開了口。聞言，寒食色沒有說什麼，只是低下了頭。透過她的睫毛，童遙看見她眸中濃濃的不捨，她的眼球似乎還蒙上了一層薄薄的水霧。寒食色對朋友，是在乎的；童遙很清楚，這是朋友之間的不捨，只是朋友之間的不捨。但，在那瞬間，他改變了決定。他哈哈一笑，道：「開玩笑的，妳還當眞啊！」此舉換來的自是寒食色的一頓暴捶，還有她眼中那發自內心的欣喜。算了，就這樣吧，童遙想。留下來雖然有苦，但也有快樂，至少他可以時時刻刻看見寒食色。這樣就好，這樣……就好。如果寒食色是別人的女朋友，童遙會毫不猶豫地把她搶過來。但她是自己最好朋友的女友，童遙只能徹徹底底地將他對寒食色的感情，用最厚的泥土埋藏在心底。他只能默默地待在寒食色身邊，默默地看著她和溫撫寞之間感情日漸濃厚，默默地陪她說笑，默默地讓她看答案幫她度過考試，默默地陪她跑步，默默地……戀著她。

時間就這麼過去了，轉眼大學考試來到，再轉眼大學考試結束。升入大學的那個暑假，溫撫寞時常去寒食色家，關於這些事童遙都知道。他什麼也沒說，什麼也沒做，因爲他沒有資格。有天晚上，童遙打電話給溫撫寞，想約他第二天去打籃球，但溫媽媽告訴他，說溫撫寞在寒食色家還沒有回來。童遙放下電話，保持著不動的姿勢整整一分鐘，然後他開始撥打溫撫寞的手機——「對不起，您撥打的用戶已關機。」童遙沒有放棄，而是繼續撥打著。其實，就連童遙也不知道自己爲什麼要這麼做，就算打通了，他要說些什麼，他也完全不知道。他只是一遍遍地按著按鈕，一遍遍地聽著那個不知名女人的語音。一整個晚上，他都在做這件事，直到白晝的光透過厚重的窗簾進入了他的房間，童遙才放下了電話。隔天，溫撫寞聽母親說童遙找他，便約童遙出來見面，問他有什麼事情。童遙像一個損友那樣，身體碰了碰溫撫寞，擠擠眼，道：「沒什麼事，只是約你打籃球。昨天晚上，你眞的沒有回家？」溫撫寞臉頰上閃過一道緋色，這個色彩說明了一切——溫撫寞，已經徹底得到寒食色了。童遙的臉上還是那種戲謔而輕鬆的笑容，只是他的心卻少了一塊，裡面空空蕩蕩的，什麼都不存在了。

和溫撫寞分別之後，童遙獨自在街上漫無目的地閒逛著，就這麼一直走著走著，直到華燈初上。他的心，從剛才開始就空了一大塊，風一吹，直接穿堂而過，沒有一點阻滯。那種感覺很難受，童遙想找些什麼來塡補，即使只是暫時的、虛幻的，也是好的。他停在一家酒吧前，那時已是夜晚，酒吧生意興隆。童遙走了進去，坐在吧檯邊，要了酒，開始往嘴裡灌。涼涼的液體，猛地灌入，有種淋漓的快感，但是，心，還是沒有好受一點。喝了五六杯之後，一隻柔荑輕輕放在童遙的肩膀之上。這個動作很熟悉，寒食色經常用這種方式跟他打招呼，但這次卻不是寒食色，因爲寒食色拍打他時動作穩穩的，而這隻手卻是輕飄飄的。隨即，一股香氣進入了童遙的鼻腔中，是一種魅惑的香水氣息，然後一個女人在童遙身邊坐下，道：「小帥哥，能請我喝一杯嗎？」童遙依言照做，買來酒，遞給她。「你是第一次來吧？」那女人問。她的聲音透露著一種純粹的女人氣息，就像她身上那種香水味，如妖魅纖細般的手輕易進入了人的身體中。

童遙將手中的酒一飲而盡，簡短答道：「是的。」那女人彷彿什麼都看得出來，「失戀了？」童遙回答著：「是。」聲音裡沒什麼感情。那女人笑道：「眞巧，我也是。」童遙將酒杯拿在眼前，不停地搖動著，那透明的、琥珀色的液體在裡面掙扎，「妳被甩了？」那女人苦笑，「沒機會被甩，人家愛的不是我，從來都不是。」語氣和酒一樣，帶著涼涼的苦澀。童遙轉頭，看向那女人，她畫著濃妝，非常豔麗，但一雙眼睛卻很空茫，盛滿了寂寞。而她那寂寞的眼眸中，映著同樣寂寞的他。當晚，童遙和那女人喝了許多酒，然後他們上了床。沒有責任，沒有未來，沒有感情，有的只是身體的相互慰藉。兩個人都是寂寞的，他們的身體都是冰冷的，他們的心都空了一塊。

由於考取了不同的大學，童遙和寒食色見面的機會便少了。但每個星期五晚上，他都會來到一家速食店用餐。因爲那家速食店對面的某一層屋子，是溫撫寞和寒食色共度週末的小屋，每一個星期，他都會在那裡默默等待著，看著他們兩人牽手走入。這樣，至少他還能看見寒食色，至少他還能看見她笑得很幸福，這樣就好了，這樣就夠了。

130 童遙番外：老婆❸

童遙從沒想過要詛咒那兩個人的幸福，因爲他們從來沒有對不起自己。一切，都是錯過。

有時候，童遙會想，如果他早一點向寒食色表白，事情會不會不一樣……可是大凡世上所有事物，錯過了也就沒有了。童遙能做的，就是在陰影之中，安靜地用眷戀的目光，看著寒食色的笑容。她的笑容璀璨而舒適，像暖暖的氣氳在童遙的身體裡，而那些笑容都是溫撫寞給予她的。也許，溫撫寞能夠給予她更多快樂，那麼，寒食色和他在一起也是應該的。童遙原本以爲，這兩人會永遠幸福地生活下去，但漸漸地，事情發生了一些變化。不知從什麼時候起，寒食色的笑容變少了，變淡了，變得牽強了。很多時候，童遙都會看見她獨自坐在角落，呆呆地看著前方，眸子上有一層薄薄的水霧，彷彿隨時都會化作淚水墜落下來。那個時候的她，脆弱得彷彿輕輕吹口氣就會碎成無數片。童遙知道，她和溫撫寞之間出現了問題，因爲只有溫撫寞，才會讓她這麼脆弱。

有一天，童遙實在忍不住，便跑去關心，道：「妳最近怎麼都不開心啊？」寒食色立即換上了一副面具，故意長歎口氣，道：「我便祕啊。」她不願意告訴他。童遙也不勉強，也學著她的玩笑模樣，仔細打量了一下她的臉，道：「嗯，看得出來，果然是一臉大便相。」寒食色氣得連連捶打他，童遙任由她這麼打著，發洩一下，也好。接下來，寒食色的情緒還是沒有好轉，就連溫撫寞也整日微微蹙眉。兩人之間，一定有事情發生。童遙想問，但是覺得自己沒有資格。是啊，他是誰呢？

忽然有一天，寒食色就這麼失蹤了。而溫撫寞也是神龍見首不見尾，每次童遙打他手機，都是簡單說兩句就掛上，好像很忙碌的樣子。終於，在半個月之後，寒食色再次出現。聽柴柴說，寒食色回來的第一件事，就是去到和溫撫寞同居的那個房子裡，把自己的東西全部拿回來。兩人，似乎分手了。童遙立刻去找溫撫寞，想問出個所以然來，但溫撫寞什麼也沒說，只是那雙眸子裡含著沉沉的寂寞。從溫媽媽口中童遙得知，溫撫寞選擇離開，他要去美國。童遙的心中有兩個聲音在鬥爭著——一個要他趁虛而入，把寒食色奪過來；一個要他盡好朋友的本分，幫助他們兩人和好；最後的最後，童遙選擇聽從了後一個聲音。不是不愛寒食色，只是，他不想讓她痛苦，如果溫撫寞能夠讓她快樂，就讓他們永遠快樂下去好了。所以童遙衝到寒食色家裡，把她從床上拖了出來，推上車，將她拉到溫撫寞面前。

隨後，童遙就站在冷飲店外，拿出菸，抽了起來。之所以會選擇冷飲店，是因爲童遙知道這裡有很多關於他們兩人的回憶，或許那些美好的回憶能夠幫助他們和好。想到這，童遙不禁苦笑，天字第一號傻瓜說的就是他吧。他一向認爲自己跟善良什麼的根本沾不上邊，但這一次他卻做了點聖人般的事情，想想都有點噁心。只是……他是真的想讓寒食色快樂，他不想再看見她那欲墜未墜的隱忍淚水。馬路上，不時有車經過，捲起了他吐出的煙圈，勾畫出飄渺的姿態。童遙就這麼看著那兩個人交談，他看見寒食色的臉上有著笑容。童遙清楚，寒食色笑，是因爲她在掩藏淚，所以她要笑；不是因爲她願意和好，而是……她要離開。果然過沒多久，寒食色便走了出來，她嘴角的笑容看上去搖搖欲墜。「他媽的，你們倆到底是怎麼回事！」童遙第一次當著寒食色的面罵出了髒話，因爲他的心裡很煩躁，看見她這個樣子，童遙的心會緊成一團。

寒食色最終還是和溫撫寞分手了，無法挽回，決絕得可以。童遙知道，背著眾人的時候，寒食色會躲在屋子裡哭得天昏地暗。溫撫寞臨走的前一晚，童遙終於從柴柴口中得知了事情的眞相——替身，安馨的替身。童遙約了溫撫寞在籃球場見面，溫撫寞的眼睛似乎已完全失去了神采。但童遙知道，此刻，有個女人感受到的痛，比溫撫寞強烈一倍。童遙開門見山地質問道：「是眞的嗎，你眞的是把她當成安馨的替身，才和她交往的？」溫撫寞垂著眸子，看著光可鑑人的地板，沉默著。童遙猛地衝上去，一把提起他的衣領，沉聲問道：「回答我，究竟是不是！」溫撫寞額前的碎髮遮住了眼睛，童遙看不清他眼中的神色，但他最終還是點了頭。是的，他承認了。童遙瞬間感到一股怒火衝上自己的腦子，燒得他想毀了溫撫寞。他舉起拳頭朝溫撫寞揮去，這重重的一拳聚集了童遙全部的怒火，全部的後悔，全部的痛恨。他以為溫撫寞是真心愛寒食色的，所以他沒有去爭，沒有去奪，他拚命地想要讓他們倆和好。但不是，溫撫寞只不過是將寒食色當成替身，溫撫寞居然將他童遙最喜歡的女人當成安馨的替身，居然這麼傷害了她。溫撫寞根本沒辦法給寒食色幸福。

童遙那一拳直接將溫撫寞打倒在地，他那冰白的嘴角浸出了殷紅。接著，童遙一字一句地對著地上的溫撫寞道：「溫撫寞，從今以後，你不再是我的朋友；從今以後，寒食色由我來保護。」說完，他大跨步走了出去，沒有再回頭。那一瞬間，童遙決定，這輩子他會守在寒食色身邊，一直守護著她。可是，有一點他沒料到——溫撫寞走了，寒食色的心也走了。痛苦了半年之後，寒食色似乎重新振作了起來，像什麼事也沒發生過似的。她再沒有提起溫撫寞，彷彿生命中從沒出現過這樣一個人；可是這樣的態度恰恰說明了，她還記著溫撫寞，無時無刻不在記著他。童遙默默地等待著，他想，總有一天，她會真正恢復過來的。

為了逗寒食色開心，童遙時常費勁心思為她找尋一些小東西，時常陪她吃飯，時常陪她出去玩。時間一點一點過去，童遙發現自己陷得越來越深了。藤蔓，牢牢糾纏住他的心，越縛越緊，他的身體都快要漲裂開來。很多時候，他都想衝動地抱住寒食色，將她揉進懷中，告訴她，他愛她。

寒食色二十一歲生日那天，柴柴因為突然有事到不了，童遙便陪她玩了一整天。那天，寒食色的興致很高，甚至可以說，高得異常，走了一天也不見疲累。到了晚上，寒食色硬拉著童遙進了一間酒吧，並且不顧童遙的勸阻，喝了許多酒。她的酒量不太好，沒多久就徹底醉了，不停地傻笑。童遙扶起她，「來，我送妳回去。」寒食色卻伸出手指，晃了晃，然後忽然問道：「你知道今天是什麼日子？」「妳生日。」看她搖搖晃晃的，童遙不敢放手，只能扶住她的腰。「是啊，」寒食色重複著：「今天是我的生日，但是……溫撫寞在哪裡？」聞言，童遙心中一窒。寒食色抬眼看了看酒吧，再次問道：「你知道，爲什麼我要帶你來這裡嗎？」童遙沒有回答，因爲他知道寒食色已經醉了，她根本就不是在和他說話，她不過是在自言自語。寒食色的眼中忽然湧起了淡淡的傷，「因爲，那天溫撫寞就是坐在那裡陪安馨，他就坐在那個位置上抱著安馨……沒錯，他就坐在那裡一直陪著她……而我，卻在冷飲店外等了他一晚上，可是他都沒有出現，一直沒有……」寒食色將下巴抵在吧檯上，這是她的習慣性姿勢——童遙很清楚，因爲他一直在觀察她，因爲他一直在戀著她。童遙的手輕輕撫上了寒食色的背脊，他輕聲道：「在這個世界上，一定有個人比溫撫寞更愛妳。」寒食色呵呵地笑了起來，笑著笑著，她打了個酒嗝，「會是誰呢？你該不會說是你吧？」童遙聽見自己的聲音道：「沒錯，就是我。」比思考還快，這句話就這麼不受控制地、下意識地脫口而出了。是的，童遙想，他會比溫撫寞更愛她，會比溫撫寞帶給她更多快樂。

寒食色的眼神此刻已然迷離，她將雙手放在童遙的肩膀上，將嘴湊在他的耳畔。她的呼吸帶著淡淡的香氣，在童遙的耳廓處迴旋，她說：「可是……我只要溫撫寞……除了他，我誰都不要，誰都不會愛了。」說完，寒食色倒在童遙的肩上，睡著了。第二天醒來，她完全不記得前一晚發生的事，但童遙記得，永遠都記得——「我只要溫撫寞……除了他，我誰都不要，誰都不會愛了。」他記得當聽見這句話時，自己整個人都空了。這句話一直盤旋在他腦海中，直到深入他的骨髓之中。寒食色就是這樣一個念舊的人，她的心跟著溫撫寞走了，留在童遙身邊的只是一個薄薄的殼。除了溫撫寞，她誰都不再要。那句話像道魔咒，時時刻刻都在童遙耳邊響起。從此，他再也不曾在寒食色面前表現自己的心意，他知道，此刻的寒食色是不會接受他的。究竟要到什麼時候，她才會徹底放下溫撫寞，敞開胸懷接受另外的人呢？童遙心裡也沒有底，或許很快，或許一輩子也不可能。

一年一年，就這麼過去了，大家都長大了，上班，進入社會。寒食色進了男性專科醫院工作，童遙便將醫院對面、自己公司開發的一層房子送給了她。因爲那樣，她會交付一把鑰匙給他。有時候，童遙會趁寒食色去上班時，悄悄來到她的屋子裡。房子，就是一個人的心，童遙想看看寒食色的心。很多時候，寒食色的屋子角落都會擺放著空的啤酒瓶——她又喝了酒，因爲她又記得了誰。童遙每隔一段時間，就會在她面前故意提起溫撫寞，可是每次寒食色都在逃避。她忘不了溫撫寞，那個人依舊是她心中的傷，或者說，她還是愛著溫撫寞，只愛溫撫寞。任何人，都沒有進入她心底的可能。

夜深人靜之時，每當想起寒食色酒醉後倚著自己肩膀告訴他的那句話，童遙的心就會空寂，可怕的空寂。這時，他無法一個人獨處，他會去到酒吧，尋找和他同樣寂寞的女人。兩段寂寞的冰冷，共同挨在一起，或許，可以暖和一點。漸漸地，柴柴和寒食色給了他一個外號——小種馬。不太光彩的外號，但童遙沒有阻止這個外號的流傳，甚至還刻意時常在寒食色面前和其他女人在一起；其實，這種行爲是很幼稚的，就像他當年當著寒食色的面親吻校花一樣。他想看見寒食色吃醋，或許，他是想告訴寒食色——我根本不愛妳，可是，他卻是那麼地愛她。寒食色是他的老婆，這是童遙在心中對她的稱呼，是見不得光的稱呼。高三的那個中午，他午睡醒來，發現寒食色的臉正朝著自己午睡，臉容恬靜安寧，她似乎是做了什麼好夢，嘴角噙著柔柔的笑。很美。童遙的腦海忽然閃過了兩個字——老婆。是的，寒食色是他的老婆，但這個念頭只能埋在心中。於是，他拿著筆在自己的物理課本上勾畫著，像做賊般偷偷摸摸說出了自己的心思。誰知，寒食色就在這時醒了，並起了疑心，居然要搶他的課本查看。那是童遙平生第一次這麼驚惶，因爲他很清楚如果自己的心思被寒食色知道，那麼他們的關係也就完了。所以，他寧願把課本扔下窗戶；他要讓那本書永遠見不得光，就像這段永遠見不得光的感情。

書，是扔了，但「老婆」這兩個字卻一直鐫刻在他的腦子裡。但童遙的老婆已經走了，她的心隨著溫撫寞走了。童遙只能等待。在此過程中，寒食色遇見了盛悠傑，那個人的外貌和溫撫寞有幾分相似。童遙原本以爲他們是不可能長久的，但是到最後他們居然訂婚了。童遙很清楚，他們之間有著裂縫，沒錯，依舊是溫撫寞。童遙承認自己很卑鄙，他故意舉辦同學會，放出假消息，說溫撫寞要來。然後，他去了外地，靜靜等待。就像他預料的那樣——溫撫寞，這顆定時炸彈爆炸了，寒食色和盛悠傑的關係就這麼破碎了。童遙沒料到的是，寒食色也受了很重的傷。他竭盡全力想逗她開心，但他依舊沒向寒食色表達自己的心思，只因爲那句話——「我只要溫撫寞……除了他，我誰都不要，誰都不會愛了。」因此他不敢說。之後，寒食色又遇見了雲易風，並被他綁架了。童遙得知後，立即趕到自己父親的好友秦叔那邊，請他出面救出寒食色。秦叔看著他，笑得高深莫測，「那女的，是你的相好？」童遙正正經經地糾正他：「秦叔，現在的年代，很少人用『相好』這個古老的詞了。」秦叔功力深厚，道：「別岔開話題。我可從沒見過你這小子這麼心急火燎的，像燒了猴屁股似的。」童遙默認了。寒食色不是他的相好，而是他的老婆，世界上只有他一個人知道這件事。過沒多久，寒食色不知怎麼的，突然知道了那次同學會是他主導的，她氣急敗壞地跑來興師問罪：「你爲什麼不說話？你覺得自己是神，是嗎？我知道，你童遙了不起，你聰明，你什麼都有，你想要什麼就有什麼……」寒食色這麼質問著他，語氣中有種冷冷的嘲諷。他忍不住打斷了她：「我有很多東西，都得不到。」同時又在心中緩緩開口：「我最想要的是妳，卻怎麼也得不到。」寒食色這麼質問他：「童遙，你以爲你是我的誰？」是的，童遙落寞地想，他不是她的誰，從來都不是。然後，寒食色就這麼走了，她應該是不會原諒他了。

當天晚上，童遙來到了濱江路，他要飆車，他要瘋狂地飆車，他要發洩。陳毅問道：「童哥，大嫂不是不讓你飆車嗎？怎麼，趁著大嫂沒回來，想偷偷造反？」童遙笑得很淡。不會回來了，她再也不會回來了。童遙什麼也沒說，他踩下油門，車呼嘯著向前駛去。他的心思並不在這，所以開沒多久就撞上了公路旁的圍欄，一陣天旋地轉之後，他失去了知覺。意識忽然間變得很模糊，他隱約感覺到很多人圍在自己身邊，還有許多白色的光。童遙忽然覺得身子變得很輕、很輕，他似乎脫離了那具軀體，然後來到了一條小道上。那是條黑黝黝的小道，走著走著終於看見前方幽綠的光，再繼續往下走不知是天堂還是地獄，但，即使是天堂他也不願意去。並不是留戀人間，只是還有一件事他沒有做，他還沒有告訴寒食色——他愛她很久了。憑著這樣的信念，童遙撐了過來，他暫時，還不想死……而醒來時，他第一眼看見的，便是寒食色。當人死過一次後，便什麼也不怕了。在鬼門關轉了一圈之後，童遙再次看見寒食色，只想告訴她一句話：「寒食色，我愛妳很久了。」寒食色逃了，慌不擇路地逃了，但童遙，已經不再是過去那個童遙。

他決定堅持到底，既然都已經說出來了，也就沒有什麼好隱瞞的。所以他使出渾身解數，開始勾引寒食色。令他驚喜的是，寒食色雖然逃避他，卻但並沒有表現出厭惡，她臉上更多的是一種迷茫，她只是不明白，爲什麼一直以來的好友會忽然變成追她的男人。童遙不急，他有很多的時間來等待。眼看著，寒食色似乎有了一絲動搖，溫撫寞卻回來了。童遙知道，這一關必不可少。寒食色必須經過這一關，她才能知道自己是否已經放下了溫撫寞，是否能夠接受他。那天，寒食色知道了事情最初的眞相，她知道當初和溫撫寞之間存在著很多誤會，她知道溫撫寞這些年還是在想著她。她猶豫了。看著她失魂落魄的神態，童遙的眼裡有股煙雨般的淡愁，原來，她還是沒有放下，童遙這麼想。

於是，他離開了寒食色家，來到了自己的辦公室。他展開一張信紙，想寫封信給寒食色，他一邊寫，一邊喝著酒，可是直到酒瓶空了，也沒能寫出幾個字。是啊，寫什麼呢？「食色，我走了，再也不會回來了」——不，這不是他，他永遠不會離開她身邊。信沒寫完，童遙便因胃出血而被送進了醫院，但即使在昏迷中，童遙也有著堅定地告訴自己：「他不會離開的，等了這麼久，他是不會放棄的。」他要像牛皮糖一樣黏著寒食色，直到她確確實實告訴他，她要和溫撫寞在一起，和溫撫寞在一起她會很快樂。除非是這樣，他才會離開。於是，他躲在喬幫主家中，暗暗觀察事情的進展。令他意外的是，溫撫寞離開了，回到了美國。而寒食色則恢復了平靜的生活，並開始相親。而那個相親對象……呃，童遙想，他應該不需要太擔心。每天清晨，童遙都會站在窗簾後方，看著寒食色在社區裡行走；即使只是這小小的舉動，童遙也覺得幸福。終於，寒食色發現了他，並跑來興師問罪：「你居然騙我，你居然敢騙我說什麼去國外旅行，說什麼沒有歸期，害我……」害她怎麼樣？童遙的心瞬間活了起來，他不是傻子，他看得出來，寒食色看自己的眼神已經不一樣了。「害妳怎樣？」童遙柔聲逼問著，寒食色被他逼到了角落之中。雖然最後還是沒有得到答案，但童遙看得出，寒食色對自己的感情已經不再是朋友而已。所以，童遙繼續努力著。他化身爲藤蔓植物，開始了自己的攀爬過程，他伸出自己的枝條，一點一點纏住了寒食色的心……

又迎來了一年的同學會，結束之際，他到處都找不到寒食色，手機也打不通。他幾乎找遍了整座校園，終於，寒食色打了電話來，說自己馬上就出來。童遙依照約定，在學校後門等待。沒多久，寒食色來了，她背著手，慢慢地向他走來。她問：「等很久了嗎？」其實童遙已經等了一個多小時，但他的回答卻是：「還好。」寒食色微笑，笑容如此純粹璀璨，「我是說，你……等很久了嗎？」那個笑容代表了一切。

寒食色勾住他的脖子，主動吻了他。在金色的陽光下，童遙的心慢慢地、慢慢地癒合了，那一塊空落的地方被暖暖的物體癒合著，漸漸地完整了。他的心，終於完整了。他的老婆，終於回來了。

131 溫撫寞番外：撫摸寂寞❶

溫撫寞第一次注意到寒食色，是在高中入學前上軍訓的時候。

他躺在草坪上，雙手枕著後腦勺，一雙妙目微眯著，看著天空。陽光有些刺眼，視線也被眼裡的水光所氤氳。看著看著，溫撫寞忽然覺得有點安靜——剛才因爲不想被人誤以爲和自己在搞斷背山的好友童遙，好一會兒都沒出聲了。溫撫寞側目望去，發現童遙的目光聚集在對面樹蔭下的那個女生身上。那個女生，就是寒食色。那時，溫撫寞對她並沒有什麼特別的感覺，在他眼中，寒食色看上去很舒服，不惹人厭，僅此而已。她只是自己班上的一名同學。所以，溫撫寞只看了一眼就重新躺在草坪上。

他的眼睛微眯著，彷彿置身水中，所有的東西都在波動著，就像六歲時墜入池塘那次一樣。記憶有些模糊，溫撫寞只記得當時自己整個人都在水面下，因爲太過恐懼，他甚至忘記要掙扎，看見了許多水草還有浮游生物在自己眼前移動。深綠的顏色，這是溫撫寞當時在水底下看見的，他那時還不懂得「死」這個字，只恍恍惚惚覺得自己好像是要去另一個地方。

溫撫寞是跟著一群玩伴來到這個池塘邊的，這裡的水並不深，但淹死一個孩子卻是容易的，因此大人們三番五次都明令禁止他們來到這裡。但今天，溫撫寞在路上買了幾條蝌蚪想帶回家養，可是裝蝌蚪的塑膠袋卻在漏水，溫撫寞只能來到池塘邊裝點水再上路。可是當他蹲下時，不知怎麼的，身體忽然失去平衡，就這麼摔進了水中。除了初入水面的那聲清脆響聲，接下來，溫撫寞的整個世界就變成了深綠色，靜謐的深綠色。眼前所有事物都在慢慢移動，彷彿時間變慢一般。溫撫寞覺得很難受，他無法呼吸，全身像被不知名的東西擠壓，難受極了。在忍耐到了極限後，他終於張開了嘴，水洶湧地灌入他的體內，像要將他的身體漲裂開來。惶懼和痛苦，充斥了年幼的溫撫寞的感官。

然而就在這時，忽然有股力量拽住溫撫寞的肩膀，將他往池塘邊拖曳。那股力量並不大，卻很堅定，讓他一顆劇烈跳動的心瞬間平定下來。在水中浸泡了好一會兒的溫撫寞，已經失去僅存的力氣，於是他只能躺在那人懷中，任自己被拖至乾淨而溫暖的岸邊。像是過了很長的時間，他的身體終於離開了水，然後，那個救他的人氣喘吁吁地喚著他的名字：「撫寞、溫撫寞……醒醒，你快點醒醒啊！」溫撫寞將全部的力氣都聚集在眼皮上，艱難地掀起。接著，他看見了一張清秀姣好的臉頰。安馨，是九歲的安馨。年幼的溫撫寞只能思考到這，因為接下來他就暈了過去。後來的事情，溫撫寞是聽父母講述的——大人們聞訊趕來，將他送入醫院，醫生說，要是再晚出水個一分鐘，想必他這條小命就被閻王爺收去了。在醫院觀察了兩天，確定沒有什麼後遺症，醫生就放溫撫寞出院了。出院後第一天，溫撫寞的媽媽就帶他去向安馨道謝。

原來那天，安馨從學校的作文補習班下課後，回家途中看見自家大院的幾個小孩在那邊哇哇大哭，跑過去一看，發現了溺水的溫撫寞。她也沒多想，就這麼跳下去將溫撫寞救起。雖然是春天，但池塘的水溫還是很低，因此安馨在救起溫撫寞之後，自己也發了高燒。到了安馨家，溫撫寞的媽媽便和安馨的媽媽在客廳裡聊了起來，兩人打發溫撫寞去裡面看看安馨。溫撫寞敲了敲安馨的房間門，聽見裡面傳來帶有濃濃鼻音的一聲「進來」後，才推開門走入。安馨的房間布置得很漂亮，整潔而簡單，地板中央有一塊毛茸茸的地毯，踩上去軟軟的，十分舒服。當時，安馨正坐在書桌前寫作業，扭頭看見溫撫寞，笑了，招招手，道：「你沒事了？」溫撫寞點點頭，「嗯。」「隨便坐吧，我先把這幾道數學題做完，就陪你說話。」安馨說完，轉身繼續認真地寫作業。溫撫寞無事可做，打量完整個房間後，他來到書桌前，悄悄看著安馨的課本。上面的字，他有好多還不認識，可是……安馨全部都會，眞厲害。其實，安馨在他們住的這座大院子裡挺出名的，每家媽媽都會以她為模範教育自己的小孩——「你看人家安馨，功課好，又聽話，還是他們那個年級的大隊長，年年都是模範生，哪像你！」其實，溫撫寞最羨慕安馨的，是她手臂上別著的大隊長標誌。一，二，三，三條紅槓，多厲害。可是安馨一回家後總是會把那標誌除下來，根本不會有炫耀的意思，不像和安馨同班的黃錦錦，不過只是個小隊長，卻整天都戴著她那一條槓，聽說就連睡覺的時候也要別在睡衣上。總之，安馨，在他們這群孩子眼中，是需要仰望的。

正想著，安馨忽然打了個噴嚏，那響聲嚇了溫撫寞一跳。安馨抽出紙巾，輕輕擤擤鼻子。溫撫寞問：「妳生病了？」其實，他當然知道安馨是為了救自己才生病的，而媽媽也一再囑咐他，見到安馨一定要向人家道謝，但溫撫寞就是不好意思說出來。安馨擤完鼻子後，秀氣的鼻翼摩擦得紅紅的，映著她雪白的肌膚，有一種稚嫩的可愛。

溫撫寞一直注視著她的臉，忽然覺得，安馨似乎比自己的表姐表妹都要漂亮。她一直在學芭蕾舞，四肢纖細，背脊也總是挺得直直的，溫撫寞每次看見童話故事裡的小仙女，都會自動代入安馨的模樣。

132 溫撫寞番外：撫摸寂寞❷

這時，溫撫寞聞到一陣幽幽的香氣。循著香味找去，他看見了窗臺上有盆花，淡黃綠色，飄著幽幽的香氣，亭亭玉立。

安馨見溫撫寞一直看著那盆花，便揣度道：「那叫做蘭花。你喜歡嗎？送你好了。」溫撫寞搖搖頭，他只是覺得這盆花，放在安馨的房間裡很合適。安馨問：「你今年是不是要上學了？」溫撫寞收回聚在花瓣上的目光，「是。」安馨坐在自己的小床上，拍拍身邊，示意溫撫寞去坐，「那，我先教你認幾個字好了。」溫撫寞猶豫了。雖然年紀比較小，但他畢竟是男的，平時都不大和同年齡的女孩玩，更別說比自己大的姐姐。但今天，不知怎麼的，他就依言照做了。他坐在安馨身邊，悄悄地看著她。安馨的頭髮很長，濃密而漆黑，像是最美的絲綢，陽光灑在上面，閃出一重雅靜的光；那是他童年的記憶，深入骨髓的記憶。從那之後，溫撫寞開始和安馨熟悉起來。安馨很照顧他，時常教他許多事情，還爲他補習功課。

時間一天天過去，他們逐漸長大。在溫撫寞懂得「愛」這個字時，他發覺自己愛上了安馨，那是種漸漸侵蝕的感情。而當溫撫寞省悟過來時，他發覺自己眼中再也裝不下任何人，除了安馨，可是安馨對他……卻不是那麼回事。她向同學介紹溫撫寞時，總是說：「這是我弟弟。」安馨似乎只是把他當成弟弟。

安馨高中畢業後，決定去美國唸書，得知這個消息，溫撫寞的心像被拴上了千斤重物，沉到了底。安馨離開的前一天，溫撫寞在她房間窗戶底下站了一夜，但直到天亮他還是沒有喚她，還是沒有告訴她，他愛她。第二天，溫撫寞站在機場的角落中，看著安馨遠離，看著她那頭黑髮慢慢消失在自己的視線中。溫撫寞等待著，期望自己能快點長大成人，他計畫在高中畢業後也去美國，和安馨待在一塊兒。可是，安馨沒有等他。一年之後，林菲雲拿著安馨和一個男人的親密照片給他看，並告訴他，那個男人是安馨的未婚夫。溫撫寞第一次嘗到了心碎的滋味。不，不是碎，是裂開，慢慢地、一絲絲地裂開。那種痛緩慢地一點一點增加，直到他無法承受。他十六歲的世界，成了灰色。

溫撫寞正式注意到寒食色，是在軍訓過後開學的那一天。那天，班主任根據身高安排著座位，而他則坐在寒食色後面。溫撫寞抬頭，忽然怔住了。因為那一瞬間，他彷彿看見了安馨的背影——寒食色的頭髮和安馨出奇的相似，光滑細緻，濃密漆黑，華美無匹。他茫茫出神，直到寒食色轉過頭來，是的，坐在他前面的女生是寒食色，不是安馨。可是坐在寒食色的背後，他無法控制自己不去看。寒食色的髮就像一面鏡子，讓他看見了和安馨的許多過往。

而沉湎於回憶的過程中，溫撫寞也不可避免地會注意到頭髮的真正主人寒食色。他發覺，有時候，寒食色非常有趣。每當她想起什麼壞心時，總是先瞇縫著眼睛，像隻慵懶的貓咪，有點可愛。但讓溫撫寞最忍俊不禁的，便是她陷害鐘醒的時刻。她每次都會不動聲色地傾斜身子，慢慢抬起屁股，「噗」的一聲放出一個屁。接著再非常無辜地捂住鼻子，聳聳肩，看向睡得不省人事的鐘醒，成功而完美地將放屁的事栽贓給他。而最令溫撫寞感到驚訝的，是她罵人的技術。那次，溫撫寞看見她從師長辦公室氣沖沖地回來，便關心地詢問了一聲：「妳沒事吧？」當時，寒食色咬牙切齒說出了一連串詛咒物理老師的話，其中包括狼牙棒，菊花，翻滾，家庭號礦泉水瓶……那一大串臺詞讓溫撫寞笑出了聲，這個女生，是會讓人快樂的人。之後，溫撫寞和寒食色漸漸熟悉了起來。溫撫寞覺得，和寒食色在一起時，自己總是很開心，那種感覺很舒服。

世界是個大大的沙漏，而時間則是裡面的沙，慢慢地流逝著。很快，便到了暑假，他們幾個死黨相約去唱ＫＴＶ。唱到午夜，大家肚子餓了，柴柴便和童遙一起去買吃的，包廂裡只剩下溫撫寞和寒食色。不知為什麼，溫撫寞覺得單獨和她共處一室有點不好意思，於是他靠倒在沙發上，開始裝睡。但裝著裝著，忽然之間，溫撫寞發覺自己的嘴唇有了微微的癢意，是……有人在吻他。溫撫寞睜開眼，看見了面前的寒食色，她，在偷吻自己。奇怪的是，溫撫寞並沒有厭惡的感覺，他只是問道：「妳在做什麼？」話音剛落，他看見寒食色的臉頰紅了，而她的眼睛則含著水。她似乎有些慌亂，心臟撞擊著胸腔的聲音連溫撫寞都能聽見。然而寒食色在這種狀態底下，居然冒出一句驚天動地的話：「我想強暴你！」說完之後，她就後悔了，一張臉紅得像染了番茄醬，轉身就要跑。但是，溫撫寞將她拉住了，就連溫撫寞也不知道自己爲什麼要這麼做。寒食色問：「你、你想做什麼？」溫撫寞道：「我不能吃虧。」接著，他吻了她。

究竟是因爲寒食色的頭髮能讓溫撫寞回憶起安馨，還是因爲溫撫寞只是單純地想和寒食色在一起，已經分不清了。情感，就像是手工藝課的紙黏土，各種顏色混雜在一起，再也扯不開。

那天之後，寒食色就成了他的女友。

133 溫撫寞番外：撫摸寂寞❸

「撫寞、撫寞，看我像不像海象？」聞言，溫撫寞轉過頭來，看見了鼻孔中插著筷子的寒食色。「而且還是一隻鬥雞眼的海象哦。」寒食色興奮地說著，又將兩顆眼珠子湊在一起，看上去特別滑稽。溫撫寞笑著伸手，摸摸寒食色的眉頭，「小心，等會兒分不開了。」寒食色挽住溫撫寞的胳膊，將頭枕在他肩上，「那……要是我真成了鬥雞眼，你還會不會要我？」抬頭，她看見了今天的天空，藍得透明。午飯之後，她總喜歡和溫撫寞待在學校頂樓的天臺，吃吃零食，聊聊天，直到預備鐘聲響起。

溫撫寞笑了，「怎麼總像小孩子說些傻話？」寒食色湊近，仔細看著溫撫寞的臉頰，讚歎道：「你的皮膚，真像一塊白豆腐。」說完，寒食色的手順勢掐住了那白豆腐般的皮膚。溫撫寞的臉頰頓時成了泛紅的白豆腐，他偏轉過頭，靜靜躲避著，「別這麼小氣，不然我也讓你吃吃好了。」寒食色說著便伸長脖子，將左臉頰遞到溫撫寞面前，道：「來吧、來吧，別客氣。」溫撫寞還是笑著躲閃著。寒食色將眼睛一瞇，道：「難不成你想咬的，是俺們的其他部位？……算了，反正咱們都這麼熟了，免費給你咬咬吧，免得你心癢癢的。來來來，大方點，這副嬌軀，這幾個點，ＡＢＣＤ隨便你選。」剛說完，寒食色便衝上去想做出不軌舉動，溫撫寞趕緊用自己的衣服把寒食色包在懷中。

——「溫撫寞，你想悶死我啊！」「妳的生命力比小強還旺盛，哪裡這麼容易就能悶死？」

——「你怎麼一點也不憐香惜玉！」「咦，妳是女人嗎？」

——「好，這是你逼我的，我今天就脫給你看，以證明我的清白！」「……寒食色，妳幹嘛脫我。」

兩人就這麼嬉戲著，在學校的樓頂上揮灑著清新甜蜜的戀愛。

溫撫寞喜歡和寒食色在一起的感覺，每當看見她的臉，溫撫寞便覺得，即使是陰霾的天，也會變得晴朗。他們就這麼快樂地渡過了兩年。在溫撫寞的笑顏中，安馨的影子已經漸漸變淡。升入大學的那個暑假，寒食色喝了酒，她說，要把自己給他。那一刻，溫撫寞猶豫了——在他確定自己的心意之前，他不可以占有她，他不可以因爲寒食色喜歡他就做出這種事。所以他拒絕了，故作輕鬆地推開她，或嚴肅地提醒她。但寒食色卻是個倔性子，拚了命似地撲上來。在最後一次進攻時，寒食色掛在他脖子上，雙眸盛滿了微醺的晶瑩，臉頰白潤之中透著緋紅，在光線底下有種毛絨絨的感覺，像顆飽滿嬌豔的桃子。此刻，溫撫寞的腦海中只有一個想法，他希望寒食色能永遠這樣待在他身邊。很多感情，都是瞬間明瞭的，而在那瞬間，溫撫寞曉得了——他是愛著寒食色的，他會帶給她幸福。所以當寒食色再次進攻時，溫撫寞沒有再拒絕，他唯一想做的就是擁抱著她。那個夏天，溫撫寞徹底地擁有了寒食色。

在那之後，他們更加親密了，溫撫寞時常抱著寒食色，一起憧憬著未來。好幾次，寒食色提到了自己的頭髮，她問溫撫寞，是不是最喜歡她的頭髮；聽見這個問題時，溫撫寞的心揪緊了，原來，寒食色注意到了。他們剛認識時，溫撫寞確實時常注意著她的黑髮，不過，那卻是因爲另一個女生，因爲安馨。溫撫寞最剛開始之所以注意寒食色，只是因爲她的頭髮和安馨很像——這件事情溫撫寞不想讓寒食色知道。他愛她，他不想讓寒食色知道他們的開始，只是掩埋在華麗下的腐朽。而且他怕因此傷害了寒食色，害怕她因此離開自己，所以他一直隱瞞著。

然而過沒多久，溫撫寞察覺到了不對勁，寒食色開始經常緊鎖眉宇。她不是那種習慣傷春悲秋的人，所以一定是有什麼事發生了。溫撫寞問了許多次，都得不出所以然。原本以爲，過一段時間，一切都可以恢復如常。可是沒有，寒食色越來越沉鬱，而且時常找藉口和溫撫寞爭吵。溫撫寞是個淡然寡言的人，他總是默默由著寒食色發火，不和她爭，也不和她吵，只是靜靜等待著她恢復平靜。而看到溫撫寞這種態度，寒食色更為惱火了，到最後，時常都拂袖而去，好幾天不和他聯繫。

大一的那個暑假，兩人又開始冷戰，這次，寒食色甚至關了手機，擺明了不想見到溫撫寞。溫撫寞待在家中，連門也不想出，整日悶悶不樂。這天，他正躺在床上，聽見有人在敲自己的房門，溫撫寞也沒在意，只是無意識地喚了句「請進」。然而進來的那個人，卻是闊別多年的安馨。安馨在前幾天回了國，安頓好之後，便來看他了。安馨問：「聽伯母說，你最近心情不好啊。」溫撫寞勉強抬抬嘴角，算是笑了。安馨道：「心情不好更要四處去走走，來，咱們這麼久沒見，出去請我喝杯飲料吧。」溫撫寞不好拒絕，便和她一起出去了。

兩人走在街上，暖風吹著，卻沒怎麼拂去溫撫寞面上的沉鬱，而安馨的雙眉之間也有自己的一段心事。走了兩條街，兩人都沒怎麼說話。良久，安馨打破了沉默：「沒想到，你都長這麼高了。」經她這麼一提，溫撫寞才發覺，當初離開時和自己差不多高的安馨，這次回來，居然比自己矮了半個頭。變了，大家都變了。他的心裡，此刻，只眷戀著寒食色。

安馨問：「有女朋友了嗎？」溫撫寞點頭，「嗯。」安馨好奇：「噢，是什麼樣的女孩子？」「很普通……但是對我而言，卻是最特別的一個人。」溫撫寞看著天空，陽光璀璨，就像寒食色的笑容。

134 溫撫寞番外：撫摸寂寞❹

可是，事情注定就是這麼巧，那天回到家，溫撫寞看見了寒食色。

他發現，寒食色眼中有一抹複雜情緒，帶著淡淡的受傷，還有自嘲。是誤會了嗎？溫撫寞一直在揣測她的心思，因而一直沒怎麼做聲。雖然寒食色一直在笑著，但溫撫寞知道她不開心，她很失落。飯後，寒食色便說要回去，溫撫寞也起身送她。路上，兩人依舊默默無言。溫撫寞不知道該怎麼開口，這是他的弱點，他們之間的相處一向都是寒食色主動說話，而他也習慣了如此。

風吹動著路邊的落葉，蜷曲的枯葉飛舞著。

終於，在走到寒食色家樓下、她轉身準備上樓時，溫撫寞鼓起勇氣，問道：「食色，妳最近怎麼了？」一開始，寒食色還是隱藏著眼中淡淡的哀，她還是笑著否認，道：「我最近便祕啊。」溫撫寞卻緊握住她的手，輕聲道：「食色，我們和好吧。」是的，和好，像以前那樣快樂下去。可是不行了。寒食色垂下頭，說想去剪短頭髮，溫撫寞被她這突然的念頭弄糊塗了，「怎麼忽然想剪短頭髮呢？」接著，寒食色輕輕說出了一句足以震斷溫撫寞全部神經的話：「我不想成爲安馨的影子。」寒食色的淚就這麼滴落在她自己的手背上，發出了很大的聲響，很重，也很痛；痛的，是他們兩個人。寒食色接著問道：「溫撫寞，當初你之所以和我在一起，是因爲我有一頭和安馨一樣的頭髮，是嗎？」

溫撫寞終於省悟了，爲什麼寒食色這些日子以來會這麼落寞，爲什麼她不再快樂。是因爲她知道了，她知道他們最初的開始，只是一場完美底下的腐爛，沒有人會心甘情願做另一個人替身的。他傷害了她，而那種痛是無法彌補的。溫撫寞慌了，徹徹底底地慌亂了，那一刻，他的腦子一片混亂。而在那種慌亂之中，還有一種至深的恐懼——他害怕寒食色會因此離開自己，他不能失去她，不能。所以他緊緊掐住了寒食色的手，他要她聽自己的解釋。寒食色沒有掙脫開，她抬起那張被淚水淋濕的臉頰，笑著說：「撫寞，你說吧，我就站在這裡，我聽你的解釋。」可是溫撫寞的解釋是蒼白的，因爲最初的開始本來就沒有美麗可言，只充斥著他的卑鄙，充斥著他的自私。他拚命地抱著她，拚命地乞求她的原諒，拚命地想抓住她。最後，寒食色要他給她一段時間，她要好好理清他們之間的關係。溫撫寞答應了，溫撫寞這麼保證著：「食色，我等著妳，我一直都等著妳。」接下來的日子，溫撫寞一直在等著寒食色的回答，每天他都一動不動地看著手機，只要一有人打進來，便馬上接起，可是，每每都是失望。安馨似乎打來找過他幾次，但溫撫寞沒有應答。十九歲的他，心裡只有一個名字——寒食色。

後來發生的事情，徹底讓溫撫寞理解到天意弄人的含義。

那天晚上，林菲雲打電話來，說安馨在酒吧喝醉了，請他過去送她回家。由於擔心安馨會出事，溫撫寞無法拒絕，便去到了酒吧。安馨喝了許多酒，看她的樣子似乎有煩心的事。或許，煩惱，本身便是每個人身體的一部分。溫撫寞想扶安馨起來送她回家，可是喝醉了的安馨卻一把抱住他痛哭起來。溫撫寞從沒見過這樣的安馨，一時也慌了手腳，只能任由她趴在自己懷中。溫撫寞並不知道，寒食色，此刻正在他的背後看著。誤會，在這一刻誕生。過沒多久，寒食色打電話來，想約他在冷飲店見面。溫撫寞欣喜若狂，以爲寒食色原諒了自己，便想先送安馨回家，再迅速趕到約定地點。但是他沒能赴約——安馨突然大出血，暈倒了。溫撫寞趕緊將她送到醫院，當時她因失血過多已經昏迷不醒，醫生也下了病危通知。溫撫寞拿出手機，打電話給寒食色——他知道自己不能離開，安馨可能隨時會死去。他留下，不是因爲他還愛著安馨，而是因爲他必須這麼做。那一年，是安馨從池塘裡將他救起，而現在，他不能在她生死未卜的關頭離開。但寒食色的手機卻一直處於關機狀態，溫撫寞打了無數通電話，發了無數封簡訊，都沒有回音。溫撫寞看著自己滿身的鮮血，那是血腥的絢爛。他想，明天自己會到寒食色面前，向她解釋清楚；他想，寒食色會理解的；他想，他們會和好如初的。

但溫撫寞想錯了。

當安馨情況穩定下來後，他立即趕到寒食色家中，拚命地敲門，但是沒有人回應。聽鄰居說，早上，看見寒食色拉著一個行李箱走了，說是要出去旅行，還請鄰居幫忙照看一下房子。食色生氣了，溫撫寞想，是的，她生氣了，因爲他的失約。溫撫寞打電話給其他認識寒食色的人，想弄清楚她究竟去了哪裡，但是始終沒有得到答案。

安馨是因子宮外孕而造成大出血，她父親是個保守的人，因此這件事不能讓其他人知曉，溫撫寞便理所當然承擔起照顧她的責任。那段時間，他一方面要趕去醫院照顧安馨，另一方面要四處尋找寒食色的下落，溫撫寞精疲力盡。那段時間裡，他依舊想著，等食色回來，她應該會消了些氣，那時他會好好跟她解釋的。

半個月後，有天，他回到和寒食色同居的那間屋子，卻發現，裡面屬於寒食色的東西都不見了。一件，都沒有留下。而房間裡的大紙箱則裝滿了一些小玩意，都是他以前送給寒食色的，都承載著他們過去的記憶。她不要了。

寒食色，已經不要他了。

135 溫撫寞番外：撫摸寂寞⑤

溫撫寞明白，寒食色雖然表面看上去大剌剌，但骨子裡卻是至深的固執，她有自己的原則，不可撼動。

她的這番舉動並不是爲了出氣，並不是爲了發洩，並不是爲了嚇唬他。是眞的，她是眞的決定離開他。站在空曠的屋子中間，溫撫寞的手冷得嚇人。他不想失去寒食色，他不能失去寒食色。溫撫寞不太明白該怎麼主動挽回一個女孩子的心，但是他想將寒食色留下，迫切地想。所以，他編造了謊言，說自己要離開。而要到很多年之後，溫撫寞才明白當時自己爲什麼這麼做。那時，他的內心還是期望寒食色主動，就像他們關係中一貫的相處模式那樣。如果當時，他能纏住寒食色，能用自己所有的力量、所有的時間去解釋，能將她緊緊揉在懷中、讓她切切實實感受到他的眞心，那麼，事情是不是會不一樣。可是溫撫寞沒有，他是懦弱的。懦弱的他，一步步讓他們的感情消逝。

童遙得知他們鬧分手的消息後，強行將寒食色拉到了溫撫寞面前。終於，他們見面了，在那個熟悉的地點。在他面前，寒食色很平靜地問道：「你要走了？」溫撫寞看著她的臉頰，璀璨的笑容已經沒有了蹤跡。是他的錯，都是他的錯。溫撫寞開始做了一直想做的事情——求和，解釋，蒼白的解釋。但寒食色微笑著打斷了他的話。她和他，說的，是不同的事情；就像他和她，走的，已經是不同的路。寒食色又笑了，但那種笑已經不同了，有著陰霾。她的快樂不再純粹，像染上了泥土。溫撫寞知道，是他的錯，一切都是他的錯，是他自私而卑鄙地開啓了他們的開始，即使那份感情到後來確實是眞心的，但一開始的污跡，卻像把刀深深刺入了寒食色的心，一下一下將她的心剁成了肉末，鮮血淋漓，再也無法癒合。爲什麼，溫撫寞問自己，爲什麼會傷她到這般田地？他是愛她的，他曾發誓要永遠給她快樂的。可是……她還是被他傷害了，只要有他在，這道傷便永遠也無法癒合。寒食色將會永遠記得，他之所以和她在一起，只是因爲她的頭髮像另一個女人；這對女人的自尊而言，是致命的毀滅。

「食色，沒有我，妳是不是會快樂很多？」溫撫寞沉默許久，終於問出了這句話。是的，如果沒有遇見他，寒食色的快樂依然是透明的，依舊是純粹的。而寒食色的回答也證明了這一點。她收斂起笑，用很眞實的語氣回答他，是的，如果他走了，她會快樂許多。她說，她會找到另一個眞心愛她的人，會找到另一段從一開始就是眞實的感情，會找到一個眞正屬於她自己的男人。然後，她走了，步履堅定，背影決絕。是的，她走了，她不再需要有缺陷的他，不再需要他們這段有缺陷的感情。溫撫寞就這麼安靜地坐在那裡，從白天，直到冷飲店打烊。當店員提醒他冷飲店就要關門時，他起身，這才發覺，一雙腿，是冰冷。不僅是腿，還有手，還有背脊，還有臉頰，他全身都是冰冷的。已經失去了，他已經失去了寒食色。她在意的，並不是那天晚上他的失約；她在意的，是在他們感情一開始的時候，溫撫寞的腦海中還想著另一個女人。她在意的是這個，而這，是溫撫寞無法解釋的，這是他的罪。

臨去美國前一晚，在籃球場上，童遙這麼質問著：「你眞的是把她當成安馨的替身，才和她交往的？」溫撫寞沒有解釋的語言，最初的開始是他無法預料的。接著，童遙一拳將他擊打在地。「從今以後，寒食色由我來保護。」童遙這麼宣布之後，便離開了。直到那一刻，溫撫寞才明白，原來，童遙一直默默地戀著寒食色。而同樣在那一刻，他明白了寒食色說的話都是正確的——會有一個眞正屬於她的男人，給她一段沒有污漬的愛情。他，配不上她。他，的確該離開。於是溫撫寞走了，離開了這個城市，離開了寒食色。

初到美國，對什麼都不熟悉，而在安馨的執意要求下，他住進了安馨居住的公寓。那段日子，對溫撫寞而言是暗無天日的，他在自己的視線中找不到陽光。他整日整日回憶著和寒食色的點點滴滴，那些回憶成了他最珍貴的東西。他不想忘記，便提筆寫了下來，每一件事都寫在白色的信紙上；寫的時候，他的嘴角是飛揚的，因爲那些都是他生命中的快樂。他將這些信託安馨寄出去，寄給寒食色。他也不知道自己這麼做的理由，但是在那時候他只想做這件事情。一天一封，不間斷地寫，不間斷地寄，雖然寒食色沒有一點回音，但他還是繼續寫著。

直到第六十三天，寒食色有了回應——那些信，他寄出的信，都被剪成碎片寄了回來。他們的回憶都成了碎片，微風一吹，便再也沒了蹤跡。從那之後，溫撫寞再沒有打擾過寒食色。如果平靜是她所需要的，那麼，他會給她；畢竟，他能爲她做的，只有這件事了。

而後，溫撫寞將自己的全部精力都用在學業上，他幾乎每天都待在大學圖書館裡。他以爲這樣，就可以不必多想。但是沒什麼用，寒食色的影子還是在他的腦海中，像刀刻一般那麼清晰，不可磨滅。

溫撫寞也察覺，安馨對他的態度似乎和以前不同了。她看他的眼神，不再是看一個鄰家小弟弟，而是看……一個男人。溫撫寞明白那意味著什麼，但是已經過去了，他對安馨的感情已經過去了，永遠地過去了。

136 溫撫寞番外：撫摸寂寞❻

溫撫寞曾經回國去看過寒食色，就在她剛踏入社會工作那年。

他去了醫院，悄悄地站在診間外，像一個卑微的罪人，看著她。她在笑，很開心地和同事說著話。那種笑，映著陽光，似乎恢復了以往的璀璨。溫撫寞想，或許，沒有他，食色，真的會開心許多、許多。他深深地將寒食色的笑容記在心中，然後，離開。

年華一點一點將人稚嫩的表殼剝去，剩下的，是滿滿的回憶沉澱。轉眼，他們分手已經六年。六年並不太長，但對溫撫寞而言卻像已經過了半輩子。終於，他完成了學業。因爲成績表現優異，教授極力勸他留下，但溫撫寞卻拒絕了……他，想回去看看。看看父母，看看朋友，看看……寒食色。不用見面，只是看看就好，只要知道她的近況就好。然而，回家之後，媽媽告訴他，寒食色還是單身。聞言，溫撫寞的心稍稍有了些生氣。她，還沒有遇到那個人，那麼，自己還有機會嗎？

心思，是經不得想的，溫撫寞控制不住自己，在寒食色母親的幫助下，他去見了寒食色。寒食色靜靜地問：「你回來了。」她的語氣是安靜的，彷彿一切的恨與愛都已經消逝了，留下的只是一些碎屑，拼湊不出什麼。她說了很多話，很多不相干的話，都是對陌生人說的那種話。他和她，已經這麼陌生了嗎？溫撫寞握緊手中的茶杯，總算鼓起了勇氣，準備打斷寒食色關於安謦的問話。他要將自己的心意說出來，他要告訴寒食色，他還愛她，一直都愛著她，他要乞求她再給自己一次機會，他要保證，永遠、永遠、永遠都不會再傷害她。然而，他還沒來得及開口，有個男人出現，旋風似地將寒食色拉走了。那是個強壯的、有魄力的男人，溫撫寞知道，那個男人也喜歡寒食色。

在雙方父母的幫助下，溫撫寞又和寒食色見面了。他們走在那條充滿回憶的長街上，但是——「這裡變了好多……很多東西，都不見了。」寒食色如是說。是的，他們之間的很多東西都不見了。但溫撫寞不想放棄，當年他就是因爲放棄得太早，才會失去寒食色這麼多年，而今他不可以重蹈覆轍。他記得，寒食色最喜歡吃那條長街上某個攤子的刨冰，所以他花了好幾天時間四處尋找，終於買到一碗和當年一樣的刨冰。他欣喜地拿給寒食色，但她全身卻泛起了冷冷的怒氣。她問他，剛才去了哪裡。溫撫寞回憶著，剛才，安馨約他在咖啡館見面，他以爲她有要事要告訴自己，便去了，但安馨只是扯了些閒話。這原本是件光明正大的事，但溫撫寞不想再讓寒食色聽見安馨的名字，所以他隱瞞了。但這件事卻像一根針，將寒食色堆積多年的怒火全部戳爆。溫撫寞這才明白，他對寒食色的傷害有多麼重，他，深深地傷害了她。原來，寒食色沒有好起來，她的笑還是有著陰影。

從寒食色家出來，溫撫寞來到了酒吧，就是當年那個一切事情都無可挽回的酒吧。這次，醉的是他。醉的感覺是奇妙的，彷彿整個世界都不再存在，然而在那虛無之中，只有一個名字還存在著——食色。他喃喃地唸著這個名字，一遍一遍。當溫撫寞醒來時，發現自己躺在家中，而安馨就在他身邊坐著。她的眼中含著清澈的坦誠，她慢慢地向他道歉，向他說了那六十二封信的事情，並告訴他，自己已將所有事情都告訴了寒食色。溫撫寞安靜地聽著，良久，終於問道：「爲什麼，要在這時候說出來？」「因爲，昨天晚上我終於明白，你的心中只有一個寒食色，只有她。」安馨的眼神是落寞的，是的，所有人都是落寞的。然後，安馨離開了。

接著，寒食色約溫撫寞出去，地點，就約在當年那家冷飲店門前。坐在臺階上，他們平心靜氣地將所有事情都說了明白。兩人之間變得這麼理智，便是結束的預兆。因爲，感情是迷亂的菸草，而他們清醒了，只因那種熾烈的、非彼此不可的感情，已經逝去了。忽然，寒食色重重搧了溫撫寞一耳光。溫撫寞不動不搖，靜靜地承受著。即使寒食色拿著刀要捅自己，他也心甘情願地承受。「溫撫寞，你愛過我，對嗎？」「不是愛過，不只是愛過，我一直……一直，都愛著妳。」他們吻了彼此，然而那個吻卻刻著離別的標記。溫撫寞知道他們結束了，徹徹底底地結束了。不是因爲恨，不是因爲愛，不是因爲怨，不是因爲悔，而是因爲……他們都變了。寒食色，她明白了自己需要的究竟是什麼樣的男人。她要的，他給不了。

溫撫寞問：「食色，我們永遠地結束了……是嗎？」寒食色點頭，那便是回答，點頭的弧度堅定、沒有任何遲疑。這次，他們是眞眞正正地結束了。「撫寞，謝謝你。」在這麼說之後，寒食色離開了，徹底走出了他的生命。溫撫寞坐在原地，任由冷風吹著，直到寒食色的背影消失在街角。然後，他坐在寒食色剛才坐的位置，看見寒食色剛才一直摩挲著的那塊石階。他低頭，透過微弱的燈光看清了上面的字——「撫寞，你快來吧。」字是用小石子刻上的，已經被流年沖刷得模糊，但溫撫寞還是清楚地看見，那一年，那一夜，有個女孩一直坐在這裡，直到天亮，她喃喃地唸著：「撫寞，你快來吧。」可是自始至終，他都沒有出現。在那一夜，他徹底失去了她。

風，變得輕柔了些許，像一雙手撫著他的臉頰，撫著他的寂寞。

溫撫寞閉上眼，在黑暗之中，他輕聲道：「食色，再見了。」

137 盛悠傑番外：她是幽幽一抹斜陽

「今天我們醫院新來的那個帥哥呢?他在哪個診間，我去趁亂掐一下他的屁股。」這是我聽見她說的第一句話。她，就是寒食色，我曾經的女人，寒食色。

第一次見面的印象並不太好，我覺得她就是個淺薄的色女，所以開始有意無意地和她作對。直到……那一天，她看著我，神色恍惚，雙眸裡罩著一種思念，濃得震撼人心。她看著我，倉皇逃去。我不清楚食色的過去，但我知道，她是在透過我看著另一個人，而那個人，必定讓她深愛深恨。從那一刻起，我才明白，那樣一副肆意狂放的外表下，竟有著一顆敏感脆弱的心。我開始好奇，開始想要探究她的心，沒料到，不知不覺間，自己的一顆心就這麼賠了出去。到底是什麼時候喜歡上她的，自己也不清楚——喜歡和她開著限制級話題的玩笑，看她狀似大咧咧實則膽怯的樣子；喜歡帶給她許多美食，看她奮力吃完、輕聲打嗝的樣子；喜歡和她展開罵戰，看她氣得臉紅眸亮的樣子。

喜歡，到了最後，就成了愛。

那一天，食色急切地推開了門，額上細密的汗珠貼住髮絲，弧度蜿蜒狐媚卻堅固，牢牢擒住了我的心，我的人。我們急切地擁吻著對方，瘋狂地做愛，兩副軀體很契合，很熟悉。這是我擁有過最美好的一場性愛。我迷上她柔嫩的唇，她光滑的長腿，她白皙的手臂，還有飽滿的胸。她也是投入的，但投入的卻是記憶中的一場愛戀，她透過與我上床在懷念著另外一個人，在報復著另外一個人，在試著拭去另外一個人。但我不在乎，我太驕傲了，自小只要我想要，只要我努力，便什麼都能得到。所以我相信，只要我想，她便會忘記過往的一切，她便會是我的。只要我想。

然而，我的驕傲卻在她面前遭到了重創，食色仍舊想著那個人，留著那段情。不管我多麼努力，那段記憶還是霸道地在她腦海裡盤桓。一向自認平靜的我也開始焦急了起來，所以我迫切而頻繁地要她，我需要和她身體的接觸才能抵抗那些莫名的焦慮。到最後，我認輸了，我等不到她來就我，只能我去就她。我強勢地宣布她成爲我的女友，她，她，終於是我的了。

我們過了一段很快樂的日子，鬥智鬥勇，活色生香；我深信，這個女人就是自己一直尋找的那根肋骨。如果……我沒有追問她過去那段感情，我們也許會就這麼走上一輩子。但我不肯服輸，我可以輸給食色，但不能輸給那個人。我無法忍受活在他的陰影之下，在食色心裡，我一定要是唯一。所以我千方百計，詢問出他們的過去。事實上，這像是一場自殘，挖得越深，那把看不見的嫉妒鋒刀就刺得我越疼。所以我走上了最後一條路——求婚。但她答應嫁給我，卻是在那場同學會上失態之後。錯誤的時間。那個人並沒有出現，而她已失態至此，我一敗塗地，狼狽至極。之後，我們分手又復合，那段時間也是快樂的，只是那快樂岌岌可危。我不再去追究，不是放開，而是不敢。「什麼都別說，只要我們在一起就好……什麼都別說了。」我這麼告訴她。從來沒嘗過失敗滋味的我，居然也會落得如此下場，毫無招架之力……婚禮的準備工作順利進行著，而我們，也強顏歡笑著。

拍婚紗照那天，那層薄紙終於被捅破，食色的眼裡滿是疲憊，空茫，痛苦，絕望。我聞到了血的味道，她心裡流出來的膿血。毀了，都毀了，那麼驕傲的我，那麼肆意的寒食色，都毀了。終於我明白，我抹不去那個人在食色心裡的影子，而且這輩子沒有人能抹去。終於我明白，食色能給我所有的快樂，唯獨給不了我要的刻骨銘心與獨一無二。終於我明白，我的留下只能帶給雙方無盡的痛苦。那天，我一次次進入她的體內，狀似癲狂。在那一場場性愛之中，我們糾纏的翅膀終於分開，撕裂了肉，流淌了血，但我們終於重新擁有了翅膀，重新獲得自由。

我離開了寒食色，離開了那個城市。

開始時總是艱難的。我靠著酒精與工作麻痺自己，過了兩三年，那種痛慢慢減輕。在父母的要求下，我也偶爾接受相親。基本上，每次相親，女孩都會問一個相同的問題：「你和前女友是怎麼分手的？」我不想欺瞞，照實回答。而這樣的回答一定會引出下一個問題：「那，你放下她了嗎？」我啞然。自己也不清楚，午夜夢迴時，內心那股淡淡的酸澀究竟是什麼。也許是因爲這樣，所以每次相親都是失敗的。

直到那一年出差，重新回到那個曾經有著我深刻眷戀的城市，按捺不住，我偷偷去看了食色。時隔多年，她已經有了小孩，一個男孩，很可愛。而親熱挽著她的男人，正是童遙，那個完完整整見證了溫撫寞與她感情始末的童遙！我背靠著牆，彷遭雷擊，然而卻逐漸平靜了下來——意外，卻又在情理之中。是的，只有童遙如此的包容與陪伴，才能讓她快樂。他不會要求她抹去內心溫撫寞的影子，他尊重她的過去，他愛戀她的所有。只有他，也只能是他。

出差回來第三天，我再度相親，那是一位室內設計師，長得並不太漂亮，但雙眸卻能予人一種平心之感。她是唯一一個沒詢問我感情經歷的人。她不介意。她說，每個人都有故事，每個故事都構成了現在的我們，我認爲你很好，所以我感激那些讓你變得如此好的故事。一年之後，她成了我的妻子；再一年後，她給了我一對龍鳳胎。我愛她，愛我的孩子，愛我們的家庭。

午夜夢迴時，心中的酸澀已然不在，轉而爲一絲惘然。每個人心中都會有一抹幽幽斜陽，我們忘卻不了，明白那只是一抹印象，再也回不去的印象。

食色，是我盛悠傑的故事，是我的幽幽一抹斜陽。

（全文完）

作・者・後・記

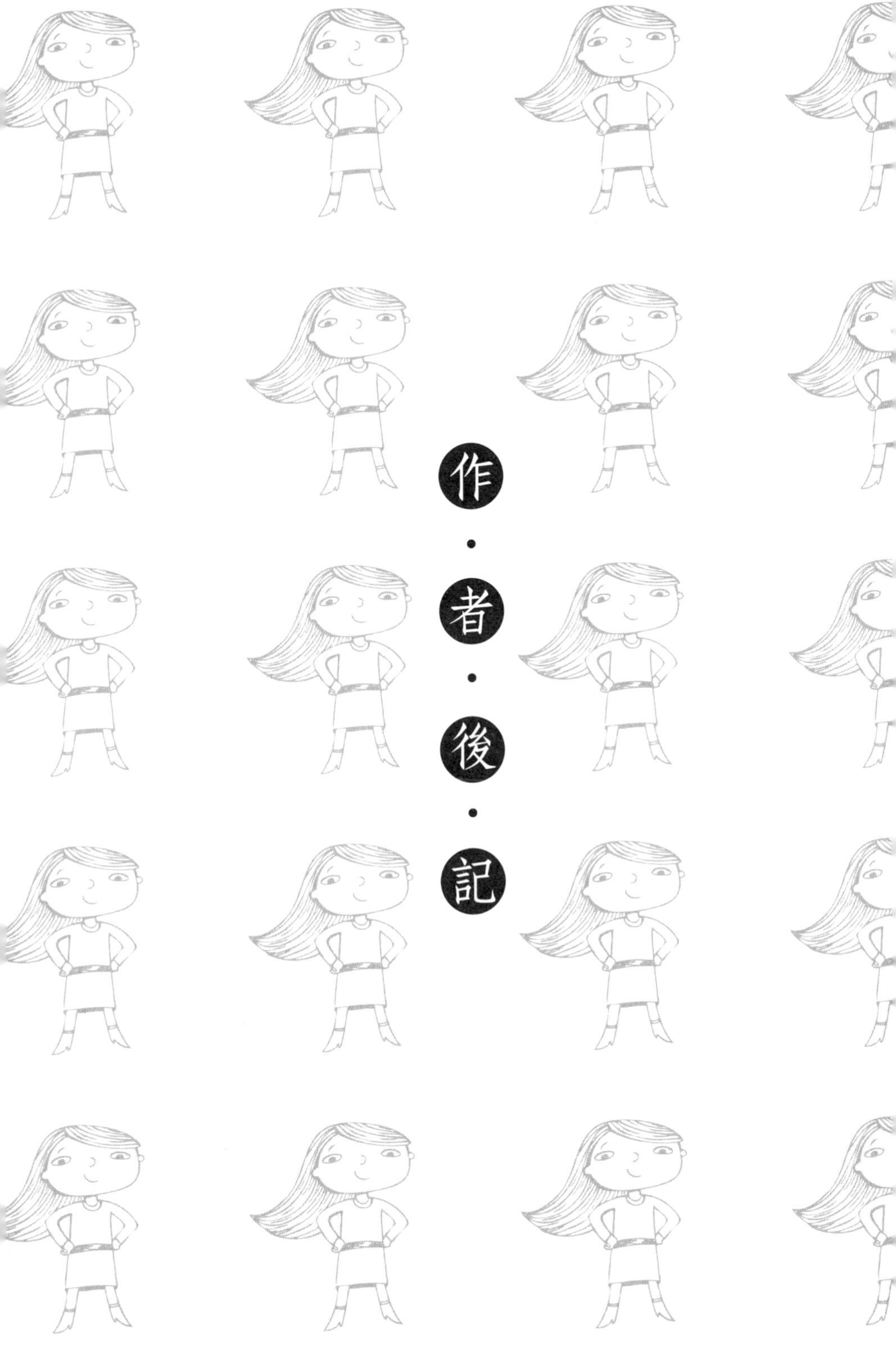

食色，食色性也

想到這是第一次為作品寫繁體版序言／後記，想到臺灣居然也有我的讀者，想到這本如此生猛的書能在有生之年出版，我的心情是十一分的激動，還有十二分的壓力，十三分的狂喜，十四分的緊張，十五分的惶然，十六分的淚流滿面，十七分的慨然長歎……好吧，撒空空又在湊字數了。

言歸正傳，《吾乃食色》是我至今所有作品中最生猛最激情最色彩斑斕的，就像我家鄉重慶的火鍋那般麻辣鮮香。這麼一寫，好像變成自己在王婆賣瓜了（蹲牆角站一個）。不過，這部小說確實酣暢表達了我內心深處最猥瑣最慓悍的一面。寫的時候正是大四下學期，我卻整日整日待在家，每天不停筆，待幾十萬字完成之後，再出門去尋找工作，調整心情，當一個職場新人類。所以，很可能再也寫不出《吾乃食色》這樣的作品，因為，再也找不回當初那種執著與平靜。

挺多讀者喜歡這本書的女主角寒食色，覺得她麻辣慓悍。我的初衷也就是想寫這樣一個女生——不做作，不淑女，不溫柔，看似堅強，實則又有一顆敏感脆弱的心，她愛著一個人，就是愛到骨子裡。

溫撫寞與寒食色，是在對的時間遇到了錯的人，他給了她最初的愛戀和最重的傷。

盛悠傑與寒食色，是在錯的時間遇到了對的人，他給了她最濃烈的愛戀和最愧疚的思念。

童遙與寒食色，則是在對的時間遇到了對的人，他給了她最長久的守候和最後的歸屬。

也許，每個女生生命中都會出現三個這樣的男人，他們帶給了我們完整的感情經歷，缺一不可。這部作品看似搞笑，但也有虐人成分，畢竟，生命本來就是歡樂與眼淚共存的，受過傷，肉身才能涅盤。我愛食色，就像愛所有外強內柔的女生，因爲她們受的傷更隱蔽，淚水更珍貴。

文藝完了，下面說說其他方面吧。

《吾乃食色》的內容有不少激情成分，總的來說，是一部辣文，而且是一種猥瑣的辣，或許有讀者無法接受，但，畢竟食色性也，解放本性才是王道。

很高興這部作品能在臺灣地區發行，希望能夠得到大家的喜歡。

同時也很高興，能與好讀這樣高水準優質量的出版社合作，對此感到很幸運！

撒空空

二〇一二年八月十七日

國家圖書館出版品預行編目資料

吾乃食色（2）／撒空空著；──初版──臺中市：好讀，2012.11

冊；　公分，──（眞小說；21）（撒空空作品集；02）

ISBN 978-986-178-251-5（平裝）

857.7　　101014523

好讀出版

真小說 21

吾乃食色（2）

作　　者／撒空空
總 編 輯／鄧茵茵
文字編輯／簡伊婕
美術編輯／鄭年亨
行銷企畫／陳昶文
發 行 所／好讀出版有限公司
台中市 407 西屯區何厝里 19 鄰大有街 13 號
TEL:04-23157795　FAX:04-23144188
http://howdo.morningstar.com.tw
（如對本書編輯或內容有意見，請來電或上網告訴我們）
法律顧問／甘龍強律師
承製／知己圖書股份有限公司　TEL:04-23581803

總經銷／知己圖書股份有限公司
http://www.morningstar.com.tw
e-mail:service@morningstar.com.tw
郵政劃撥：15060393 知己圖書股份有限公司
台北公司：台北市 106 羅斯福路二段 95 號 4 樓之 3
TEL:02-23672044　FAX:02-23635741
台中公司：台中市 407 工業區 30 路 1 號
TEL:04-23595820　FAX:04-23597123

初版／西元 2012 年 11 月 1 日
定價／250 元
如有破損或裝訂錯誤，請寄回知己圖書台中公司更換

Published by How-Do Publishing Co., Ltd.
2012 Printed in Taiwan

ISBN 978-986-178-251-5

讀者回函

只要寄回本回函，就能不定時收到晨星出版集團最新電子報及相關優惠活動訊息，並有機會參加抽獎，獲得贈書。因此有電子信箱的讀者，千萬別吝於寫上你的信箱地址

書名：吾乃食色（２）

姓名：＿＿＿＿＿＿ 性別：□男 □女 生日：＿＿年＿＿月＿＿日

教育程度：＿＿＿＿＿＿＿＿＿＿

職業：□學生 □教師 □一般職員 □企業主管

□家庭主婦 □自由業 □醫護 □軍警 □其他＿＿＿＿＿＿＿＿

電子郵件信箱（e-mail）：＿＿＿＿＿＿＿＿＿＿ 電話：＿＿＿＿＿＿＿

聯絡地址：□□□ ＿＿＿＿＿＿＿＿＿＿＿＿＿＿＿＿＿＿

你怎麼發現這本書的？

□書店 □網路書店（哪一個？）＿＿＿＿＿＿＿□朋友推薦 □學校選書

□報章雜誌報導 □其他＿＿＿＿＿＿＿＿＿＿＿＿＿＿＿＿

買這本書的原因是：＿＿＿＿＿＿＿＿＿＿＿＿＿＿＿＿＿＿

□內容題材深得我心 □價格便宜 □封面與內頁設計很優 □其他＿＿＿＿＿

你對這本書還有其他意見麼？請通通告訴我們：

＿＿＿＿＿＿＿＿＿＿＿＿＿＿＿＿＿＿＿＿＿＿＿＿＿＿＿＿

你買過幾本好讀的書？（不包括現在這一本）

□沒買過 □ 1 ～ 5 本 □ 6 ～ 10 本 □ 11 ～ 20 本 □太多了

你希望能如何得到更多好讀的出版訊息？

□常寄電子報 □網站常常更新 □常在報章雜誌上看到好讀新書消息

□我有更棒的想法＿＿＿＿＿＿＿＿＿＿＿＿＿＿＿＿＿＿＿＿

最後請推薦五個閱讀同好的姓名與 E-mail，讓他們也能收到好讀的近期書訊：

1. ＿＿＿＿＿＿＿＿＿＿＿＿＿＿＿＿＿＿＿＿＿＿＿＿＿＿

2. ＿＿＿＿＿＿＿＿＿＿＿＿＿＿＿＿＿＿＿＿＿＿＿＿＿＿

3. ＿＿＿＿＿＿＿＿＿＿＿＿＿＿＿＿＿＿＿＿＿＿＿＿＿＿

4. ＿＿＿＿＿＿＿＿＿＿＿＿＿＿＿＿＿＿＿＿＿＿＿＿＿＿

5. ＿＿＿＿＿＿＿＿＿＿＿＿＿＿＿＿＿＿＿＿＿＿＿＿＿＿

我們確實接收到你對好讀的心意了，再次感謝你抽空填寫這份回函

請有空時上網或來信與我們交換意見，好讀出版有限公司編輯部同仁感謝你！

好讀的部落格：http://howdo.morningstar.com.tw/

請填妥後對折黏貼，直接投郵即可，無須貼郵票。

廣告回函
台灣中區郵政管理局
登記證第 3877 號
免貼郵票

好讀出版有限公司　編輯部收

407 台中市西屯區何厝里大有街 13 號

電話：04-23157795-6　傳真：04-23144188

沿虛線對折

購買好讀出版書籍的方法：

一、先請你上晨星網路書店 http://www.morningstar.com.tw 檢索書目或直接在網上購買

二、以郵政劃撥購書：帳號 15060393 戶名：知己圖書股份有限公司並在通信欄中註明你想買的書名與數量

三、大量訂購者可直接以客服專線洽詢，有專人爲您服務：

客服專線：04-23595819 轉 230 傳眞：04-23597123

四、客服信箱：service@morningstar.com.tw